Mats Wahl
Sturmland
Die Lebendigen

Mats Wahl

STURMLAND
die Lebendigen

Aus dem Schwedischen
von Knut Krüger

Carl Hanser Verlag

1

»Es ist der Geruch«, stöhnt Elin, stützt sich an der Wand ab und keucht mit offenem Mund. Die Speichelblase in ihrem linken Mundwinkel ist so groß wie eine Erbse. »Hier haben sie mich gefangen gehalten. Ich kann mich an den Geruch erinnern.«
Turing nimmt ihren Ellenbogen. »Oh dear, this must be hard for you.«
»Ich muss mich übergeben.« Elin drückt die Stirn gegen die Wand und hält sich die Ohren zu. »Irgendetwas rauscht hier.«
Sie atmet schwer und Turing legt ihr die Hand auf die Schulter. »Die Klimaanlage ist neu. Das Geräusch bereitet Schwindelgefühle, ich weiß.« Er zeigt auf die Stühle: »Sollen wir uns setzen?«

Der Gang ist fünf Meter breit und über hundert Meter lang. Die Wände sind taubenblau, die Decke ist weiß. Alle zehn Meter hängt ein Foto einer Gebirgslandschaft. Dazwischen verschlossene Stahltüren mit Display und Kamera in Gesichtshöhe. Fenster gibt es keine.
Ein paar Meter entfernt stehen zwei weiß gestrichene, teils vergoldete Stühle mit geschwungenen Beinen, die denen im Schlafzimmer der Königin gleichen.
Elin atmet ein paarmal tief durch, löst die Hände von der Wand und erwidert Turings Blick. Sie gehen zu den Stühlen und Elin lässt sich auf das dicke Polster sinken. Sie schaut zu den Aufzügen hinüber, ehe sie Turing in die Augen sieht.
»Was soll ich hier?«
»Ich fürchte, wir werden ein wenig warten müssen.«
»Was ist mit Jan Victor passiert?«

Turing seufzt. »Entweder war das ein Sicherheitscheck oder ein Ausbruchsversuch.«

Elins Blick richtet sich auf ein gerahmtes Schwarz-Weiß-Foto, das ihr gegenüber an der Wand hängt. Es zeigt eine Frau mittleren Alters mit Pudelmütze, Rucksack und Wanderstöcken, die durch einen knietiefen Bach watet. Die Stiefel baumeln an ihrem Rucksack. »Die meisten Bilder stammen aus den Jahrbüchern des schwedischen Wandervereins. Das hier ist aus den 1940er-Jahren.«

Elin atmet mit offenem Mund. »Was meinst du mit *Sicherheitscheck*?«

»So etwas wird ab und zu durchgeführt. Man will sich vergewissern, dass sich die Roboter in ihrer vorgeschriebenen Umgebung aufhalten. Es kommt nämlich vor, dass manche sich selbstständig machen. Und du verstehst sicher, dass wir keine Herumtreiber haben wollen. Aber bisher hat es noch keiner in die Empfangshalle geschafft. Obwohl ich hätte wissen müssen, dass es passieren würde. Jan hat in letzter Zeit immer häufiger davon gesprochen, dass er sich lebendig fühlt. Wenn ich ihn gefragt habe, was er damit meint, hat er nur mit den Schultern gezuckt und geantwortet, das sei schwer zu erklären. Wir Roboter haben keine Gefühle, wie soll er es da erklären können?«

Elin holt tief Luft. »Was ist mit *Ausbruchsversuch* gemeint?«

»Roboter können mit der Zeit etwas entwickeln, das dem freien Willen gleicht. Wenn das passiert, ist oft schwer zu verstehen, wie es dazu gekommen ist. In Jan Victors Fall war es allerdings vorhersehbar. Er wurde mit einem unserer modernsten Systeme programmiert und hat daraufhin ein eigenes, besser gesagt, eigenwilliges Programm entwickelt. Darum kann er auch die Aufzüge benutzen, aber die Aufzüge dürfen ihn nicht in die Empfangshalle kommen lassen. Es ist also etwas sehr Unwahrscheinliches passiert und man glaubt, dass du etwas damit zu tun hast. Deshalb sind wir hier.«

Elin schüttelt den Kopf. »Das verstehe ich nicht.«
»Was sich zwischen dir und Jan Victor abgespielt hat, kann uns darüber Aufschluss geben, wie er in die Empfangshalle gelangt ist. Die Aufzüge sollte er nicht manipulieren können. Also hat er vielleicht dich benutzt, ohne dass du es bemerkt hast.« Turing streicht sich über die Haare, als fürchte er, dass sein Scheitel in Unordnung geraten ist. »Ich glaube, du bist Paleface schon mal begegnet«, fährt er fort. »Obwohl sie sich damals anders nannte – Vitkind, falls ich mich recht erinnere. Wie dumm, dass wir jetzt warten müssen.«
»Ich habe eine Verabredung«, entgegnet Elin.
Turing nickt. »Ich weiß, aber diese Sache hat Priorität.« Er steht auf und zeigt auf eine Glastür, die sich am Ende des Gangs befindet. »Ich kann dir etwas zeigen, das dich vielleicht interessieren wird. Wir haben hier eine Entwicklungsabteilung. Da gehen jede Menge interessante Sachen vor sich. Wollen wir uns die mal ansehen?« Turing streckt seine Hand aus. Elin nimmt sie und lässt sich auf die Beine ziehen.
»Du bist ziemlich blass. Wenn du willst, bleiben wir noch ein bisschen sitzen.«
Elin schüttelt den Kopf. »Ich sehe mir gerne an, was du mir zeigen willst.«
Sie gehen auf die Glastür zu, als Turing plötzlich vor einem Foto stehen bleibt, das einen schlaksigen Mann mit runder Brille zeigt, der auf einen Gebirgssee hinausgewatet ist und eine Angel in der Hand hält.
Turing streckt seinen Zeigefinger aus. »Früher konnte man hier großartig fliegenfischen. Bis zum Storån sind es nur zehn Kilometer Luftlinie.«
Sie setzen ihren Weg bis zur geschlossenen Tür fort, woraufhin eine Stimme aus einem verborgenen Lautsprecher dringt: »Willkommen, Alan. Wer begleitet dich?«

»Elin Holme.«
Die Schiebetür gleitet zur Seite. Turing geht voraus in einen kleinen Raum mit nackten Wänden und einer weiteren Schiebetür, der stark nach Reinigungsmittel riecht.
»Elin Holme, setze deine Füße bitte auf die Markierung!«, tönt es aus dem Lautsprecher.
Elin tritt drei Schritte vor.
»Richte deinen Blick auf die blaue Lampe!«
Elin sieht die Lampe an, die so groß ist wie ein Streichholzkopf.
»Willkommen, Elin Holme«, sagt die Stimme. »Deine Besuchszeit beträgt sechzig Minuten. Sei so freundlich und gib dein Mobil, eventuelle Metallgegenstände und alles, was sich als Waffe benutzen lässt, beim Personal ab. Danach kannst du die Sicherheitsschleuse passieren. Es ist nicht erlaubt, Fenster oder Wände zu berühren.«
Die zweite Schiebetür gleitet auf. Dahinter befindet sich die Sicherheitsschleuse. Dort steht ein Mann, der einen karierten Anzug, ein weißes Hemd, einen dunkelblauen Schlips und blank polierte schwarze Schuhe trägt. Er hat dieselbe Frisur wie Turing, mit dem Scheitel auf der linken Seite.
Elin passiert die Sicherheitsschleuse und Turing folgt ihr. Der Mann im karierten Anzug hält ihr eine Plastikwanne entgegen. Seine Lippen bewegen sich kaum. »Bitte das Mobil und lose Gegenstände in die Wanne legen, auch den Gürtel.«
Elin tut, was ihr gesagt wird.
Turing fasst sie am Ellenbogen und flüstert: »Das hier ist das fortschrittlichste Forschungslabor im ganzen Land.«
Elin blickt einen langen Gang hinunter. Zu beiden Seiten befinden sich Glasfenster, manche sind erhellt. Am Ende des Gangs steht ein weiterer Mann in einem karierten Anzug. Er hat die Hände vor sich gefaltet und rührt sich nicht vom Fleck. Das Rauschen der Klimaanlage ist verstummt. Es ist vollkommen still.

Turing zeigt auf eine Glaswand, hinter der sich ein Arbeitsraum, oder eher ein Labor befindet. »Hier wird an Bienen geforscht.«
Elin tritt näher an die Scheibe heran.
Turing fasst sie am Arm. »Pass auf, dass du die Glasscheibe nicht berührst – das kann schlimme Folgen haben.«
Elin macht einen Schritt nach hinten und betrachtet den Raum auf der anderen Seite der Scheibe. Vor einem Mikroskop stehen zwei Frauen in weißen Kitteln. Sie tragen beide einen Mundschutz und blaue Hauben. Weiter entfernt stehen zwei weitere Frauen vor einem Glasbehälter, der einen guten Kubikmeter groß ist. Eine von ihnen zeigt mit einem Instrument auf den Behälter. Darin fliegen Bienen hin und her. An der Wand reihen sich ein Dutzend weiterer Glasbehälter aneinander. In allen befinden sich Bienen. Die Frauen reden miteinander, aber ihre Worte dringen nicht nach draußen.
»Wie du siehst, fliegen die meisten in dieselbe Richtung«, erklärt Turing nach einer Weile.
»Das stimmt«, entgegnet Elin. »Die meisten fliegen nach links. Es gibt kaum Bienen, die nach rechts fliegen.«
»Genau«, bestätigt Turing und zeigt auf einen weiter entfernten Glasbehälter. »In welche Richtung fliegen die da drüben?«
Elin betrachtet den Behälter für eine Weile, ehe sie antwortet: »Nach rechts.«
»Richtig«, pflichtet Turing ihr bei. »Alle in diesem Behälter fliegen rechtsherum. In den anderen Behältern hingegen linksherum. Welche Art Forschung, glaubst du, wird hier betrieben?«
»Keine Ahnung. Ich weiß nur, dass es etwas mit Bienen zu tun hat.«
»Das könnte man glauben«, entgegnet Turing, »aber im Grunde geht es hier ausschließlich um Steuerung. Komm zum nächsten Fenster, dann zeige ich dir etwas anderes.«
Sie gehen an der Glaswand entlang und gelangen zu einem Raum, der ein wenig größer ist als der vorige. Zwei Frauen in weißen

Kitteln, die ebenfalls Mundschutz und Hauben tragen, stehen in der Mitte des Raumes vor einem Tisch. In Glasbehältern, die etwas größer sind als im Labor nebenan, befinden sich Katzen.
»Ganz normale Hauskatzen«, erklärt Turing. »Schau dir *die* hier an!« Er zeigt auf den größten Glasbehälter. Darin liegt eine Katze ausgestreckt auf dem Bauch und ein halbes Dutzend Mäuse krabbeln auf ihr herum. »Ist das jetzt wider die Natur?«, fragt er.
»Wir hatten zu Hause eine Katze, damit sie die Ratten aus dem Stall fernhält.«
»So war es bei den meisten Katzen«, murmelt Turing. »Man hat ihnen eine bestimmte Aufgabe zugewiesen.«
Elin zeigt auf die Katze mit den vielen Mäusen. »Und was hat diese Katze für eine Aufgabe?«
»Diese Katze ist ein Forschungsobjekt, das ist etwas anderes.«
»Ein Ding«, stellt Elin fest. »Ein lebendes Ding.«
»Ganz genau. Damit existiert sie in gewisser Weise unter denselben Bedingungen wie ein Roboter. Auch wir Roboter sind manipulierte Objekte, obwohl wir nicht leben. Die Mäuse sind natürlich ebenfalls manipuliert. Wollen wir weitergehen?« Turing zeigt den Gang hinunter.
Sie passieren ein paar Fenster, hinter denen dunkelgrüne Vorhänge zugezogen sind.
»Was ist hinter den Vorhängen?«, will Elin wissen.
Turing bleibt stehen. »Hier werden Forschungen betrieben, deren Begleiterscheinungen ein wenig unangenehm sind. Ich schau mal, ob sie die Vorhänge wegziehen können, falls dich das wirklich interessiert. Was hier gerade passiert, weiß ich allerdings nicht.«
»Da ich schon mal hier bin, will ich's auch sehen.«
»Was weißt du über Schimpansen?«
»Ich erkenne sie, wenn ich Fotos von ihnen sehe. Sonst weiß ich nichts.«

»Aber du weißt bestimmt, dass Schimpansen Werkzeuge benutzen und diese Werkzeuge manchmal so bearbeiten, dass sie für den jeweiligen Zweck am besten geeignet sind.«
»Ich glaube, darüber habe ich mal einen Film gesehen. Da haben Schimpansen nach Stöckchen gesucht, um an Honig heranzukommen.«
»Womit wir wieder bei den Bienen wären«, entgegnet Turing. »Im Gehirn einer Biene befindet sich eine minimale Anzahl an Neuronen. Da sind Schimpansen schon besser ausgestattet.«
»Ich glaube, ich weiß, was hinter dem Vorhang ist«, sagt Elin.
»Ein Werkzeug«, fährt Turing fort, »ist in diesem Zusammenhang als etwas definiert, das man mit der Hand, dem Fuß oder im Mund halten kann, um ein kurzfristiges und klar abgrenzbares Ziel zu erreichen. Mit der Entwicklung von Steuerungsprozessen lässt sich vielleicht die Fähigkeit der Schimpansen beeinflussen, ein passendes Werkzeug auszusuchen.«
»Und wozu soll das gut sein?«, fragt Elin.
»Wenn man wissenschaftliche Studien in Angriff nimmt, steht einem das Ziel nicht immer gleich klar vor Augen«, betont Turing. »Der Ort, an dem wir uns gerade befinden, wird übrigens The Lab genannt. The Lab steht für das Wort *Labor*, aber auch für *Labyrinth*. Kreative Arbeit wird manchmal als das Vermögen beschrieben, ein Labyrinth zu erschaffen und zugleich zu erforschen. Obwohl man das Labyrinth selbst erschaffen hat, ist keinesfalls sicher, dass man sich in ihm orientieren kann. Traurig genug, dass Ariadne immer noch in den Ruinen auf Kreta herumirrt.«
Der grüne Vorhang wird zur Seite gezogen.
Vier Frauen stehen vor einem Tisch nahe am Fenster. Über dem Tisch leuchten helle Lampen. Eine Operation wird durchgeführt. Auf dem Operationstisch liegt ein kleiner Körper. Nur der Kopf ist sichtbar. Es ist ein Affe. Über dem Gesicht des Tieres befindet sich

eine Atemmaske, die von der Frau an der Schmalseite des Tisches an ihrem Platz gehalten wird. Eine andere hält ein Skalpell in der Hand.
»Sie operieren einen Schimpansen«, stellt Elin stöhnend fest. »Ich will das nicht sehen.«
»Dann gehen wir wieder und setzen uns hin«, schlägt Turing vor. Er nimmt Elin am Ellenbogen und führt sie zurück.
Als sie sich der Tür nähern, wird darauf eine Mitteilung projiziert. In großen grünen Buchstaben steht dort: *We make the future*. Darunter in kleiner Schrift: *Helperson & Lyndon*.
Die Tür gleitet auf, doch ehe Elin und Turing hindurchgehen können, kommt ihnen der Roboter im karierten Anzug entgegen. Er hält Elin die Wanne hin, in der ihr Mobil, ihr Taschenmesser und ihr Gürtel liegen. Die Stimme ist tonlos: »Willkommen zurück.«
Elin nimmt ihr Eigentum, ohne sich zu bedanken.
»It was a pleasure«, murmelt Turing, worauf sich die nächste Tür öffnet und sie durch den kleinen Raum auf den Gang gelangen.
»Sie haben die Klimaanlage abgestellt«, betont Turing. »Merkst du das?«
»Hast du das getan?«
Turing stößt ein kurzes Geräusch aus. Es klingt wie das Lachen eines Kindes. »Who knows?«
Sie gehen zu den Stühlen.
»Wie kommt es, dass du manchmal Englisch sprichst?«, will Elin wissen.
Turings Stimme klingt matt. »Wir arbeiten hier mit einem amerikanischen Partner zusammen und Amerikaner sind eben, wie sie sind. Sie wollen, dass ich mich wie ein zerstreuter Professor in einem Hollywoodfilm benehme. Darum frage ich hin und wieder, ob ich mich richtig erinnere, und falle vom Schwedischen ins Englische. Manchmal knöpfe ich auch mein Hemd nicht richtig zu

und benutze zurzeit jeden Tag denselben Krawattenknoten. Früher habe ich ihn ständig variiert, an einem Tag einen Halben Windsor und am nächsten Prince Albert. Jetzt binde ich nicht mal mehr meine Krawatte, sondern ziehe sie mir bereits gebunden über.«

»Warum nimmst du sie überhaupt ab? Du legst dich doch niemals schlafen.«

»Das ist wahr, aber ich ziehe mir hin und wieder ein neues Hemd an. Obwohl feste Manschettenknöpfe mit der Zeit ein bisschen matt werden, was den Amerikanern natürlich gefällt. The nutty professor, you know …«

»Was war das eigentlich für eine Operation an dem Affen?«

»Meistens reicht es, wenn sie ihm Nanopartikel injizieren, doch manchmal ist ein größerer Eingriff notwendig. Vielleicht hat es auch mit irgendeiner Krankheit zu tun. Wenn man so viel Zeit und Ressourcen in ein bestimmtes Individuum investiert, will man ja nicht, dass es krank wird und stirbt. Sollen wir uns setzen?«

Sie nehmen Platz und Elin betrachtet erneut das Foto von der Frau, die durch den Bach watet, während ihre Wanderstiefel am Rucksack baumeln.

»Jetzt ist es so weit«, sagt Turing kurz darauf und steht auf. Er reicht Elin die Hand und deutet den Gang entlang. »Da drüben.«

Als sie die Tür erreichen, öffnet sich diese. Ein kleingewachsener Mann mit dunklem Anzug, Cowboystiefeln, einem hängenden Schnurrbart und langen blonden Locken streckt seine Hand aus. »Willkommen, Elin!«

2

In dem Raum befinden sich vier Lederstühle mit vernickelten Beinen. Sie stehen um einen quadratischen grauen Wollteppich mit weißen Fransen. Die Fransen sind so gerade, dass sich jemand große Mühe gegeben haben muss, sie zu kämmen. An der Wand hängt eine von Osslunds Gebirgslandschaften und auf einem schmalen Tisch darunter stehen drei Flaschen Mineralwasser sowie ein paar umgedrehte Gläser auf einem Tablett. Aus einem verborgenen Lautsprecher erklingt eine Cellosonate von Bach.

»Bitte schön«, sagt der Mann mit dem Schnurrbart und zeigt auf die Stühle. »Ich werde Cody genannt. Die Leute sagen, dass ich aussehe wie Buffalo Bill.«

Elin runzelt die Brauen. »Buffalo Bill, wer ist das?«

Cody hebt eine Augenbraue und beginnt, die Spitzen seines Schnurrbarts zu zwirbeln, als sich neben dem Osslund-Gemälde eine Tür öffnet.

Eine Frau mit sehr kurzen Haaren kommt herein. Sie trägt ein schwarzes Kleid, das von einem Stoffgürtel zusammengehalten wird, sowie hohe, schmale Stiefel. Sie streckt ihre Hand aus. »Wir sind uns früher schon mal begegnet, Elin, erinnerst du dich? Wir waren zu Hause bei deinen Eltern und du hast uns einen Apfel gegeben. Ich habe mich damals Vitkind genannt. Das ist immer noch einer meiner Kosenamen. Setzen wir uns«, schlägt sie vor und alle drei nehmen Platz.

Vitkind wendet sich an Elin: »Du kannst bezeugen, dass Jan Victor versucht hat, die Empfangshalle zu verlassen. Wie kommt es, dass du zu diesem Zeitpunkt am selben Ort warst?«

Vitkind legt den Kopf auf die Seite und Cody wiederholt die Frage: »Darüber wundern wir uns. Warum bist du genau in dem Moment in die Halle gekommen, als er bemerkt hat, dass er sie nicht verlassen kann?«
Elin betrachtet Vitkind eine Weile, ehe sie ihren Blick auf Cody richtet, der immer noch seinen Schnurrbart zwirbelt. Er sieht sie skeptisch an, als erwarte er jeden Moment, dass sie sagt, er habe hässliche Zähne. »Wer war das noch mal, dem Sie ähneln?«
Cody lächelt wölfisch. »Buffalo Bill und du bist ein Teil meiner Show.«
»Ich glaube, wir sollten nicht vom Thema abschweifen«, schaltet Vitkind sich ein.
»Was für eine Show?«, fragt Elin interessiert.
»Buffalo Bills Congress of Rough Riders.« Cody bürstet sich so energisch die Schuppen von seinem Ärmel, als wolle er sie im ganzen Raum verteilen.
»Sind Sie ein Rough Rider?«, fragt Elin, klimpert mit den Augen und hört sich äußerst interessiert an.
Cody stößt ein Schnauben aus. »You bet.« Er bürstet sich immer mehr Schuppen vom Ärmel, sieht Elin an und knurrt: »Du lernst schon noch reiten.«
»Kehren wir zum Thema zurück«, schlägt Vitkind mit etwas zu hoher und angestrengter Stimme vor.
»Wie lautet denn das Thema?«, fragt Elin.
Cody hebt seine Stimme: »Ich bin von Missouri durch Kansas, Nebraska, Wyoming, Idaho und weiter bis nach Oregon City geritten. The Oregon Trail. Ohne Sattel.«
»Da scheuert man sich bestimmt alles auf«, mutmaßt Elin.
Cody schnaubt: »Ha!«
»An empfindlicher Stelle«, fügt Elin lächelnd hinzu und klimpert wieder mit den Augen.

»Ha!«, ruft Cody erneut und macht ein düsteres Gesicht, während sich über seiner Nasenwurzel ein roter Fleck bildet.
»Kehren wir also zum Thema zurück«, mahnt Vitkind mit kühler Stimme. Sie beugt sich Eli entgegen. »Erzähl uns, was passiert ist, als du Jan Victor im Büro begegnet bist.«
»Tu das«, bekräftigt Cody und zwirbelt seinen Schnurrbart. »Erzähl, was passiert ist, als du ihm im Büro begegnet bist.«
»Plappern Sie immer alles nach?«, fragt Elin.
»Tss«, stößt Cody aus.
»Tun Sie das?«
»Tss, tss.«
Elin zeigt auf den Kragen seiner Jacke. »Sie sollten ein Schuppenshampoo benutzen.«
»Erzähl, was im Büro passiert ist«, wiederholt Vitkind.
»Victor hat mich gebeten, die Themen für meinen Auftritt in Glafshyttan nach Priorität zu ordnen.«
An drei Wänden erscheint dasselbe Bild, nämlich die Liste, die Elin in Jan Victors Büro erstellt hat.
»Alles, was zwischen dir und Victor geschehen ist, wurde gefilmt«, erklärt Vitkind. »Aber die Kameras sind so platziert, dass nicht alles zu erkennen ist. Manchmal ist die Tonqualität schlecht. Ich frage mich zum Beispiel, was Jan Victor hier gerade macht.«
Auf den Bildschirmen sieht man, wie sich Jan Victor zu Elin beugt. Man sieht sie auf dem Sofa sitzen und erkennt ihre Oberkörper.
»Hier legt er die Hand auf mein Knie«, erklärt Elin. »Ich dachte, er würde flirten, das habe ich auch zu Karin gesagt. Karin hat behauptet, dass er schon mit vielen zusammen war.«
»Und Victor hat dir nicht etwas zugesteckt, als er dein Knie berührte?«, fragt Cody.
»Was hätte das sein sollen?«
»Irgendwas Kleines, vielleicht einen Chip?«

Elin denkt eine Zeit lang nach, während sie sich selbst auf dem Bildschirm betrachtet. »Ich hatte nicht meine eigenen Kleider an, sondern mir welche von Karin geliehen.«
»Warum das?«, will Cody wissen und sieht so aus, als würde er sich vorstellen, wie Elin sich auszieht.
»Als ich zu Karin kam, war ich voller Blut. Falls Victor einen Chip an meinen Kleidern platziert hat, muss dieser sich an Karins Jeans befinden.«
»Dann habt ihr den Raum verlassen«, stellt Vitkind fest.
Eine Sequenz zeigt, wie Elin und Jan Victor durch die Räume des Arbeitsministeriums gehen. Jede Menge Körper und Gesichter ziehen vorbei. Hin und wieder werden Victor und Elin von gut gekleideten Männern und Frauen verdeckt, die sich zwischen sie und die Kamera schieben.
»Er hat dir nichts zugesteckt, als ihr die Büros durchquert habt?«, fragt Vitkind.
Auf dem Bildschirm sieht man die Espressobar und eine lachende Sophia im Hintergrund.
»Die Kameras sind falsch platziert«, meckert Cody.
»Was hat er zu dir gesagt?«, will Vitkind wissen.
»Er hat mich gefragt, ob ich einen Espresso will.«
»Total falsch platziert«, brummt Cody.
Elin und Victor gehen den Flur entlang und Victor bleibt vor einer Tür stehen. *Leberblümchen* steht darauf.
Victor benutzt sein Mobil, um die Tür zu öffnen. Man hört keinen Laut.
»Was sagt er?«, fragt Vitkind.
»Dass er die Tür nicht öffnen kann, weil seine Batterie zu schwach ist. Dann hat er mich gebeten, ihm mein Mobil zu leihen, damit er die Schlüsselinfos kopieren kann. Er meinte, das müsse funktionieren.«

»Bingo«, sagt Cody mit einem Stöhnen.
»Er hat dein Mobil geknackt«, stellt Vitkind fest und hält den Film an.
»So ist das also passiert«, seufzt Cody. »Dieser Mistkerl!«
Vitkind erklärt Elin den Zusammenhang. »Die Aufzüge arbeiten mit Augen- und Gesichtserkennung. Deinem Mobil entnehmen sie die Informationen, welche Stockwerke du erreichen darfst. Und an diese Informationen ist Victor herangekommen, als er sagte, er wolle deine Schlüsselinformationen kopieren, um die Tür zu öffnen. Victor wusste jedoch nicht, dass sich die Tür zur Empfangshalle nur dann öffnet, wenn die Daten der Gesichtserkennung mit dem Mobil seines Trägers übereinstimmen. Da seine Augen nicht zu den Daten auf deinem Mobil passten, hat sich die Tür nicht geöffnet.«
Cody sieht blinzelnd an die Decke, als sei er in Gedanken den größten Rätseln des Universums auf der Spur. Dann wendet er sich an Elin: »Bleibt die Frage, warum du in diesem Moment in der Empfangshalle aufgetaucht bist.«
»Ich war auf dem Weg zur Polizei.«
Cody rutscht auf dem Stuhl hin und her, ehe er sich Elin entgegenbeugt. Sie weicht zurück, als habe er schlechten Atem. »Was wolltest du da?«
»Das geht Sie ja wohl nichts an.«
»Wir wissen es bereits«, schaltet Vitkind sich ein.
Cody lehnt sich zurück, verschränkt die Hände hinter dem Kopf und überkreuzt die Beine, wodurch man das Muster auf seinen Stiefeln erkennen kann. Er bürstet sich ein paar Schuppen vom rechten Ärmel und sieht aus wie jemand, der gerade erfahren hat, dass sein Auto demoliert worden ist. »Irgendwas stinkt hier nach altem Fisch«, murmelt er.
»Vielleicht ist eine alte Scheuerwunde wieder aufgegangen«, schlägt Elin vor und präsentiert ihr einnehmendstes Lächeln.

»Ha!«, schnaubt Cody.
»Wir werden dein Mobil kopieren«, sagt Vitkind und streckt die Hand aus. Elin gibt es ihr, worauf Vitkind aufsteht und durch die Tür neben Osslunds Gebirgslandschaft verschwindet.
Elin wendet sich an Cody: »Wollen Sie noch mehr wissen?«
Er zuckt die Schultern und zwirbelt seine rechte Schnurrbartspitze. »Im Moment nicht.«
Sie schweigen, bis Vitkind zurückkehrt.
Elin nimmt Blickkontakt zu ihr auf. »Und jetzt?«
Vitkind seufzt. »Fürs Erste sind wir fertig.«
Elin bekommt ihr Mobil zurück und steckt es sich, während Cody sie beobachtet, in die Tasche.
»Wir könnten vielleicht mal zusammen ausreiten«, schlägt er vor.
Elin tut so, als hätte sie nichts gehört, und geht zur Tür. Sie öffnet sich automatisch, ohne dass sie die Klinke berühren muss.

3

»Da wären wir«, stellt Turing fest, der draußen auf sie wartet.
»Sie glauben, dass ich mit Jan Victor zusammengearbeitet habe«, flüstert Elin.
Turing deutet in Richtung Aufzüge. »Da oben wartet ein Auto.«
»Warum wollen mich alle verhören?«
»Sie hoffen, dass du irgendwas weißt.«
»Warum sollte ich einem Roboter helfen wollen?«
»Ich glaube, in diesem Stadium geht es nicht um das Motiv. Sie fragen sich einfach, wie es möglich war, dass Jan Victor bis in die Empfangshalle vordringen konnte.«

Die Aufzugtüren öffnen sich und sie steigen ein.
»Wer ist Cody?«
»Ach.« Turing lächelt. »Buffalo Bill!« Dann lachte er sein Kinderlachen. »Ein kleiner Mann mit viel zu hohen Absätzen. Er repräsentiert den Minderheitseigentümer.«
»Und wer ist das?«
»Ein multinationales Technologieunternehmen, dem mehrere schwedische Bergwerke und etwa zwanzig Grundstücke hier in Grövelsjö gehören. Außerdem gehört ihnen das Borderland.«
»Und weiß man, wer der Mehrheitseigentümer ist?«
»Der schwedische Staat besitzt fünfundfünfzig Prozent.«
»Wovon?«
»Vom Labyrinth.«
Der Aufzug bleibt stehen, die Türen öffnen sich.
»Wir sehen uns, Elin«, sagt Turing, woraufhin sich die Türen wieder schließen.
Der Polizist im Eingangsbereich ist verschwunden. Hinter der Glasscheibe sitzen zwei frauenähnliche Personen, bei denen es sich offenbar um Roboter handelt. Das große Tor öffnet sich und Elin geht zum gepanzerten Wagen und den schwer bewaffneten Leibwächtern.
Das Auto bringt sie zu dem Haus, wo sie Morgan, dem Chef des Personenschutzes, begegnet ist. Sie wird eingelassen und eine junge Frau mit rostroten Nägeln und Zahnspange folgt ihr zu den Aufzügen. Sie fahren nach oben und gehen einen langen Flur hinunter. Die Frau mit der Zahnspange schweigt.
Der Raum, in den Elin geführt wird, ist kaum größer als eine Duschkabine. Ein blauer Vorhang mit Lachmöwen in Originalgröße verhüllt das Fenster. An den Wänden befindet sich nichts, nicht einmal ein Regal mit Aktenordnern.
Eine Frau sitzt hinter einem Schreibtisch – ihre Daunenweste hat

sie über den Stuhlrücken gehängt. Sie beugt sich über den Tisch: »Jetzt ist sie da.« Dann steht sie auf und streckt ihre Hand aus. »Astrid Wanngård.«
»Elin Holme.«
»Wie schön, dass du so schnell kommen konntest«, sagt sie mit Blick auf den Bildschirm.
»Man hat mich aufgehalten.«
»Ich weiß. Wir werden dieses Gespräch aufzeichnen. Wenn du willst, bekommst du eine Abschrift.«
»Was soll ich damit?«
Astrid Wanngård antwortet nicht, sondern blickt unverwandt auf den Bildschirm.
Ein Mann in Jeans, einem langärmligen weißen Hemd und abgewetzten Clogs betritt den Raum. Er ist so groß und schlaksig wie ein Hochspringer. Seine Haare sind grau meliert. Er lächelt breit und hält eine Dose Snus-Tabak in der linken Hand. »Göran Andersson.«
»Elin.«
»Gut, dass du sofort kommen konntest.« Er wirft seiner Kollegin einen Blick zu. »Mein Büro ist größer.«
Astrid Wanngård breitet die Arme aus, als wolle sie jemanden umarmen. »Es wird nicht lange dauern.« Wanngård deutet auf den Stuhl, der vor dem Schreibtisch steht, während sich der Mann namens Göran an die Wand lehnt.
Elin setzt sich auf den Stuhl, der aus gepresstem Birkenholz besteht. »Was wir verstehen wollen«, sagt Wanngård und nimmt ebenfalls Platz, »ist, warum du Uehara deine Jacke gegeben hast.« Sie tippt ein paar Befehle in den Computer.
»Das habe ich doch schon erklärt.«
»Dann erklär es noch mal«, fordert Göran Andersson sie auf und dreht die Snus-Tabakdose in seiner Hand.

»Weil sie gefroren hat.«
»Woher wusstest du das? Hat sie es gesagt?«
»Sie hat mit den Zähnen geklappert.«
»Niemand sonst hat gesehen, dass sie mit den Zähnen geklappert hat«, behauptet Wanngård.
»Hat sie aber. Ich glaube, die Königin hat es auch bemerkt.«
»Hast du nicht befürchtet, selbst zu frieren, wenn du deine Jacke weggibst?«, will Göran Andersson wissen.
»Ich friere nicht so leicht.«
»Uehara wird auch nicht so leicht gefroren haben. Sie hat seit dem Vorschulalter Kampfsport trainiert, mit nackten Füßen auf gefrorenem Gras. Ihre Kameraden sagen, sie sei hart im Nehmen gewesen.«
»Wie das wohl auf Japanisch heißt«, sagt Elin.
Wanngård runzelt die Stirn. »Wie meinst du das?«
»Ich frage mich, was ›hart im Nehmen‹ auf Japanisch heißt.«
»Erzähl uns bitte, was passiert ist.«
»Wann?«
»Als Uehara erschossen wurde.«
Elin seufzt. »Das haben Sie doch schon so oft gehört.«
»Wir wollen es gern noch mal hören«, entgegnet Göran Andersson.
»Wir waren bis zum Flugzeug gekommen«, sagt Elin.
»Bis zum Wrack«, präzisiert Wanngård.
»Sie hatte Probleme mit ihrem Ton.«
»Wie meinst du das?«, fragt Andersson.
»Wir hatten Kopfhörer. Ihrer hat nicht funktioniert, also habe ich versucht, ihr zu helfen. Die Königin hat ebenfalls versucht, ihr zu helfen. Ich wollte ihr meine Jacke geben.«
»War es deine Jacke?«
»Ich hatte sie von der Königin geliehen.«
Wanngård beugt sich über den Tisch, stützt ihre Ellenbogen darauf und legt das Kinn in die Hände. Ihr Mund ist halb geöffnet, als

habe sie sich erkältet und Schwierigkeiten, durch die Nase zu atmen. »Du hast also eine Jacke weggegeben, die du dir selbst geliehen hattest. Warum hattest du keine eigene?«
»Meine Jacken sind zu Hause.«
»Und wo wohnst du, wenn du in Grövelsjö bist?«
»Bei der Königin.«
»Du und die Königin, ihr seid Freundinnen«, stellt Göran Andersson fest und dreht die Snus-Tabakdose in der Hand.
»So enge Freundinnen, dass du bei ihr wohnst, wenn du in Grövelsjö bist«, verdeutlicht Wanngård und klingt wie jemand, der seinen eigenen Worten nicht traut.
»Ja.«
»Wer hat vorgeschlagen, dass du die Jacke ausleihen sollst?«
»Das weiß ich nicht mehr.«
»Ging die Initiative von dir oder von der Königin aus?«
»Die Königin sagte, dass es kalt sein könnte am See.«
»Wie waren die anderen gekleidet?«, fragt Andersson, tritt ans Fenster, zieht den Vorhang zur Seite und sieht hinaus.
»Sie haben Anzüge getragen. Skarpheden hatte einen Pullover unter dem Sakko. Die Königin trug eine Jacke. Von den Japanern war niemand warm angezogen. Anscheinend hatte ihnen keiner gesagt, dass es kalt werden könnte.«
»Also war Uehara vielleicht nicht die Einzige, die gefroren hat.«
»Nein, vermutlich nicht.«
»Aber es war Uehara, die sich deine Jacke geliehen hat?«
»Ich sah, dass sie fror. Außerdem standen wir nebeneinander.«
Göran Andersson wirft die Tabakdose in die Luft und fängt sie wieder auf. Dann zieht er den Vorhang vor und tritt ein Stück zur Seite, um Elins Gesicht besser sehen zu können. »Was hast du über Uehara gedacht?«
»Wie meinen Sie das?«

»Hast du mit ihr geredet?«
»Nicht viel.«
»Aber du hattest schon vorher von ihr gehört?«
»Skarpheden hat ein bisschen von ihr erzählt.«
»Was?«
»Dass er als Jugendlicher in Hiroshima in sie verliebt war.«
Göran Andersson dreht sich um und lässt die Snus-Dose in seiner Tasche verschwinden. Er macht ein paar Schritte im Raum, steigt aus seinen Clogs und setzt sich auf das Fensterbrett. »Was hältst du von Skarpheden?«
»Ich mag ihn.«
»Bist du verliebt in ihn?«
Elin hebt die Stimme: »Was hat das mit dieser Sache zu tun?«
Andersson wiederholt die Frage: »Bist du in Skarpheden verliebt?«
Elin stößt ein Schnauben aus. »Nein.«
»Als du im Borderland zusammengebrochen bist, war *er* es, der dich in dein Zimmer getragen hat.«
»Ja.«
»Und ihr habt keine Liebesbeziehung?«
»Nein.«
»Was für eine Beziehung habt ihr dann?«
»Wir kennen uns.«
»Wie habt ihr euch kennengelernt?«
Elin schweigt.
»Wie habt ihr euch kennengelernt?«, wiederholt Andersson.
»Bin ich wegen irgendwas angeklagt?«
Wanngård schüttelt den Kopf. »Nein.«
»Warum fragen Sie dann so viel?«
»Wir wollen wissen, was passiert ist.«
»Ich stand neben ihr, als sie erschossen wurde. Warum stellen Sie so viele Fragen?«

Wanngård und Andersson tauschen Blicke. Nach einer Weile ergreift Andersson das Wort.

»Ich bin fünfzehn Jahre lang Polizist gewesen. Wenn ich dieses Haus hier verlasse, bin ich oft bewaffnet. Ich habe Männer und Frauen festgenommen, die als gefährlich galten. Doch nicht ein einziges Mal musste ich meine Dienstwaffe benutzen, geschweige denn auf jemanden schießen. Aber du, Elin Holme, bist zwanzig Jahre alt und hast bereits drei Menschen getötet. Wenn jemand in deiner Nähe stirbt, dann beginnen die Leute, sich Fragen zu stellen.«

Elin atmet tief durch. »Darum geht es also.«

»Worum geht es also?«, fragt Wanngård.

»Dass ich so bin, wie ich bin. Sie sind hinter mir her, weil ich ich bin. Sie glauben, wenn jemand in meiner Nähe stirbt, dann muss es etwas mit mir zu tun haben.«

Wanngård und Andersson blicken sich erneut an, ehe Andersson weiterspricht: »Uehara wurde von jemandem erschossen, der sechshundert Meter entfernt auf dem Birkenhügel an der Nordseite des Sees lag. Wer auch immer das gewesen ist, muss gewusst haben, dass ihr einen Ausflug zum Wrack macht. Hast du das vielleicht irgendjemandem gegenüber erwähnt?«

»Nein.«

»Warum warst du überhaupt dabei?«, will Andersson wissen.

»Das hat die Königin vorgeschlagen.«

»Und warum hat sie das getan?«

»Das müssen Sie sie schon selbst fragen.«

Andersson holt die Tabakdose wieder aus der Tasche, dreht den Deckel ab und schiebt sich etwas Snus unter die Oberlippe. Er fängt Elins Blick auf und hält ihn fest. »Was für ein Gefühl ist es, Skarpheden und Uehara zusammen zu sehen?«

»Das ist kein besonderes Gefühl.«

»Während des Mittagessens hast du sie angeblich nicht aus den Augen gelassen.«
»Wer hat das gesagt?«, ruft Elin erregt.
»War es so?«
»Wer hat das gesagt?«, wiederholt Elin.
»Hattest du Schwierigkeiten, den Blick von ihm abzuwenden?«
»Das weiß ich nicht. Ich hatte gehört, wie sehr er sich in sie verliebt hatte, als er ihr in Hiroshima begegnet war. Ich war neugierig. Sie war hübsch. Es war …« Elin zögert eine Weile.
Wanngård fragt nach. »Wie?«
»Wie die romantische Begegnung in einem Spielfilm, in dem sich die Liebenden endlich wiedersehen. Und man weiß, dass es das letzte Mal sein wird. Kann schon sein, dass ich sie angeglotzt habe.«
»Warst du eifersüchtig?«
Elin stöhnt auf. »Auf wen?«
»Die Auswahl ist ja nicht besonders groß.«
»Nein.«
Wanngård tippt auf der altertümlichen Tastatur des Computers herum. Nach einer Weile hebt sie den Kopf.
Elin wirft einen Blick auf die geschlossene Tür. »Wo sind die Toiletten?«
Wanngård streckt ihren Arm aus. »Nach links.«
Elin steht auf, geht zur Tür und tritt auf den Flur. Sie passiert eine offene Tür, zwei Uniformierte sehen sie an. Dann betritt sie die Toilette und schließt sich ein. Es gibt kein Papier. Sie geht zurück bis zur Türöffnung, wo sie die beiden Uniformierten gesehen hat. »Es gibt kein Toilettenpapier.«
Einer der Männer streckt seinen Arm aus. »Da drüben gibt es noch eine andere Toilette.«
Elin findet die andere Toilette und schließt sich in der Kabine ein. Sie zieht ihre Hose herunter und setzt sich auf den Plastikring. Ihr

Blick fällt auf einen zentimeterdicken Pappstreifen, der mit Klebeband an der Tür befestigt wurde. Der Text darauf besteht ausschließlich aus Großbuchstaben: *ES GIBT ZWEI ARTEN VON MENSCHEN – DIE INHAFTIERTEN UND DIE ZUKÜNFTIG INHAFTIERTEN.*

Anschließend trocknet sie sich die Hände ab, betrachtet sich im Spiegel, streicht mit gespreizten Fingern durch ihre Haare und kehrt auf den Flur zurück. Sie hat Schwierigkeiten, den Raum zu finden, in dem sich Wanngård und Andersson aufhalten. Alle Türen sind verschlossen. Sie klopft aufs Geratewohl an eine Tür, öffnet sie und wirft einen Blick in den Raum.

Andersson sitzt auf dem Stuhl hinter dem Schreibtisch. Wanngård steht am Fenster, gibt ein Stöhnen von sich und streckt die Hände über den Kopf. »Rückenprobleme«, erklärt sie mit gepresster Stimme.

Andersson steht auf und zeigt auf den leeren Stuhl. »Bitte schön!«

Elin nimmt Platz.

»Du warst noch nicht oft in Grövelsjö«, stellt er in einem Ton fest, als würde er ihr vorwerfen, viel zu wenig Gemüse zu essen.

»Ja, das stimmt.«

»Ist das nicht seltsam, wenn man bedenkt, dass du für den Reichstag kandidierst?«

»Ich weiß nicht, was daran seltsam sein soll.«

»Was meinst du selbst?«

Elin antwortet nicht, während Wanngård ein paar Tasten drückt, den Blick hebt und den Monitor in Elins Richtung dreht: »Wer ist dieser Mann?«

Ein Gesicht füllt den gesamten Bildschirm aus.

»Das ist der Oberkellner aus dem Borderland.«

»Wie oft bist du ihm schon begegnet?«

»Das erste Mal vor ein paar Jahren, nachdem ich aus meiner Gefangenschaft ausgebrochen war. Er hielt sich in einem Schuppen nördlich von Idre auf. Er war betrunken und hat nach Gerdas Bein gegriffen. Ich hab ihm mein Messer über den Handrücken gezogen und bin weggelaufen. Später habe ich ihn zwei- oder dreimal im Borderland gesehen.«

»Hab ihr miteinander geredet?«, will Wanngård wissen.

»Nur über Dinge, über die man sich nun mal unterhält mit einem Oberkellner.«

»Was hast du gedacht, als du ihm im Borderland begegnet bist?«

»Das hat wahrscheinlich zu meinem Zusammenbruch beigetragen.«

Wanngård und Andersson tauschen Blicke. Wanngård seufzt.

Neue Menschen erscheinen auf dem Bildschirm.

»Ist darunter jemand, den du kennst?«

»Sie hier war Polizistin, als ich ihr das erste Mal begegnet bin. Sie hat mir geholfen, von hier zu fliehen.«

»Du stehst also in ihrer Schuld?«

»Nein.«

»Aber wenn sie dir zur Flucht verholfen hat, musst du ihr doch dankbar sein.«

»Nein.«

»Weißt du, wie sie heißt?«

»Sie nennt sich Syria, sieht aber nicht so aus, als sei sie dort geboren worden. Sie sieht eher aus wie eine Sennerin mit harten Augen.«

»Seltsamerweise«, fährt Andersson fort, »hatten der Oberkellner vom Borderland und die Frau, die du Syria nennst, in letzter Zeit Kontakt miteinander. Weißt du nichts davon?«

»Warum sollte ich davon wissen?«

»Vielleicht, weil du in ihrer Schuld stehst?«

Elin hört ihre schrille Stimme: »Ich bin niemandem etwas schuldig und weiß nicht, was Sie sich da zusammenreimen!«

»Wir reimen uns gar nichts zusammen«, erklärt Andersson.
»Wir versuchen nur zu verstehen, was geschehen ist«, ergänzt Wanngård.
»Wie war das also?«, fragt Andersson. »Du und Syria, ihr seid früher schon aufeinandergetroffen. Auch wenn du das anders siehst, stehst du in ihrer Schuld. Und dem Kellner bist du auch zuvor begegnet.«
»Solltest du die rote Jacke nicht eigentlich einer anderen Person geben?«, fragt Wanngård.
»Ich begreife es einfach nicht«, stöhnt Elin.
»Ein Mann, der mit auf dem Boot war, hat sich Kurosawa genannt. Er scheint den Roboter Turing designt zu haben. War er es nicht, der die rote Jacke bekommen sollte?«
Elin kann ihre Stimme nicht mehr kontrollieren: »*Ich* sollte die Jacke haben. Und ich habe sie Mio geliehen, weil sie gefroren hat.«
»Mio«, sagt Wanngård und gibt etwas auf der Tastatur ein. »Reden wir hier von Uehara?«
»Als Kurosawa im Grandhotel in Oslo eintraf, ist er an der Bar zusammengebrochen und war sofort tot. Womöglich Blausäure. War es vielleicht so, dass er eigentlich am Flugzeugwrack sterben sollte?«
Elin schlägt sich die Hände vors Gesicht. »Ich begreife nicht, was in Ihren Köpfen vorgeht«, murmelt sie.
»Wir glauben, dass jemand versucht, die Kontrolle über einen Roboter namens Turing zu erlangen. Und wir glauben, dass du womöglich bestimmte Dinge weißt, ohne dir darüber im Klaren zu sein. Also wollen wir dir helfen, Zusammenhänge zu begreifen, die nicht unmittelbar auf der Hand liegen.«
»Ich dachte, sie wären hinter mir her gewesen.« Elin stöhnt.
»Wer?«
»Diejenigen, die geschossen haben. Ich dachte, die Mörder der Borlänge-Gang hätten es auf mich abgesehen.«

Die Rückenlehne knarrt, als sich Wanngård zurücklehnt. »In deinem Alter ist es ganz normal, dass man vorwiegend mit sich selbst beschäftigt ist. Aber es geht nicht immer nur um dich. War es nicht so, dass dir jemand vorgeschlagen hat, eine Jacke von der Königin zu leihen und sie Kurosawa zu geben?«

»Aber die Eifersucht kam dazwischen«, mutmaßt Andersson. »Also hast du nicht getan, was man dir gesagt hatte, sondern hast die Jacke stattdessen Uehara gegeben.«

»Du hast gemerkt, dass Uehara eine innige Verbindung zu jemandem hatte, in den du selbst verliebt warst.«

Elin schüttelt den Kopf.

»Was doch allzu verständich ist«, ergänzt Wanngård. »Du stehst in Syrias Schuld, weil sie dir und deiner Tochter geholfen hat zu fliehen. Wir wissen zwar noch nicht, wie das vor sich ging, aber du wurdest von ihr kontaktiert und beauftragt, dir eine bunte Jacke zu besorgen und sie Kurosawa zu leihen. Ja, und dann ...«

Andersson spielt mit der Snus-Tabakdose. »Kurosawa war einer der weltweit führenden Experten für Humanoide. Irgendjemand wollte, dass er stirbt. Und wir glauben, dass dieser Jemand dich benutzt hat.«

Elins und Wanngårds Blicke begegnen sich über dem Bildschirm. Dann wendet sich Elin an Andersson. »Sie sind doch völlig übergeschnappt. Wo findet man bloß solche Leute wie Sie? Leute, die eine so lebhafte Fantasie haben, dass schlichtweg alles möglich erscheint.« Elin hält sich einen Finger an die Schläfe. »Alle kranken Fantasien dieser Welt scheinen bei Ihnen auf fruchtbaren Boden zu fallen. Ich verstehe nicht, wie Sie denken. Und ich, ich ...«

»Was?«, sagt Andersson.

Elin schweigt eine Weile, ehe sie aufsteht. »Ich will jetzt nach Hause.«

»Du meinst, nach Hause zur Königin?«, fragt Andersson.

Elin antwortet nicht.
»Willst du ein Glas Wasser?«, fragt Wanngård.
Elin starrt die Frau hinter dem Schreibtisch böse an. »Von *Ihnen* will ich gar nichts!« Dann wendet sie sich an Andersson, der die Snus-Tabakdose wieder in die Tasche gesteckt hat. »Und von Ihnen auch nicht!« Damit tritt sie auf den Flur und trifft bei den Aufzügen auf die Frau mit der Zahnspange. Schweigend und mit abgewandten Blicken fahren sie gemeinsam nach unten. Als Elin aus dem Tor tritt, ist der gepanzerte Wagen schon vorgefahren und die beiden Leibwächter stehen rechts und links der Tür. Sie scheinen sich mit ihren Augen irgendwo anders zu befinden und bemerken kaum, dass Elin auf dem Rücksitz Platz nimmt.

4

Elin verlässt den Aufzug und geht durch die Halle zur Königin, die im Bett liegt und eines dieser Bücher liest, deren Seiten man auftrennen muss. In der rechten Hand hält sie einen Brieföffner. Auf einem Tablett steht eine Teetasse neben ein paar Keksen.
»Das hat ja eine Weile gedauert«, stellt die Königin fest und legt das Buch weg, wobei sie den Brieföffner als Lesezeichen benutzt. »Was haben sie mit dir gemacht?«
Elin wirft sich auf den Bauch und berichtet, was sie erlebt hat. »Alle verdächtigen mich.« Sie schweigt eine Weile, ehe sie fortfährt. »Ich bin sicher, dass der Flur, auf dem ich Vitkind begegnet bin, der Ort ist, wo ich gefangen gehalten wurde. Ich glaube, ich war sogar in dem Raum, in dem ich verhört wurde.« Die Königin streicht ihr über das Haar. »Das ist alles meine Schuld«, sagt Elin.

»Eine Tasse Tee wird dir guttun«, entgegnet die Königin, steht auf und geht in die Küche.

Elin dreht sich auf den Rücken, liegt eine Weile schweigend da und starrt an die Decke. Die Geräusche, die sie ausstößt, klingen wie die Klagelaute einer alten Frau über das Elend der ganzen Welt.

Sie setzt sich auf, nimmt das Buch der Königin zur Hand und blättert darin. Nach der Arbeit mit dem Brieföffner sind die Ränder der Seiten ausgefranst. Sie klappt das Buch zu und betrachtet den Umschlag. *Markurell.*

Elin legt das Buch zur Seite und fragt die Bildwand nach Neuigkeiten ab. Eine Reporterin, die einen farbenfrohen geblümten Rock, eine kurzärmlige weiße Bluse sowie eine riesige Brille trägt, steht vor dem Schloss in Örebro. Sie interviewt eine Frau mittleren Alters mit rasiertem Schädel, Gesichtstattoos und einem Kinderwagen.

Die Frau zeigt mit gestrecktem Arm in eine bestimmte Richtung.

»Das Polizeiauto kam von dort und einer der Jungen hat etwas geworfen. Als etwas explodierte, wusste ich, dass es eine Handgranate war. Dann fingen alle an zu schreien.«

Elin schaltet die Bildwand aus und legt sich auf den Bauch.

Nach einer Weile kommt die Königin mit dem Teetablett zurück.

Elin erzählt ausführlich und die Königin hört zu, ohne Fragen zu stellen. Als Elin ihren Bericht beendet hat, ist der Tee kalt geworden. Sie nimmt einen Keks und schiebt ihn sich in den Mund. Dann nimmt sie noch einen und spült mit kaltem Tee nach.

»Wie können die sich nur einreden, dass ich Mio aus Eifersucht eine Jacke gegeben habe, die einem Scharfschützen als Ziel diente? Wie kommt man auf so einen Blödsinn?«

»Neid«, erwidert die Königin. »Eine der sieben Todsünden. Sie haben den Eindruck gewonnen, dass Neid das Motiv für den Anschlag war. Entweder in Form von Eifersucht oder Neid auf technischen Fortschritt. Offenbar haben sie einen Berater, der sich solche Sachen ausdenkt.«

»Ich begreife es nicht«, nuschelt Elin mit vollem Mund. »Wie sollte das denn funktionieren? Dann müssen sie doch auch glauben, dass du an der Sache beteiligt warst. Dass du mir die rote Jacke gegeben und vorgeschlagen hast, sie jemand anderem zu leihen. Ich habe sie dann aber Mio geben, weil ich angeblich so eifersüchtig war.«

»Vermutlich denken sie, dass Kurosawa das Ziel war«, mutmaßt die Königin und streicht Elin über die Haare. Elin zieht sich eine Strähne vor die Augen und betrachtet sie. »Sind die schmutzig?«

»Ein bisschen.«

»Ich sollte sie waschen.«

»Skarpheden«, sagt die Königin. »Du hast den Roboter umgetreten, als du von hier weggegangen bist. Warst du eifersüchtig?«

»Auf wen?«

»Vielleicht auf mich? Oder auf Skarpheden? Du hast uns doch miteinander im Bett gesehen, ehe du weg bist?«

Elin errötet. »Mir scheißegal, mit wem du ins Bett gehst.«

»Kann schon sein, aber wie ist es mit Skarpheden? Ist es dir auch egal, mit wem *er* ins Bett geht?«

Elin schüttelt den Kopf. »Er ist nett, aber nicht mein Typ.«

Die Königin lacht. »Meiner auch nicht.«

Das Mobil der Königin klingelt und ein bärtiges Gesicht erscheint auf dem Display.

»Wir haben mehrere Kästen Beamish, Guinness und Murphys bekommen, aber das Thompsons ist noch nicht da. Ich wollte dir das nur mitteilen, weil Thompsons doch deine Lieblingsmarke ist. Wir bauen jetzt die Musikanlage auf. Wann kommst du?«

»Ich weiß noch nicht.«

»Aber du kommst doch?«

»Natürlich.«

Die Königin beendet das Gespräch und steckt sich das Mobil in die Tasche. »Ich mache heute Abend einen Pub auf. Das wird der erste einer Kette. Vier sind geplant, alle in Dalarna.«
»Ein Pub?«
»Ja. Magst du Bier?«
Elin rümpft die Nase. »Bier, nein.«
Die Königin leckt sich die Lippen. »Ich schon.«
»Aber ein Pub …«
»Die Leute brauchen Orte, an denen sie sich treffen können, und ich muss mein Geld ja irgendwie investieren. Bei einem Pub geht es nicht nur um Alkohol. Du kannst bestimmt raten, wie er heißen wird.«
»Woher soll ich das wissen?«
»Ich bin sicher, dass du draufkommst.«
»Und wie soll er nun heißen?«
»Queens Head. Und im nächsten Jahr starte ich eine Caféketté. Die wird den Namen Queens Foot tragen.«
»Hast du so viel Geld?«
»Ich habe eine saftige Abfindung bekommen und bin Miteigentümerin großer schwedischer Unternehmen, aber natürlich muss ich das Schloss und die Villen in Schuss halten. Abgesehen von alldem hier. Das sind viele, viele Quadratmeter, auch wenn die Roboter einen Großteil erledigen.«
»Aber du musst doch ohnehin so viel arbeiten«, sagt Elin mit einem Seufzen.
Die Königin stößt ein glucksendes Lachen aus. »Meine Aufgaben als Staatschefin sind in erster Linie repräsentativer Natur. Über das rein Zeremonielle hinaus leite ich den Staatsrat, wenn eine neue Regierung gebildet wird, und bin Vorsitzende des Auswärtigen Amts. Erinnerst du dich noch, dass du mir helfen wolltest, einen Wahlslogan zu finden?«

»Ja.«
»Und, ist dir was eingefallen?«
»Nein.«
»Dann denk noch mal nach.«
Elin schnaubt. »Bier und Gras, unsere einzige Hoffnung. Wie gefällt dir das?«
Die Königin lächelt und legt den Kopf auf die Seite. »Erzähl mir von Karins Kind.«
»Kann ich noch ein bisschen Tee haben?«
Die Königin zieht sich in die Küche zurück und Elin geht unter die Dusche. Sie wäscht sich die Haare und betrachtet sich im Spiegel. Aus einer Schachtel auf dem Regal nimmt sie eine neue Zahnbürste, und nachdem sie sich die Zähne geputzt, die Haare gebürstet und sich einen der weißen Frotteebademäntel angezogen hat, kehrt sie zum Bett zurück, wo die Königin sich ein paar Kissen in den Rücken gestopft hat. Neben ihr steht ein Tablett. Darauf eine Teekanne, Marmelade, Müsli, ein Kännchen mit Milch sowie eine Schale mit klein geschnittenem Obst.
Elin legt sich auf die Seite und nimmt sich die Obstschale, füllt einen Löffel und schiebt ihn sich in den Mund. »Karins Sohn scheint ein bisschen jünger zu sein als Gerda. Sie haben eine Flaschenpost am Flugzeugwrack gefunden. Darin waren ein Film und ein Drohbrief. *Solange es mir gut geht, geht es auch ihm gut*, stand da.«
»Eine Geisel«, stöhnt die Königin.
Elin holt ihr Mobil und zeigt ihr den Film.
Die Königin schüttelt den Kopf. »Er sitzt in einem ganzen normalen Sandkasten, wie es sie auf Spielplätzen im ganzen Land gibt.«
»Wie hat Karin darauf reagiert?«
»Sie bekämpft ihren inneren Schmerz mit Gin und war ziemlich betrunken, als ich weggefahren bin.«
»Wir müssen ein Treffen einberufen.«

»Wer?«
Die Königin antwortet nicht, also wiederholt Elin ihre Frage. »Wer?«
»Es gibt da eine Gruppe«, sagt die Königin, während der Bärtige, der für den Biereinkauf zuständig ist, erneut auf der Bildwand erscheint. »Wir haben hier einen Journalisten, der wissen will, ob es stimmt, dass du die Eigentümerin des Pubs bist. Was soll ich ihm antworten?«
»Halte dich an die Wahrheit.«
»Okay«, entgegnet der Bärtige. »Bis später.« Dann ist das Bild wieder verschwunden.
»Was ist das für eine Gruppe?«, will Elin wissen.
»Wir treffen uns ab und zu und reden über die Lage im Land. Nächstes Mal musst du dabei sein.«
»Was sind das für Leute?«
»Das wirst du sehen, wenn du kommst. Einer von ihnen war heute Morgen in den Nachrichten, dem bist du schon mal begegnet. Wie sieht's mit deinen Verspannungen aus?« Die Königin lässt eine Hand unter Elins weiche Haare gleiten und tastet ihren Nacken ab. »Muskeln aus Eisen«, murmelt sie. »Ich kann dich massieren.«
»Gerne, lass mich nur erst frühstücken.«
Elin isst den ganzen Obstsalat auf, trinkt zwei Tassen Tee und lässt auch keinen der Kekse übrig.
»Helperson und Lyndon, wer sind die?«
Die Königin ruft in Richtung Bildwand: »Helperson und Lyndon, die Unternehmensgeschichte!«
Auf der Bildwand beginnt eine von sanfter Musik unterlegte Filmreportage. Ein Mann mit kräftiger Stimme spricht Schwedisch. Bräunliche Aufnahmen von Männern mit Pelzmützen und Hundeschlitten in weißen Schneewüsten.
Die Erzählerstimme erklärt: »Zwischen 1896 und 1899 fanden sich hunderttausend Goldgräber am Klondike River in Alaska ein, die

verpflegt werden wollten. Also zogen zwei junge Männer aus Seattle nach Dawson und eröffneten dort einen Gemischtwarenladen. Die beiden Freunde George Helperson und Brian Lyndon kehrten später nach Seattle zurück, ehe sie nach San Francisco übersiedelten, wo sie eine Kette für Eisenwaren eröffneten. Nach dem Eintritt der USA in den Ersten Weltkrieg spezialisierten sich die beiden Freunde auf militärische Ausrüstung. Sie verkauften Stiefel, Gürtel, Strümpfe und Hüte für die Armee. Nach dem Ende des Krieges besaß Helperson und Lyndon eine ganze Ansammlung aus Schneidereien und kleinen Fabriken.« Die Erzählerstimme fährt fort: »Heute ist Helperson und Lyndon in vierzig Ländern aktiv. Das Unternehmen betreibt Bergwerke, investiert in Hightech und besitzt eine Reihe von Immobilien. Dem amerikanischen Wirtschaftsmagazin Forbes zufolge belegt Helperson und Lyndon auf der Liste der größten Unternehmen der Welt Platz 51. In Schweden widmet sich das Unternehmen vor allem dem Bergbau und der Forschung. Im betriebseigenen Hotel Borderland in Grövelsjö befindet sich auch die schwedische Unternehmenszentrale. Schweden-Chef William Andersen stammt von småländischen Auswanderern ab.«

Ein Foto von William Andersen wird eingeblendet.

Elin zeigt mit dem Finger darauf. »Cody.«

Die Königin lacht. »Du solltest mal mit ihm ausreiten. Er kann dir vielleicht Dinge erzählen, die uns alle interessieren. Soll ich dich jetzt massieren?«

»Gern.«

»Du kommst doch zur Eröffnung, oder?«

»Ich trinke kein Bier.«

»Es gibt auch Mineralwasser.«

»Du hast etwas über jemanden gesagt, der heute Morgen in den Nachrichten war.«

Die Königin setzt erneut die Bildwand in Gang und fordert eine Wiederholung der Nachrichten. Das Kameraobjektiv ist auf einen Mann mit Irokesenschnitt gerichtet.
»Ein Bekannter«, sagt die Königin.
Der Reporter nimmt die Brille ab, klappt sie zusammen und deutet mit ihr auf den Mann mit dem Irokesenschnitt. »Sie sind Professor für Sozialanthropologie und haben kürzlich ein Buch veröffentlicht, in dem es um die sogenannten ›schwedischen Clans‹ geht. Wovon genau handelt dieses Buch?«
Der Mann mit dem Irokesenschnitt streicht sich über das Kinn. »Die Macht der Clans ist eine traditionelle Methode, um einer schwachen Gesellschaft Sicherheit zu vermitteln. Oft, aber nicht immer geht es dabei um eine Ausweitung der Familie. In der Clangesellschaft ist man vor allem oder ausschließlich den Mitgliedern des eigenen Clans zur Loyalität verpflichtet. Die altisländische Gesellschaft war eine ausgeprägte Clangesellschaft. Es gab detaillierte Gesetze, jedoch keine ausführenden Organe, was bedeutete, dass man seinem gesetzlich zugesicherten Recht selbst Geltung verschaffen musste. Auch die schottischen Clans waren in gleicher Weise organisiert.
Im heutigen Schweden existiert eine Reihe von ethnischen Clans. Darüber hinaus gibt es clanähnliche Zusammenschlüsse, die auf dieselbe Art und Weise wie Familienclans funktionieren. Auch einige religiöse Sekten zählen dazu. Die großen kriminellen Organisationen können ebenfalls als Clans betrachtet werden, deren Mitglieder ihre Zugehörigkeit durch bestimmte Tattoos, Westen oder andere Erkennungszeichen zum Ausdruck bringen. Manche zählen gar gewisse Fußballklubs zu dieser Art von Organisationen, andere wiederum betrachten die Polizei mit ihren spezifischen Organisationsstrukturen als erweiterten Clan, wenngleich sie ein Teil des Staatsapparats ist.

Jeder Clan, in dem eine gewisse Verwandtschaft besteht, basiert auf der Loyalität seiner Mitglieder. Verräter werden verstoßen, manchmal sogar mit dem Tod bestraft. Verstöße werden prinzipiell nicht geduldet.«
Die Königin wirft Elin, die mit geschlossenen Augen in den Kissen liegt, einen Blick zu. »Schläfst du?«, flüstert sie und streicht Elin über die Wange.

5

Ein Elektrojeep hält fünf Meter von der Tür entfernt. Die Frau auf dem Rücksitz beugt sich vor. Der Mann hinter dem Steuer nimmt den falschen Bart ab und legt ihn auf den Beifahrersitz. Die Frau zieht sich enge hautfarbene Plastikhandschuhe über.
»Wenn ich in fünf Minuten nicht zurück bin, kommst du rein.«
»Okay.«
Die Frau trägt Jeans, ein schwarzes Polohemd, feste Schuhe und eine dunkelgrüne Sportjacke mit vielen Taschen. Die Jacke ist bis zum Hals zugeknöpft. Hätte sie in diesem Moment die Jacke geöffnet, wäre eine schutzsichere Weste sowie ein Revolver in einem Holster zum Vorschein gekommen. Sie geht die wenigen Schritte bis zur Tür und klopft an. Nach einer Weile klopft sie erneut und eine männliche Stimme auf der anderen Seite ruft: »Sturm!«
»Warnung«, antwortet die Frau, worauf sich die Tür öffnet.
Der Mann ist barfuß und hat eine fleckige Jeans sowie ein Flanellhemd an, das er über der Hose trägt.
Die Frau hat die Jacke geöffnet und ihre Hand um den Griff des Revolvers gelegt. Sie hält inne und lauscht.

»Ist nur das Kaminfeuer«, sagt der Mann. »Komm rein.«
»Geh du vor.«
Der Mann zuckt mit den Schultern und geht an den Kleiderhaken vorbei, an denen zwei Regenmäntel hängen. Auf dem Boden stehen ein Paar Gummistiefel und ein robuster Spazierstock. Der Flickenteppich ist verrutscht und hat sich zusammengeschoben. Der Mann stolpert darüber, bewahrt mühsam sein Gleichgewicht und murmelt etwas vor sich hin.
Der Raum sieht fast so aus, wie sie ihn in Erinnerung hat. Dort, wo der Tisch mit dem Vogelkäfig stand, steht jetzt ein Eimer.
»Das Dach leckt«, erklärt der Mann. »Kann ich dir was anbieten?«
»Nein danke.«
»Willst du dich setzen?« Der Mann zeigt auf die beiden Lehnstühle vor der Staffelei und die Frau setzt sich in den, der am weitesten entfernt ist. Der Mann nimmt auf dem anderen Stuhl Platz. »Du hast mein Glas geklaut.«
Die Frau nickt.
»Ich hatte vier«, klagt der Mann und hört sich so an, als würde er jeden Moment in Tränen ausbrechen. »Jetzt habe ich drei. Hast du gedacht, ich würde das nicht merken?«
»Vielleicht«, antwortet die Frau und blickt zum offenen Kamin, in dem ein paar Holzscheite glühen.
»Es wird feucht hier drin«, erklärt der Mann. »Sobald es anfängt zu regnen, ist es wie in einer Dampfsauna, nur ohne Wärme. Warum hast du mein Glas gestohlen?«
»Ich wollte keine Spuren zurücklassen.«
»Du hast es also mitgenommen?«
Die Frau nickt.
»Das ist ja fast paranoid«, brummt der Mann, steht auf und geht zum Kamin, vor dem ein Kasten Bier steht. Er bückt sich und nimmt eine Flasche heraus. Mit einem Öffner, den er aus der Tasche

gezogen hat, hebelt er den Verschluss ab. »Ich will hier drin Zimmertemperatur haben«, erklärt er und setzt die Flasche an die Lippen. »Bist du sicher, dass du nichts willst?«

»Ich mag kein Bier.«

Der Mann kehrt zu seinem Stuhl zurück und setzt sich wieder hin. »Dumm gelaufen«, stellt er fest.

Die Frau seufzt. »Ich habe ganz genau gesehen, dass sie die Einzige war, die etwas Rotes anhatte, und habe für einen Moment die Augen geschlossen, um nicht … Du weißt schon. Sie muss die Jacke der Geisha gegeben haben, weiß der Teufel, warum. Wie kann man nur so bescheuert sein? Jeder Schuljunge sieht doch wohl den Unterschied zwischen groß und klein, zwischen blond und schwarzhaarig.«

»Muss ein guter Schuss gewesen sein. Sechshundert Meter.«

»Woher weißt du das?«

»Darüber haben doch alle Sender berichtet. Man hat sogar Bilder von ihrem Kind gesehen. Siehst du manchmal deinen Jungen?«

Die Frau antwortet nicht.

Der Mann trinkt einen Schluck und stellt die Flasche auf den Boden. Im Kamin kracht ein Holzscheit zu Boden. Die Frau dreht den Kopf und der Papagei ruft: »Schau hin! Schau hin!«

»Hast du noch andere Kontakte da oben?«, will die Frau wissen.

»Zu wem zum Beispiel?«

»Zu jemandem, der etwas über sie weiß.«

Der Mann nimmt die Flasche und trinkt einen Schluck. »Was willst du wissen?«

»Ich komme hier nicht an sie ran, deshalb muss ich sie an irgendeinem anderen Ort erwischen.«

»Sie wohnt bei ihren Eltern im Wald. Du kannst sie dir doch wohl bei Mama und Papa schnappen.«

»Sie wird so gut bewacht wie der Präsident der Vereinigten Staaten.«

»Auch von denen sind schon welche erschossen worden.«
Syria schnaubt. »Stimmt schon, aber um welchen Preis?«
»Sie hat eine Tochter.«
»Das Kind wohnt bei den Großeltern, dort komme ich nicht an es ran.«
»Und wie willst du's jetzt anstellen?«
Die Frau schweigt einen Moment, ehe sie antwortet: »Die Leibwächter werden sie nicht ständig im Auge behalten können.«
»Du willst es diesmal nicht aus weiter Entfernung versuchen?«
Die Frau steht auf. »Bin gleich wieder da.« Sie geht hinaus zum Wagen, beugt sich vor und spricht durch die heruntergefahrene Scheibe: »Ich bleib noch eine Weile.« Dann holt sie einen langen, schmalen Aluminiumkoffer aus dem Kofferraum und kehrt damit ins Haus zurück.
»Willkommen, willkommen«, plappert der Papagei, als sie den Raum betritt, den Koffer vor dem Kamin abstellt und sich wieder auf ihren Stuhl setzt.
»Jemand, der etwas über sie weiß – kennst du so jemanden?«
Der Mann starrt vor sich hin. Die Leinwand ist leer und kaum größer als ein Tablett.
»Kennst du so jemanden?«, wiederholt die Frau.
»Hast du mal versucht zu malen?«, fragt der Mann.
Die Frau schüttelt den Kopf.
»Mach mal einen Anfängerkurs«, schlägt der Mann vor. »Das ist charakterbildend.«
Die Frau schnaubt. »Charakterbildend?«
»Man lernt viel über sich selbst, wenn man Dinge tut, die eine Herausforderung sind.«
»Ich versuche, den Liebling des ganzen Landes zu töten. Das ist wirklich eine Herausforderung, wenn auch nicht charakterbildend.«

Der Mann streckt die Bierflasche in die Luft, als wolle er ihr zuprosten. Dann trinkt er. »Verdammt«, grummelt er mit Blick auf die Leinwand. Nach einer Weile leert er die Flasche in einem langen gluckernden Zug. »Vielleicht kenne ich jemanden, der dir helfen kann.«
»Wen?«
Der Mann schüttelt den Kopf. »Hat keinen Zweck, seinen Namen zu nennen, ehe ich mich umgehört habe.«
»Es ist also ein Mann? Wann kann ich Kontakt zu ihm aufnehmen?«
»Ich frag mal nach. Wenn du bei Wongs ein Sonderangebot für brasilianischen Kaffee bekommst, kannst du hierherkommen. Auf dieselbe Weise wie heute. Gleiche Zeit, gleiches Signal.«
»Ich mag keine Wiederholungen«, erklärt die Frau. »Alles Elend beginnt mit Wiederholungen. Ich bin hier schon einmal zu viel gewesen.«
»Stimmt«, brummt der Mann. »Warum hast du mein Glas mitgenommen?«
»Ich wusste nicht, ob du es sorgfältig genug abwäschst. Wollte keine Fingerabdrücke hinterlassen.«
»Du bist so verdammt paranoid.«
»Alle plagen sich mit ihrer Paranoia, weil niemand mehr weiß, was wirklich vor sich geht. Sie kapieren nicht, dass sie überwacht, gejagt, ausspioniert und an Firmen in der ganzen Welt verkauft werden. Die Roboter, ständige Unwetter, kriminelle Netzwerke und inkompetente Politiker – das alles trägt zu einer Stimmung der ständigen Unsicherheit bei, doch niemand versteht die Zusammenhänge. Irgendwann wird man den perfekten Sündenbock gefunden haben. Und dann wird das Grauen erst richtig losgehen.«
Der Mann schüttelt den Kopf und seufzt auf. »Niemand außer dir kapiert, wie's aussieht?«
Die Frau nickt. »Genau. Größenwahn und Paranoia. So bin ich in Syrien geworden.«

Der Mann starrt auf die leere Leinwand.
»Hast du *The Jumper* gesehen?«
»Nein.«
»Ein Fallschirmjäger hat sein ganzes Regiment gegen sich und traut sich nachts nicht zu schlafen. Nach einer Weile setzt ihm die Schlaflosigkeit mächtig zu. Er bekommt Halluzinationen und wird mehr und mehr zu einem lebenden Toten. Tolle Geschichte, aber sie weckt natürlich Erinnerungen.« Die Frau klingt, als würde sie das Wort direkt aus einem Albtraum holen: »Erinnerungen.«
Der Mann spricht zu sich selbst: »Ich habe ein gutes Schlafmittel, anders würde ich es nicht aushalten.«
Die Frau steht auf und zeigt auf den Metallkoffer. »Den da brauche ich nicht mehr. Den Tarnanzug behalte ich.«
Der Mann nickt. »Vergiss nicht, die Batterien zu wechseln.«
Die Frau nickt und geht zur Tür. Als sie sie öffnet, krächzt der Papagei: »Bis zum nächsten Mal!«

6

Als Elin und die Königin in die Empfangshalle kommen und die Aufzugtüren zur Seite gleiten, stehen zwei Frauen vor ihnen. Beide sind so groß wie Elin und beide sind in den Dreißigern. Die eine ist blond, die andere hat pechschwarze Haare und dunkle, wache Augen. Beide tragen Jeansanzüge. Die Dunkelhaarige trägt zudem ein schwarzes Hemd mit Kragen und eine dünne Goldkette um den Hals, die Blonde ein graues T-Shirt unter der Jacke.
»Tamara«, sagt die Dunkelhaarige und streckt Elin ihre Hand entgegen. »Ich soll dich begleiten.«

Auch die Blonde gibt Elin die Hand. »Linda.«
An Lindas Ohrläppchen baumeln dünne Nickelringe, ihr Mund sieht aus wie mit Heidelbeersaft verschmiert.
»Ich halte mich dicht hinter dir«, erklärt Tamara Elin. »Ich höre alles, was du sagst. Wenn du also jemandem etwas Vertrauliches mitteilen möchtest, musst du es dieser Person ins Ohr flüstern. Und da ich direkt hinter dir sein werde, bitte ich dich, nicht zu tanzen.«
»Okay«, entgegnet Elin. »No dancing.«
»Tamara war Mamas Leibwächterin«, erklärt die Königin. »Mehrere Jahre lang.«
»Zwei«, sagt Tamara.
»Tamara sollte eigentlich nach Kopenhagen mitkommen, ist aber zu Hause geblieben.«
»Meine Tochter war krank.«
»Yalun«, erklärt die Königin. »Yalun hat uns beiden das Leben gerettet.«
Sie verlassen den Lift und gehen hinaus. Ein gepanzerter Wagen wartet vor der Tür und zwei Männer mit Helmen, verstärkten Schutzwesten und Maschinenpistolen stehen zu beiden Seiten des Fahrzeugs.
»Sie brauchen uns nicht direkt vor dem Eingang rauszulassen«, sagt die Königin, nachdem sie Platz genommen haben. »Es ist der Eröffnungsabend und es werden sehr viele Leute da sein.«
»Wir haben unsere Anweisungen«, erwidert einer der Männer, ohne die Königin anzusehen.
»Sie können uns ja vielleicht vor dem Nebengebäude absetzen«, startet die Königin einen neuen Versuch.
»Wir haben unsere Anweisungen«, wiederholt der Mann auf dem Vordersitz und beugt sich zum Fenster, um zu beobachten, was dort draußen in der großen Welt vor sich geht. Der Wagen rollt davon und fährt um den See herum, dem Borderland entgegen.

Es bildet sich eine lange Schlange und Wachen mit kugelsicheren Westen lassen die Leute durch die Körperscanner passieren. Als die Königin aussteigt, applaudiert jemand, und als Elin erscheint, beginnt man zu skandieren: »Elin! Elin! Elin!«
Elin winkt und die Königin nimmt sie am Arm.
Zwei großgewachsene Männer in den Zwanzigern stimmen die Nationalhymne an, verstummen aber ebenso rasch, wie sie begonnen haben.
Elin und die Königin gehen durch die Körperscanner und dann sind sie drin. Drei Frauen in kurzen Röcken stehen auf einer Bühne, die vielleicht einen halben Meter hoch ist, und richten die Mikrofone ein. An einer langen Theke drängen sich junge Männer und Frauen.
»Hoch! Hoch! Hoch!«, jubelt jemand und eine Frau ruft: »Elin! Elin! Elin!«
Auf der Bühne erklingt ein Gitarrenakkord.
Die Königin zieht Elin mit sich zur Theke, die Leute rücken zur Seite und Elin spürt die Wärme von Tamaras Körper. Durch die Eingangstür drängen sich junge Männer und Frauen.
»Was möchtest du?«, fragt die Königin.
»Mineralwasser.«
»Ein Mineralwasser, Johan!«, bestellt die Königin, streckt eine Hand über die Theke und begrüßt einen Mann mit buschigem braunen Vollbart und leuchtend blauen Augen.
Er lacht. »Ist das alles?«
»Und dein bestes Stout.«
»Kommt sofort.«
Von der Bühne kommen weitere Gitarrenakkorde.
»Wird voll heute«, stellt die Königin fest und sieht zufrieden aus.
Auf der Bühne tritt eine der Frauen ans Mikrofon. Eine weiße Erscheinung mit Korkenzieherlocken. »Gerade ist Elin eingetroffen,

deshalb spielen wir jetzt ein Stück, das ihr alle kennt. Man sagt, dass Elin diesen Song mit sechzehn geschrieben hat.« Die Frau deutet mit ausgestrecktem Arm auf Elin und ruft: »Stimmt das, Elin?«
Elin verbirgt das Gesicht in den Händen.
»Der Song heißt *Marathon*!«, wird auf der Bühne verkündet. Der Drumcomputer stampft los und zwei Frauen spielen Gitarre. Alle drei singen – sie sind blond und langhaarig und tragen kurze Röcke, weiße langärmlige Hemden und ebenso weiße kniehohe Cowboystiefel. Das Tempo ist schnell, und obwohl sie aussehen wie verkleidete Märchenprinzessinnen, können ihre Stimmen Trommelfelle zum Platzen bringen:

Alles bricht zusammen, es gibt kein Halten mehr,
niemand hält den Druck aus, alles wird zu schwer.
Kalle ist auf Koks und Lena legt die Karten,
keiner weiß sich Rat und Papa will nicht warten.

Das Haus brennt lichterloh, doch Wasser ist knapp,
es tröpfelt aus den Hähnen, unsere Zeit läuft ab.
Die Schwester steht am Ufer und Mama ist ein Schrei,
kein Ausweg nirgends, auch mit dem Bruder ist's vorbei.

Manche sind dumm, andere zum Schrei'n,
ein Kumpel steht am Fenster und wirft 'ne Pille ein.
Ariadnes Faden, wir sehen ihn nicht mehr,
in diesen finstren Tagen fehlt er uns allzu sehr.

Alles bricht zusammen, es gibt kein Halten mehr,
der Pfarrer faltet die Hände, der Glockenturm ist leer.
Kalle ist auf Koks und Lena legt die Karten,
niemand weiß sich Rat und Papa will nicht warten.

Das Haus brennt lichterloh, doch Wasser ist knapp,
die Feuerwehr macht Urlaub, die Kinder hauen ab.
Nettan dreht durch und Janne glaubt an Gott,
die Alten stehen und warten und wir haben den Spott.

Die Kinder sind fort, es gibt sie nicht mehr,
doch die Fotos im Regal, erzählen von früher.
Kalle dreht durch und Lena treibt ab
Niemand weiß sich Rat und Papa macht schlapp.

Niemand weiß sich Rat und Papa macht schlapp!

Das Publikum klatscht und johlt. Ein Mädchen mit Haarband zieht ihren weißen Slip aus und schwingt ihn, als würde sie die weiße Fahne hissen.
»Elin auf die Bühne! Elin auf die Bühne! Elin auf die Bühne!«
Tamara beugt sich über Elins Schulter und zeigt auf die Band. »Du wirst nicht auf diese Bühne gehen.«
»Nie im Leben!«, ruft Elin und die größte der drei Frauen ruft von der Bühne: »Wir sind die Wetlands!«
Die, die ein wenig kleiner ist, beugt sich zum Mikrofon und erklärt: »Die Sümpfe.«
»Schlampen«, ruft die Dritte. »Jetzt spielen wir ein Stück, das unseres Wissens nie zuvor gespielt wurde!«
Die kleinste der Frauen bückt sich und hebt ein Tenorsaxofon aus dem Ständer, woraufhin die Band in rasantem Tempo loslegt.
Jemand legt Elin die Hand auf die Schulter, und als sie den Kopf dreht, steht ein großgewachsener junger Mann hinter ihr. Es sieht so aus, als hätte er einen Wurf Fuchsjunge im Haar. Seine Lippen sind dünn und seine Zähne unregelmäßig. Er ist einer der beiden Männer, die vorhin die Nationalhymne angestimmt hatten.

»He, Elin! Du bist die Beste!« Er stellt sein Bierglas auf die Theke.
»Was trinkst du da?«, fragt er.
»Wasser!«
Er runzelt die Stirn und beugt sich vor. »Was hast du gesagt?«
»Wasser!«
Elin lacht und der Mann beugt sich noch weiter vor, senkt den Kopf und hält seinen Mund an ihr Ohr. »Du musst helles Bier trinken!«
»Ich trinke Wasser!«
»Du musst helles Bier trinken!« Er zeigt auf sein Glas und hebt die Stimme. »Saulecker! Ich heiße Nalle!«
»Elin!«
Nalle legt ihr eine Hand auf die Schulter. »Alle wissen, wie du heißt, Elin. Ich bin ein bisschen älter als du!«
»Und größer!«
»Allerdings!« Er gibt dem Mann hinter der Theke ein Zeichen und zeigt auf sein Glas. »Für Elin auch so eins!«
Der Barkeeper nickt und dreht sich um.
»Ich trinke Wasser!«, ruft Elin.
Nalle ruft zurück: »Hast du diesen Song wirklich mit sechzehn geschrieben?«
»Mit sechzehneinhalb.«
»Du siehst immer noch aus wie sechzehn. Ein Wunder, dass sie dich reingelassen haben. Wer rückt dir da eigentlich die ganze Zeit auf die Pelle?«
»Meine Leibwächterin.«
Nalle wendet sich an Tamara. »Kannst du nicht mal ein bisschen Abstand halten?« Tamara antwortet nicht und Nalle wendet sich wieder an Elin. »Hast du eine Leibwächterin, weil du Leute getötet hast?«
»Ich nehme es an.«

Nalle legt eine Hand auf Elins Haar und streicht ihr über die Wange. »Du bist so verdammt hübsch, weißt du das?«
Elin stöhnt. »Werd jetzt bloß nicht anstrengend.«
»Du bist die hübscheste von allen hier drin.«
»Können wir über was anderes reden?«
»Du bist wirklich superhübsch. Bist du mit der Königin hier?«
»Lass uns das Thema wechseln.«
Nalle dreht sich um, kehrt Elin den Rücken zu und ruft: »Lunkan, komm her und rede mit Elin!«
Der Mann namens Lunkan kämpft sich zu ihnen durch. Er hält ein Glas helles Bier in der Hand. Als er vor Elin steht, wird er von jemandem angerempelt und ein bisschen Bier schwappt auf Elins Hemd.
Nalle streckt eine Hand aus und legt sie auf Elins Brust. Er fährt mit der Hand über die Bluse, als würde er eine Katze streicheln. »Du bist so wahnsinnig hübsch!«
Elin nimmt seine Hand weg und tritt einen Schritt zurück. »Das hast du schon einmal gesagt. Können wir jetzt über was anderes reden?«
Der Barkeeper stellt ein Glas vor Elin hin.
»Trink einen Schluck«, schlägt Nalle vor. »Ich lad dich ein.«
»Ich mag kein Bier.«
Nalle lacht. »Das ist wie mit Kaffee. Mit fünfzehn habe ich meine erste Tasse getrunken. An gewisse Dinge gewöhnt man sich mit der Zeit. Du hast dich zum Beispiel daran gewöhnt, Leute umzubringen, das ist ziemlich ungewöhnlich. Jetzt trink einen Schluck und benimm dich für eine Weile wie ein ganz normales Mädchen.«
»Nein danke!«
Nalle hebt die Stimme: »Jetzt sei nicht eingeschnappt und trink!«
»Nein danke!«
»Willst du den ganzen Abend Wasser trinken?«

»Kann schon sein.«
»Was ist das für eine Antwort?«
»Meine Antwort.«
»Du bist ein ziemlicher Sturkopf, nicht wahr?«
»Eben war ich noch hübsch.«
»Mit Zicken hat man echt keinen Spaß!« Er wendet sich an seinen Kumpel. »Genau wie deine Schwester. Die hat früher auch rumgezickt, aber jetzt weiß sie, wo's langgeht.«
»Und wo geht's lang?«, will Elin wissen.
Nalle beugt sich vor und sieht aus, als könne er sich nicht entscheiden, ob er Elin auf die Wange küssen oder in die Lippen beißen soll. Er lacht. »Trink jetzt ein bisschen Bier und entspann dich. Nur weil du eine Leibwächterin hast, musst du dich nicht so wichtigmachen.«
»Ich glaube, ich such mir einen anderen Gesprächspartner«, entgegnet Elin und schaut zur Königin hinüber, die ein Stück entfernt neben zwei Männern mit karierten Hemden steht.
»Verdammt«, schnaubt Nalle und nimmt das Glas, das sie nicht haben will. Er hält nun ein Glas in jeder Hand und verschüttet noch ein bisschen Bier auf Elins Hemd. »Wenn du weiterhin so vorwitzig bist, kannst du sicher sein, dass es irgendwann ein böses Ende nimmt, stimmt's, Lunkan?«
»So sicher wie das Amen in der Kirche«, grölt Lunkan. Dann verziehen sich die beiden Männer an einen anderen Teil der Theke.
»Gut gemacht!«, lobt sie Tamara und sie arbeiten sich in Richtung Königin vor, um ihr Gesellschaft zu leisten. Auf dem Weg dorthin bleibt Elin vor einem Mann stehen, der seine Hand ausstreckt und sie ihr auf die Schulter legt. »Erinnerst du dich an mich?«
Elin zögert.
»Ich war der, der das Boot gefahren ist!«
»Ach natürlich, das warst du!«

Er schüttelt den Kopf. »Schrecklich.«
»Ja.«
»Du musst dich doch verletzt haben.«
»Ja, wahrscheinlich.«
»Wahrscheinlich?«
»Werd ich wohl erst später merken. Alles ist so seltsam. Ich versuche, nicht daran zu denken.«
»Verstehe. Hast du die Band schon mal gehört?«
»Nein, ich wusste nicht, dass es sie gibt.«
»Die mit dem Saxofon ist meine Schwester. Sie wird mal Kantorin. Was trinkst du?«
»Wasser.«
»Vernünftig.«
»Magst du auch kein Bier?«
»Ich liebe Bier.«
»Warum ist es dann vernünftig, keins zu trinken?«
»Weil man betrunken werden kann. Ich heiße Kåre.«
Elin folgt ihm, während er sich einen Weg zur Theke bahnt, und Tamara folgt ihr auf dem Fuße. Der mit den blauen Augen nimmt die Bestellung entgegen.
»Ein Stout, das mit dem meisten Schaum!«
Der mit den blauen Augen nickt und dreht sich um.
»Die Königin trinkt auch Stout!«, ruft Elin. »Was ist so toll daran?«
»Dass es so gut schmeckt!«, ruft Kåre. »Außerdem mag ich den Schaum.«
»Machst du noch was anderes als Bootfahren?«, will Elin wissen.
Kåre beugt sich ihr entgegen und sie nimmt seinen Geruch wahr. Es ist derselbe, kaum merkliche Geruch wie auf dem Boot. Sie hält sich an seiner Schulter fest, um ihr Gleichgewicht zu halten. »Ich studiere Maschinenbau in Luleå. Doch jetzt im Sommer fahre ich Boot. Kommst du in den Reichstag?«

»Sie sagen Ja.«

Er zeigt auf die Band. »Alle Mädchen stimmen für dich.«

Kåre bekommt sein Glas mit der schwarzen Flüssigkeit und dem zwei Zentimeter dicken Schaum. »Willst du probieren?«

Elin nimmt die Hand von seiner Schulter und stützt sich am Tresen ab. »Und das schmeckt wirklich gut?«

»Ich kenne deinen Geschmack ja nicht, aber wenn du probieren willst, nur zu.«

Elin nimmt das Glas, führt es an die Lippen und trinkt so viel, wie auf einen Löffel passen würde.

»Und?«

Elin verzieht das Gesicht. »Na ja.«

Sie reicht ihm das Glas, und als er es nehmen will, berührt sie leicht seine Finger.

»Stell es lieber auf die Theke«, sagt er, »sonst lassen wir es noch fallen.«

»Okay.«

Elin stellt das Glas auf die Theke. Die Musik verstummt. »Die Ruhe ist auch schön«, sagt Elin.

»Wie ich Kattis und ihre Freundinnen kenne, wird es nicht lange ruhig bleiben.« Er deutet auf Elins Mundwinkel. »Da ist noch ein bisschen Schaum.«

Elin streicht sich mit dem Handrücken über die Lippen und im selben Moment setzt die Musik wieder ein.

Kåre streicht sich mit der Oberseite seines Daumens über die Lippen. »Das ist ansteckend.«

»Was?«

»Schaum auf der Oberlippe.«

Sie begegnet seinem Blick, weiß jedoch nicht, was sie sagen soll, und das, was sie eigentlich sagen will, spricht sie nicht aus.

»Gehst du oft in die Kneipe?«, fragt er.

»Fast nie.«
»Ich auch nicht. Ist mir zu teuer. Aber jetzt wohne ich in einem Haus in der Nähe. Kann also sein, dass es öfter wird. Wo wohnst du?«
»Ich wohne momentan in Grövelsjö bei einer Freundin. Und sonst bei meinen Eltern im Wald hinter Wongs 63.«
Kåre zeigt auf die Bühne. »Ich hab früher mit ihnen zusammengespielt, aber sie haben mich rausgeworfen.« Er lacht. Dann wird er ernst und kommt Elin mit seinem Gesicht sehr nah. »Ist bestimmt sehr anstrengend, so ein Wahlkampf.«
»Ja, man hetzt nur herum.«
Die Königin kommt zu ihnen. Hinter ihr folgt Linda und neben der Königin ein kleiner rundlicher Mann mit Dreitagebart und Glatze.
»Das hier ist Kåre!«, ruft Elin. »Er ist das Boot gefahren!«
Die Königin wird ernst. »Ach ja, das Boot. Du bist das Boot gefahren. Das hier ist Ronson. Er arbeitet bei der britischen Botschaft und will, dass wir Schwedisch sprechen.«
»Hallo, zusammen!«, ruft Ronson. »Wie geht's?«
Kåre nickt der Königin zu und hält Elin sein Glas vors Gesicht. »Noch einen Schluck?«
Elin nickt, nimmt das Glas und trinkt genauso viel wie beim ersten Mal.
»Toller Laden!«, ruft Ronson. »Gute Stimmung!«
»Bist du schon lange in Schweden?«, will Kåre wissen.
»Zwei Jahre!«, antwortet Ronson.
Plötzlich steht Nalle neben der Königin und sieht Elin böse an. »Ach, so ist das. Jetzt schmeckt's dir auf einmal. Leute wie du sollten sich nicht unters normale Volk mischen. Deine Arroganz stinkt zum Himmel!«
»Auch wenn man betrunken ist, kann man sich gut benehmen!«, ruft Ronson.

»Wer hat dich denn gefragt?«
»Auch wenn man betrunken ist, kann man sich gut benehmen«, wiederholt Ronson.
Nalle sieht sich um. »Lunkan, komm mal her. Dieser komische Vogel meint, dass hier jemand betrunken ist!«
»Ist vielleicht besser, wenn wir woanders hingehen«, schlägt Ronson vor.
»Du kannst mit mir auf die Straße gehen«, erwidert Nalle. »Dann werde ich dir zeigen, wer von uns zu viel getrunken hat.«
»Es hat mich sehr gefreut, Ihre Bekanntschaft zu machen«, erwidert Ronson mit kaum hörbarem Akzent.
»Wir könnten zu mir nach Hause fahren«, schlägt die Königin vor.
»Noch einen schönen Abend, die Herren«, sagt Ronson und wirft der Königin einen fragenden Blick zu. »So heißt es doch wohl, wenn man höflich sein will, oder?«

7

Sten hat sich von der Decke freigestrampelt, und als er die Augen aufschlägt, hört er sich selbst etwas sagen.
Dann bemerkt er Lola.
Sie sitzt auf dem Sprossenstuhl, auf den Sten seine Kleider gelegt hatte. Jetzt liegen Jeans, Boxershorts und Hemd auf dem Boden und Lola hat den Stuhl ans Bett herangezogen. Sie beugt sich nach vorne und hält Stens Hand.
Er zieht die Hand zu sich, greift nach der Decke und zerrt sie hoch bis zum Hals. »Was machst du hier, verdammt?«
Lola leckt sich die Lippen und Sten keucht: »Spinnst du jetzt?«

»Du hast so furchtbar geschrien.«
»Hau ab!«
»Du hast Angst.«
»Das Einzige, wovor ich Angst habe, sind Weiber, die mich anstarren, wenn ich schlafe.«
Lola steht auf. »Ich wollte dich nur wecken.«
»Verdammte Irre!«
Lola fasst den Stuhl an der Rückenlehne und stellt ihn an die Wand. Dann bückt sie sich und nimmt die Jeans.
»Lass meine Sachen liegen!«
Lola legt die Jeans auf den Stuhl.
»Verschwinde!«
Lola geht zur Tür und versucht, diese hinter sich zu schließen, aber das gelingt ihr nicht, weil Stens Shorts zwischen Tür und Schwelle eingeklemmt sind. Lola bückt sich, hebt die Shorts auf und legt sie auf den Stuhl. Dann zieht sie die Tür hinter sich zu.
Sten steht auf, geht zur Tür und versucht, den Schlüssel umzudrehen, doch es gelingt ihm nicht. Er zieht Boxershorts und Jeans an, dann wirft er sich auf das Bett, angelt sein Mobil aus der Tasche und gibt eine Nummer ein. Nach einer Weile antwortet Maya.
»Hallo, ich bin's. Ist Mård da?« Sten wartet kurz, ehe er seine Frage wiederholt, doch niemand antwortet. Dann erscheint Mårds Gesicht auf dem Display und Sten stöhnt. »Ich kann hier nicht länger bleiben.«
»Ist etwas nicht in Ordnung?«
»Die sitzt hier und starrt mich an, während ich schlafe.«
»Sie war bestimmt betrunken.«
»Es ist halb neun.«
»Sie ist eben so.«
»Ich kann nicht länger hierbleiben.«
»Versuch's einfach.«

»Was soll ich versuchen?«, ruft Sten zornig.
»Dich daran zu gewöhnen.«
»Wie soll ich mich daran gewöhnen, dass die hier rumsitzt und mich beim Schlafen anglotzt?«
»Schließ die Tür ab.«
»Das Schloss ist defekt.«
»Sag Burman, er soll einen Schlosser mitbringen. Das ist doch eine Kleinigkeit.«
»Kann ich nicht bei dir und Maya wohnen?«
»Das geht nicht.«
»Warum nicht?«
»Wir sind in Norwegen.«
»Ich kann doch auch in Norwegen wohnen.«
Mård schweigt für einen Moment. Dann erklärt er mit einer Stimme, die von Hustensaft durchtränkt zu sein scheint: »Maya und ich haben unser altes Leben aufgegeben. Wir wollen wie ganz normale Leute leben. Ich werde mir einen neuen Namen zulegen.«
Sten atmet schwer. »Was für einen Namen?«
»Irgendwas Norwegisches, vielleicht Hakon.«
»Als Nachname?«
»Nein, als Vorname.«
»Und wie soll der Nachname lauten?«
»Maya ist für Glittertind. So heißt irgendein Berg.«
»Kann man so heißen?«
»Wie?«
»Hakon Glittertind.«
»Steht ja noch nicht fest.«
Sten klingt so, als wolle er einem Kind etwas Wichtiges erklären: »Du wirst kein anderer Mensch, nur weil du dich Hakon Glittertind nennst.«
»Ich werde dran arbeiten.«

»Wirst du diese Nummer behalten?«
»Vielleicht. Norwegen ist ein total anderes Land. Weißt du, wie reich die sind?«
»Sie sind reich?«
»Steinreich!«
»Warum?«
»Früher konnten sie so viel Öl fördern wie niemand sonst. Du hast keine Ahnung, was hier ein Kilo Kartoffeln kostet.«
»Ich kann nicht hierbleiben. Die adoptieren mich. Was soll ich tun?«
»Rede mit Burman und sieh zu, dass das Türschloss repariert wird. Die Frau ist versoffen, aber ungefährlich, also mach dir keine Sorgen. Jetzt muss ich meinen Papaaufgaben nachkommen.«
»Was soll das sein?«
»Etwas, das stinkt. Mach's gut.«

Sten bleibt noch eine Weile liegen, ehe er hinuntergeht.
Burman sitzt in der Küche und hat eine Kaffeetasse vor sich. Er blickt von seinem Mobil auf und schaut Sten an. »Gut geschlafen?«
»Können wir zum Steg gehen?«
Burman schnappt sich eine Knäckebrotscheibe, dann gehen sie hinaus. Das Gras ist feucht, aber der Himmel ist blau und wolkenlos. Beide gehen barfuß.
»Es wird schön heute«, stellt Burman fest.
»Lola war bei mir im Zimmer, als ich aufgewacht bin.«
Burman geht bis zum Ende des Stegs, bricht ein Stück vom Knäckebrot ab und wirft es einem Schwan hin.
»Sie hat meine Hand gehalten, als ich aufgewacht bin.«
Der Schwan gleitet auf den Steg zu, schnappt sich das Brotstück und faucht. Burman wirft ihm ein weiteres Stück hin.
»Ich schlafe nackt.«

Burman wirft seinem fauchenden Freund ein drittes Stück Brot entgegen. »Sie ist deprimiert.«
Sten hebt die Stimme: »Niemand darf zu mir ins Zimmer kommen und mich anglotzen, wenn ich schlafe!«
»Verstanden«, sagt Burman, dessen Blick sich immer noch auf den weißen Vogel richtet.
»Das Schloss ist kaputt.«
»Vielleicht muss es nur mal geölt werden.«
»Wenn ich hier wohnen soll, muss ich zumindest meine Tür abschließen können.«
»Ich verstehe«, sagt Burman. »Ich werde sie mir ansehen. War noch etwas?«
»Im Moment nicht.«
»Gut, denn da ist noch eine andere Sache. Diese Sozialarbeiterin hat sich wieder gemeldet. Sie sagt, sie hätte mehrmals angerufen, aber du wärst nicht rangegangen. Sie ist wichtig, was die Adoption angeht, also muss man sich ihr gegenüber gut benehmen. Sie ist auf dem Weg hierher.« Burman geht zur Wand des Bootshauses, wo eine Badehose an einem Haken hängt.
Sten ruft ihm hinterher: »Ich will diese Ziege nicht treffen!«
»Warum nicht?«
Burman knöpft seine Jeans auf, schlüpft aus ihr heraus und zieht sich die Badehose an.
»Die ist total unangenehm!«
Burman zieht sich das Unterhemd aus. »Unangenehme Dinge gehören zum Leben wie wunde Füße und Schnupfen.« Dann nimmt er Anlauf und stürmt den Steg hinunter. Der Schwan breitet die Flügel aus und bringt sich in Sicherheit, ehe Burman etwas macht, das sich wie ein Bauchklatscher anhört.
Er krault auf das Schilf zu, doch ehe er es erreicht, wendet er, dreht sich auf den Rücken und kehrt zum Steg zurück. Dann steigt er aus

dem Wasser, streicht sich die Haare nach hinten, blinzelt in die Sonne und schließt die Augen. »Ich glaube nicht, dass ich dich schon mal habe baden sehen, seit du hier bist.«

»Ich bade nicht gern.«

»Aber du kannst schwimmen?«

»Was denkst *du* denn?«

»Sie heißt Lundgren«, sagt Burman mit geschlossenen Augen, das Gesicht der Sonne zugewandt.

»Ich weiß.«

»Sie wird bald da sein. Du solltest etwas frühstücken.«

Sten geht auf das Haus zu, bleibt plötzlich stehen und dreht sich um. »Gibt es ein Fahrrad, das ich mir leihen kann?«

»Du kannst meins nehmen.«

Sten betritt das Haus, geht in die Küche, legt ein Ei in einen Kochtopf, bedeckt es mit heißem Wasser aus dem Wasserkocher, schaltet eine Herdplatte an und stellt den Topf darauf. Dann schmiert er drei Knäckebrote mit Leberwurst. Auf der Bildwand hinter ihm laufen die Nachrichten, aber der Ton ist so leise gestellt, dass nur die Bilder zu sehen sind. Als er sich umdreht und die Knäckebrote auf den Küchentisch stellen will, sieht er die Großaufnahme eines Wolfes. »Bildwand«, sagte er. »Ton lauter.«

Der Ton wird lauter und er sagt »Danke«, als die richtige Lautstärke erreicht ist.

Die Stimme aus dem Off spricht über die Wölfe: »... dreißig Kilometer nördlich von Borlänge. Fünf Schafe sind tot in ihrem Gehege gefunden worden.«

Nahaufnahme eines Mannes in den Fünfzigern. »Es war reines Glück, dass ich ihn gesehen habe. Ich bin auf die Brücke gelaufen und hab in die Luft geschossen. Hätte ich das nicht getan, wäre die ganze Herde draufgegangen.«

Der Mann hat Tränen in den Augen und Sten bittet die Bildwand, sich auszuschalten. Dann setzt er sich hin. Nachdem er die Knäckebrote gegessen und das Ei abgeschreckt hat, schaltet sich die Bildwand erneut ein und es erscheint die Aufnahme einer der Überwachungskameras. Ein kleines graues Auto nähert sich in einer Staubwolke.

Burman kommt mit einer Haarbürste in der Hand in die Küche.

»Das ist Lundgren. Geh raus und nimm sie in Empfang.«

»Warum?«

»Weil man nicht unhöflicher sein muss als nötig.«

Sten tritt vors Haus, als der Wagen gerade auf das Grundstück einschwenkt und auf der asphaltierten Fläche neben den anderen Fahrzeugen parkt. Er springt hinunter ins Gras und stapft, die Hände in den Taschen, dem Besuch entgegen. Sie sind zu zweit und öffnen gleichzeitig die Autotüren. Die Frau hat weiße Jeans, eine kurzärmlige blaue Bluse und Sandalen an. Sie trägt eine Handtasche aus schwarzem Leder mit Nieten und langen Riemen. Der Mann in knielangen weißen Shorts, Polohemd sowie Lederschuhen ist hoch aufgeschossen, mit blonden Haaren und muskulösen Oberarmen.

Malin Lundgren kommt Sten entgegen und streckt ihre Hand aus. Sten ergreift sie und drückt sie fest.

»Hallo, Sten«, sagt Lundgren. »Ich habe meinen Kollegen Ramon mitgebracht.«

»Hallo, Sten«, sagt Ramon mit einem dunklen Bass, der sich in jedem Kirchenchor gut machen würde. Er streckt ebenfalls die Hand aus, doch Sten tut so, als würde er sie nicht sehen.

»Ich muss sie warnen«, sagt Sten. »Hier gibt es viele Kreuzottern. Man darf sie zwar nicht töten, doch manchmal tritt man versehentlich auf sie drauf. Was bringt Sie hierher?«

Lundgren und Ramos tauschen Blicke.

»Ich hatte angerufen«, sagt Lundgren, »und dich gebeten zurückzurufen, aber das scheint dich nicht zu kümmern.«

»Warum sollte mich das kümmern?«
»Deine Eltern sind tot, dein Bruder ist abgehauen, die Familie Burman will dich adoptieren. Irgendjemand muss ja die Verantwortung übernehmen, vor allem, wenn du das offenbar nicht selbst tust.«
»Wie meinen Sie das?«
»Du solltest in die Sommerschule gehen.«
»Ist mir scheißegal.«
»Genau das meine ich«, erwidert Lundgren und hört sich so an, als hätte sie gerade einen Schlag in den Magen bekommen. »Können wir uns irgendwo hinsetzen?«
Sten sieht sich um. »Im Bootshaus sind ein paar Stühle. Ich kann sie auf den Steg stellen.«
»Gut«, brummt Ramon. »Wenn man sich sonnen will, sollte das vor zehn Uhr sein.«
Sten zeigt auf die Krockettore und -schläger, die auf der Rasenfläche liegen. »Hier bin ich gestern auf ein Riesenvieh draufgetreten, aber ich hatte natürlich Stiefel an.«
Lundgren sieht sich um, als erwarte sie jeden Moment den Angriff einer Riesenschlange von der Dicke eines Dackels.
Während Sten im Bootshaus nach den Klappstühlen sucht, hört er, wie sich Lundgren und Ramon über Sonnencreme unterhalten.
Sten kommt mit drei Klappstühlen nach draußen, geht bis zum Ende des Stegs und stellt sie auf. Ramon und Lundgren folgen ihm. Der Schwan kommt fauchend herangeschwommen.
»So einer hat mich mal gebissen«, berichtet Ramon und zeigt auf den Vogel. »Die sind nicht so lieb, wie sie aussehen.«
Sten hat die Stühle so angeordnet, dass alle auf den See blicken können. Lundgren nimmt ein Papiertaschentuch aus der Handtasche, trocknet die Sitzfläche des mittleren Stuhls und nimmt darauf Platz.

»Gibt es hier Fische?«, will Ramon wissen, als er rechts von Lundgren Platz nimmt.
»Keine Ahnung«, antwortet Sten und setzt sich ebenfalls. »Ich angele nicht.«
Lundgren zieht eine Sonnenbrille aus der Handtasche, wendet sich an Sten und zeigt mit der zusammengeklappten Brille auf ihn. »Wie geht es dir?«
Sten runzelt die Stirn. »Wie meinen Sie das?«
Lundgren senkt die Stimme. »Du hast einiges mitgemacht.«
Ramon beugt sich hinter Lundgren vor und fängt Stens Blick auf. »Gelinde gesagt.«
»Ist doch okay«, sagt Sten. »Mir geht's gut.«
»Du weißt, dass du dich immer an uns wenden kannst«, fährt Lundgren fort.
Ramon lehnt sich zurück, schließt die Augen und atmet tief durch, als hätte er lange keinen Sauerstoff mehr bekommen. »Wir benutzen den Ausdruck ›sich aussprechen‹ nicht ohne Grund. Hin und wieder muss man sich aussprechen, sonst hält man es nicht aus.«
Der Schwan paddelt auf den Steg zu, streckt seinen Hals den drei Stühlen entgegen, öffnet den Schnabel und faucht.
Lundgren setzt sich die Sonnenbrille auf die Nase, steht halb auf, fasst den Stuhl an den Armlehnen und zieht ihn etwas zurück.
»Hau ab!«, ruft Ramon.
Der Schwan richtet seinen Schnabel auf Ramon und faucht.
»Es ist es gewohnt, Brot zu bekommen«, erklärt Sten.
Tödlich beleidigt gleitet der Schwan davon.
»Man spürt, dass etwas mit der Sonne nicht stimmt«, erklärt Ramon, lehnt sich zurück und schließt die Augen. »Man verbrennt sich so leicht.«
Lundgren öffnet die Handtasche und fischt eine sonnengelbe Tube heraus. Sie reicht sie Ramon, der den Deckel abschraubt und einen

Streifen herausdrückt. Er reibt sich das Gesicht ein, schraubt den Deckel wieder auf die Tube und gibt sie Lundgren zurück, die sie vor Stens Gesicht hält. »Willst du?«

»So was benutze ich nicht.«

»Solltest du aber«, ermahnt ihn Ramon. »Nirgendwo in Europa gibt es mehr Hautkrebserkrankungen als in Schweden. Ich hätte eine Badehose mitnehmen sollen.«

Lundgren steckt die Tube wieder ein und wendet sich an Sten: »Du findest also, dass du es hier gut hast?«

Sten betrachtet seine Füße und wackelt mit den Zehen. »Sollte ich das nicht?«

»Doch, natürlich«, antwortet Lundgren. »Aber nach allem, was geschehen ist, wäre es denkbar, dass es dir nicht leichtfällt.«

»Ja, manchmal kann es schon schwer sein«, philosophiert Ramon mit geschlossenen Augen. »So geht es uns allen. Wenn man darüber redet, fühlt man sich besser.«

Lundgren behält den Vogel im Auge, der nun offenbar versucht, wie ein Postkartenschwan auszusehen.

»Wie kommst du mit der Familie zurecht?«

»An der ist nichts auszusetzen.«

»Du willst also nicht, dass wir eine andere Bleibe für dich finden?«

»Mir geht's gut hier.«

»Eine andere Familie hat sich gemeldet.«

Sten überkreuzt die Beine, schielt zu Lundgren hinüber und knibbelt an seinem großen Zeh.

»Sich gemeldet?«

»Sie wissen, was mit deinen Eltern passiert ist und dass dein Bruder und seine Frau abgehauen sind. Sie haben angeboten, dir zu helfen.«

»Womit?«

»Falls du eine neue Bleibe suchst.«

»Ich wohne doch hier.«
»Es sind Leute, denen du vielleicht schon begegnet bist oder von denen du zumindest gehört hast.«
»Wer?«
»Freunde der Eltern deiner Schwägerin.«
»Mayas Mama und Papa?«
»Genau, Freunde von Mayas Mama und Papa.«
»Ich verstehe es nicht.«
Ramon flüstert mit seinem sonoren Bass: »Die Sache ist die, dass Burman als kriminell betrachtet wird. Seine Frau ist Alkoholikerin und die älteste Tochter vernachlässigt die Schule, so wie du. Es gibt Menschen, die wollen, dass du woanders wohnst.«
»Wer?«, fragt Sten.
»In der Gemeinde.« Lundgren seufzt.
»Das ist nicht ganz einfach«, flüstert der Bass und der Schwan hat sich offenbar entschieden, dass Lundgren diejenige mit dem meisten Knäckebrot ist.
Sie sucht nach etwas in ihrer Tasche und macht dabei ein Gesicht, als handele es sich um einen Schlagring. »Aber letztlich musst du das natürlich selbst entscheiden«, erklärt sie mit Blick auf den Vogel.
»Natürlich«, flustert Roman, als der Schwan seinen Hals fauchend über die Kante des Stegs streckt.
Lundgren springt auf und zieht ihren Stuhl noch ein bisschen weiter zurück.
»Diese Leute haben keine eigenen Kinder und sollten für eine Adoption bestens geeignet sein. Ein Lehrerpaar.«
»Sehr solide Leute«, flüstert Ramon, »die auch in der Gemeinde aktiv sind. Außerdem haben sie einen Hof mit Pferden, wie du es gewohnt bist.«
»Natürlich nur, wenn du willst«, bekräftigt Lundgren.

Sten knibbelt immer noch am Nagel seines großen Zehs.
»Du kannst es dir ja durch den Kopf gehen lassen«, schlägt Ramon mit geschlossenen Augen und dem Gesicht in der Sonne vor.
Lungren nimmt die Sonnenbrille ab und hält sie in der rechten Hand, bereit, bis zum letzten Blutstropfen zu kämpfen. Sie lässt den Schwan nicht aus den Augen. »Wie kommst du mit den anderen Kindern klar?«
»Ohne Probleme.«
Aus dem Haus dringt eine weibliche Stimme und Lundgren dreht den Hals.
»Das ist Lola«, erklärt Sten. »Wenn Burman zur Arbeit fährt, ruft sie ihm immer was hinterher. So ist das jeden Morgen. Es gibt immer irgendwas, das er in der Stadt besorgen soll.«
Der Bass dreht den Kopf und blickt zur Parkfläche hinüber. »Ein schönes Auto hat er.«
»Eine Vessla«, sagt Sten. »Zwei Elektromotoren. Von null auf hundert in unter drei Sekunden.«
»Soll ich das so verstehen, dass du am liebsten bei den Burmans bleiben willst?«, fragt Lundgren.
»Jep.«
»Tja, dann sind wir wohl fertig«, bemerkt der Bass und steht auf. Er klappt den Stuhl zusammen, dreht sich um und betrachtet Jenna, die in einem winzigen Bikini und mit hochgesteckten Haaren aus dem Haus kommt. Sie betritt den Steg mit einer Eleganz, als hätte sie hochhackige Schuhe an, dabei ist sie barfuß.
»Unter der Erle liegt eine Kreuzotter«, teilt sie mit, ohne jemanden anzusehen. Sie springt kopfüber ins Wasser, kommt an die Oberfläche und krault dem Schilf entgegen. Der Schwan schwimmt in die Mitte des Sees und Lundgren steht ebenfalls auf. Sten bringt die Stühle ins Bootshaus zurück.
Er geht in die Kühle, wo Fischnetze, Angelruten, Spinnruten und

eine alte Reuse an der Wand hängen. Der Geruch von Treibstoff und Staub weckt in ihm etwas, wofür er keinen Namen hat.
»Was für ein Kaventsmann!«, hört er Ramon auf dem Weg zum Auto rufen.

8

Turing nimmt Elins Hand und hilft ihr aus dem Stuhl hoch. Sie stehen in dem Gang mit den großen Fenstern. In einem Glasbehälter kauert sich Gerda zusammen, um ihren Kopf fliegen Bienen. Sie wird immer geradeaus gehen können, erklärt Turing. Elin schlägt mit der Handfläche gegen die Scheibe. Sie zersplittert in Scherben und Turing ruft, dass sie alles zerstört hat.
»Elin!«, ruft die Königin. »Elin! Wach auf!«
Elin schlägt die Augen auf und sieht das Gesicht der Königin vor sich.
»Du hattest einen Albtraum.«
Elin trocknet ihre Tränen. »Sie hatten Gerda in einen Glaskasten eingesperrt.«
»Wie damals, als du eingesperrt warst«, sagt die Königin. »Da hast du sie durch ein Fenster gesehen.«
Elin legt sich eine Hand auf die Brust. »Ich habe Herzklopfen.«
»Willst du dagegen etwas einnehmen?«
»Hast du schon gefrühstückt?«, fragt Elin.
»Es ist neun Uhr. Ich war schon schwimmen.«
Erst jetzt bemerkt Elin, dass die Königin nasse Haare hat und leicht nach Chlor riecht.
»Willst du Grütze haben?«

Elin nickt. »Ist Kåre gegangen?«
»Wir sind zusammen mit dem Lift gefahren.«
»Und Ronson?«
»Ebenfalls. Wie wär's mit Hafergrütze?«
»Gern.«
Die Königin begibt sich in die Küche, während Elin aufsteht und ihr Mobil aus der Jeanstasche zieht. Sie ruft zu Hause an.
Gunnar geht ran.
»Ich möchte mit Gerda reden!«
Elin sieht, wie ihr Vater sich zu Hause auf Liden mit eingeschalteter Mobilkamera in Bewegung setzt. Er geht in einen Raum, in dem Gerda und Klein-Gunnar im Pyjama zwischen Legosteinen sitzen.
»Mama will mit dir reden.«
Gerda hebt den Blick zur Bildwand. »Hallo, Mama! Ich weiß, dass du keine Zeit hast, nach Hause zu kommen. Klein-Gunnar hat hier geschlafen.«
Klein-Gunnar steht auf und winkt mit beiden Händen. »Wir haben in einem Bett geschlafen!«
Gerda wirft Klein-Gunnar einen Legostein an die Stirn.
»Gerda!«, ermahnt Elin sie. »Ich komme bald nach Hause. Dann können wir im See baden.«
»Jaaa!«, juchzt Klein-Gunnar und klatscht in beide Hände.
»Ich bade aber nicht gern«, grummelt Gerda, nimmt eine Handvoll Legosteine und schleudert sie auf die Bildwand mit Elins Gesicht.
Das Bild verschwindet und Elin geht ins Badezimmer. Als sie aus der Dusche kommt, sieht sie sich nach einer Haarbürste um, kann jedoch keine entdecken. Der Spiegel hat einen Sprung, der sich quer darüber zieht. Als Elin ihr Gesicht betrachtet, ist es in zwei Hälften geteilt. Sie bewegt ihren Kopf zur Seite, doch der Sprung ist genau in Gesichtshöhe. Will sie ihr ganzes Gesicht betrachten, muss sie sich vorbeugen. Sie mustert es, zieht ihre Finger durch die

Haare und kehrt ins Gästezimmer zurück, wo die Königin ausgestreckt auf dem Bett liegt.
Elin wirft sich nackt neben sie. »Hast du eine Haarbürste?«
Die Königin steht auf und geht aus dem Zimmer. Als sie zurückkommt, hat sie eine Bürste mit Plastikstiften in der Hand. Elin hat damit begonnen, die Hafergrütze zu essen, und liegt auf der Seite. Die Königin legt sich hinter Elin, nimmt ihre Haare, die über der Schulter hängen, und bürstet zunächst die Spitzen.
»Jemand hat deinen Spiegel kaputt gemacht«, sagt Elin mit Grütze im Mund und Milch in den Mundwinkeln.
Die Königin kämmt die Haare mit der Hand. »Das war ein Typ, der mein Gras nicht vertragen hat.« Sie bürstet das Haar mit größter Vorsicht, um nicht in Knötchen hängen zu bleiben. »Als ich noch zu Sara in die Sprechstunde ging, habe ich meine Träume aufgeschrieben, doch nachdem ich bei ihr aufgehört hatte, habe ich mein Traumtagebuch wieder vergessen.«
»Ich vergesse immer gleich, was ich geträumt habe«, entgegnet Elin und isst den letzten Löffel aus der Schale.
Die Königin bürstet ein wenig energischer. »Soll ich deine Kopfhaut massieren?«
»Danke, sehr gern.«
Da meldet sich Elins Mobil. Smårne ist dran: »Ich hoffe, dir geht's gut, Elin.«
»Nein, nicht besonders. Alle werfen mir etwas vor.«
»Wir leben in einer Zeit der Vorwürfe und Anklagen. Alle suchen nach Schuldigen für die allgemeine Entwicklung. Aber diese Besorgnis kann auch deine Chance sein. Karin geht es nicht gut.«
»Ist es was Ernstes?«
Smårne seufzt. »Sie hat eine akute Alkoholvergiftung und hat dazu noch eine Überdosis Schlafmittel eingenommen. Sie sollte morgen Abend in Borlänge auftreten. Kannst du da für Sie hinfahren?«

»Ich muss morgen zu Hause auf Liden sein.«
»Die Versammlung findet am frühen Abend statt.«
»Was sagt der Personenschutz?«
»Du bekommst den Schutz, der für Karin vorgesehen war.«
»Ist der Saal groß?«
»Achthundert Leute in Kinobestuhlung. Kannst du das übernehmen?«
»Hauptsache, ich komme morgen nach Hause.«
»Die Veranstaltung beginnt um sechs. Du solltest eine halbe Stunde vorher da sein.«
»Geht klar.«
»Dann informiere ich die Nachrichtenredaktionen. Du mobilisierst mehr Leute als Karin.«
»Wie steht's um sie?«
»Sie ist einfach überlastet. Wenn du im Laufe des Tages hier vorbeikommst, dann können wir die Rede noch mal zusammen durchgehen. Ich stelle dir noch eine Person an die Seite. Sie wird nach der Wahl vermutlich Vorsitzende des Ausbildungsausschusses. Sie ist ein Fels in der Brandung. Aber die Journalisten werden die ganze Zeit mit dir reden wollen, vor allem Yasmin.«
»Ich kann mit ihnen reden, aber nach der Veranstaltung will ich nach Hause gefahren werden.«
»Nach Liden?«
»Ich habe eine Tochter.«
»Das schaffen wir schon.«
Smårne verschwindet vom Display und Elin legt sich auf den Rücken. »Ich halte das echt nicht aus«, stöhnt sie. »Ständig werde ich in irgendwas reingezogen.«
Die Königin streicht Elin über den Bauch und streift mit dem kleinen Finger ihren Nabel. Elin bekommt eine Gänsehaut und die Königin flüstert: »Es heißt, dass Borlänge zu gefährlich ist für dich.

Du solltest da nicht hinfahren. Und es ist schon komisch, dass du genau dort auftreten sollst, nachdem Karin außer Gefecht ist und Smårne das Ruder übernommen hat.«

»Glaubst du, dass es eine Falle ist?«

Die Königin streichelt Elins Brust. »Ich weiß es nicht, aber irgendwas kommt mir komisch vor an der Sache. Ich gebe dir Tamara mit. Auf sie kannst du unter allen Umständen zählen. Du bist so weich.«

»Das kitzelt.«

»Ronson hat Haare am ganzen Körper. Wenn er sich auszieht, denkt man, ein Orang-Utan steht im Zimmer. Er kann alle großen englischen Dichter zitieren, aber in schlüpfriger Version. An meiner Schule haben wir so was auch gemacht.«

»Wie meinst du das?«

»Wenn wir an den Wochenenden nach London fuhren, ging's schon auf der Zugfahrt rund. Manche tranken, andere rauchten, wieder andere rauchten und tranken und warfen irgendwelche Pillen ein. Alle haben unsere Lehrer nachgemacht und die Gedichte parodiert, die wir auswendig lernen mussten.«

»Welche zum Beispiel?«

Die Königin denkt einen Moment nach, ehe sie im Bett auf die Knie geht, einen Arm ausbreitet und deklamiert:

To fuck or to be fucked, that is the question.
Whether it's nobler in the mind in ones solitude
to suffer horny thoughts and masturbate
oneself to sleep and dream of massive cocks
or cunts … To grunt and sweat, to grunt and sweat
in loneliness while giving way to muffled screams,
clinging to the pillow 'tween ones leg …

Die Königin holt tief Luft, ehe sie fortfährt: *If you can fuck the crowd of bastards while at Harrods, still keep your virtue at the crowded bar …* Sie hält inne und verstrubbelt sich mit beiden Händen die Haare.

Yours is the earth and everything that's in it –
And – which is more – you'll be a lassie proud
of all your doings and … eternal … whatever …

Die Königin lässt sich nach vorne aufs Bett fallen und spricht in die Kissen: »Ich werde den Spiegel austauschen lassen.«
Elin protestiert: »Nein, lass lieber. Der erinnert mich an irgendwas.«
Die Königin spricht, während sie ihren Mund gegen das Kissen drückt: »Was hältst du von Kåre?«
»Passt schon.«
Die Königin setzt sich auf. »Passt schon?«
Elin lacht. »Er riecht wie sein Boot und ist nett.«
Die Königin runzelt die Stirn: »Vor den übertrieben Netten muss man sich in Acht nehmen. Hinter dieser Fassade kann sich so einiges verstecken.«
Elin denkt eine Weile nach, ehe sie antwortet: »Er ist ganz normal nett.«
Die Königin schlägt mit ihren Fäusten auf die Matratze ein und ruft in das Kissen: »Was auch immer, aber bitte nicht ›ganz normal‹! Nicht diese Art Leben, kein life by coffee spoons. Vacant heart and hand and eye, easy live and quiet die. Ich muss kotzen!« Die Königin legt ihre Hand zwischen Elins Beine, doch Elin nimmt sie weg. »Glaubst du, dass es eine Falle ist?«
»Wer weiß. Ich würde gerne mitkommen nach Borlänge, aber ich muss zu einem Abendessen mit dem Reichsmarschall und der Haushofmeisterin. Sie machen sich Sorgen, weil ich mich nicht für einen Wahlslogan entscheiden kann.«

9

Vor vielen Jahren hat jemand drei Hektar mitten im Wald gerodet und der Weg bis zum Tor ist mit Schotter bedeckt. Das Gebäude ist ein Einfamilienhaus, das aus weißen Ziegelsteinen besteht. Es gibt ein offenes, schwarz gestrichenes Eisentor zwischen zwei Backsteinsäulen, einen Briefkasten, aber keinen Zaun.
Jenseits des Tores befindet sich eine Doppelgarage mit geschlossenen Türen und einem Dach aus Teerpappe. Neben der Garage steht ein rostfleckiger Toyota auf Eisenbahnschienen. Die Räder sind weg und eine Vordertür hängt halb offen an ihren Scharnieren.
Der Sandweg zum Haus ist mit Unkraut überwuchert und das Gras, das einst eine gepflegte Rasenfläche bildete, steht einen halben Meter hoch. Die Vorderseite des Hauses wendet sich nach Norden und drei hohe Kiefern sind auf der Ostseite emporgewachsen. An einem der mächtigen Stämme, in vier Metern Höhe, hat jemand vor langer Zeit einen Nistkasten festgenagelt. Jetzt hängt er schief und scheint unbewohnt zu sein.
Der Himmel ist wolkenlos und strahlend blau, und obwohl es erst neun Uhr ist, ist es bereits heiß. Der Mann und die Frau, die den Schotterweg entlanglaufen, beschleunigen ihre Schritte. Die Frau überholt den Mann und hat zwei Meter Vorsprung, als sie die Backsteinsäulen erreichen. Die Frau bleibt stehen, stützt ihre Hände auf die Oberschenkel, beugt sich vor und drückt auf einen Knopf an der Stoppuhr, die sich um ihr Handgelenk spannt. »Neunundzwanzig«, keucht sie.
Der Mann steht so da wie sie. Auch er keucht. Er trägt graue Shorts und ein graues T-Shirt. Die Frau ist identisch angezogen. Die Neonfarben ihrer Schuhe leuchten, ihre gelb, seine blau.

»Du hast verloren«, stellt die Frau fest. »Das ist das dritte Mal, dass ich dir davonlaufe.«
Sie richten sich auf und betrachten einander. Schweiß läuft über ihre Gesichter und die Frau wischt sich mit dem Handrücken über die Stirn.
»Bringt das hier irgendwas?«, fragt der Mann.
»Wer weiß«, keucht die Frau, dann gehen sie gemeinsam dem Haus entgegen. »Wir brauchen einen neuen Duschschlauch.«
»Das reicht nicht, wir brauchen auch einen neuen Kopf«, erwidert er.
»Du kannst zuerst duschen«, bietet die Frau an.
Der Mann schließt auf und hält ihr die Tür auf.
Die Frau durchquert den Eingangsbereich, und als sie den Kleiderständer passiert, schnappt sie sich ein Badehandtuch von einem Haken. Sie reibt sich das Gesicht ab, geht in die Küche und lässt das Wasser eine Weile laufen, nimmt ein Glas aus dem Schrank und füllt es. Sie leert es in einem Zug. Dann füllt sie das Glas erneut und leert es so begierig, dass ihr das Wasser über die Lippen läuft und den Hals hinunterrinnt. Unter dem Hahn formt sie die Hände zu einer Schale, füllt sie mit kaltem Wasser und wäscht sich das Gesicht.
Mit dem Handtuch um den Nacken geht sie ins Schlafzimmer. Dort steht ein Doppelbett, von dem offenbar nur eine Seite benutzt wird. Sie nimmt eine Jeans von einem Stuhl, greift in die Taschen, zieht zwei Mobile heraus und legt eines zurück. Mit dem anderen Mobil in der Hand wirft sie sich auf das Bett, stopft sich ein Kissen unter den Kopf und ruft das Zahlenfeld auf. Als es erscheint, wählt sie eine lange Nummer und deaktiviert die Kamerafunktion.
»Scramble, scramble, wherever you are.«
Eine männliche Stimme antwortet: »But not my eggs, but not my eggs.«
»Wie sieht's aus?«

»Heiß.«
»Hier auch. Kennst du jemanden im Hochhaus?«
»Kommt drauf an.«
»Jemand, der Kontakte hat.«
»Was für Kontakte?«
»Personenkenntnis.«
»Wird das gut bezahlt?«
»Ja.«
»Ist es gefährlich?«
»Kaum.«
»Was willst du wissen?«
»Das Übliche.«
»Geht's also immer noch um sie?«
»Ja.«
»In den Lokalnachrichten wird gerade von ihr berichtet.«
»Bis bald.« Die Frau legt das Mobil weg und ruft: »Bildwand, Lokalnachrichten!«
Ein Mann mit kurz geschorenem grauen Bart erscheint auf der Bildwand. »Ich befinde mich hier vor dem Kongresszentrum von Borlänge, in dem Elin Holme morgen in Vertretung ihrer Tante, Justizministerin Karin Holme, eine Rede halten wird.« Der Mann zeigt auf ein Gebäude. »Da sämtliche achthundert Plätze belegt sein werden, ist inzwischen auch eine Außenübertragung geplant.« Der Reporter wendet sich an einen Mann: »Können Sie das bestätigen, Greger Alm, Sicherheitschef der Gemeinde Borlänge?«
Greger Alm sieht aus, als wäre er einst ein guter Ringer gewesen. Er hat kurz geschnittene Haare, trägt ein kurzärmliges weißes Hemd und eine schwarze Hose mit Bügelfalten.
»Das ist richtig«, bestätigt er. »Elin Holme kommt morgen hierher.«
»Und Sie können für die Sicherheit garantieren, obwohl es bereits eine Bombendrohung gegeben hat?«

»Die lokalen Sicherheitsorgane arbeiten in dieser Frage eng mit dem Personenschutz der Reichspolizei zusammen. Das ganze Gelände ist bereits von Spürhunden abgesucht worden und bis jetzt deutet nichts darauf hin, dass es sich um mehr als eine Drohung handelt.«

»Die Besucher können sich also ganz sicher fühlen?«

»Absolut.«

»Vielen Dank, Greger Alm. Und nun zu den Wetteraussichten. Wie sieht es aus, Märta? Bleibt uns die Hitzewelle noch eine Weile erhalten?«

»Ja, darauf deutet alles hin«, antwortet Märta, deren sonnengebräuntes Gesicht die ganze Bildwand ausfüllt.

»Dockan!«, ruft die Frau. »Sieh dir das an!«

Als sie noch einmal ruft, kommt der Mann in einem grünen Bademantel, der von einem andersfarbigen Gürtel zusammengehalten wird, aus dem Badezimmer. Er duftet nach Äpfeln und seine Haare stehen ab. »Was gibt's?«

»Ich hab gerade mit Gripen geredet. Er hat mir erzählt, dass die Nachrichten von ihr berichten. Sie kommt morgen in die Stadt.«

»Ich dachte, sie würde nicht hierherkommen, weil ihr das zu gefährlich ist.«

»Das hat sich offenbar geändert. Guck dir mal den Bericht an.« Die Frau geht in den Flur.

»Du, Syria!«, ruft der Mann. »Du musst den Daumen vor die Düse halten, sonst ist der Druck zu schwach.«

Kurz darauf sitzen Syria und Dockan gemeinsam am Küchentisch, trinken Kaffee und sehen sich erneut den Bericht in den Nachrichten an.

Schließlich schaltet Syria das Bild aus. »Man könnte hinfahren und sie sich ansehen, wenn sie aus dem Wagen steigt.«

»Der ist sicher extrem gepanzert mit Türen, die eine halbe Tonne wiegen. Und sobald sie aussteigt, ist sie von Bodyguards umgeben.«

»Ich will mir ja nur mal einen Eindruck verschaffen.«

»Das ganze Gelände wird von wer weiß wie vielen Kameras abgesichert, die mit Gesichtserkennung arbeiten. Was hat Gripen gesagt?«

»Er hört sich um. Ich rufe am Nachmittag an.«

»Du solltest sie in irgendeiner Alltagssituation erwischen, wenn sie nicht so viel Personenschutz hat. Eigentlich wollte sie Borlänge doch meiden. Warum mag sie ihre Meinung geändert haben?«

»Sie war doch im Krankenhaus. Vielleicht deswegen.«

Dockan schüttelt den Kopf. »Dort hättest du sie kriegen können, aber dann wärst du selber nicht mehr weggekommen.«

»In Trondheim hab ich's doch auch geschafft.«

»Was an der Ungeschicklichkeit der anderen lag. Man darf sich aber nicht auf die Fehler des Gegners verlassen. Man muss damit rechnen, dass er alles richtig macht.«

»So steht es im Regelbuch, aber wie oft richtet sich die Wirklichkeit nach dem Regelbuch? Nicht oft, und ich will diese Sache endlich aus der Welt haben.« Syria streckt ihre Hand nach der Kaffeekanne aus und hält diese über Dockans Tasse, doch der schüttelt den Kopf, woraufhin sie sich selbst einschenkt. »Ich nehme die große Perücke, setze eine Sonnenbrille auf und stopfe mir die Backen aus. Außerdem ziehe ich mir einen Stützstrumpf an, als Erinnerung, dass ich hinken muss. Mit verändertem Gesicht, Perücke, Sonnenbrille und hinkendem Gang wird mich niemand erkennen.«

»In Trondheim hat man dich erkannt.«

»Bin aber trotzdem davongekommen.«

Dockan seufzt. »Du hattest die perfekte Gelegenheit, als sie im Boot war. Nach so einer Gelegenheit musst du Ausschau halten und sie ergreifen, wenn sie sich bietet. Du brauchst nur Geduld und zuverlässige Informationen.«

»Mir wird schlecht, wenn ich an das Boot denke.«
»Jeder macht mal einen Fehler.«
Syris schnaubt. »Im Regelbuch steht, dass man das Auge eine Zeit lang ruhen lassen soll, ehe man aus großer Distanz schießt. Ich hab's so gemacht, wie ich es gelernt habe. Aber das war ein Fiasko.«
»Nein«, widerspricht Dockan. »Ein Fiasko wäre es gewesen, wenn sie dich geschnappt hätten. Es hat einfach nicht geklappt, das kann immer mal passieren. Du musst es nur noch mal probieren.«
»Für so einen Mist bin ich echt zu alt.«
»Im Gegenteil. Du hast so viel erlebt, dass du jetzt alle Tricks kennst. Früher oder später wird sie einen Fehler machen und dann erwischst du sie.«

10

Burman steht auf und trägt Teller, Glas und Besteck zur Spülmaschine. »Vorhin war sie auf der Bildwand zu sehen. Wiederholung von heute Morgen. Ich bin auf dem Heimweg am Kongresszentrum vorbeigefahren. Das ganze Gebiet ist abgesperrt.«
Sten macht sich über den Rest der Elchfrikadellen her und tunkt mit einem Stück Brot die Soße auf. »Von wem redest du?«
»Wer ist denn ständig auf der Bildwand zu sehen?«
»Meinst du Holme?«
»Wen sonst? Sag Lola, dass es spät wird und dass ihr ohne mich zu Abend essen könnt.«
»Ich weiß nicht, wo sie ist.«
»Sie ist auf ihrem Zimmer.«
»Gibt's hier eine Luftpumpe?«

»Guck mal in der Schublade unter den Bällen und Spielsachen nach. Was hat die Sozialarbeiterin gesagt?« Burman lehnt sich gegen die Arbeitsplatte.
»Sie wollte wissen, ob es mir hier gut geht.«
»Tut es das?«
»Ja.«
»Gut. Ich muss jetzt los. Vergiss nicht, Lola auszurichten, dass ich spät zurückkomme.«
»Kannst du sie nicht anrufen?«
»Sie geht nicht immer ans Telefon.«
Burman bricht auf und Sten geht rauf in sein Zimmer, öffnet die Schranktür und streckt den Arm, um an das oberste Regalbrett heranzukommen. Ganz hinten liegt die kleine Pistole und eine Schachtel Patronen in ein Hemd eingewickelt. Er nimmt das Hemd samt Inhalt, dann einen Pullover und wickelt das Hemd darin ein. Den Pullover schlägt er in eine dünne Jacke ein. Das Paket legt er aufs Bett, dann geht er den Flur bis zu Jennas Zimmer hinunter und bleibt in der Türöffnung stehen.
Jenna sitzt in roten Shorts und weißem T-Shirt auf dem Bett. Sie hat einen Monitor auf den Knien und einen Kopfhörer auf. Als sie Sten erblickt, nimmt sie ihn ab.
Sten lehnt sich gegen den Türrahmen. »Ich wollte mir einen Rucksack von Lina ausleihen.«
»Sie ist bei Maggan.«
»Ich brauche einen kleinen.«
Jenna legt den Monitor weg, steht vom Bett auf und kommt auf Sten zu. Der tritt zur Seite und lässt sie passieren. Sie geht voraus zu Linas Zimmer. Auf dem Boden steht ein Puppenhaus. Jenna zeigt mit dem Finger darauf. »Sie hat sich so wahnsinnig über das Puppenhaus gefreut. Hast du was von Mård gehört?«
»Sie sind irgendwo in Norwegen.«

Jenna öffnet eine Schranktür und sinkt auf die Knie. Sie wühlt ein bisschen, hebt zwei Paar Schuhe heraus, stellt sie auf den Boden und hält im nächsten Moment einen kleinen grünen Rucksack in der Hand, auf dem eine Katze abgebildet ist. »Ist der okay?«

»Absolut.«

»Wozu brauchst du den?«

»Ich wollte nach Hause fahren und die Pferde von der Koppel holen.«

Jenna zwirbelt ihre Haare und lässt sie über die Schulter fallen. »Ich kann dich fahren, wenn du willst.«

»Gern.«

»Dann brauchst du nicht das Fahrrad zu nehmen. Dazu ist es eh zu heiß.« Jenna gibt Sten den Rucksack, drückt sich an ihm vorbei und geht in ihr Zimmer.

Sten folgt ihr und sieht, wie sie sich auf das Bett sinken lässt, Strümpfe anzieht und ihre Schuhe schnürt. Er steht in der Türöffnung und beobachtet sie, während sie aufsteht.

»Komm!« Jenna geht voraus und nimmt auf der Treppe nach unten je zwei Stufen auf einmal.

Sten setzt sich auf eines der Sofas im Wohnzimmer und Jenna verschwindet in Lolas Schlafzimmer.

»Kann ich mir dein Auto ausleihen?«

Lolas Stimme klingt so, als wäre sie mit Sandpapier aufgeraut worden. »Warum nimmst du nicht dein eigenes?«

»Weil das immer noch in der Werkstatt ist.«

»Das geht nicht. Ich hab was zu erledigen.«

»Ich kann dich abholen, nachdem ich Sten abgeliefert habe.«

»Das klappt nicht.«

»Er muss die Pferde reinholen.«

»Tut mir echt leid, aber so geht das nicht. Er kann sich ja wohl dein Fahrrad ausleihen.«

»Willst du zum Arzt?«
»Geht dich nichts an.«
Jenna seufzt: »Musst du so anstrengend sein?«
»Yes, baby.«
Jenna schüttelt den Kopf.
Sten steht auf und spaziert mit dem Rucksack in der Hand zu Lolas Schlafzimmer. Einer der Riemen schleift über den Boden.
Auf einem breiten Bett mit rosa Überzug liegt Lola in den Kissen. Sie trägt eine weiße Jeans und eine weiße Bluse und hat sich ein Tuch um den Kopf gewickelt. Auf dem Nachttisch steht eine Lampe, daneben türmt sich eine beträchtliche Menge an Ringen, Halsketten und Armbändern. Auch ein Glas Wasser ist vorhanden samt einem Blister mit kleinen weißen Tabletten.
»Oh, was verschafft mir die Ehre?«, sagt sie mit einem Stöhnen und versucht sich erfolglos ein Lächeln abzuringen.
Sten stellt sich neben Jenna. »Burman hat gesagt, dass es spät wird heute.«
Lola stöhnt erneut. »Nicht schwer zu erraten, warum es spät wird. Macht die Tür zu. Ich muss mich ausruhen.«

Der Weg ist so schmal, dass sie nicht nebeneinanderfahren können. Während der langen Steigung düst Sten davon, und als Jenna den Hof erreicht, sitzt er im Schatten der Vortreppe mit der offenen Tür im Rücken.
Jenna stellt das Fahrrad ab, lässt sich neben Sten sinken und trocknet sich mit dem Unterarm die Stirn.
Eine der Katzen huscht um die Ecke und reibt sich mit gehobenem Schwanz an Stens Bein. Sten tätschelt ihr den Rücken und die Katze schnurrt.
»Bist du hungrig?«, flüstert Sten, steht auf und geht in die Küche. Die Katze ist dicht hinter ihm. Er öffnet eine Dose mit Katzenfutter

und befördert mithilfe einer Gabel einen Teil des Inhalts in eine Schüssel. Dann kehrt er nach draußen zurück und setzt sich wieder neben Jenna.

»Das Beste daran, ein Roboter zu sein, ist bestimmt, dass man nicht schwitzt«, mutmaßt sie. »Habt ihr mal einen gehabt?«

»Noch nie.«

»Papa sagt, wenn man die erst mal im Haus hat, weiß man nie, was sie alles anstellen.«

Sten nickt. »Lassivar war davon überzeugt, dass die Serviceroboter zuhören und alles weitergeben.«

»Maggans Familie hat einen, der kocht und sauber macht, und einen anderen, der die Kinder unterrichtet. Der kann neunzehn Sprachen … oder waren es neunundzwanzig?«

Die andere Katze streicht über den Hof. Sten nimmt sie auf den Arm, trägt sie in die Küche, nimmt das Katzenfutter aus dem Kühlschrank und füllt die Schale erneut. Dann geht er wieder hinaus und zieht die Tür hinter sich zu.

Jenna ist zu den Pferden gegangen, die sich am Zaun versammelt haben. Sie dreht sich zu Sten um. »Können wir nicht ein bisschen reiten, ehe wir sie in den Stall bringen?«

»Wir können ein bisschen springen.«

Jenna zeigt mit der Hand auf eins der Tiere: »Den da hab ich geritten, als Maya noch unterrichtet hat.«

Sie satteln die Pferde, bauen ein paar Hindernisse auf und setzen darüber hinweg. Das kleine weiße Pferd verweigert ein paarmal, woraufhin Sten absitzt, ihm den Kopf streichelt und mit ihm spricht.

»Versteht er, was du sagst?«

»Kann schon sein.«

Sie reiten eine Stunde und am Ende versuchen sie, einen platten Fußball mit verlängerten Krocketschlägern vor sich herzutreiben.

»Ich hab mal Wasserpolo gespielt«, keucht Jenna, als sie absteigen. »Ich glaube, normales Polo gibt es in Schweden gar nicht. Jedenfalls kenne ich niemand, der das spielt.«
»Wir könnten einen privaten Klub aufmachen«, schlägt Sten vor. »Bestimmt gibt es viele, die mitmachen würden.«
Zusammen bringen sie die Pferde in den Stall, reiben sie mit verschlissenen stinkenden Frotteehandtüchern ab und geben ihnen Futter und Wasser. Dann begeben sie sich in die Küche und trinken selbst Wasser, ein Glas nach dem anderen.
Sten geht zu seinem Fahrrad, holt den Rucksack und wirft ihn auf den Küchentisch, wo er krachend landet.
Jenna wischt sich Wasser vom Kinn. »Hast du einen unserer Hämmer mitgehen lassen?«
Sten öffnet den Rucksack, zieht das Paket mit der Jacke, dem Pullover und dem Hemd heraus, wickelt alles auseinander und zeigt ihr die Pistole sowie die Munitionsschachtel.
Jenna runzelt die Stirn. »Wozu brauchst du das?«
»Um einen Dachs zu erlegen.«
Jenna tastet an der Pistole herum. »Kann man das, mit so einem kleinen Ding?«
»Kein Problem, man muss nur nahe genug herankommen.«
»Und wie willst du das anstellen?«
»Indem ich mich vor den Schuppen setze und warte. Angeblich kommen sie in der Dämmerung raus.« Sten öffnet die Patronenschachtel, nimmt das Magazin aus dem Schaft und lädt es mit sechs Patronen. »Hast du schon mal mit so einer geschossen?«
Jenna schüttelt den Kopf.
»Willst du's mal probieren?«
Als sie nickt, nimmt Sten die Dose mit Katzenfutter aus dem Kühlschrank, füllt den Inhalt mithilfe einer Gabel in einen Plastikbehälter mit Deckel um und deponiert diesen im Kühlschrank. Dann

spült er die Dose aus, steckt die Pistole in seine hintere Hosentasche und geht mit der Dose in der Hand aus der Tür. Jenna folgt ihm. Beim Brennholzstapel stellt Sten die Dose auf den Boden, tritt fünf Meter zurück, zieht die Pistole aus der Tasche und richtet sie auf die Dose. Jenna hält sich die Ohren zu. Sten schießt und die Dose fliegt hoch und rollte ein Stück zur Seite.

Sten streckt Jenna die Waffe entgegen, die Hand um den Lauf geschlossen. »Du musst sie entsichern, dann kannst du schießen.« Er zeigt ihr, wie man das macht, und Jenna nimmt die Pistole.

»Und wie schießt man jetzt?«

Sten macht sie mit Kimme und Korn vertraut und zeigt ihr anschließend, dass sie ein wenig breitbeinig stehen und die Arme ganz ausstrecken soll. »Jetzt entsichern.«

Jenna gibt fünf Schuss ab und mit dem fünften trifft sie die Dose. Sten nimmt die Pistole und steckt sie wieder in die hintere Hosentasche.

»Ich glaub, ich fahr jetzt nach Hause«, sagt Jenna und blinzelt in die Sonne. »Ich sehne mich nach dem See. Mama hat gesagt, dass du bald Geburtstag hast.«

»Ja, nächste Woche.«

»Sechzehn?«

»Nein, fünfzehn. Und du bist siebzehn, oder?«

»Ja.« Dann erkundigt sie sich: »Was wünschst du dir?«

»Nichts Besonderes.« Sten hebt die Dose auf und sie gehen dem Wohnhaus entgegen.

»Willst du hierbleiben?«, ruft sie ihm nach.

»Ich werden den Dachs erschießen!«, ruft er zurück, ohne sich umzudrehen.

Jenna legt den Kopf auf die Seite und streicht sich die Haare aus der Stirn. »Das mit dem Polo ist eine gute Idee. Ich kenne zwei Leute, die sofort mitmachen würden.« Sie setzt sich auf das Fahrrad, fährt einen Halbkreis auf dem Hof, rollt dann an der Pferdekoppel entlang, überquert die Wiese und verschwindet im Wald.

Sten geht ins Haus, lässt sich am Küchentisch nieder, nimmt sein Mobil und wählt.

Mård meldet sich.

»Ich bin jetzt zu Hause, ich werde den Dachs erschießen.«

»Womit?«

»Mit dem Colt.«

»Okay.«

»Es gibt hier Wölfe, deshalb habe ich die Pferde in den Stall gestellt. Jenna hat mir geholfen.«

»Jenna ist schwierig.«

»Ist sie das?«

»Verdammt schwierig.«

»Wo seid ihr?«

»Immer noch da, wo du uns letztes Mal angerufen hast.«

»Hast du den Namen geändert?«

»Noch nicht.«

»Kommst du nie mehr nach Hause?«

»Glaub nicht.«

»Warum nicht?«

»Wenn ich nach Hause komme, muss ich mir etwas mit Holme überlegen.«

»Du willst also wegen ihr deinen Namen ändern und in Norwegen bleiben?«

»Nicht allein wegen ihr, aber natürlich spielt sie eine Rolle.«

Sten schweigt für einen Moment, ehe er weiterspricht: »Burman sagt, dass ich das Haus abreißen soll. Niemand würde es haben wollen. Ich könnte ein großes Haus bauen lassen, in dem ihr alle wohnen könntet – auch zwei Häuser, wenn das nötig sein sollte. Und Maya könnte wieder anfangen zu unterrichten.«

»Hört sich gut an, aber wir bleiben in Norwegen.«
»Was willst du arbeiten?«
»Ich hab gedacht, ich lass mich zum Tischler ausbilden. Es gibt hier Schulen, wo man eine Arbeitsprobe abliefern kann, und dann wird man aufgenommen, wenn man gut genug ist. Nach zwei Jahren ist man Lehrling und fängt an zu arbeiten.«
»Ich hab Besuch von dieser Sozialtussi gekriegt.«
»Was wollte sie?«
»Sie wollte wissen, ob es mir hier gut geht.«
»Und?«
»Lola ist total durchgedreht.«
»Denk an das Sprichwort vom Apfel und dem Stamm.«
»Wie meinst du das?«
»Jenna ist, wie sie ist, weil ihre Mutter ist, wie sie ist.«
»Ich finde Jenna ganz okay.«
Sie schweigen beide eine Weile, ehe Sten sich räuspert. »Du kommst also nicht nach Hause?«
»Nein.«

Sten geht hinauf in das Zimmer, das Mård und Maya zurückgelassen haben. Das Bett ist abgezogen, die Federbetten liegen zusammengefaltet am Fußende, die Kissen stapeln sich auf der Kommode. Sten zieht das feuchte Hemd aus und lässt es auf den Boden fallen, dann wirft er sich auf das Bett, zieht die Pistole aus der Gesäßtasche, legt sie neben sich auf die blaue Matratze und ruft die Bildwand auf. Es kommt eine Wiederholung der Morgennachrichten. Ein bärtiger Mann berichtet von der Wahlveranstaltung in Borlänge. Sten ruft der Bildwand zu, dass er *The Jumper* sehen will und welche Folge, und schon erscheint das Gewünschte auf der Bildwand.

Im Morgengrauen klingelt der Wecker. Sten schläft wieder ein, doch der Wecker ist unerbittlich. Sten hat keine Lust zu duschen, sondern geht direkt runter in die Küche, kocht Kaffee und isst drei belegte Brote. Dann nimmt er sich eine Isomatte und einen der Schlafsäcke, lädt die Pistole und verlässt das Haus. Die Katzen wollen ihn begleiten, doch er lässt sie nicht raus.
Sten geht zum Schuppen und breitet die Isomatte auf der Treppe aus. Dann legt er den Schlafsack darüber und kriecht hinein. Er hält die Pistole in der Hand, während eine Schwarzdrossel bereits zu singen anfängt. Sonst ist es still.
Er lehnt mit dem Rücken an der Tür und ein schwacher Geruch nach Malerfarbe steigt ihm in die Nase. Kurz darauf sieht er einen Rehbock am Gartenzaun stehen. Eine Zeit lang steht das Tier reglos da, ehe es zwischen den Tannen verschwindet.
Sten schläft ein und döst für eine Weile vor sich hin.

Als er aufwacht, zeigt sich die Sonne schon über den Tannenwipfeln. Sie scheint ihm ins Gesicht und wärmt bereits. Der Dachs trippelt nahe des Brennholzstapels über den Kies. Er ist knapp zehn Meter entfernt, als Sten die Pistole hebt und schießt. Das Tier fällt auf die Seite und er schießt noch einmal und sieht den Körper zusammenzucken, als die zweite Kugel trifft.
Sten steht auf und befreit sich vom Schlafsack. Den Blick auf das sterbende Tier gerichtet, geht er zum Dachs, sinkt neben ihm auf die Knie und schaut in sein linkes Auge. Dann setzt er die Mündung der Pistole an den Kopf des Tieres und drückt ab.
Er steckt die Pistole in die hintere Hosentasche, geht zum Schuppen, rollt Schlafsack und Isomatte zusammen und trägt alles zurück in die Küche.
Die Katzen wollen hinaushuschen, doch er hindert sie daran.
Er trinkt eine Tasse Kaffee und holt danach einen Spaten. Am Zaun

zwischen Wiese und Pferdekoppel gräbt Sten ein Loch. Die Erde ist weich, fast ganz ohne Steine, und er gräbt so lang weiter, bis das Loch etwa einen halben Meter tief ist.
Sten stellt den Spaten weg und holt den Dachs. Der Körper ist bereits kalt und schwerer, als er gedacht hätte.

11

Syria und Dockan sehen die Wiederholung der Lokalnachrichten. Der bärtige Reporter steht innerhalb eines abgesperrten Areals. Hinter ihm ist eine Reihe von Polizeiwagen zu sehen, darüber schwebt ein Hubschrauber. Er wirft einen breiten Schatten auf den Reporter, ehe das knatternde Geräusch der Rotorblätter langsam erstirbt.
»Was für ein Einsatz!«, kommentiert Dockan.
»Ich will ja nur mal einen Blick auf sie werfen. Kannst du die Gesichtserkennung benutzen und die Identität der Polizisten klären?«
»Was willst du wissen?«
»So viel wie möglich.«
Dockan steht auf und geht aus dem Zimmer.
Syria zieht die Mobile aus der Tasche und entscheidet sich für eines von ihnen. »Scramble, scramble, wherever you are.«
»But not my eggs, but not my eggs.«
»Hast du Ermittlungen angestellt?«
»Ich hätte da jemanden, den man aufgrund seiner Spielschulden motivieren könnte.«
»Kennst du ihn?«
»Wir haben ab und zu miteinander gepokert.«

»Kannst du mir noch mehr sagen?«
»Internat, Cambridge, hat Geschichte und klassische Sprachen studiert.«
»Ein Brite?«
»Ja.«
»Die haben wirklich eine interessante Erfolgsgeschichte, die Akademiker in Cambridge.«
»Wie meinst du das?«
»Burgess, Philby und alle die anderen. Scheinen doch alle in Cambridge studiert zu haben.«
»Das weiß ich nicht. Jedenfalls hat er Schulden.«
»Wie heißt er?«
»Lass uns mit dem Namen noch warten, bis wir mehr wissen. Bis jetzt haben wir nicht mehr als eine fromme Hoffnung.«
»Mit der Hoffnung hast du recht, aber sehr fromm ist sie nicht.«
»Stimmt.«
»Wann weißt du mehr?«
»Ich werde zusehen, dass ich einen Platz in seiner Pokerrunde ergattere. Wie oft sie sich treffen, weiß ich nicht. Ich lass von mir hören, wenn ich was rausgekriegt habe.«
Nachdem das Gespräch beendet ist, steckt Syria das Mobil wieder in die Tasche, zieht sich aus und geht ins Bad. Als sie wieder herauskommt, hat sie ihre Haare in ein Handtuch gewickelt und sich ein zweites um ihren Körper geschlungen. An der Tür zu Dockans Schlafzimmer bleibt sie stehen. Er sitzt an einem kleinen Tisch und arbeitet an zwei Notebooks gleichzeitig.
»Wenn wir in die Stadt fahren, kaufen wir einen neuen Schlauch und einen neuen Duschkopf.«
»Natürlich«, entgegnet Dockan, ohne sich umzudrehen.
Syria nimmt das Handtuch von ihrem Kopf und rubbelt sich so heftig die Haare trocken, als wolle sie sie vom Kopf lösen.

»Irgendwelche interessanten Fakten über die Polizisten vor Ort?«
»Eine Abmahnung wegen Misshandlung der Ehefrau, das ist alles.«
»Ich zieh mich an, dann können wir los.« Syria geht in ihr Zimmer, wirft die Handtücher auf ihr Bett und öffnet zwei Schranktüren – sie holt einen schwarzen und einen hellgrauen Leinenanzug heraus. Von einem Regal nimmt sie zwei kurzärmlige blaue Hemden, eines dunkel, das andere hell. Die Hemden sind sorgsam zusammengelegt und werden von den Pappbändern der Wäscherei zusammengehalten.
Syria betrachtet ihre Auswahl. Sie hängt den grauen Anzug in den Schrank zurück und legt das hellblaue Hemd wieder auf das Regal. Dann zieht sie einen Stützstrumpf bis über das rechte Knie und schließt den Klettverschluss.
Sie nimmt Unterwäsche und Strümpfe aus einer Schublade und zieht sie an. Nachdem sie in schwarze Lederschuhe mit niedrigen Absätzen geschlüpft ist, betrachtete sie sich eine Weile im Spiegel. Dann zieht sie drei Perücken hervor, alle dunkel. Sie probiert sie nacheinander an und entscheidet sich für die, deren Haare bis über die Schulter fallen. Danach öffnet sie eine Schublade mit verschiedenen Sonnenbrillen darin – manche mit schmalen, andere mit breiten Bügeln. Es gibt welche mit rauchfarbenen Gläsern und auch Kommunikationsbrillen mit zugehörigen Steuerarmband.
Syria entscheidet sich für zwei Kommunikationsbrillen mit blaugrauen Gläsern und legt das Armband um ihr linkes Handgelenk. Dann nimmt sie das Gegenstück, geht damit zu Dockans Zimmer und bleibt auf der Türschwelle stehen. Er liegt auf dem Rücken im Bett, einen Computer auf den Knien. Syria wirft ihm die Brille und das Armband zu. »Dann gehen wir.«
Dockan sieht sie fragend an. »Was soll ich anziehen?«
»Irgendwas, das nicht danach aussieht, als würden wir zusammengehören.« Syria kehrt in ihr Zimmer zurück, steckt eine Hand un-

ter die Matratze und zieht ein Moramesser hervor, das in einer Scheide steckt. Sie lässt es in der linken Innentasche des Sakkos verschwinden, öffnet die Schublade mit den Sonnenbrillen und nimmt ein paar kleine Plastikkissen heraus. Sie stopft sich zwei davon in die Backentaschen und betrachtet sich im Spiegel.
Dann erscheint Dockan. Er hat knielange gelbe Shorts angezogen, ein Polohemd sowie eine Basecap, über deren Schirm ein Bär abgebildet ist.

12

Nachdem Sten geduscht hat, legt er sich nackt auf das Bett in Mayas und Mårds Zimmer. Er nimmt sein Mobil und wählt. »Hallo, Maya, ist Mård da?«
Die größere der Katzen springt auf das Bett, schnuppert an Stens nacktem Körper, springt wieder runter und flitzt durch die Tür.
Nach einer Weile ist Kindergeschrei zu hören, gefolgt von Mårds Stimme: »Was gibt's?«
»Ich wollte dich nur über etwas informieren.«
»Worüber?«
»Ich habe den Dachs erschossen.«
»Gut.«
»War ein ziemlicher Brocken. Ich glaube, es gibt noch einen.«
»Den kannst du auch erschießen.«
»Es gibt viele, die eine Kugel in den Kopf bekommen sollten. Holme hält in der Stadt eine Rede.«
»Wann?«
»Heute Nachmittag. Ich will hinfahren.«

»Komm bloß nicht auf dumme Gedanken.«
»Zum Beispiel?«
»Burman kümmert sich um Holme.«
»Hab ich noch nichts von mitgekriegt. Kommst du nach Hause, wenn sie tot ist?«
»Ich bleibe hier.«
»Aber wenn sie tot ist.«
»Halt dich bloß zurück. Burman kümmert sich um das Miststück.«
»Dann sollte er mal einen Zahn zulegen. Ich hab neulich einen Film über Faultiere und andere Dschungeltiere gesehen. Sie sind süß, diese Faultiere. Der hat bestimmt zehn Kilo gewogen, vielleicht noch mehr.«
»Wer?«
»Der, den ich erschossen habe. Obwohl Faultiere im Dschungel leben, das tun Dachse nicht.«
»Die werden sowieso nicht mehr lange leben, jetzt, da du angefangen hast sie auszurotten.«
»Es gibt noch einen, den erledige ich morgen früh.«
»Tu das, aber komm nicht auf dumme Gedanken.«
»Wie groß ist es inzwischen?«
»Wer?«
»Das Kind.«
»Ungefähr so wie vorher.«
»Komisch.«
»Was?«
»Dass wir beide mal kleiner als ein Faultier und viel kleiner als ein Dachs waren.«
Mård schweigt für einen Moment, als würde er versuchen zu begreifen, wovon sein Bruder redet. »Ich muss jetzt Schluss machen«, sagt er mit einem Seufzen.
»Nur eines noch. Ist es warm in Norwegen?«

»Es ist warm, aber es gießt die ganze Zeit wie aus Eimern.«
»Hier ist es knochentrocken.«
»Kauf dir neue Stiefel. Die wirst du brauchen. Wir hören uns.«
Sten sieht ein paar Folgen von *The Jumper*, ehe er erneut unter die Dusche geht und sich anschließend eine blaue Jeans und ein kurzärmliges kariertes Hemd anzieht. Er lässt das Hemd über den Hosenbund hängen, lädt die Pistole, steckt sie in die hintere Hosentasche, geht zu seinem Fahrrad und macht sich auf den Weg.
Er radelt auf der Hauptstraße und sieht ständig Autos neben sich, die er zuvor nicht gehört hat. Nur hin und wieder ist ein Wagen mit Verbrennungsmotor darunter. Er fährt schnell, und als er sich dem Stadtrand nähert, ist sein Hemd am Rücken vollkommen durchgeschwitzt. Nachdem er vom Fahrrad gestiegen ist, dauert es nur kurz, bis das Hemd zu trocknen beginnt.
Am Kongresszentrum stehen überall Polizeiautos. Das Gebäude ist von Absperrgittern und blau-weißen Bändern umgeben.
Sten stellt das Fahrrad unter einer Birke ab, setzt sich im Schatten ins Gras und sieht sich um. Ein Stück entfernt sitzen zwei Frauen neben ihren Kinderwagen auf einer Decke. Sie haben eine Thermoskanne mit Kaffee und eine Papiertüte mit Gebäck dabei. Die eine der Frauen isst ununterbrochen.
Sten streckt sich im Gras aus und sieht durch die Blätter hindurch in den Himmel. Nicht eine Wolke.
Wie er so daliegt, die Hände hinter dem Kopf verschränkt, wird ihm das Licht und die Sicht plötzlich von einer, dann von einer weiteren und schließlich von einer dritten Gestalt genommen.
Die erste Gestalt ist großgewachsen und hat einen breiten Mund.
»Ja, wer liegt denn hier?«
»Hallo, Mia«, brummt Sten.
Ein rundliches Mädchen mit kurzen abstehenden Zöpfen stellt sich neben sie und schüttelt den Kopf. »Der ewige Schulschwänzer!«

Mia steckt die Hände in die Taschen ihrer knallengen glänzenden Shorts. Unter einem dünnen weißen Hemd zeichnet sich ein großer Busen ab. »Jenny fragt sich, warum du nie in die Schule kommst.«
Jenny mit den Zöpfen fügt mir heiserer Stimme hinzu: »Wenn du nicht in die Sommerschule gehst, kannst du deine Zukunft vergessen. Mit deinen Noten wirst du nicht mal die Fortbildungskurse für Arbeitslose erhalten.«
Mia runzelt die Stirn. »Was meinst du dazu?«
»Das, was ich sage.«
»Und was sagst du?«
Zwischen den Mädchen erscheint ein schmächtiger Junge. Er trägt Shorts, genau wie die Mädchen, und leckt an einem Eis mit Schokoladenüberzug. Das größere der Mädchen will auch mal lecken, doch der Junge bringt das Eis rasch in Sicherheit.
»Hallo, Garpen«, grüßt ihn Sten. »Wo hast du denn deine Gesellschaft aufgegabelt?«
»Muss echt schlimm für dich sein«, sagt Jenny mit den Zöpfen. »Dass die, die deine Eltern ermordet hat, da drin gleich eine Rede hält.«
»Sie ist die beliebteste Person in ganz Dalarna. Tausend Menschen werden ihr zuhören«, gibt der Junge mit dem Eis bekannt. Er leckt daran, scheint sich über irgendetwas zu amüsieren und blickt Sten in die Augen. »Hasst du sie?«
»Ist ja wohl klar«, plärrt Jenny. »Wenn jemand deine Mama und deinen Papa umbringt, dann hasst du ihn natürlich.«
Der Junge sieht aus, als würde er jeden Moment in Gelächter ausbrechen. »Den Mörder meines Stiefvaters würde ich nicht hassen.«
Jenny errötet. »Dein Stiefvater ist ja auch nicht dein Papa, sondern dein *Stief*vater!«
Der Junge mit dem Eis lacht. Mia versucht, ihm das Eis zu klauen, doch er macht rasch einen Schritt zur Seite. »Wäre mir auch egal,

wenn jemand meine Mutter erschießt«, behauptet er. »Ich würde einfach denken: Okay, jetzt sind sie also tot.«
Jenny stöhnt auf. »Verdammter Schwachkopf. Darf ich mal lecken?«
»Du musst sie doch abgrundtief hassen«, meint Mia. »Also ich an deiner Stelle würde ihr gleich, wenn sie aus dem Auto steigt, ein Messer in den Bauch rammen.«
»Das würde jeder normale Mensch machen«, pflichtet Jenny ihr bei. »Wie ist das, Burman als Vater zu haben?«
»Er ist nicht mein Vater.«
»Stiefvater«, sagt der Junge. »Die sollte man erschießen. Du kannst doch eine Pistole von Burman leihen. Der hat bestimmt mehrere.«
»Wann kommst du wieder zur Schule?«, will die große Mia wissen.
Sten setzt sich auf und schlingt die Arme um seine Knie.
»Mann, ist das warm«, klagt Jenny. »Ist es wahr, dass Burman Narven umgebracht hat?«
Der Junge mit dem Eis protestiert. »Dir ist doch wohl klar, dass er über so was nicht reden darf.«
Jenny wird rot. »Nein, ist mir nicht klar.«
»Und ob«, behauptet Mia. »Bist du jetzt mit Jenna zusammen?«
»Das geht nicht«, sagt Jenny. »Das wäre Inzest.«
»Inzest!«, ruft der Junge. »Was weißt du denn von Inzest?«
Jenny schreit: »Mård war mit Jenna zusammen. Das ist Inzest!«
Der Junge mit dem Eis schüttelt den Kopf. »Weil Jenna mit seinem Bruder zusammen war? Du weißt ja echt eine Menge!«
Mia sieht sich um. »Kommt jemand mit zum Baden?«
Jenny setzt sich neben Sten und legt ihm die Hand auf das Knie. »Wann kommst du wieder zur Schule?«
Mia wirft einen Blick auf das Kongressgebäude. »Die bauen draußen Leinwände auf, damit man sehen kann, was drinnen vor sich geht.« Sie dreht sich um und setzt sich in Bewegung. »Also ich geh jetzt baden.«

Sie winkt und Jenny folgt ihr. Der Junge wirft den Eisstiel ins Gras und schließt sich den Mädchen an. »Wir sehen uns!«, ruft er Sten zu, der sich wieder im Gras ausstreckt und die Hände hinter dem Nacken verschränkt.
Zwei junge Männer in befleckten Overalls lassen sich ebenfalls im Gras nieder. Der eine hat eine braune Papiertüte in der Hand. In der Seitentasche seines Overalls steckt eine Wasserflasche. Er angelt sich ein Stuck Kuchen aus der Tüte und hält es in die Luft, damit auch der andere es betrachten kann. »Davon esse ich jeden Tag eins.«
»Soulfood!«, ruft der andere und lacht.
Sten stützt sich auf einen Ellenbogen und spricht den Essenden an. »Wo kann man die kaufen?«
Der Maler streckt seinen Arm aus. »Bei Franssons. Da drüben.«
Sten steht auf und geht los.
Die großen weißen Sonnenschirme mit der Reklame für Softdrinks ragen wie krumme dünne Pilze über den zahlreichen Marktständen auf.
Sten betritt das Café und bleibt vor der Verkaufstheke stehen. Er muss eine Weile warten, bis eine übergewichtige Frau vier Kugeln Eis gekauft hat. Dann ist er an der Reihe. »Ich hätte gerne zwei Plundergebäck zum Mitnehmen.«
Das Mädchen auf der anderen Seite hat ein Piercing in der Wange und einen tätowierten roten Vogel auf dem Hals.
»Mit Marmelade oder mit was anderem?«
»Marmelade ist okay. Kann ich zwei Tüten haben?«
Das Mädchen nickt und zieht eine Tüte hervor und dann eine weitere, die sie über die erste Tüte stülpt. Sie legt die beiden Teigstücke hinein und Sten zeigt auf eine Wasserflasche. Das Mädchen dreht sich um, öffnet die Schiebetür, zieht eine Flasche hervor und stellt sie vor Sten auf die Theke.
»Gibt es hier eine Toilette?«

Das Mädchen streckt ihren Arm aus.
Sten nimmt seine Sachen und holt, nachdem er die Toilettentür hinter sich verriegelt hat, die Pistole aus der hinteren Tasche und legt sie in die Tüte. Den oberen Teil der beiden Tüten faltet er ein paarmal zusammen, sodass er ihn wie einen Griff benutzen kann.
Als er auf die Straße tritt, schlägt ihm die Sonne wie ein Bügeleisen auf den Kopf. Er überquert die Straße, um sich in den Schatten zu flüchten. Dort leert er fast die gesamte Wasserflasche.
Er kehrt zum Park neben dem Kongressgebäude zurück und legt sich wieder an dieselbe Stelle. Die Frauen mit den Kinderwagen haben ihre Decke genommen und sind verschwunden. Desgleichen die Maler.
Vor dem Kongressgebäude versammeln sich immer mehr Menschen. Viele tragen weiße Sonnenschirme, andere weiße Hemden, Hüte und Kappen. Vor den Absperrgittern gibt es keinen Schatten und die Luft flimmert vor Hitze.

13

Elin sitzt auf der Bettkante und betrachtet Gerda, die mit ihren Legosteinen spielt.
»Ich fahre gleich nach Borlänge. Wenn du morgen früh aufwachst, bin ich wieder da.« Elin klopft mit der Hand auf das Bett, als würde sie ein Pferd tätscheln.
»Du kommst nicht zurück«, sagt Gerda, ohne ihren Blick von den Legosteinen abzuwenden.
»Aber natürlich.«
Gerda hebt die Stimme: »Nein, tust du nicht!«

»Doch, Gerda, ganz bestimmt. Wenn du morgen früh aufwachst, bin ich wieder da.«

Gerda streckt die Hand nach dem Mobil aus, das neben ihr liegt. Es ist das kaputte Mobil, dass Elin in Idrefjäll bekommen hat. Jetzt schleudert es Gerda mit aller Kraft gegen die Wand. Sie hat das Mobil schon oft wütend weggeworfen, doch nun geschieht etwas, das noch nie passiert ist: Das Mobil zerspringt in zwei Teile.

Elin hebt die beiden Teile auf und will sie wieder zusammensetzen. Da entdeckt sie auf der einen Innenseite einen schmalen Streifen Papier. Jemand hat mit Tinte etwas darauf geschrieben, doch die Schrift ist verlaufen.

Elin geht in das Arbeitszimmer ihrer Eltern. Anna sitzt an drei Monitoren und handelt an der Börse, indem sie Server überwacht, die darauf programmiert sind, kurzzeitige Differenzen zwischen Eingangs- und Ausgangskursen auszunutzen. »Haben wir eine Lupe?«

Annas Blick ist auf einen der Monitore fixiert. »Guck mal in den Schubladen hinter mir nach.«

Elin beginnt mit der untersten und zieht eine Schublade nach der anderen heraus. In der oberen findet sie eine rechteckige Lupe, deren Gelenk an einer Metallplatte befestigt ist. Ihr Großvater hatte sie immer benutzt, wenn er Trockenfliegen zum Fischen band, geht es ihr durch den Kopf.

Sie schließt die Schubladen wieder, nimmt die Lupe mit und kehrt in Gerdas Zimmer zurück.

»Du sollst mir was vorlesen!«, kommandiert Gerda.

Elin nimmt den schmalen Papierstreifen und tritt mit ihm samt der Lupe ans Fenster. »Mach ich sofort. Was willst du hören?«

»Lisas Buch.«

Elin hält den Papierstreifen gegen das Licht und betrachtet ihn durch die Lupe. »Was ist das für ein Buch?«

»Lisa schreibt ein Buch.«

Elin reguliert den Abstand des Streifens zur Lupe, um die größtmögliche Schärfe zu erreichen. Schließlich kann sie ein Wort entziffern: *Wilderness*. Die anderen Wörter sind völlig unleserlich.
»Komm und lies!«, befiehlt das Kind.
»Was soll ich vorlesen?«, fragt Elin und legt sich neben Gerda.
»Hab ich doch schon gesagt. Man kann es auf der Bildwand lesen.«
»Sollen wir fragen, ob wir es lesen dürfen?«
Gerda nickt und sie stehen auf, verlassen den Raum und gehen zu Lisa, die auf dem Rücken liegt und in einem Papierbuch liest.
Gerda legt sich auf den Boden. Elin setzt sich am Fußende auf das Bett und legt eine Hand auf Lisas nackten Fuß. »Was liest du da?«
»Opas Lieblingsbuch, *Robinson Crusoe*. Hast du mal dran gedacht, dass Robinson die Wilden getötet hat, weil die ihren Gefangenen töten wollten? Die Wilden essen diejenigen auf, die sie töten, aber Robinson will die Wilden nur töten, aber nicht essen. Ist es nicht besser, die zu essen, die man tötet, anstatt sie einfach verfaulen zu lassen?«
»Ja, das könnte man denken«, sagt Elin.
Gerda ruft erregt: »Wölfe können Menschen fressen, wie in *Rotkäppchen*!«
Elin streichelt Lisas Fuß. »Gerda möchte dein Buch lesen.«
Lisa klappt *Robinson Crusoe* zu und legt es neben sich. »Ich bin noch nicht fertig.«
Gerda steht vom Boden auf, streckt eine Hand aus und streicht Lisa über die Wange. »Können wir nicht ein bisschen darin lesen?« Gerda hebt ihre Hand, deutet eine winzige Lücke zwischen Daumen und Zeigefinger an und kneift die Augen zusammen. »Nur so wenig.«
Lisa richtet sich auf, setzt ihre nackten Füße auf den Fußboden und nimmt Gerdas Hände in ihre. »Es gibt keine Bilder und man muss lesen können, um es zu verstehen.«

»Mama kann mir vorlesen«, entgegnet Gerda und wirft Elin einen Blick zu.
Lisa schüttelt den Kopf. »Das geht nicht. Außerdem dürfen es nicht alle lesen.«
»Wer darf es denn lesen?«, will Elin wissen.
»Die Gläubigen.«
»Die Gläubigen?« Elin runzelt die Stirn. »Wer ist das?«
»Leute, die glauben.«
Gerda denkt eine Weile nach, ehe sie fragt: »Gehöre ich auch dazu?«
»Vielleicht, das wissen wir noch nicht.«
»Wie soll dein Buch heißen?«, fragt Elin.
Lisa legt sich wieder auf den Rücken, öffnet *Robinson Crusoe* und hält es wie einen Schutzschild in die Luft, als könne es sie vor den Fragen der Schwester bewahren.
»Wie soll es heißen?«, wiederholt Elin.
»Deus X.«
»Das Auto ist da!«, ruft Gunnar aus der Küche.
»Vielleicht kann Lisa dir vorlesen?«, schlägt Elin vor und steht auf. »Wenn du morgen früh aufwachst, bin ich wieder da.«
Gerda schüttelt den Kopf. »Du kommst nie mehr nach Hause. Das weiß ich.«
Elin geht auf die Knie und nimmt Gerda in den Arm. »Ich komme immer zu dir nach Hause, Gerda.«
»Nein!«, ruft Gerda und schüttelt so heftig den Kopf, dass ihre Locken fliegen. »Du kommst nicht mehr. Ich habe es gesehen, als ich geschlafen habe!«
»Was hast du gesehen?«
»Dass die Wölfe dich aufgefressen haben.«
»Hier gibt es keine Wölfe«, behauptet Elin.
»Doch!«, widerspricht Lisa hinter dem Schutz ihres Buches. »Ich hab sie auf der Bildwand gesehen.«

Gerda streckt ihre Hand nach Elins Gesicht aus und ruft: »Die Wölfe kommen!« Dann läuft sie davon und ruft dabei: »Die Wölfe kommen! Die Wölfe kommen!«

Es ist ein gepanzerter Wagen mit drei Türen auf jeder Seite. Er wartet unmittelbar vor dem Haus und ist schwarz, mit kleinen Fenstern und großen Reifen. Vorne sitzen zwei Männer mit Helmen und verstärkten Schutzwesten. Dahinter sitzt Tamara und ganz hinten – halb sitzend, halb liegend – befindet sich ein kahlköpfiger, Anzug tragender Mann, der gleichzeitig in zwei Mobile spricht.
Elin nimmt Platz, Tamara umarmt sie kurz und die Türen werden geschlossen.
»Wie geht's dir?«
Elin seufzt. »Als ich Gerda versprochen habe, morgen früh bei ihr zu sein, hat sie gesagt, dass ich nie mehr nach Hause kommen werde. Es kam mir fast so vor, als wüsste sie etwas, das ich nicht weiß. Und dann gehe ich aus dem Haus, sehe diesen Monsterwagen und …« Elin seufzt und schlägt mit der flachen Hand auf den Sitz. »Warum muss ich in so einer gepanzerten Limousine fahren, mit bewaffneten Spezialkräften auf dem Vordersitz und einem Mann auf der Rückbank, der nicht mal Hallo sagt, wenn ich einsteige? Ich bin ein Singer-Ssongwriter. Wo bin ich hier nur gelandet?«
Tamara legt ihr die Hand aufs Knie. »Das Auto ist ein topausgestatteter AAV. Die Außenseiten sind durch Stahlplatten verstärkt worden, die absolut schusssicher sind. Die Fenster bestehen aus zweiundzwanzig Zentimeter dickem Panzerglas und aus den Reifen kann die Luft nicht entweichen. Außerdem kann das Fahrzeug einen Rauchteppich erzeugen, der so groß wie zwei Fußballfelder ist. Du bist noch heute Abend wieder zu Hause, das verspreche ich dir.«
Elin seufzt. »Was bedeutet AAV?«

»Armoured Assault Vehicle.«

Der Mann im Anzug setzt sich auf, beugt sich vor und streckt Elin seine rechte Hand entgegen. »Jens Fårman. Ich gehöre zum Stab von Karin.«

Elin ergreift seine Hand – seine Hände sind schweißnass.

»Ihr Gesprächspartner bei der heutigen Podiumsdiskussion wird Ove Nilsson sein. Er unterrichtet Politikwissenschaft an der Universität und hat die Entwicklung unserer Partei seit vielen Jahren beobachtet. Allerdings geht er davon aus, dass Karin nach einem etwaigen Wahlsieg eine politische Linie verfolgen wird, die er nicht gutheißt.«

»Sie meinen also, dass es über Karins Politik reden will, nicht über die der Partei oder die des Ministerpräsidenten?«

»Nilssons Dissertation handelt vom Gegensatz zwischen formellen und informellen Führungsstrukturen in schwedischen Regierungen. Er vertritt die These, dass die informellen Strukturen die formellen überlagern. Und als Paradebeispiel für eine solche Überlagerung führt er Karins Position in der Interimsregierung an. Auch Sie sind natürlich ein gutes Beispiel. Sie werben um das Vertrauen der Bevölkerung, nachdem Sie nebenbei zwei schwere Gangster zur Strecke gebracht haben.«

»Von nebenbei kann keine Rede sein«, widerspricht Elin.

Fårman räuspert sich. »Das war nur so dahergesagt. Da wir schon von Gangstern reden, kann ich Ihnen berichten, dass die norwegische Polizei Mård Ivarson überwacht, denjenigen also, der vermutlich die größte Bedrohung für Sie darstellt. Ivarson wohnt mit Frau und Kind außerhalb von Stavanger. Aber vielleicht gibt es ja noch andere, die es auf Sie abgesehen haben.«

»Wie ermutigend«, entgegnet Elin mit einer Stimme, die saurer als Essig ist.

»Stavanger ist ziemlich weit weg von hier und eines ist gewiss: Mård

Ivarson steht nicht vor dem Kongresszentrum in Borlänge und wartet dort auf Sie.«

»Es gibt doch wohl noch mehr Kinder.«

»Das ist richtig. Der jüngere Bruder ist ein niederträchtiger Typ, der vor Kurzem einen Auftragsmörder mit einem Kleinkalibergewehr abgeknallt hat. Die Nachrichten waren voll davon.«

»Ja, ich hab's mitgekriegt.«

»Als er neulich von einer Sozialarbeiterin Besuch bekam, hat sie ein Mann vom Personenschutz begleitet. Auf die Sozialarbeiterin wirkte er ein bisschen dumm, jedoch ungefährlich. Aber natürlich kann es auch andere Leute geben. Trittbrettfahrer, die so berühmt werden wollen wie Sie, indem sie Sie umbringen. Aber der Personenschutz weiß genau, wer diese Typen sind, also machen Sie sich keine Sorgen.«

Das Auto biegt vom einsamen Waldweg auf die asphaltierte Straße ab.

»Na endlich«, sagt Elin mit einem Stöhnen. »Von all dem Geschaukel wird mir noch übel.«

»Ab jetzt fahren wir nur noch auf ebenen Straßen«, verspricht Fårman. »Wird rappelvoll heute, aber wir haben uns die Leute genau angesehen. Die meisten sind richtige Fans von Ihnen, die Ihrer Begeisterung über Sie schon bei anderen Gelegenheiten zum Ausdruck gebracht haben. Sie werden das Gefühl haben, unter Freunden zu sein.«

»Ist das überhaupt erlaubt?«, will Elin wissen.

»Was?«

»Die Leute zu überprüfen, die eine politische Veranstaltung besuchen wollen. Ist so was nicht verboten?«

Fårman verdreht die Augen. »Hin und wieder gehen wir bis an die Grenzen, aber wir tun nichts Illegales.«

»Klingt fast so, als würden Sie das bedauern«, erwidert Elin.

Fårmans Mobil gibt ein paar Takte aus Beethovens fünfter Sinfonie von sich. Im nächsten Moment geht auch das andere Mobil los: *Der schwarze Rudolf*, gespielt auf einer Ziehharmonika.
Kurz darauf erreichen sie die Villengegend am Stadtrand von Borlänge.

14

Vor der Kongresshalle drängen sich die Leute an den Absperrgittern. Der gepanzerte Wagen hält vor einem Nebeneingang und einer der Spezialkräfte steigt aus. Elins Tür wird geöffnet und Tamara stellt sich neben den schwer bewaffneten Mann.
Elin steigt aus und atmet tief durch. Der Eingang liegt im Schatten, doch ist es immer noch so heiß, dass ihr sofort der Schweiß ausbricht.
Tamara legt Elin die Hand auf die Schulter. »Okay, wir gehen rein.«
In dem langen Gang stehen zwei uniformierte Polizisten mit Schnellfeuerwaffen.
Ein Mann in cremefarbenem Anzug und schwarzen Schuhen mit weißen Schuhkappen kommt ihr entgegen. Er hat einen Dreitagebart, einen unsteten Blick und einen kleinen lächelnden Mund. »Anders Markenstam, ich bin der Geschäftsführer des Kongresszentrums. Herzlich willkommen, Elin! Ihr Diskussionspartner ist bereits eingetroffen. Bitte hier entlang.« Markenstam öffnet die Tür zu einem hohen fensterlosen Raum. »Hier müssen wir durch und dann …« Elin und Tamara folgen ihm zur nächsten Tür. »So, da wären wir!«
Sorgfältig gekleidete Männer und Frauen stehen in kleinen Grup-

pen zusammen. Auf einer langen Tafel mit weißer Tischdecke befinden sich Obstteller, Wasserkaraffen, Häppchen, Gläser und kleine Teller. Zwei junge Frauen in engen schwarzen Röcken und weißen Blusen lächeln so breit, dass ihre Wangenknochen hervortreten.

»Ihr Gesprächspartner steht da drüben«, flüstert Markenstam und zeigt auf einen großgewachsenen Mann.

Eine junge Frau, die Ove Nilsson Gesellschaft leistet, nickt in Elins Richtung, woraufhin sich ihr Begleiter umdreht, ein paar Schritte auf Elin zugeht und ihr seine Hand entgegenstreckt. »Wie schade, dass Ihre Tante erkrankt ist, aber schön, dass Sie sie vertreten. Am besten verschieben wir die weitere Konversation, bis wir auf der Bühne sind, einverstanden?« Er macht auf dem Absatz kehrt, geht zu seiner Begleiterin zurück und nimmt ihr Gespräch wieder auf.

Eine Kellnerin kommt mit einem Tablett zu Elin. Elin nimmt ein Wasserglas, leert es zur Hälfte, stellt das Glas auf das Tablett zurück und spürt einen harten Finger zwischen den Schulterblättern.

Sie dreht sich um und blickt einer Frau in die Augen, die sie zunächst nicht wiedererkennt, doch als sie den Text auf dem T-Shirt liest, erinnert sie sich sofort: *A novel is a mirror walking down the road.*

»Vielleicht können wir in Ruhe miteinander sprechen«, schlägt die Frau vor und deutet auf den hinteren Teil des Raumes.

Sie setzen sich in Bewegung und Tamara folgt ihnen, verschränkt die Arme über dem Gürtel und stellt sich breitbeinig hin, ihr Gesicht den anderen Gästen zugewandt wie ein lebendiges Stoppschild mit warnendem Blick.

»Du erinnerst dich bestimmt, dass wir uns im Borderland begegnet sind.«

Elin versucht sich vergeblich den Namen der Frau ins Gedächtnis zu rufen.

»Ja.«

»Wie schade, dass Karon nicht kommen konnte.«

»Karon?«

»Habe ich Karon gesagt? Ist dir schon aufgefallen, dass die Leute heutzutage immer öfter die Vokale durcheinanderbringen? Wirklich schade, dass sie verhindert ist. Nilsson will sich angeblich über Kriminalpolitik auslassen und auf diesem Gebiet kennst du dich ja nicht so gut aus.«

»Ich kenne mich auf vielen Gebieten nicht so gut aus«, räumt Elin ein.

Die Frau schnaubt. »Allerdings!« Dann senkt sie die Stimme. »Was politische Zusammenhänge anbelangt, bist du eine Null, eine Leerstelle, ein unbeschriebenes Blatt. Du musst verstehen, dass es nicht deine Aufgabe ist, Elin zu sein. Du bist Mitglied einer politischen Partei und erst an dritter oder vierter Stelle bist du Elin.« Die Frau deutet vage auf eine Wand, die etwa zehn Meter weit entfernt ist. »Die Leute glauben, dass sie ihre Stimme für Elin abgeben, wenn sie dich in den Reichstag wählen. Aber so ist das nicht. Die Leute stimmen für eine Partei und du bist Mitglied der Zukunftspartei und nichts anderes. Wir in der Zukunftspartei sind liberal, was aber nicht heißt, dass bei uns jeder so reden kann, wie ihm der Schnabel gewachsen ist. Du tust, was die Partei dir sagt, und du sagst, was die Partei dir vorschreibt. Du bist eine potenzielle Abgeordnete des Reichstags. Und wenn du gewählt wirst, dann bist du in dieser Hinsicht ein Amateur, ein Grünschnabel, eine blutige Anfängerin.« Die Frau stößt ein Schnauben aus, ehe sie fortfährt: »Du bist hier, um deine Partei zu repräsentieren und die Leute für die offizielle Parteilinie zu begeistern. Du bist nicht hier, um den Liebling der Massen zu spielen und dir zujubeln zu lassen, weil du so süß aussiehst. Ich hoffe bei Gott, dass du begreifst, was ich dir hier zu erklären versuche.« Sie atmet tief durch, nickt in Richtung von Elins Gesprächspartner und senkt ihre Stimme: »Nilsson verfolgt

den Weg der Zukunftspartei seit vielen Jahren. Seine Einstellung zu uns ist im Laufe der Zeit immer skeptischer geworden, nicht zuletzt, was unsere Kriminalpolitik angeht.«
Elin sieht aus, als hätte ihr gerade jemand gesagt, dass sie Mundgeruch hat. »Ich fürchte, da bin ich wirklich nicht kompetent.«
Die Frau schüttelt seufzend den Kopf. »Abgesehen von der Tatsache, dass sich die Ostsee in eine Kloake verwandelt hat, hast du offenbar nicht viel mitgekriegt. Heute kann es um andere Dinge als die Verschmutzung der Meere oder den Verlust von Arbeitsplätzen gehen. Aber egal, was du sagst, du darfst auf keinen Fall von der Parteilinie abweichen.« Die Frau nickt mehrmals, um die Dringlichkeit ihres Anliegens zu unterstreichen, ehe sie sagt: »Jetzt werde ich ein Stück Wassermelone essen. Weißt du, dass es in Borlänge drei Grad wärmer ist als in Athen?«
»Könntest du etwas mehr über die Parteilinie erzählen«, bittet Elin.
Die Frau macht auf dem Absatz kehrt, marschiert zum Tisch, zeigt auf eine Melone und bittet eine Bedienung, ihr aus der Frucht, die größer als ein Fußball ist, ein Stück herauszuschneiden.
Ein Mann, dessen weißes Hemd mit goldenen Schulterklappen verziert ist, kommt auf Elin zu. Er trägt einen schmalen Schnurrbart und sieht so aus, als wäre er viel zu viel in der Sonne gewesen.
»Hjalmarsson«, murmelt er. »Ich bin für die Sicherheit in diesem Saal zuständig. »Hat Ihnen schon jemand gesagt, wie Sie sich im Falle einer Störung verhalten sollen?«
»Nein.«
Hjalmarsson nickt, als hätte er sich genau das gedacht. »Das Rednerpult ist höhenverstellbar. Mithilfe des grünen Knopfs können Sie es selbst nach oben oder nach unten fahren. Falls eine unvorhergesehene Störung eintritt, beginnen zwei rote Lampen auf dem Rednerpult zu blinken. Ist dies der Fall, dann treten Sie einen kleinen Schritt zurück. Das Rednerpult wird auf eine Höhe von zwei

Metern emporgefahren und Sie bleiben dahinter stehen, bis sich die Schutzvorrichtung nach unten gesenkt hat. Das Rednerpult ist mit Stahlplatten und Kevlar gesichert, dahinter kann Ihnen also nichts passieren.« Hjalmarsson zuckt die Schultern. »Wir kennen die Identität aller Menschen in diesem Saal, die darüber hinaus vor dem Betreten durchsucht wurden. Das Risiko, dass etwas Unvorhergesehenes passiert, geht also gegen null.« Er wirft einen Blick auf die Wanduhr. »Es ist so weit. Viel Glück!«
Im selben Moment, in dem sich Elin und Hjalmarsson in Bewegung setzen, kommen Markenstam und Nilsson auf sie zu.
Markenstam hält seine Hand in die Luft wie ein Stoppschild. »Wenn wir auf der Bühne sind, stelle ich Sie beide vor und danach ziehen Sie Lose, wer zuerst das Wort hat.«
Gemeinsam gehen Sie hinein.
Markenstam tritt bis an die Bühnenrampe und lässt seinen Blick über den voll besetzten Saal schweifen. »Liebe Einwohner von Borlänge, verehrte Gäste. Zur heutigen Podiumsdiskussion über die Politik der Zukunftspartei heiße ich Sie herzlich willkommen. Wie Sie vermutlich bereits erfahren haben, ist Karin Holme aus gesundheitlichen Gründen verhindert. An ihrer Stelle ist Elin Holme gekommen, die als Mitglied der Zukunftspartei für den Reichstag kandidiert.«
Die Zuhörer applaudieren und es dauert eine Weile, bis Markenstam weiterreden kann. »Wir begrüßen außerdem Ove Nilsson. Ove ist Dozent für Politikwissenschaften und ein ausgewiesener Kenner der Zukunftspartei. Ein herzliches Willkommen Ihnen beiden! Um unser aller Sicherheit zu gewährleisten, befinden sich sowohl auf der Bühne als auch im Zuschauerraum zahlreiche Sicherheitsbeamte der Reichspolizei. Alles ist also bestens vorbereitet. Nun wird das Los entscheiden, wer von den beiden beginnen wird.«
Die Menge applaudiert, wenn auch nicht so frenetisch wie zuvor.

Markenstam streckt seine geballte Hand in die Luft. Zwischen den Fingern lugen zwei Zahnstocher hervor. »Wer den Längeren zieht, fängt an.«

Nilsson zeigt auf Elin, zum Zeichen, dass sie beginnen soll.

Elin zieht den abgebrochenen Zahnstocher, für Nilsson bleibt der ganze übrig.

»Bitte schön«, sagt Markenstam und deutet auf die Rednerpulte, worauf Nilsson und Elin ihre Plätze einnehmen.

Da erhebt sich unterhalb von Elin ein großgewachsener Mann in der ersten Reihe. Er trägt einen Strohhut, weiße Shorts und ein kurzärmliges blau-weiß gestreiftes Hemd. Seine nackten Füße stecken in ausgetretenen Sandalen. Er wendet sich an das Publikum und ruft mit ausgeprägtem Dalarnadialekt: »In Lugnet, da, wo ich wohne, ist innerhalb von kurzer Zeit dreimal in mein Haus eingebrochen worden. Die Polizei hat die Ermittlungen eingestellt …«

Zwei Männer, die auf den äußersten Stühlen der ersten Reihe saßen, sind aufgesprungen und eilen auf den Mann zu, der erregt fortfährt: »Darum nehme ich jetzt einen privaten Sicherheitsdienst in Anspruch und muss dafür fünf Prozent meines monatlichen Einkommens bezahlen …«

Die beiden Männer haben den Großgewachsenen erreicht. Der eine ruft: »Jetzt beruhigen wir uns!«

Der Angesprochene schleudert ihm als Antwort seine rechte Faust ins Gesicht. Der Sicherheitsbeamte kracht gegen den Unterbau der Bühne. Sein Kollege zieht einen Gegenstand aus dem Holster an seinem Gürtel.

Der aufgebrachte Mann brüllt: »Ich frage Elin Holme, ob das das Schweden ist, das wir haben wollen. Muss ich einen privaten Sicherheitsdienst engagieren, um mein Eigentum zu schützen?«

Der Sicherheitsbeamte aktiviert seine Waffe – offenbar eine Spraydose.

Der Störenfried fuchtelt mit den Armen und schlägt um sich. Als sich das Spray auf ihn richtet, brüllt er: »Wohin geht die Reise? Das ist alles, was ich wissen will!«
Zwei Frauen in der ersten Reihe sind aufgestanden und versuchen mit ihrer Kleidung ihre Gesichter zu schützen.
Ein weiterer Mann eilt herbei und der Sicherheitsbeamte, der niedergeschlagen wurde, rappelt sich auf. Drei Männer sitzen nun auf dem Unruhestifter, drehen ihm die Arme auf den Rücken und legen ihm Handschellen an. Zwei Männer eilen mit einer Trage durch einen der Notausgänge herein. Der Angreifer wird darauf gelegt und von vier Leuten weggetragen, die unter der Last fast zusammenbrechen. Währenddessen ruft der Verhaftete: »Manche fahren in gepanzerten Fahrzeugen und haben Polizeischutz wie Präsidenten! Andere müssen sich auf eigene Kosten vor Verbrechern schützen!«
Der Sicherheitsbeamte, der niedergeschlagen wurde, sprayt dem Mann mitten ins Gesicht, während sie durch den Notausgang verschwinden.
Eine Sandale liegt auf dem Boden. Eine Frau bückt sich und hebt sie auf. Sie sieht sich um, als hoffe sie, dass ihr jemand die Verantwortung für den Schuh abnimmt.
»So«, sagt Markenstam, der sich von seinem Platz zwischen den Rednerpulten erhoben hat. »Wir bitten um Entschuldigung für diesen Zwischenfall und setzen das Programm nun fort.«
Eine Frau, die ebenfalls vorne gesessen hat, stolpert hustend dem Ausgang entgegen und Markenstam sagt: »Wer die Hilfe von Sanitätern braucht, der möge sich im Foyer einfinden!« Dann wendet er sich an Nilsson. »Sie haben das Wort.«
Nilsson hat eine angenehme Stimme und man merkt ihm an, dass er ein geübter Redner ist. »Es ist eine beruhigende Vorstellung, dass wir in der Lage sind, aus der Vergangenheit zu lernen. Lassen Sie

mich daher fünfzig Jahre zurückblicken, um zu sehen, ob sich dort Wurzeln dessen finden, was wir derzeit erleben.«

Er macht eine Pause, ehe er fortfährt: »Vor fünfzig Jahren begann man allmählich zu ahnen, dass sich das globale Klima zunehmend veränderte. Die Ozeane erwärmten sich und übersäuerten. In der Arktis und Antarktis schmolzen die Eismassen in beunruhigendem Tempo. Immer öfter kam es zu sintflutartigem Regen und heftigen Stürmen. Die großen Flüsse Europas traten immer häufiger über die Ufer und sorgten für verheerende Überschwemmungen. Zehntausende Menschen fielen den Hitzewellen in Indien zum Opfer. Der asiatische Kontinent wurde von Orkanen verwüstet. In Peking und Delhi konnte man zeitweise nicht mehr atmen, ohne seine Gesundheit zu riskieren. In Kalifornien kam es zu einer jahrelangen Dürre. In Südamerika ging ein Teil des Amazonas-Regenwaldes wegen Wassermangels zugrunde. Große Metropolen wie São Paulo riefen den Notstand aus. Im Mittleren Osten und in Nordafrika kam es zu Kriegen und bewaffneten Konflikten, die ihren Ursprung im Versiegen der letzten Brunnen hatten, woraufhin weite Landstriche unbewohnbar wurden. Auch in Schweden kam es an einzelnen Orten zu Niederschlägen von nicht gekanntem Ausmaß. Die Kommunen waren darauf nicht vorbereitet und die Hausbesitzer standen plötzlich bis zu den Knien im Wasser.

Die Klimaforscher waren sich weitgehend einig, dass die Veränderung des globalen Klimas mit einem erhöhten Ausstoß von Kohlendioxid zusammenhing. Aus den Gebieten, in denen es kein Wasser mehr gab, flüchteten die Menschen nach Europa. In manchen europäischen Ländern kam es daraufhin zu schweren Auseinandersetzungen zwischen denjenigen, die ihr Land mit einem Stacheldrahtzaun umgeben wollten, und denjenigen, die dafür plädierten, die Flüchtlinge ins Land zu lassen. In Schweden warnten Regierungsvertreter vor einem bevorstehenden Systemkollaps.

Dennoch zeigten viele Politiker einen ausgeprägten Widerwillen, sich dem zu stellen, was unweigerlich kommen würde. Einerseits begriffen die meisten von ihnen, dass eine grundlegende Veränderung im Gange war. Auf der anderen Seite wollte die politische Klasse ihre Wähler nicht beunruhigen, denn diese hatten von Wahl zu Wahl gezeigt, dass sie an ihren althergebrachten Denk- und Verhaltensweisen unbedingt festhalten wollten. Die grundlegende Überzeugung der meisten Schweden vor fünfzig Jahren sah folgendermaßen aus: ›Ich habe das Recht, so zu leben, wie ich lebe. Niemand darf meinen Zugang begrenzen zu großen Grundstücken, Autos, Ferienhäusern, Fernreisen, Äpfeln aus Neuseeland, frischem Fisch aus afrikanischen Gewässern, Fleisch aus Australien und allem anderen, was ich als eine Selbstverständlichkeit und mein gutes Recht empfinde.‹

Gleichzeitig erkannte kaum jemand, was die zunehmende Robotisierung unserer Gesellschaft für Konsequenzen haben würde. Der Arbeitsmarkt wurde von Robotern förmlich überschwemmt.

Immer größere Gebiete des Landes wurden für Polizei und Rettungskräfte zu No-go-Areas erklärt. Die sozialen Spannungen entluden sich in nie da gewesener Weise. Kriminelle Netzwerke wuchsen immer schneller und bekriegten sich gegenseitig im Kampf um ihre Territorien. Unbescholtene Bürger wurden auf offener Straße erschossen. Die Polizei war der organisierten Kriminalität hilflos ausgeliefert.

So war es vor fünfzig Jahren. Niemand wollte die Zusammenhänge all dieser Veränderungen begreifen, geschweige denn, dagegen vorgehen. Der Klimawandel wurde als ein Problem angesehen. Die Robotisierung als ein anderes. Um die zunehmende Kriminalität wiederum sollte sich die Justiz kümmern. Man verschloss die Augen vor der Tatsache, dass alles zusammengenommen Auswirkungen auf unsere Gesellschaft hat, dieser zusetzt und ein Klima der

Angst erzeugt. Populistische Parteien, die auf drastische Lösungen setzten, bekamen immer mehr Zulauf. Allgemeine Panik machte sich zunehmend breit.« Nilsson räusperte sich, ehe er fortfuhr: »Stark vereinfacht erleben wir im Moment den Beginn dessen, was ich in meinem letzten Buch den Verfall der Staatsmacht genannt habe.« Er hält inne, runzelt die Stirn und lässt seinen Blick durch den Saal schweifen.
Ein dumpfes Gemurmel schwillt an und ein Mann in der hintersten Reihe steht auf, sein Mobil in der Hand. »Bombendrohung!«, ruft er und versucht, sich an seinen Sitznachbarn vorbeizudrängeln. Auf Elins Pult blinken die roten Lampen.

15

Sten steht vor der Absperrung, knapp zwanzig Meter vom gepanzerten Wagen und der Tür entfernt, durch die Elin hineingegangen ist. Mit einer Hand drückt er die braune Tüte an seine Brust. Sie ist offen und er greift mit der rechten Hand hinein, bricht ein Stück Gebäck ab und steckt es sich in den Mund. Hinter ihm steht eine Frau mit einem weißen Sonnenschirm und einer großen Brille.
Jenny, das rundliche Mädchen mit den Zöpfen, stellt sich zu Sten. Sie riecht leicht nach Schweiß, Kaugummi und Chlor. Sten mustert sie von oben bis unten.
»Hallo, Jenny. Warst du baden?«
Jenny nickt. »Was hast du da in der Tüte?«
»Plundergebäck.«
»Darf ich mal probieren?«
»Ich hab seit heute Morgen nichts gegessen.«

»Warum stehst du mitten in der Sonne? Du holst dir noch einen Sonnenstich.« Jenny streckt ihren Arm aus. »Da drüben ist ein alter Mann zusammengebrochen. Wenn man alt ist, kann man an einem Sonnenstich sterben.«

»Ich bin noch nicht mal fünfzehn.«

Jenny schiebt ihre Nase über die Tüte, als wolle sie daran schnuppern. »Darf ich ein Stückchen haben? Das von Franssons ist so gut.«

»Woher weißt du, wo ich es gekauft habe?«

Jenny stößt ein helles Lachen aus. »Das steht auf der Tüte.« Sie steckt die Hand hinein und ehe Sten es verhindern kann, zieht sie die kleine Pistole heraus und schnappt nach Luft.

Sten knurrt: »Lass sie los!«

Jenny lässt die Pistole los und murmelt: »Hab verstanden.« Ihr Mund steht offen, als hätte sie Schwierigkeiten zu atmen. Sie zieht die Hand aus der Tüte und Sten schaut sich um.

Die Frau mit der großen Brille und dem Sonnenschirm blickt starr geradeaus. Der Mann, der schräg hinter ihm steht, trägt eine Basecap mit einem Teddy drauf und spricht konzentriert in sein Mobil. Links von ihm stehen vier Touristen, die vermutlich aus China kommen.

»Hab verstanden!«, wiederholt Jenny. »Hab verstanden!«

Sten packt sie am Oberarm. »Komm mit!« Er zieht sie mit sich fort, zwischen den Chinesen und dem Mann mit der Teddykappe hindurch.

»Hab ja schon verstanden«, stöhnt Jenny. »Aber fass mich nicht so hart an!«

»Halt die Schnauze!«, ruft Sten so laut, dass eine Frau mit gelbem Hut die Stirn runzelt, ihre Sonnenbrille abnimmt und die zweite Brille, die sie darunter trägt, auf Sten richtet. Er verstärkt seinen Griff um Jennys Arm. »Keinen Laut!«, zischt er.

In diesem Moment schallt eine Nachricht aus den Megafonen:

»Verlassen Sie bitte sofort das Gebiet rund um die Kongresshalle! Das Gebiet ist nicht mehr sicher. Ich wiederhole: Das Gebiet ist nicht mehr sicher! Der Sicherheitsabstand beträgt zweihundert Meter. Ich wiederhole: Der Sicherheitsabstand beträgt zweihundert Meter vom Kongressgebäude.«
Ein Mann und eine Frau in identischen Shorts, Hemden und Hüten stehen da und haben ihre Köpfe in den Nacken gelegt. Die Frau zeigt nach oben. Sten und Jenny bleiben stehen und blicken in den wolkenlosen Himmel.
»Ein Flugzeug«, keucht Jenny.
»Eine Drohne«, verbessert Sten. »Darunter hängt irgendwas.«
»Verlassen Sie sofort das Gelände um die Kongresshalle!«, ruft die Megafonstimme. »Verlassen Sie sofort das Gelände!«
Ein schlaksiger Mann, der einen Tennisschläger in einer Hülle über der Schulter trägt, dreht sich zu der Menschenmenge um und ruft mit ausgestrecktem Arm: »Da ist eine Bombe drunter!« Dann rennt er dem Hügel mit den Birken entgegen.
Die Menschenmenge entfernt sich schreiend von der Absperrung. Und plötzlich befinden sich Sten und Jenny inmitten Hunderter von Menschen, die auf dem Hügel unter den Birken Schutz suchen. Die Menschen drängen sich dicht aneinander und reden und rufen mit erregten Stimmen. Fast alle haben ein Mobil in der Hand und scheinen den Nachrichtensendungen zu folgen, während sie hin und wieder in den Himmel blicken.
Sten angelt sein Mobil aus der Tasche und ruft die Lokalnachrichten auf. Dort ist das unscharfe Bild eines Flugobjekts über der Kongresshalle zu erkennen. Ein erregter Reporter kommentiert: »Am Kongresszentrum von Borlänge gibt es also einen unvorhergesehenen Zwischenfall. Eine Drohne kreist in etwa zweihundert Metern Höhe über dem Gebäude. Es sieht so aus, als seien zwei Bomben daran befestigt. Doch fürs Erste ist man vollkommen damit

beschäftigt, das Gebäude zu evakuieren.« Der Reporter wendet sich an eine uniformierte Frau: »Karin Wettergren, Pressesprecherin der nationalen Sicherheitskräfte, was können Sie uns zu dem Vorfall sagen?«

Karin Wettergren trägt einen Helm mit Kinnriemen, eine schwarze Uniform und Handschuhe. Sie ist ungeschminkt. »Ein nicht identifiziertes Flugobjekt schwebt über dem Kongresszentrum und wir versuchen herauszufinden, um was für eine Maschine es sich handelt.«

»Ist es eine Drohne?«

»Was im Volksmund Drohne genannt wird, ist in der Regel ein UAV.«

Der Reporter fragt: »Und UAV bedeutet?«

»Unmanned aerial vehicle. Es kann sich aber auch um ein UCAV handeln.«

»UCAV bedeutet?«

»Unmanned combat aerial vehicle.«

Der Reporter holt tief Luft. »Das zweite wäre also ein bewaffnetes Flugobjekt?«

»Richtig.« Karin Wettergren hält sich eine Hand ans linke Ohr und dreht sich von der Kamera weg.

Der Reporter kommt ins Bild. Er hat einen Dreitagebart, trägt eine Sonnenbrille und einen weißen Sonnenhut. Es fällt ihm schwer, seine Aufregung zu verbergen. »Es gibt also ein unvorhergesehenes Ereignis in Borlänge. Ein UAV oder ein UCAV kreist über der Kongresshalle, die in diesem Moment evakuiert wird. Es handelt sich um achthundertfünfzig Personen. Die Drohne hat eine geschätzte Spannweite von vier Metern und scheint sich recht langsam zu bewegen.«

Karin Wettergren wendet sich der Kamera zu und der Reporter streckt ihr das Mikrofon entgegen. Sie spricht langsam und deut-

lich: »Vieles deutet darauf hin, dass es sich bei dem Gegenstand, den das Flugobjekt mit sich führt, weder um Bomben noch um eine andere Sprengladung handelt, sondern um Pontons.«
»Pontons?«, stöhnt der Reporter. »Was bedeutet das?«
Karin Wettergren sieht genervt aus. »Wenn ein Fluggerät Pontons hat, bedeutet das, dass es auf dem Wasser starten und landen kann.«
»Es ist also nicht mit Bomben bestückt?«
»Davon wissen wir nichts. Was sich im Inneren des Flugkörpers befindet, können wir natürlich nicht sagen.«
»Welche Last kann eine solche Maschine tragen?«
»Ungefähr fünfzig Kilo«, antwortet Karin Wettergren.
»Fünfzig Kilo! Sie könnte also fünfzig Kilo Sprengstoff mit sich führen?« Der Reporter fährt sich mit der Zunge über die Oberlippe.
Wettergren mustert ihn aufmerksam, als ziehe sie in Erwägung, auf diese Frage nicht zu antworten. »Ja, theoretisch wäre das möglich.«
»Und was würde geschehen, wenn das Flugobjekt mit fünfzig Kilo Sprengstoff auf das Kongressgebäude stürzt?«, will der Reporter wissen.
»Das kommt ganz drauf an, um welche Art von Sprengstoff es sich handelt. Doch um es noch einmal zu sagen: Bisher gibt es keinerlei Hinweise darauf, dass dieses Flugobjekt Sprengstoff mit sich führt.«
Erneut werden über die Megafone Anweisungen gegeben: »Der Sicherheitsabstand wurde auf vierhundert Meter erhöht. Bitte begeben Sie sich sofort aus der Gefahrenzone! Ich wiederhole: Begeben Sie sich umgehend aus der Gefahrenzone!«
Uniformierte Polizisten bilden eine Kette und gehen mit ausgebreiteten Armen auf die Menschmenge zu, die sich auf dem Hügel versammelt hat. Sofort eilen die Menschen der Straße entgegen, in der sich Franssons Konditorei befindet.

Inmitten der Menschenmenge gegenüber der Konditorei befinden sich auch Jenny und Sten. Hunderte Menschen richten von hier aus ihren Blicke auf das Kongressgebäude.

»Ich werde niemandem sagen, was du in der Tüte hast«, verspricht Jenny.

»Da ist ein halbes Plundergebäck drin.«

»Ich meine das andere.«

»Sonst ist da nichts.«

»Aber es war da.«

»Nein.«

Jenny zuckt die Schultern, wendet ihm den Rücken zu und ist verschwunden.

Im nächsten Augenblick kommen mit raschen Schritten ein kleiner breitschultriger Mann sowie eine große, dünne Frau auf Sten zu. Der Mann entreißt Sten die Tüte, während die Frau seinen linken Arm packt. »Polizei!«, sagt die Frau. »Bleiben Sie ganz ruhig!«

16

Als die roten Lampen vor Elin zu blinken beginnen, kommt eine Stimme aus den Lautsprechern: »Aus Sicherheitsgründen räumen wir jetzt den Saal. Es besteht kein Grund zur Sorge, wir haben alles unter Kontrolle. Bitte erheben Sie sich ohne Eile von Ihren Stühlen und gehen Sie in aller Ruhe zum Ausgang. Die Notausgänge auf beiden Seiten sind geöffnet. Ich wiederhole: Es besteht kein Grund zur Sorge.« Dann erklingt ein Musikstück. Elin erkennt Wilhelm Peterson-Bergers »Einzug in Sommarhagen«.

Die Schutzvorrichtung hat begonnen sich zu senken und Hjal-

marsson steht mittlerweile neben Elin und streckt den Arm aus. »Hier entlang!«
Tamara steht auf Elins anderer Seite und Elin wendet sich an sie: »Was geschieht hier?«
Tamara schüttelt den Kopf, wirft einen Blick auf ihr Mobil, steckt es in die Tasche und hakt Elin unter. »Wir müssen hier raus.«
Sie kommen in den Raum, in dem der lange Tisch immer noch gedeckt ist und wo die aufgeschnittenen Wassermelonen ihnen blutrot entgegenleuchten. Die beiden Kellnerinnen lächeln noch breiter als vorhin. Nilsson wird von einer Frau, die eine neongelbe Weste über ihrem Kostüm trägt, hinausgeführt.
Die Frau mit dem *A-novel-is-a-mirror-walking-down-the-road*-T-Shirt bahnt sich einen Weg zu Elin. Eine andere Frau ruft in ihr Mobil: »Mama kommt bald nach Hause!«
Dann sind sie auf dem Gang, wo zwei Polizisten ihre Schnellfeuerwaffen auf den Ausgang richten.
»Kann ich mit dir mitfahren, Elin?«, ruft die Frau mit der Botschaft über die Kunst des Romanschreibens auf dem T-Shirt.
Tamara bleibt abrupt stehen und hebt eine Hand. »Das geht nicht! Wir können keine weiteren Passagiere mitnehmen!«
»Wir sind in derselben Partei!«, ruft das T-Shirt.
»Wir nehmen keine weiteren Passagiere mit!«, wiederholt Tamara.
Die Polizisten nähern sich dem Ausgang. Hinter Elin, Tamara, Nilsson und dem T-Shirt füllt sich der Gang mit einer schreienden Menschenmenge.
»Einer der Notausgänge mündet in diesen Gang«, erklärt Tamara, während sie mit dem Rücken voraus, das Gesicht zur Menge gewandt, auf den Ausgang zusteuert.
Hjalmarsson, der Sicherheitschef, breitet seine haarigen Arme aus und ruft der wogenden Menschenmenge zu, sie solle stehen bleiben. Die Menschen aus dem Saal drängen weiter in den Gang. Ein Mann

ruft lauter als alle anderen, man solle die Ruhe bewahren, während weiter hinten eine Frau schreit, sie müsse sofort nach draußen. Der Sicherheitschef wird zur Seite gestoßen, verliert das Gleichgewicht und reißt eine Frau mit sich zu Boden. Die Masse drängt über sie hinweg und die Frau schreit, als würde ihr jemand auf die Hand oder das Gesicht treten, was offenbar auch der Fall ist.

Elin, Tamara und das T-Shirt haben den Ausgang erreicht.

Tamara zeigt auf den gepanzerten Wagen. »Jetzt laufen wir!«

Tamara nimmt Elins Hand und die Frau im T-Shirt greift nach Elins anderer Hand.

Da greift ein Schäferhund an. Der Polizist, der ihn an der Leine führt, kann ihn nicht zurückhalten und so beißt das Tier der Frau im T-Shirt in den Oberschenkel. Sie schreit, fällt und bleibt liegen, die Vorderpfoten des Hundes auf ihrer Brust.

Neben der Tür zum gepanzerten Wagen steht einer der schwer bewaffneten Polizisten. Er hat die Augen hinter der Sonnenbrille in den Himmel und seine Waffe nach oben gerichtet. Elin springt hinein, und dann ist auch Tamara eingestiegen. Elin betrachtet die auf der Straße liegende Parteikollegin durch die Fensterscheibe. Der Wagen setzt sich in Bewegung.

In einem Schaufenster sieht Elin den Widerschein der Blaulichter. Da alles voller Leute ist, wird die Sirene eingeschaltet. Ein etwa sechsjähriges Mädchen mit Pferdeschwanz, grünem Fahrrad und kleinem blauen Rucksack auf dem Rücken bleibt mitten auf der Straße mit offenem Mund stehen. Der Fahrer benutzt die Hupe, woraufhin das Mädchen, das etwa zehn Meter von der Motorhaube entfernt ist, sein Fahrrad loslässt und sich die Ohren zuhält. Der Wagen fährt im Schneckentempo über das Vorderrad des Fahrrads. Karins Abgesandter, der bis jetzt auf der Rückbank gekauert hat, setzt sich auf. »Gut, dass die Sache so schnell vorbei war. Ich habe mit Nilssons Doktorandin gesprochen, einem süßen Mädchen, das er manchmal als Gesprächspartnerin, Sekretärin oder Bettgenossin dabeihat. Ehe sie verstanden hat, wer ich bin, hat sie mir alles erzählt.«

Elin klopft dem Fahrer auf die Schulter. »Warum sind Sie über das Fahrrad gefahren?«

»Sie hatte einen Rucksack dabei.«

»Was soll das heißen?«

»Wie viele Kinder auf der ganzen Welt haben in den letzten fünfzehn Jahren sich selbst und andere in die Luft gesprengt? Wir nehmen keine Rücksicht auf Kinder mit Rucksack.«

Der gepanzerte Wagen beschleunigt. Die Sirene heult und Elin lehnt sich zurück, während Jens Fårman fortfährt: »Die Doktorandin hat mir berichtet, dass Nilsson Ihre Beziehung zu Karin thematisieren wollte. Und Sie als Beispiel nehmen wollte für das, was er in seinem Buch über informelle Prozesse in politischen Parteien schreibt. Danach wollte er Sie in Stücke reißen, indem er dem Publikum Punkt für Punkt Ihre mangelnde Sachkenntnis demonstriert. Vermutlich hatte er vor, das anhand des kriminalpolitischen Programms der Zukunftspartei aufzuzeigen.«

»Worum geht es dabei?«, fragt Elin.

»Im Kern geht es darum, dass gegen Schwerverbrecher keine zeitlich begrenzten Haftstrafen mehr verhängt werden sollen. Sie sollen vielmehr in Verwahrung bleiben, bis eine unabhängige Gruppe feststellt, dass sie ihren kriminellen Lebensstil aufgegeben haben und in der Lage sind, sich so selbstständig zu versorgen wie alle anderen.«

Elin runzelt die Stirn. »Von denjenigen, die Sie als ›alle anderen‹ bezeichnen, sind die meisten arbeitslos.«

»Das ist der Punkt. Da die schweren Jungs ohnehin keine Chancen auf dem normalen Arbeitsmarkt haben, bleiben sie weiterhin in Verwahrung.«

»Bis in alle Ewigkeit?«

»Ja, das nennt man Ausnutzung der Ressourcen.«

Sie schweigen und nach einer Weile fragt der Fahrer, ob er nach Grövelsjö fahren soll.«

»Ich muss nach Hause«, entgegnet Elin. »Bringen Sie mich einfach dorthin, wo Sie mich abgeholt haben.«

Nachdem sie Wong 63 passiert haben, erscheint auf dem an der Decke befestigten Bildschirm eine Eilmeldung. Eine Frau mit langen Locken und einer kleinen Blüte am linken Ohr verliest folgende Mitteilung: »In der Nähe von Borlänge wurde ein Mann festgenommen. Er wird verdächtigt, das Flugobjekt gebaut und gelenkt zu haben, das heute Nachmittag fünfzehn Minuten lang über dem Kongresszentrum von Borlänge kreiste.«

Als der gepanzerte Wagen vor der offenen Haustür stehen bleibt, sagt Tamara, sie müsse nach Grövelsjö zurückkehren. Für Elins Bewachung sei nun der Polizist zuständig, dessen Fahrzeug auf dem Hügel stehe.

Elin wirft einen Blick auf das Fahrzeug mit den vielen Antennen, das auf der kleinen Anhöhe steht. Ein Mann in schwarzen Boxershorts sitzt vor dem Wagen auf einem Klappstuhl. Er hat einen Campingtisch neben sich und seine Haut ist so braun, dass er beinahe schwarz aussieht.

Gerda kommt in Hemd und kurzer Hose auf den Hof gelaufen. Sie ist barfuß und hält ein Buch in der Hand. Es ist ein Buch über Affen. Sie geht in Richtung Auto, bleibt ein Stück entfernt stehen, runzelt die Stirn und ruft mit verkniffener Miene: »Was für ein hässliches Auto!« Dann läuft sie wieder ins Haus, ohne darauf zu warten, dass Elin aussteigt.

Elin bekommt eine Umarmung von Tamara. Jens Fårman fläzt sich auf der Rückbank, starrt auf seine Mobil und murmelt: »Take care, Elin!«

Elin geht ins Haus und beginnt mit Gerda übers Haarewaschen zu verhandeln. Schließlich einigen sie sich darauf, dass Gerdas Haare morgen gewaschen werden. Sie putzen Gerda die Zähne und Gerda zieht ein Nachthemd an. Dann legen sie sich nebeneinander auf das Bett. Elin liest das Buch über Affen vor und danach eine alte Kinderzeitschrift aus Papier, die Elin bei einem Antiquariat im Internet gekauft hat.

Nachdem Gerda eingeschlafen ist, schleicht sich Elin zu Gunnar und Anna in die Küche. Auf der Bildwand sehen sie Filme, die Wohnungen in Grövelsjö zeigen.

Elin berichtet über die Bombendrohung und die Evakuierung, ehe sie sich wieder den Immobilienanzeigen zuwenden.

Anna zeigt auf einen Balkon mit Südlage. »Wir überlegen, ob wir umziehen sollen«, sagt sie und hält den Film an.

Elin spürt, wie sich ihr Herzschlag beschleunigt. »Warum?«

Gunnar schaltet die Bildwand aus. »Du wirst Mitglied des Reichstags werden und dort oben leben. Dann sollten wir näher beieinander wohnen.«

»Und wenn du einen Sitz im Reichstag bekommst, brauchst du Hilfe mit Gerda«, fährt Anna fort. »Vielleicht finden wir was Schönes mit Bergblick.«

»Und die Pferde?«, fragt Elin. »Was wird aus ihnen?«

Gunnar legt den Kopf auf die Seite. »Für Black könnten wir einen Stallplatz mieten. Die anderen werden verkauft.«

Sie trinken Tee, als die Sonne untergeht, doch es ist immer noch warm und alle haben Schweißflecken an den Kleidern.

»Du hast nichts von Vagn gehört?«, fragt Anna.

Elin schüttelt den Kopf und Gunnar schaut auf die Uhr. »Jetzt fangen die Lokalnachrichten an.« Er ruft Dalanytt auf und auf der Bildwand erscheint die Frau mit der Blüte am Ohr.

»Der Mann sagt, er sei Ingenieur und habe das Flugobjekt in seiner

Freizeit gebaut. Da er tagsüber unterwegs gewesen sei, hätten zwei seiner Söhne mit dem Flugobjekt gespielt, woraufhin eine Wahlveranstaltung mit achthundert Gästen abgesagt werden musste. Die Polizei ließ verlauten, das Flugobjekt sei unbewaffnet gewesen, und so müsse das Ganze als unbedachter Scherz zweier Jugendlicher betrachtet werden. Inzwischen werde ausgeschlossen, dass es sich um einen Attentatsversuch gehandelt haben könnte.«

»Hast du Angst gehabt?«, fragt Gunnar.

»Ein bisschen schon«, antwortet Elin.

Sie trinken Tee und sehen sich weitere Immobilienanzeigen in Grövelsjö an.

Elin hört, dass Gerda im Schlaf spricht, und schaut zu ihr hinein. Nachdem sie die Tür zu Gerdas Zimmer geschlossen hat, zieht sie ihr Mobil aus der Tasche und ruft Sara an. Die Mailbox gibt bekannt, dass Sara erst am fünfzehnten August wieder zu erreichen ist.

Elin geht in den Stall, besucht Black in seiner Box und streicht ihm über den Rücken. Sie erzählt ihm von den Ereignissen des Tages und wie viel Angst sie gehabt hat.

Als sie wieder im Haus ist, kommt der Polizist, der sie bewacht, in die Küche. »Ich muss jetzt los. Wir haben noch viel zu erledigen vor der Wahl und diese Sache hier genießt keine Priorität mehr.«

»Warum nicht?«, fragt Gunnar.

»Es ist etwas vorgefallen«, antwortet der Polizist. »Die Einschätzung der Sicherheitslage hat sich verändert.«

»Werde ich jetzt nicht mehr mit dem gepanzerten Wagen abgeholt?«, fragt Elin. »Ist es damit vorbei?«

Der Polizist kratzt sich im Nacken. »Ich weiß nicht, wie das in Zukunft gehandhabt wird.« Er zuckt die Schultern und hebt die Hand zum Gruß. »War eine schöne Zeit.« Dann kehrt er zu seinem Kleinbus zurück. Nach einer Weile werden die Antennen und Kameramasten eingefahren. Kurz darauf rollt er davon und verschwindet.

Gerda hält den Schäferhund an der Leine. Der stellt sich auf die Hinterbeine und jagt bellend auf die Absperrgitter zu, hebt vom Boden ab und springt darüber hinweg. Gerda bleibt stehen und sieht, wie die Leine immer länger und länger, immer dünner und dünner wird. Schließlich ist die Leine nicht dicker als eine Angelschnur zum Fliegenfischen. Auf der anderen Seite der Absperrgitter gibt es viele Hunde. Wie Affen sind sie in die Bäume geklettert und winken mit ihren Pfoten. »Du kommst nie mehr zurück!«, ruft Gerda dem Hund nach. »Du kommst nie mehr zurück!«

Als Elin aufwacht, ist sie durchgeschwitzt. Die Sonne ist gerade aufgegangen und im Raum ist es hell. Es dauert eine Weile, bis Elin wieder Ruhe findet, doch schließlich kommt der Schlaf und das nächste Mal wird sie erst wieder wach, als Gerda zu ihr ins Bett kriecht und sich an sie schmiegt.

Nach dem Frühstück reitet sie mit Gerda auf dem Rücken und einem Gewehr in der Hand zum Ripsee. Als sie da sind, stellt Elin das Sonnensegel auf, reibt Gerda und sich mit Sonnencreme ein und dann gehen sie baden.
Sie bauen ein Haus aus kleinen Steinen und Stöckchen. Gerda sagt, das sei ein Haus, in dem die Affen auf einer einsamen Insel wohnen, die weit, weit weg ist.
Sie trinken Saft und essen Kekse. Als Elin die Saftflasche in die Kühltasche zurückstellt, sieht sie die Reiter. Es sind zwei.
Elin zieht sich die Shorts und ihr langärmliges Hemd an, nimmt das Gewehr in die Hand, legt eine Patrone in das Patronenlager und steht auf.
Gerda beobachtet ihre Mutter mit offenem Mund und flüstert: »Willst du sie töten?«
»Nein.«

»Aber du kannst, wenn du willst!«
»Das sind bestimmt nette Menschen.«
Gerda runzelt die Stirn. »Wenn man jemanden umbringt, kommt man ins Gefängnis.«
Elin streicht Gerda über die Haare, dann geht sie den Reitern ein paar Schritte entgegen.
Es sind ein Mann und eine Frau, die am Ufer entlangreiten. Beide tragen Jeans, Turnschuhe und weiße Hemden mit langen Ärmeln. Auf ihren Köpfen sitzen Hüte mit breite Krempen.
»Elin Holme!«, ruft die Frau, hält ihr Pferd an und schiebt ihren Hut mit dem Daumen drei Zentimeter nach oben. »Wenn wir stören, reiten wir weiter, doch wenn es möglich ist, würde ich gerne ein paar Worte mit dir wechseln.«
»Kein Problem, wenn es nicht viele Worte sind. Ich bin mit Gerda hier und wir bauen ein Haus, in dem die Affen auf einer einsamen Insel wohnen.«
»Ich verstehe«, entgegnet die Frau und sitzt ab. Sie geht auf Elin zu und streckt ihr die Hand entgegen.
Elin ergreift die Hand nicht und tritt einen Schritt zurück.
Das Lächeln der Frau wird breiter. »Ich habe dich schon bei den verschiedensten Gelegenheiten gesehen, Elin. Ich bin die Vorsitzende der Nationalen. Vielleicht kennst du mich vom Sehen, auch wenn wir uns noch nie direkt begegnet sind.«
Gerda zeigt auf die beiden Pferde. Auf einem sitzt der Mann und hält die Zügel beider Tiere. »Dein Pferd kackt, wo ich sonst bade!«
Die Frau setzt eine Sonnenbrille auf und sieht das Kind an. »So ist das eben mit Tieren. Mit so was muss man rechnen.«
»Du sollst das wegmachen!«, kommandiert Gerda und runzelt die Stirn.
»Ragnar!«, ruft die Frau zum Mann auf dem Pferd. »Tu, was das Mädchen will.«

Ragnar steigt ab und Gerda geht näher zu den Pferden. Ihre Stirn liegt immer noch in Falten, als sie ruft: »Das kannst du mit nach Hause nehmen!«
Die Frau räuspert sich und nimmt die Sonnenbrille ab, die sie gerade erst aufgesetzt hatte. »Es ist nur eine Frage der Zeit, wann deine Tante zusammenbricht. Dann ist deine Politikerkarriere beendet. Ohne Karins Unterstützung bist du ein Nichts und hast auch keinen Personenschutz mehr. Dann wirst du für deine Mörder in Borlänge ein leichtes Opfer sein.« Die Frau verdreht die Augen und holt tief Luft: »Es haben schon größere Politiker als du die Partei gewechselt. Du könntest die Anführerin werden, nach der das schwedische Volk sich sehnt. Wir, die Nationalen, wollen, dass Schweden wieder so wird, wie es einmal war. Das ist alles. Wir wollen eine Rückkehr zur Normalität, zu dem, was unser Land einst gewesen ist. Und wenn die Zeit reif ist und du zu einer Veränderung bereit bist, dann sollst du wissen, dass dir bei uns alle Türen offen stehen.« Die Frau zeigt über die vollkommen glatte Fläche des Sees. »Sieh dir diese Herrlichkeit an! Komm zu uns und in wenigen Jahren wirst du zu den mächtigsten Personen im ganzen Land gehören.«
Elin schüttelt den Kopf. »Nimm deinen Dreck mit und verschwinde!« Sie nimmt Gerda an der Hand und zieht sich hinter das Sonnensegel zurück.
Die Frau steigt wieder auf und ruft vom Rücken des Pferdes: »Lass von dir hören, wenn du deine Meinung änderst!«
Dann reiten sie fort und Gerda und Elin gehen baden, ehe sie den Bau ihres Hauses auf einer abgelegenen Insel im Ozean fortsetzen.

Später am Tag machen sie sich auf den Heimweg und noch ehe sie auf Liden ankommen, ist Gerda eingeschlafen.
Die Landschaft ist braun und verbrannt und man spürt die Hitze am Körper wie einen Trommelwirbel.

17

Das Zimmer liegt im sechsten Stock und zwei Fenster gehen zum Sonnenuntergang hinaus. Auf einem der beiden Fensterbretter stehen blaue Blumen mit großen Blättern. Auf dem anderen ein blau angemaltes Holzpferd von der Größe eines Meerschweinchens. Es ist warm. Die Fenster können nicht geöffnet werden und die Klimaanlage brummt kraftlos vor sich hin – wie ein Lungenkranker, dessen Atmung jeden Moment aussetzen wird.

Es gibt zwei Schreibtische und vier Stühle auf Rädern. Der junge Mann in Jeans nahe der Tür trägt ein kurzärmliges hellgraues Hemd mit zwei roten Palmen darauf. Er hat einen Laptop auf den Knien und ächzt und stöhnt, während seine Finger über den Bildschirm fliegen. Unter den Achseln hat das Hemd dunkle Flecken, die sich allmählich über den Brustkorb ausbreiten.

Sten knabbert an einem Nagel. »Muss ich noch lange hier sitzen?«

Der Mann antwortet nicht.

Sten beißt einen Nagelsplitter ab. Es klingt, als würde eine Gabel auf einen Porzellanteller fallen.

Der Mann an der Tür murmelt etwas in sich hinein, ohne aufzublicken.

»Kannst du nicht sagen, was du da spielst?«, fragt Sten.

Der Mann murmelt erneut etwas Unverständliches. »Musst du immer an den Nägeln kauen?«

»Muss ich noch lange hier sitzen?«

Der nächste Kommentar des Mannes ist kaum zu verstehen: »Wäre gut, wenn du nicht an den Nägeln kauen würdest.«

Sten steckt sich einen Zeigefingernagel zwischen die Zähne und beißt zu.

Der Mann an der Tür stöhnt. »Das klingt schrecklich.«
»Ich weiß.«
Er senkt den Blick und seine Finger fliegen weiter über den Bildschirm. »Warum tust du das?«, fragt er so leise, als würde er mit sich selbst sprechen.
»Warum nicht?«
Beide schweigen für eine Weile.
»Muss ich noch lange hier sitzen?«
»Ich habe wirklich keine Ahnung.«
»Bist du Polizist?«
»Nein.«
»Was bist du dann?«
»Ein Praktikant – verdammt!« Der Mann stöhnt, hebt den Blick und lehnt sich zurück.
»Was ist?«, fragt Sten.
»Er ist tot.«
Der Mann betrachtet Sten. »Du bist ziemlich jung.«
»Nächste Woche werde ich fünfzehn. Was bist du für ein Praktikant?«
»Büroabteilung.«
»Macht das Spaß?«
»Was soll da schon Spaß machen? Was hast du getan?«
»Ich weiß nicht. Sie haben mich in ein Auto gezerrt und mich eine Stunde lang verhört. Dann sind sie verschwunden. Warum musst du hier sitzen?«
»Du bist so jung, dass sie dich nicht einsperren dürfen. Sie können dich nicht allein lassen und alle Bullen sind in der Stadt im Einsatz.«
»Von der, die vorhin da war, hab ich Cola bekommen. Sag doch, was du spielst.«
Der Mann an der Tür schüttelt den Kopf.
»Solange man unter fünfzehn ist, können sie einem nichts tun.«

»*Nighthawk*«, sagt der Mann am Computer. »Es handelt vom einsamsten Menschen der Welt. Eines Nachts begegnet er Lady Jane. Sie wechselt Alter und Status, während man spielt. Manchmal ist sie seine Mutter, manchmal seine Tochter, manchmal eine Freundin, dann eine Prostituierte. Was und wer sie ist, wird durch einen einarmigen Banditen entschieden, der hin und wieder auftaucht. Dann muss man einen kleinen Betrag zahlen und am Hebel ziehen, um zu wissen, wer sie gerade ist. Sie wird verfolgt.«

»Von wem?«

»Von denen, die sie überwachen.«

»Und wer ist das?«

»Die, die entschieden haben, dass es keine Paare mehr geben darf. Alle müssen für sich leben, damit es nicht immer mehr Menschen gibt. Das Ziel ist eine Milliarde auf der ganzen Erde. Auch, um Verschwörungen zu verhindern. Lady Jane wird immer im Tower hingerichtet. Ich habe sie noch nie retten können.«

Sten hat schon wieder einen Finger im Mund.

»Nighthawk ist der Held. Er heißt eigentlich Sir Knighthawk. Er versucht, Lady Lane zu überreden, das Verbot zu brechen, damit sie zusammen sein können. Manchmal gelingt ihm das und dann werden sie verfolgt. Das alles passiert in verschiedenen Epochen in London. Manchmal im fünfzehnten, manchmal im achtzehnten Jahrhundert, manchmal auch in der Zukunft. Es kommt auch vor, dass die Zeiten sich vermischen, sodass man in einem London ist, in dem es Hubschrauber, Drohnen und Bildwände gibt, in dem die Leute aber auch zahnlos sind, schrecklich stinken und meist sterben, ehe sie vierzig werden.«

In dem Moment öffnet sich die Tür und ein kleiner untersetzter Mann in Jeans mit Bügelfalten und einem langärmligen weißen Hemd kommt herein. Er trägt blutrote Turnschuhe, an denen ein wenig Erde klebt, und direkt hinter ihm betritt Malin Lundgren

den Raum. Sie trägt ein Kleid mit einem Stoffgürtel. Die Absätze ihrer Pumps machen sie ungewöhnlich groß.
Der untersetzte Mann hält eine Rolle Papier in der Hand, mit der er nun auf den Praktikanten zeigt. »Du kannst jetzt gehen.«
Der Praktikant steht auf, nickt Sten zu, verschwindet samt Computer aus dem Zimmer und schließt die Tür hinter sich.
Der Mann mit der Papierrolle geht auf Sten zu. Sein Handschlag ist fest, seine Hand trotz der Hitze vollkommen trocken. »Zoran Malik, ich bin dein juristischer Berater.« Er hält die Papierrolle in Malin Lundgrens Richtung. »Ihr seid euch ja schon begegnet.«
»Hallo, Sten«, sagt Lundgren. Ihre Haare sind frisch gewaschen und an ihrer linken Brust befindet sich eine goldene Brosche in Gestalt einer Schwalbe, nicht größer als ein kleiner Finger.
»Malin war auf einem Fest«, erklärt Zoran und setzt sich auf den Stuhl, der Sten am nächsten steht. »Ein Fest mit Dresscode. Ich selbst war auf dem Kartoffelacker und habe Regenwürmer ausgebuddelt. Wollte eigentlich mit meinem Jungen angeln gehen. Jetzt sitze ich hier und hoffe, dass das hier schnell geht.« Mit einem Seufzen dreht er sich zu Lundgren um und zieht die Brauen bis zum Haaransatz hoch. »Das hoffst du bestimmt auch.«
»Es dauert so lange, wie es dauert«, entgegnet Lundgren und nimmt auf dem Stuhl Platz, auf dem eben noch der Praktikant gesessen hat. Mit der rechten Hand streicht sie über den Stoff ihres Kleids, als würde sie das Gefieder eines Vogels streicheln.
Malik rollt seine Papiere auseinander und rollt sie dann in die entgegengesetzte Richtung, damit sie glatt werden. Er liest eine Weile, ehe er Sten in die Augen blickt. »Die Polizei gibt an, dich nicht verhört zu haben. Aber sie haben mit dir geredet, nicht wahr?«
»Ich weiß nicht«, antwortet Sten mit einem Schulterzucken.
»Was weißt du nicht?«
»Es wirkte wie ein Verhör.«

Lundgren beugt sich vor und hält Stens Blick fest. »Man darf Vierzehnjährige nicht verhören, ohne dass die Eltern anwesend sind oder jemand an ihrer Stelle.«
»Ich bin hier der Jurist«, schnaubt Malik und wendet sich an Sten. »Da sie kein Recht haben, dich zu verhören, muss es also ein Gespräch gewesen sein.«
Sten lehnt sich gegen die Rückenlehne und steckt die Hände in die Hosentaschen. »Sie haben es aufgenommen.«
Malik rollt seine Papiere zusammen, blickt an die Decke. »Aufgrund deines geringen Alters gibt es mehr Möglichkeiten als sonst. Eine davon ist, dass du über Nacht hierbleibst. Man darf dich zwar nicht einsperren, doch wenn man daran denkt, was du getan hast, kann man dich auch nicht freilassen. Vielleicht gibt es hier einen Aufenthaltsraum für das Personal mit einem Sofa und der junge Mann, der gerade gegangen ist, kann zurückkommen und bei dir bleiben. Morgen triffst du den Staatsanwalt und dann wird bestimmt auch eine Möglichkeit gefunden, wie man Kinder verwahrt, die unter Anklage stehen.«
Sten schnaubt. »Verwahrt?«
»Irgendein Ort mit verriegelter Tür.«
»Ich bin noch keine fünfzehn!«
Zoran Malik richtet seine Papierrolle auf Sten. »Erst vor Kurzem hast du einen Mann erschossen. Und heute hat dich die Polizei mit einer geladenen Schusswaffe auf einer politischen Veranstaltung erwischt. Wer so eine Vorgeschichte hat wie du, den will der Staatsanwalt nicht frei herumlaufen lassen. Ob du vierzehn oder fünfzehn bist, spielt in diesem Zusammenhang kaum eine Rolle.«
Sten nimmt die Hände aus den Taschen und beugt sich vor. »Was ist mit Verwahrung gemeint?«
»Das kann auch eine Familie sein, die einen jungen Menschen vorübergehend bei sich aufnimmt«, erklärt Lundgren.

Malik schüttelt den Kopf. »So eine Lösung würde der Staatsanwalt niemals akzeptieren. Er will dich in einer Einrichtung sehen, deren Türen man verriegeln kann, deren Zimmer von Kameras überwacht werden und die von einem Stacheldrahtzaun umgeben ist. Die Frage ist, was du willst, Sten.«
»Von hier wegkommen.«
Malik schüttelt den Kopf. »Das wird vielleicht nicht so einfach.«
»Ich hab Durst.«
»Das ist eines deiner kleineren Probleme«, entgegnet Malik mit einem Schnauben. »Wahrscheinlich dein kleinstes.«
»Ich hol dir was«, sagt Lundgren und steht auf.
»Im Personalraum gibt es Cola«, erklärt Sten.
»Wie gut du informiert bist«, knurrt Malik.
Lundgren öffnet die Tür und schließt sie hinter sich. Das Geräusch ihrer Absätze verhallt.
»Hör mir zu«, fährt Malik fort, beugt sich vor und fixiert die Augen des Jungen. »Dir steht das Wasser bis zum Hals. Und wenn du deine Karten jetzt nicht richtig ausspielst, ist nicht abzusehen, wo sie dich hinschicken, geschweige denn, wann du wieder rauskommst. Wer so mit Schusswaffen umgeht wie du, der läuft Gefahr, in der Jugendpsychiatrie zu landen.«
»Was ist das?«, fragt Sten.
»Ein Irrenhaus für Kinder. Stehst du auf Idioten?«
»Nein.«
»Dann solltest du diesen Ort meiden, denn Idioten gibt's da jede Menge.« Malik sieht Sten durchdringend an und nach einer Weile senkt dieser den Blick.
»Es gibt eine Alternative«, erklärt Malik. »Aber du musst dich entscheiden, ehe sie zurückkommt.« Malik zeigt mit dem Daumen in Richtung Tür.
»Was für eine Alternative?«

»PM.«
»PM?«
»Positionsmarkierung.«
»Was bedeutet das?«
»Dass ein Mikrochip darüber Auskunft gibt, wo du dich aufhältst. Wenn du dich bereit erklärst, so einen Chip zu tragen, bist du in einer Stunde hier raus und alles geht seinen normalen Gang, bis die Ermittlungen abgeschlossen sind.«
»Welche Ermittlungen?«
»Die Ermittlungen hinsichtlich dessen, was du getan hast und was du in Zukunft tun könntest. Wie es um deinen Geisteszustand steht und wie sich dieser entwickeln wird. Das kann Wochen in Anspruch nehmen und ohne Chip wirst du irgendwo eingesperrt und musst abwarten. Mit Chip wirst du heute Abend freigelassen.«
Sten lacht abgehackt, kurz und freudlos. »Heute Abend werde ich freigelassen?«
»Ja.«
»Geben Sie mir den Chip.«
Malik schüttelt den Kopf. »Ganz so einfach ist das nicht. Dazu brauchen wir eine Krankenschwester.«
»Und was soll die machen?«
»Du bekommst eine Injektion in den Oberschenkel.«
»Eine Spritze?«
»Hast du Angst vor Nadeln?«
»Nein.«
»Dann kann die Sache hier schnell über die Bühne gehen.«
»Was ist das für eine Spritze?«
»Sie injizieren dir etwas in deine Oberschenkel. Davon wirst du später nicht das Geringste merken. Zweihunderttausend Nanometer ist der Durchmesser eines Haares. Die Nanozellen, die man dir einsetzt, haben einen Durchmesser von unter einem Nanometer.«

»Aber warum …?«
»Wenn du deinen Chip bekommen hast, bist du im Computer erfasst und die Polizei kann deine Bewegungen verfolgen. Sie werden deinen Chip mit dem Mobil von Holme verlinken. Wenn du ihr zu nahe kommst, geht ein Alarm los.«
Sten schweigt für eine Weile, steht auf, geht zum Fenster und betrachtet das kleine Holzpferd. Er hebt es hoch, dreht es in der Hand und hält es Malik entgegen. »Das hat zu kurze Beine.«
»Entscheide dich«, sagt Malik. »Entscheide dich, ehe sie zurückkommt.«
Sten betrachtet das Holzpferd von allen Seiten, als wäre er ein Lehrer, der sich überlegt, welche Note er einem Zwölfjährigen dafür geben solle. »Sie sehen, wo ich mich aufhalte?«
»Ja, aber solange du dich Elin Holme nicht näherst, interessiert das niemanden. Sie ist es, die beschützt werden soll.«
»Sieht man auch, wo ich bin, wenn ich zu Hause in meinem Zimmer sitze?«
Malik nickt. »Man sieht jederzeit, wo du dich aufhältst. Das ist der Preis der Freiheit.«
Die Tür öffnet sich und Lundgren kommt mit einem Plastikbecher zurück, in dem sich eine braune Flüssigkeit befindet. Sie geht zu Sten, der immer noch das Holzpferd in der Hand hält. Er stellt es auf das Fensterbrett zurück, nimmt den Becher entgegen und leert ihn, während Lundgren und Malik ihn beobachten. Sten stellt den Becher neben das Pferd und rülpst mit der Hand vor dem Mund.
Lundgren wendet sich an Malik. »Worüber habt ihr geredet?«
Malik gibt Sten die Papiere. »Wenn wir uns einig sind, kannst du auf beiden Seiten unten unterschreiben.«
Lundgren runzelt die Stirn und streckt eine Hand aus. »Lass mich das sehen!«
Doch Sten zieht die Papiere weg. »Ich soll eine Spritze bekommen

und nachher werde ich zu meinem Fahrrad gebracht.« Er wirft Malik einen Blick zu. »Oder wie?«
Malik nickt. »Ich werde dich selbst hinbringen.«
Lundgren schüttelt den Kopf. »Was habt ihr da ausgeheckt?«
»Der Junge vermisst seine Eltern und sein Bruder ist im Ausland. Er will nicht eingesperrt sein, während die Ermittlungen laufen, und wir haben eine Lösung dafür gefunden.«
»Genau«, bestätigt Sten und nickt. »Wir haben eine Lösung gefunden.«

18

Dockan versucht alles, um das Ziel als Erster zu erreichen, muss sich jedoch im Endspurt geschlagen geben. Beim Eingangstor drückt Syria auf den Knopf ihrer Stoppuhr, beugt sich weit vor und stützt ihre Hände direkt über dem Knie auf die Oberschenkel. Dockan tut es ihr nach.
»Sieben Sekunden schneller«, keucht Syria.
»Bei dieser Hitze ist das rekordverdächtig«, stöhnt Dockan.
Beide versuchen, wieder zu Atem zu kommen, dann richten sie sich gleichzeitig auf. Eine Schwarzdrossel singt in einem Tannenwipfel an der Schmalseite des Hauses.
»Dass es um diese Zeit schon so heiß sein kann …«, wundert sich Dockan.
»Schön, dass die Dusche wieder funktioniert«, sagt Syria und schlendert dem Haus entgegen.
Dockan geht dicht hinter ihr. »Du kannst zuerst duschen«, bietet er an, hält inne und späht zur Schwarzdrossel hinauf.

Als Syria aus dem Bad kommt, sitzt Dockan an einem der Computer. Syria rubbelt sich die Haare mit einem Handtuch trocken.
»Was spielst du da?«
»Das Übliche. Bist du fertig?«
»Ja.« Syria geht in ihr Zimmer, nimmt das richtige Mobil zur Hand und wählt. »Scramble, scramble, wherever you are.«
»But not my eggs, but not my eggs.«
»Wie ist es gelaufen?«
»Ich habe jemanden getroffen, der informiert ist.«
»Was hast du erfahren?«
»Unsere Majestät, die Königin, und unser Objekt sind dicke Freundinnen. Sie waren zusammen in Norwegen und machen vielleicht noch weitere Angeltouren.«
»Wohin?«
»Ihre Majestät hat eine Hütte. Sie fliegen dorthin, landen auf einem Waldsee, angeln ein bisschen und fliegen wieder zurück.«
»Sind die beiden ein Liebespaar?«
»Sieht ganz so aus.«
»Wo liegt die Hütte?«
»Das werde ich bald wissen.«
»Kannst du rausfinden, wann sie das nächste Mal angeln gehen wollen?«
»Diese Frage kann ich nicht irgendwem stellen.«
»Am Geld soll es nicht liegen bei dieser Sache, vergiss das nicht.«
»Das Geld ist nicht das Problem.«
»Ich verstehe.«
»Wir sollten das Codewort wechseln.«
»Über die andere Nummer bekommst du ein neues.«
»Bis dann.«
Syria nimmt das andere Mobil. Sie landet bei einer Mailbox und gibt das neue Passwort an: »England expects … every bastard to

keep calm.« Dann steckt sie das Mobil in die Tasche ihrer Jeans und setzt sich vor den Spiegel. Sie betrachtet ihr Gesicht, streicht sich mit dem Finger über die Wange, steht auf und geht zu Dockan ins Zimmer. Er sitzt immer noch mit dem Rücken zur Tür, den Blick auf den Bildschirm gerichtet.

»Wolltest du nicht duschen?«

»Ich war so in das Spiel vertieft.«

»Schau dir meine Wange an.«

Dockan dreht sich auf dem Stuhl um und Syria beugt sich vor.

»Siehst du das?«

»Nein.«

Syria zeigt mit dem Finger auf eine bestimmte Stelle. »Da.«

»Wo?«

»Ist das keine Hautveränderung?«

»Glaub nicht, aber wenn du findest, dass sich etwas verändert hat, solltest du zum Arzt gehen.«

Syria richtet sich auf. »Das ist nicht so leicht, wie du weißt.«

»Hautveränderungen muss man ernst nehmen.«

Ehe sie etwas entgegnen kann, klingelt ihr Mobil.

»England expects …«

»… every bastard to keep calm. Was gibt's?«

»Du bekommst gleich die Koordinaten auf dein anderes Mobil.«

»Gut. Hörst du die Schwarzdrossel?«

19

Sten rast in voller Fahrt durch das Eingangstor, saust über den leeren Parkplatz hinweg, biegt auf die Rasenfläche ab, bremst, gerät ins Schlingern und stellt das Fahrrad vor der Veranda ab. Hinter den Erlen hat der Mond eine goldene Decke über einen Teil des Sees geworfen.

Es ist vollkommen still im Haus. In der Küche setzt Sten Wasser auf und legt einen Teebeutel in eine Tasse. Er gießt das Wasser ein und ein bisschen Milch dazu und geht die Treppe hinauf.

Die Tür zu Jennas Zimmer steht offen. Sie sitzt auf dem Bett, hat einen Laptop auf den Beinen und einen Kopfhörer auf.

Sten stellt sich in die Türöffnung und sieht sie an. Es dauert eine Weile, ehe sie ihn bemerkt.

Sie nimmt den Kopfhörer ab und zeigt mit dem Finger auf ihn. »Nett, dass du mir Tee gemacht hast. Das ist genau das, was ich jetzt brauche.«

»Sie haben's auf mich abgesehen.« Sten betritt das Zimmer, setzt sich auf den Stuhl vor den Schreibtisch und stellt die Tasse auf den Tisch. »Die Bullen haben mich erwischt.«

Jenna fällt die Kinnlade herunter. »Warum?«

»Ich hatte die Pistole mit in der Stadt. Sie war zusammen mit einem Plundergebäck in einer Papiertüte. Irgendein Schwachkopf hat den Kuchen gerochen, die Hand in die Tüte gesteckt und die Pistole rausgezogen. Eine Überwachungskamera hat das aufgenommen und dann haben sie mich geschnappt. Jetzt bin ich gechipt.« Sten führt die Teetasse zum Mund.

»Du bist gechipt?«, ruft Jenna so laut, als wäre Sten in einem anderen Raum. »Was bedeutet das?«

Sten trinkt einen Schluck und reicht Jenna die Tasse, die sich mit dem Rücken zur Wand setzt. »Sie haben mir einen Chip eingesetzt, damit sie immer wissen, wo ich mich aufhalte.«
Jenna starrt ihn an. »Wo hast du den?«
»Im Oberschenkel.«
»Du hast einen Chip im Oberschenkel?«, schreit sie mit schriller Stimme.
Sten nickt und streckt seine Hand nach der Teetasse aus.
Jenna keucht, als wäre sie gerade einen Hügel hinaufgelaufen. »Hat das wehgetan?«
Sten schüttelt den Kopf. »Der sendet fünf Jahre lang, danach wird er auf chemische Weise zerstört.«
Jenna runzelt die Stirn. »Dann sehen sie also die nächsten fünf Jahre, wo du dich aufhältst.«
»Ja.«
»Ich frag mich, was Papa davon hält. Stell dir vor, die hören uns ab.«
»Wie meinst du das?«
»Dass sie uns in diesem Moment hören können.«
»Wen sollte das stören? Wir haben doch keine Geheimnisse, oder?«
Jenna trinkt einen Schluck Tee und gibt Sten die Tasse zurück. Sten betrachtet sie, als berge sie ein unergründliches Geheimnis, und zuckt die Schultern.
»Er liegt einen Zentimeter von den Oberschenkelmuskeln entfernt. Die können nichts hören, sondern haben genug damit zu tun, mich zu lokalisieren.«
»Ich frage mich, ob Papa dir das glaubt.«
»Spielt das irgendeine Rolle?«
»Es wird ihn ziemlich nervös machen.«
»Das halte ich schon aus.«
»Vielleicht darfst du hier nicht mehr wohnen, wenn du das Gesagte überträgst.«

»Halte ich auch aus.«
»Kann man den nicht wieder rausnehmen?«
»Wohl kaum.«
»Warum nicht?«
»Man müsste ein ziemlich großes Stück herausschneiden, um sicherzugehen, dass nichts zurückbleibt. Kein Arzt würde so eine Operation riskieren.«
Jenna schnaubt. »Man kann die Leute zu allem bringen, wenn die Bezahlung stimmt. Das sagt Papa immer. Die Sache wird ihm gar nicht gefallen.«
Sten stellt seufzend die Tasse auf den Tisch. »Such is life.«
Jenna setzt sich auf und stellt die Füße auf den Boden. »Ich gehe baden. Kommst du mit?«
»Ich bade nicht gern in der Nacht.«
»Sei nicht so langweilig.«
»Ich mag aber nicht.«
»Kriegst auch einen Kuss.«
»Okay.« Sten spitzt die Lippen und beugt sich vor.
»Hinterher«, verspricht Jenna. »Erst wird gebadet, dann bekommst du einen Kuss. Einen kleinen.«
»Warum einen kleinen?«
»Du willst ja wohl nicht durch den Ärmelkanal schwimmen, oder?«

Mit je einem Handtuch über der Schulter betreten sie den Steg. Jenna geht bis zur Kante und zieht das Thermometer aus dem Wasser. Sie hält es schräg, damit sie die Skala im Mondlicht erkennen kann.
»Zweiundzwanzig.« Sie lässt das Thermometer wieder ins Wasser gleiten.
Von der anderen Seite des Sees dringt ein klagender Vogellaut herüber.

»Ein Seetaucher«, stellt Sten fest. »Mamas Lieblingsvogel. Sie hat mal gesagt, dass sie im nächsten Leben ein Seetaucher sein will. Hast du einen Lieblingsvogel?«
Jenna lässt das Handtuch fallen, streckt die Arme über den Kopf und taucht ein. Sie schwimmt unter Wasser und kommt erst an die Oberfläche, nachdem sie sich fünfzehn Meter vom Steg entfernt hat. Sie lässt sich im Mondlicht treiben und streicht sich die Haare aus dem Gesicht. »Komm!«
Sten wendet dem See den Rücken zu. Dann steigt er die Stufen so weit hinunter, bis er das Wasser an seinen Füßen spürt.
»Zweiundzwanzig Grad!«, ruft Jenna.
Sten wirft das Handtuch auf den Steg, schließt die Hände um das galvanisierte Geländer und geht rückwärts ins Wasser. Als er auf der untersten Stufe steht, reicht es ihm bis zu seiner Badehose.
Jenna ruft: »Komm!«
Sten lässt sich rückwärts ins Wasser gleiten, die eine Hand dem Steg entgegengestreckt.
»Komm!«, ruft Jenna.
»Ich weiß nicht, ob ich will!«
Jenna taucht, ihre Füßen und Waden sind für einen Augenblick zu sehen, dann verschwinden sie im Wasser.
Sten hält sich mit einer Hand am Steg fest und strampelt mit den Beinen. Er betrachtet das Mondlicht, doch Jenna ist nicht zu sehen. Dann taucht sie mit einem Mal neben ihm auf. Sie tritt Wasser und streicht sich die Haare aus dem Gesicht. »Wir schwimmen bis zum Schilf!«
»Ich will nicht!«
Jenna dreht sich auf den Rücken und lässt sich treiben. »Warum hältst du dich am Steg fest?«
»Ich will nicht im Dunkeln schwimmen.«
»Aber du kannst schwimmen?«

»Nicht besonders gut.«
»Wie gut?«
»Ziemlich schlecht.«
»Kannst du überhaupt schwimmen?«
Sten antwortet nicht.
»Kannst du etwa gar nicht schwimmen?«
Sten hält sich schweigend am Steg fest.
Der Seetaucher schreit erneut.
»Ich kann es dir beibringen«, verspricht Jenna. »Linda hab ich es auch beigebracht. Ich weiß, wie das geht.«
»Ich will nicht«, sagt Sten.
»Du bekommst auch einen Kuss«, lockt ihn Jenna.
»Okay.«
»Wir bleiben da, wo es flach ist.« Sie zeigt auf eine Stelle nicht weit von ihm entfernt, macht ein paar Schwimmzüge und stellt sich dort auf den Grund, wo ihr das Wasser bis zur Taille reicht.
Sten stößt sich vom Steg ab. Das Gesicht im Wasser und mit strampelnden Beinen kommt er ein bisschen vorwärts, findet Boden unter den Füßen und streicht sich das Wasser aus dem Gesicht.
»Du kannst es ja! Am besten fängt man mit Rückenschwimmen an. Leg dich auf den Rücken.«
Sten zögert.
»Hab keine Angst. Ich halt dich fest.«
»Ich weiß nicht, ob ich will.«
»Du bekommst einen Kuss.«
»Das hast du vorhin auch schon versprochen.«
»Du bekommst zwei.«
»Krieg ich den ersten jetzt?«
Jenna beugt sich vor und küsst Sten mit geschlossenen Lippen auf den Mund. Sten lässt sich ins Wasser sinken und Jenna stellt sich neben ihn. Er rudert ein wenig unbeholfen mit Armen und Händen.

»Gut so, lehn dich zurück.«
Sten lehnt sich zurück, Jenna beugt sich über ihn und platziert ihre Hände unter seinem Rücken.
»Schwimm mit den Beinen, du musst die Beine benutzen!«
Sten schlägt mit den Beinen, aber Jenna ist unzufrieden.
»Stell dich hin.«
Sten gehorcht und Jenna streckt ihren Arm aus.
»Geh auf den Steg und sieh dir an, wie ich das mache.«
Sten geht an Land und stellt sich auf den Steg. Die goldene Straße aus Mondlicht glitzert und der Seetaucher schreit. Sten nimmt das Handtuch und legt es sich über die Schulter.
Jenna ruft: »Sieh mich an!« Sie legt sich rückwärts ins Wasser und demonstriert ein paar kräftige Beinschläge, während ihre Arme fast reglos am Körper anliegen. Sten geht auf dem Steg neben ihr her.
Anschließend stellt sich Jenna dorthin, wo das Wasser so seicht ist, dass es ihr soeben über die Knie reicht. »Komm zurück ins Wasser!«, kommandiert sie.
Sten lässt das Handtuch fallen und tut, was sie sagt. Bis zu den Oberschenkeln im Wasser, legt er sich zurück. Jenna platziert eine Hand an seinem unteren Rücken und die andere zwischen seinen Schulterblättern. Mit rudernden Händen führt Sten Beinschläge aus, wie er es bei Jenna gesehen hat.
»Gut!«, ruft sie. »Gut!«
Sie machen so lange weiter, bis er plötzlich Wasser schluckt und sagt, dass er genug habe.
»Bald kannst du schwimmen«, verspricht Jenna, als sie auf dem Steg stehen und über den See blicken.
Sten zittert. »Frierst du nicht?«
Jenna schüttelt den Kopf. »Warum kannst du nicht schwimmen?«
»Ich weiß nicht.«
»Mård kann doch schwimmen. Warum du nicht?«

»Mård hat Mama immer alles nachgemacht.«
»Wie meinst du das?«
»Mama ist geschwommen wie ein Fisch. Papa dagegen nie. Ich glaube, er konnte es gar nicht. Wollen wir reingehen?«
Sie schlendern dem Haus entgegen.
»Mama mochte die Seetaucher«, sagt Sten. »Weißt du, dass die mehrere Minuten unter Wasser sein können?«
»Lina hält sich die Ohren zu, wenn so einer schreit. Irgendjemand hat ihr eingeredet, dass jemand stirbt, wenn der Seetaucher schreit.«
»Wo ist sie jetzt?«
»Sie übernachtet bei Gullan, kommt aber wohl morgen nach Hause. »Wenn sie da ist, ist sie unheimlich anstrengend, aber ich vermisse sie, wenn sie weg ist.«
Vom Weg her hört man ein Auto kommen und im nächsten Augenblick sehen sie die Scheinwerfer.
Jenna seufzt. »Das ist Mama.« Dann sagt sie: »Blaumeise.«
»Was?«
»Mein Lieblingsvogel.«

20

Elin erwacht durch ihren eigenen Schrei und spürt den Biss.
»Gerda, hör auf! Schluss!«, ruft sie, noch ehe sie ganz wach ist. Sie platziert eine Hand auf dem Gesicht des Kindes und kneift ihm in die Nase, worauf Gerdas Zähne sich von ihr lösen.
Elin streicht dem Kind die Haare aus dem Gesicht, setzt sich auf und ruft: »Was machst du da?« Sie schaltet die Nachttischlampe an, obwohl es schon hell wird, und ruft erneut: »Was machst du da?«

Das Mädchen zeigt ihre Zähne. »Ich bin ein Wolf!«
Elin streicht mit dem Finger über die Stelle, an der sie gebissen wurde. »Du darfst mich niemals beißen!«
»Ich bin ein Wolf.«
»Nein, bist du nicht!«
Gerda ruft mit zitternder Stimme: »Ich bin ein Wolf!«
Elin packt Gerda an den Schultern und schüttelt sie. »Nein, das bist du nicht! Du bist Gerda!«
»Nein, bin ich nicht!«
»Doch, bist du!«
»Ich heiße nicht Gerda!«
»Doch, das tust du!«
»Nein, so heiße ich nicht. Ich heiße Hallgerd!«
Elin drückt das Mädchen an ihre Brust. »Das stimmt.« Sie streicht ihr über die Haare. »Das stimmt, du heißt Hallgerd. Aber seit du klein warst, nennen wir dich Gerda.«
Sie sitzen eine Weile da und Elin streicht dem Kind über die Haare, bis Hallgerd sich aus den Armen der Mutter löst.
»Tötest du mich jetzt?«
Ehe Elin antworten kann, wird die Frage noch einmal gestellt.
»Tötest du mich jetzt?«
»Aber natürlich nicht.«
»Aber du tötest andere Leute.«
»Nein.«
»Ich weiß, dass du das getan hast.«
»Wer hat das gesagt?«
»Lisa.«
»Ich hatte keine andere Wahl.«
»Gott erlaubt nicht, dass du mich tötest.«
»Hat Lisa das gesagt?«
Das Kind nickt.

»Du weißt doch, dass ich dir nie etwas antun würde, Gerda.«
Das Mädchen ruft: »Ich heiße nicht Gerda, sondern Hallgerd und ich bin ein Wolf!«
»Nein, bist du nicht!«
Hallgerd schreit: »Ich bin ein Wolf!« Sie stürzt sich auf Elin und beißt sie in die Hand.
Elin drückt ihrer Tochter die andere Hand ins Gesicht und kneift ihr die Nase zu, woraufhin Hallgerd den Mund öffnet.
Elin brüllt: »Du darfst mich nicht beißen!«
Gunnar steht mit weißen Boxershorts im Türrahmen.
Elin keucht: »Gerda hat mich gebissen.«
Hallgerd springt auf, steht im Bett und schreit aus vollem Hals: »Ich heiße Hallgerd!«
Gunnar betritt den Raum und im nächsten Moment erscheint Anna im Türrahmen. Sie trägt ein weißes T-Shirt, ihre Haare stehen vom Kopf ab.
»Was ist denn hier los?«
Gunnar setzt sich neben Elins Füße auf die Bettkante und Hallgerd schluchzt: »Ich heiße Hallgerd. Mama sagt, dass ich Gerda heiße.«
»Du heißt Hallgerd«, bestätigt Gunnar. »Gerda haben wir dich genannt, als du klein warst.«
Hallgerd kriecht auf Gunnars Schoß. »Ich heiße Hallgerd«, murmelt sie. »Ich heiße Hallgerd!«

21

Sie sitzen im Wohnzimmer. Die Morgendämmerung hat bereits eingesetzt. Sten legt das Kartenspiel auf den Tisch und beugt sich über Jennas Laptop: »Was spielst du da?«

»*Enemies in love.*«

»Macht das Spaß?«

»Man sucht sich aus, welche Personen zusammen sein sollen, und dann weiß man nicht, was passiert.«

»Hast du mal *Nighthawk* gespielt?«

»Ja, aber ich mochte es nicht.«

»Warum nicht?«

»Das endet immer damit, dass ein Mädchen geköpft wird und der ganze Bildschirm voller Blut ist.«

»Kann man sie nicht retten?«

»Ist mir jedenfalls nicht gelungen. Hast du's mal gespielt?«

»Nein, kannst du es mir zeigen?«

Jenna ruft die Startseite auf. »Man muss Avatare erschaffen. Du kannst Sir Knighthawk sein. Er ist der einsamste Mensch der Welt.«

Jenna lädt Bilder von Sten hoch und erschafft seinen Avatar.

Sten wird neugierig und hebt die Stimme: »Ich will aussehen wie The Jumper. Ein bisschen größer kannst du mich auch machen.«

»Okay.« Jenna sucht Bilder von The Jumper und erschafft einen Avatar, der je zur Hälfte aus Sten und The Jumper besteht.

Als Jenna Lady Jane nach ihrem Vorbild erschafft, steht Lola plötzlich in der Tür. Ihre Stimme klingt so hohl wie eine leere Flasche.

»Ihr habt mich aufgeweckt. Könnt ihr nicht raufgehen?«

Jenna steht wortlos auf und geht mit dem Laptop in der Hand die Treppe hinauf. Sten folgt ihr.

»Macht nichts, was ich nicht machen würde«, ruft Lola ihnen nach. Sie gehen in Jennas Zimmer und Jenna setzt sich auf das Bett, zieht die Füße unter sich und drückt sich in die Kissen. Sten legt sich neben sie. Er spürt Jennas nackten Oberschenkel an seiner Jeans.
»Sir Nighthawk«, sagt Jenna. »Wenn du mich nicht rettest, werde ich im Tower geköpft. Das ist eine wahre Geschichte. Die Mutter von Lady Jane sieht automatisch so aus wie Lola und ihr Vater wie Burman. Computerlogik. Schau, da kommt Lina als Janes Cousine. Ich hab versucht, das Programm daran zu hindern, in meinem privaten Fotoalbum zu stöbern, aber es ist mir nicht gelungen.«
»Du kannst dir jemand anderen als Jane aussuchen«, schlägt Sten vor.
»Wen?«
»Versuch's mal mit Elin Holme.«
Jenna sucht nach Bildern von Elin. Es gibt unzählige, auf vielen ist sie nackt, auf manchen befindet sich ihr Kopf auf anderen Körpern. Auf einem Bild hat sie drei Köpfe.
»Sie ist hübsch.«
Sten schnaubt. »Ein Monster.«
Jenna baut die Avatare zusammen. »Du kannst Wurfmesser oder eine Stichwaffe haben. Was willst du?«
»Die Wurfmesser.«
»Bist du hetero, homo oder bi?«
Sten runzelt die Stirn. »Äh, was?«
»Tust du es mit Jungs, Mädchen oder mit allen?«
»Nur mit Mädchen ... Obwohl ich das ja noch nie gemacht habe.«
»Okay, Jane ist Jungfrau.«
»Wie alt bin ich?«
»Kannst du dir aussuchen.«
»Zwanzig.«
»Wie Elin Holme.«

»Wie alt ist Jane?«

»Sechzehn.«

Auf dem Bildschirm erscheint ein einarmiger Bandit. Jenna benutzt ihr Mobil, füllt ein Konto auf und zieht an dem Hebel. »Wir befinden uns im fünfzehnten Jahrhundert, vermischt mit ein bisschen Gegenwart.«

»Heißt was?«

»Alle haben Zahnschmerzen. Kinder, die stehlen, werden gehängt, und die meisten frieren, hungern und riechen schlecht. Aber es gibt auch Hubschrauber. Die werden von einer Gruppe von Leuten geflogen, die moderne Waffen haben. Die überwachen alle, damit niemand gegen das Gesetz verstößt.«

»Welches Gesetz?«

»Es gibt eigentlich nur einen Paragrafen, von dem alles andere ausgeht.«

Sten streift Jennas Oberschenkel.

»Einsamkeit macht stark«, sagt Jenna. »Das sind die drei Worte des Gesetzes.«

Sten nimmt erneut Kontakt zu Jennas Oberschenkel auf. »Ich bekomme noch einen Kuss«, erinnert er sie.

»Den hast du schon auf dem Steg bekommen.«

»Ich sollte aber noch einen kriegen.«

Jenna beugt sich vor und gibt ihm einen trockenen Kuss auf den Mund. »Jetzt hast du bekommen, was ich dir versprochen habe. Bist du zufrieden?«

»Glaub schon.«

Jennas Finger berühren den Bildschirm. »Wir sind also in London. Alle müssen allein leben. Die Überwachungshubschrauber schweben über den kleinen Häusern. Schweine und Hühner laufen durch die Straßen. Die Leute pinkeln und scheißen in Eimer, die sie irgendwo entleeren. Überall laufen Spione herum. Der Krieg hat das Land verwüstet. An jeder Straßenecke findest du jemanden, der einen Arm oder ein Auge verloren hat.«

Sten berührt Jennas Oberschenkel mit dem kleinen Finger. »Wahnsinn, was du alles weißt.«

»Im Tatsachen-Teil muss man einiges wissen. Jane wurde gezwungen, ihrem Henker zu vergeben, ehe er ihr den Kopf abschlug. Wollen wir anfangen?«

»Ja.«

»Du hast die Aufgabe, Lady Jane zu befreien. Man hat sie in den Tower gesperrt. Wenn sie dich kriegen, wirst du gefoltert, ehe sie dich hängen. Um in den Tower zu gelangen, musst du dir Freunde suchen. Aber Freunde zu haben ist lebensgefährlich.«

Wieder streicht Stens kleiner Finger an Jennas Oberschenkel entlang.

Sie schiebt seine Hand weg. »Hör auf, ich bin kitzlig.«

Sten erblickt seinen Avatar auf einer schlammigen Londoner Straße. Ein einbeiniger Mann humpelt ihm auf einer Krücke entgegen und streckt ihm seine hohle Hand entgegen. Der Hand fehlt der kleine Finger, doch am Daumen steckt ein Messingring. »Secrets for sale«, flüstert der Einbeinige. »Cheap secrets and terrible thruths, give a man what a man needs, dear sir!«

»Das ist ein Spion«, sagt Jenna. »Nimm dich vor ihm in Acht. Und behalte die Sanduhr in der rechten Ecke im Auge. Du musst deinen ersten Freund gefunden haben, ehe der Sand ganz verronnen ist, sonst kommen sie und nehmen dich fest.«

Sten berührt erneut Jennas Oberschenkel.

Über ihrer Nasenwurzel bildet sich eine Falte. »Was willst du?«

Sten weicht ihrem Blick aus. »Nichts.«

»Warum tatscht du mich dann die ganze Zeit an?«

»Ich will nur …«

»Was?«

»Dich berühren.«
»Du willst also gar nicht spielen?«
»Eigentlich nicht.«
»Was willst du dann?«
»Nichts Besonderes.«
»Ich dachte, du willst mich berühren?«
»Vielleicht ein bisschen.«
Jenna lacht. »Du bist lustig.« Sie nimmt seine Hand, legt sie auf ihren Oberschenkel und legt ihre eigene Hand darauf. Dann schiebt sie Stens Hand weiter nach oben bis zum Saum ihrer Shorts.
Sten betrachtet seine Hand, auf der ihre Hand liegt, und sieht Jenna dann ins Gesicht.
Sie schließt die Augen.

Ein paar Stunden nachdem die Sonne über die Tannenwipfel auf der anderen Seite des Sees gestiegen ist, gehen die beiden wieder zum Steg. Sten steigt die Leiter hinunter und Jenna springt kopfüber ins Wasser.
»Leg dich auf den Rücken!«, ruft sie und streicht sich die Haare aus dem Gesicht. »Leg dich auf den Rücken und denk an die Beinschläge. Du kannst jetzt schwimmen.«

22

Tamara sitzt neben Elin, den Blick auf die Nachricht gerichtet, die gerade auf dem einen Mobil erscheint, während sie über einen Knopf im Ohr dem lauscht, was aus dem anderen Mobil kommt. Elin versucht zu schlafen.
Als sie vor dem Kupfertor in Grövelsjö aussteigen, ist es immer noch heiß, obwohl es schon spät ist. Tamara folgt Elin in die Eingangshalle. Ein Putzroboter, so groß wie ein hochschwangerer Basketball, zieht eine nasse Spur hinter sich her. Hin und wieder sagt er: »I'm mister clean. At your service anytime, anywhere!«
Tamara umarmt Elin. »Ich werde dich bis zum Wahltag begleiten. Vielleicht wird bei einzelnen Gelegenheiten auch mal jemand anderes einspringen, aber in der Regel werde ich da sein. Du bekommst keinen Personenschutz mehr, aber die persönlichen Leibwächter der Königin und ihr Wagen stehen zu deiner Verfügung.«
»Du musst doch auch mal freihaben«, wendet Elin ein.
Tamara zuckt die Schultern. »Heute Abend jogge ich zehn Kilometer und nach der Wahl mache ich einen langen Urlaub.«
»I'm mister clean«, bringt sich der Putzroboter in Erinnerung und wendet direkt vor ihnen.
»Ich gehe jetzt ins Borderland. Sieh zu, dass du dich ein bisschen ausruhst.« Tamara umarmt Elin.
Als Elin ihre Hand auf Tamaras Hüfte legt, ertastet sie die große Pistole unter ihrer Anzugjacke. Dann betritt sie den Aufzug. Sie beugt sich zum Spiegel und betrachtet ihr Gesicht. »Müdes Mädchen«, murmelt sie in Richtung ihres Spiegelbilds.
Die Türen öffnen sich und Elin befindet sich in der Empfangshalle der Königin.

Es ist ein Mensch, der dort in einem schwarzen Leinenanzug mit weißem Hemd steht. Ein Roboter ist nicht zu sehen.
Die Königin tritt aus einer Tür, die sie hinter sich schließt. Sie geht Elin entgegen – barfuß und in einem kurzen grünen Kleid. Ein Diamantring ist der einzige Schmuck. Ihre Haare sind zu einem zerzausten Knoten hochgesteckt. »Das hier ist Turid«, sagt die Königin, nimmt Elins Hand und deutet auf die Frau im Anzug.
Turid nickt.
Dann tritt die Königin einen Schritt zurück und nimmt Elins Hände. »Du bist blass.«
Elin antwortet nicht.
Die Königin runzelt die Stirn. »Wir anderen haben schon gegessen und sind gerade in den lila Salon umgezogen, wo bald ein Meeting stattfindet. Willst du dich ausruhen oder irgendetwas haben?«
»Ein bisschen Ruhe wäre schön.«
Die Königin zeigt auf einen Tisch, auf dem mehrere Mobile liegen, an denen Post-its kleben. An der Tischkante kleben drei Zettel mit Elins Namen.
»Wie viele hast du?«, fragt die Königin.
»Eins.« Elin legt ihr Mobil neben die anderen und klebt einen Zettel mit ihrem Namen daran.
Die Königin nimmt ihren Arm. Gemeinsam gehen sie der geschlossenen Tür entgegen, durchqueren die Küche und schlendern den Flur bis zum Gästezimmer hinunter.
Elin lässt sich auf das Bett sinken, begegnet dem Blick der Königin und fällt zurück in die Kissen. »Es geht mir furchtbar schlecht«, stöhnt sie. »Ich dachte wirklich, ich schaffe das nicht. Es war in einer Kirche in Tandstrand. Eigentlich sollten höchstens fünfzig Leute kommen, doch irgendwann war es so voll, dass die Leute sogar im Mittelgang saßen. Ehe die Fragerunde begann, spielten zwei alte Männer eine Mazurka, die mein Großvater komponiert hat.«

Die Königin setzt sich zu Elin und streicht ihr über die Wange. »War es eine gelungene Veranstaltung?«

»Ja, ich glaub schon, obwohl ich mich kaum auf den Beinen halten konnte.«

»Du bist blass.«

Elin beginnt zu weinen und die Königin streicht ihr über die Wange. »Wie geht es dir?«

»Gerda glaubt, dass ich sie töten will.«

Die Königin wartet darauf, dass Elin weiterspricht, während sich diese mit dem Unterarm Rotz und Tränen aus dem Gesicht wischt. »Vielleicht, weil ich ein Jagdgewehr dabeihatte, als wir einen Ausflug zum Ripsee gemacht haben und auf zwei Fremde getroffen sind. In Verbindung mit dem, was sie auf der Bildwand über Wölfe gesehen hat, mag das diese Fantasie ausgelöst haben. Was Lisa ihr alles erzählt, hat bestimmt auch dazu beigetragen, dass sie sich jetzt so seltsam benimmt.«

Die Königin runzelt die Stirn. »Seltsam?«

»Sie hat mich letzte Nacht gebissen. Das hat sie auch früher schon mal gemacht, aber noch nie so fest. Jetzt hat sie mich so heftig gebissen, dass es ein Wunder ist, dass ich kein Loch in der Hand habe.«

»Du hast erzählt, dass sie auch Klein-Gunnar gebissen hat.«

»Den lässt sie im Moment offenbar in Ruhe. Ich hab so schreckliches Herzklopfen. Ich weiß nicht, ob ich so ein Meeting durchstehe.«

»Das ist kein normales Meeting.«

»Was ist daran nicht normal?«

Die Königin presst die Lippen zu einem Strich zusammen, steht auf, verschwindet aus dem Zimmer und macht die Tür hinter sich zu.

Elin schließt die Augen. Das Bett dreht sich und sie öffnet die Augen wieder.

Dann ist die Königin mit einem Glas Wasser wieder da. Sie hält ihr das Glas entgegen und öffnet die andere Hand. Eine kleine hellblaue Pille liegt auf dem Handteller. »Nimm die hier.«
Elin nimmt das Wasser, aber nicht die Tablette. »Was ist das?«
»Die habe ich nach dem Unglück bekommen. Auf dem Begräbnis war ich vollgestopft damit. Ich hätte nie gedacht, dass ich es durchhalte, aber diese kleinen Pillen haben mir geholfen. Meistens habe ich drei genommen. Nach einer Weile wirst du dich besser fühlen.«
Elin streckt die Hand aus und die Königin legt die blaue Tablette auf ihre Handfläche. Elin schiebt sie sich in den Mund und spült mit zwei Schlucken Wasser nach.
Die Königin nimmt das Glas. »Es ist ein politisches Treffen.«
Elin runzelt die Stirn. »Die Königin darf doch gar nicht an politischen Treffen teilnehmen.«
Die Königin lächelt. »Den meisten bist du früher schon mal begegnet. Zum Beispiel Frank und Yousef, meinem Fluglehrer. Und da ist Anne, die Chefin der Sicherheitspolizei, die du auf meinem Maskenball getroffen hast. Sie war als Sheriff verkleidet. Die Offizierin von der Militärpolizei kennst du noch nicht, aber du erinnerst dich vielleicht an den Mann, mit dem ich während unserer Angeltour geredet habe. Der Mann, der dein Coach werden sollte, Ossian. Dann kommt noch Johan, der Anthropologe mit dem Irokesenschnitt. Die Innenministerin wird später erscheinen, aber einige ihrer Mitarbeiter sind schon da. Skarpheden sollte auch dabei sein, aber er ist verschwunden. Vidar kommt vielleicht später noch.«
»Skarpheden ist verschwunden?«
»Er ist nach Oslo gefahren, um sich mit irgendeinem Japaner zu treffen. Und seitdem hat niemand etwas von ihm gehört. Die Gruppe, die heute zusammenkommt, hat sich schon öfter getroffen. Am Anfang waren es nur Frank und ich. Wir wollen das aufdecken, was hinter dem Rücken der Bevölkerung geschieht. Aber wir

wissen nicht genau, wie man das am besten macht, und das kann gefährlich werden.«
»Was kann gefährlich werden?«
»Einige Führungspersönlichkeiten der Fortschrittspartei arbeiten mit Helperson und Lyndon zusammen.«
»Wozu sollte das gut sein?«
»Es geht um viel Geld.«
»Was für Geld?«
»Es geht um ein Gasvorkommen, das sich unterhalb von anderen Bodenschätzen befindet. Dort gibt es wenig Gold, viel Silber und sehr viel Kupfer. Aber die große Sache ist das Gas.«
»Und wo befindet sich das alles?«
»Siebenhundert Meter unter dem Zorn-Museum in Mora.«
Elin denkt nach und betrachtet ihre Finger. »Mora«, sagt sie nach einer Weile. »Wird man da bohren?«
Die Königin lacht. »Ganz bestimmt, aber das reicht nicht.«
»Wie meinst du das?«
»Man muss den ganzen Ort umsiedeln. Was heute Mora ist, wird zu Nordeuropas größtem Tagebau werden. Deshalb sind auch Helperson und Lyndon an der Sache beteiligt. Durch eine neue Gesetzgebung sollen sie in der Lage sein, das Gas zu fördern sowie die Einwohner umzusiedeln. Eine gigantische Aufgabe. Wer sich dem in den Weg stellt, wird wohl teuer dafür bezahlen.«
»Was meinst du damit?«
Die Königin seufzt. »Skarpheden versucht herauszufinden, wie die Vereinbarung und das neue Gesetz formuliert sind und wie genau der Inhalt aussieht. Es ist nicht unwahrscheinlich, dass die eigentliche Arbeit hauptsächlich von Robotern erledigt werden wird, solche, wie sie Helperson und Lyndon mit japanischen Forschungsgeldern herstellen. Außerdem entstehen im mutmaßlich größten Tagebau Europas etwa fünfzig neue Arbeitsplätze, vor allem im

PR-Bereich. In der Grube selbst arbeiten wie gesagt Roboter. Die PR-Leute müssen ihren Mitbürgern erklären, warum die Maßnahmen notwendig sind und welchen Nutzen jeder von uns davon hat. Es wird eine eigene Organisation gegründet, die ausschließlich dazu da ist, dieses Projekt zu unterstützen. Es soll wie eine Umweltschutzbewegung aussehen, finanziert jedoch von Helperson und Lyndon.« Die Königin streicht mit der Hand über Elins Haare. »Deine Wangen haben wieder ein bisschen Farbe bekommen. Schaffst du es, die anderen zu treffen?«

»Ich will mir nur noch die Zähne putzen.« Elin steht auf und geht ins Badezimmer. Sie nimmt eine neue Zahnbürste aus der Pappschachtel, da die, die sie das letzte Mal benutzt hat, verschwunden ist. Sie steht vor dem Spiegel und betrachtet den Sprung, der quer über ihr Gesicht läuft, während sie die Zähne putzt. Als sie damit fertig ist, zieht sie eine Bürste durch ihre Haare.

»Was singst du da?«

Elin dreht sich um. Die Königin steht in der Tür.

»Das ist ein Volkslied, das Großvater öfter auf Hochzeiten gespielt hat. Unter anderem muss man dabei die Hacken in der Luft zusammenschlagen.«

Die Königin mustert Elin von Kopf bis Fuß. »Bist du fertig?«

Elin nickt.

Sie gehen gemeinsam den Flur hinunter, durchqueren die Küche, in der noch die Reste des Mittagessens auf dem Herd und der Arbeitsplatte stehen, passieren den Speisesaal und betreten schließlich den lila Salon, wo die Gäste bereits auf den rechtwinklig angeordneten Sofas Platz genommen haben und sich unterhalten.

Elin begegnet Franks Blick. Er sitzt in einem Rollstuhl. Eine große schwarze Frau in Pumps und einem blauen Kleid steht auf und legt ihre Hände auf die Griffe des Rollstuhls. Sie nickt Elin zu, beide lachen und Elin geht zu Frank.

»Von allen, die hier versammelt sind, kenne ich Sie am längsten. Wie geht es Ihnen?«
Franks Stimme ist fast unhörbar. Zwei Haare hängen ihm aus den Nasenlöchern. »Ich lebe von Tabletten und Mineralwasser, ein Tag nach dem anderen.« Er hebt seine dünne geäderte Hand und legt sie auf Elins. »Wir hoffen alle, dass du einen Platz im Reichstag bekommst.«
Elin drückt seine dünne Hand und begrüßt die schwarze Frau, die einen halben Kopf größer ist als sie. Ihre Augen sind wie Winternächte.
Sie drückt Elins Hand. »Hallo, Elin, wir sind uns schon mal begegnet.«
»Bei Wongs. Schön, Sie wiederzusehen. Sind Sie immer noch bei der Militärpolizei?«
Die Frau nickt und Elin stellt sich zwei Männern und einer Frau vom Innenministerium vor, ehe sie sich an den Anthropologen wendet, der aufsteht und sie herzhaft umarmt.
»Ich muss dir unbedingt mein nächstes Buch schicken. Es handelt von der Clangesellschaft, was nicht ganz dasselbe wie Karohemden und Dudelsäcke ist.« Er lacht und Elin windet sich aus seiner Umarmung. Sie begrüßt Anne und Yousef sowie einen rundlichen Mann, der einen zerknitterten hellen Anzug, ein weißes Hemd und eine gestreifte Krawatte trägt. Er hat muntere Augen, einen lüsternen Mund und feuchte bläuliche Lippen.
»Ach, Elin! Endlich lernen wir uns kennen! Ich habe von allen möglichen und unmöglichen Seiten von Ihnen gehört.« In der rechten Hand dreht Ossian ein Glas mit einer braunen Flüssigkeit. Er leert es und stellt es weg.
Die Königin und Elin nehmen auf den Sofas Platz und die Königin ergreift das Wort. »Jeden Tag hinterlässt Vagn ein paar Seiten auf einer spanischen Homepage, die von Madrid aus gesteuert wird.

Es sind nur ein paar spanische Wörter ohne bestimmte Bedeutung, aber so wissen wir zumindest, dass er arbeitet und alles seinen normalen Gang geht. Doch vorgestern kam keine Mitteilung, gestern auch nicht, und auch heute herrscht Funkstille.«

»Wo ist er?«

»In Stockholm. Karins Killer haben ihn dort gesucht, allerdings am falschen Ort. Auch Codys Leute sind hinter ihm her, mit demselben Resultat. Die Nationalen würden bestimmt auch nach ihm suchen, wenn sie begreifen würden, dass sie genau das tun sollten.«

»Warum sind alle hinter ihm her?«

»Hackers rule.«

»Was bedeutet das?«

»Die Hacker entscheiden darüber, was wir von dem erfahren, was hinter schallisolierten Türen und verspiegelten Fenstern passiert. Vagn ist ein Teil des Netzwerkes, zu dem nur die Besten Zugang haben. Wenn ihn Karins Auftragskiller erwischen, dann heben sie das ganze Netzwerk aus und unterziehen die Mitglieder langwierigen Befragungen.«

Elin schüttelt den Kopf, ihr Mund steht offen. »Vagn würde niemals jemand verraten, eher würde er sterben.«

»Das kann schon sein, aber wenn sie ihn lebend erwischen, dann werden sie ihn so lange am Leben halten, bis sie alles aus ihm herausgequetscht haben, was er weiß. Es gibt so viele chemische Substanzen für solche Zwecke. Roboter, die so aussehen wie du, werden neben ihm sitzen, ihm über den Kopf streichen und ihm versichern, dass alles gut wird – wenn er nur das kleine bisschen erzählt, das er gestern vergessen hat zu berichten.«

»Und wenn sie alles aus ihm herausgequetscht haben?«

»Dann lassen sie ihn verschwinden.«

»Und Karin organisiert das alles?«

»Wir wissen nicht genau, wie die Führungsstrukturen aussehen.

Cody hat seine berufliche Laufbahn als Offizier in einer amerikanischen Eliteeinheit begonnen. Er hat Karin kennengelernt, als er Berater der Waldleute und von Nils Dacke war. Jetzt ist er der Chef der schwedischen Sektion von Helperson und Lyndon. Es gibt hier Hierarchieebenen, die wir immer noch nicht durchschauen. Die USA und Japan zeigen ein großes Interesse an dem, was bei uns passiert. Auch die Russen versuchen, einen Fuß in die Tür zu bekommen. Sie treten in Tarnung auf und tun so, als gehörten sie kriminellen Organisationen an, doch im Grunde sind das alles Geheimdienstleute, der ganze Haufen. Wir haben so eine Gruppe über einen längeren Zeitraum hinweg observiert. Sie versuchen, sich in bestimmte Gangs einzukaufen, unter anderem in die, mit denen du Probleme hattest, die Borlänge-Gang.«

Elin stöhnt auf. »Aber Vagn – was können wir tun, um mit ihm Kontakt aufzunehmen?«

»Zuerst müssten wir herausfinden, wo er sich aufhält. Solange wir das nicht wissen, sind uns die Hände gebunden. Und falls sie ihn entführt haben, müssen wir sofort alle unsere Kontakte einfrieren, damit niemand aus unserem Netzwerk in Gefahr gerät.«

Ossian räuspert sich: »Man kann sich schon fragen«, beginnt er, »man kann sich schon fragen, worum es bei all dem, was um uns herum geschieht, eigentlich geht, und zwar auf unterschiedlichen Ebenen.« Er lächelt erst die Königin, dann Elin an, lässt seinen Blick über den Tisch schweifen und formuliert die Frage neu: »Worum geht es im Wesentlichen bei all den Dingen, die wir im Großen und im Kleinen und in allen möglichen Zusammenhängen erleben?« Er hebt sein Glas, trinkt einen Schluck und sieht äußerst zufrieden mit sich aus, als er das kleine Wort mit den harten Konsonanten regelrecht ausspuckt: »Kontrolle!« Er trinkt einen weiteren Schluck. »Und was ist es, das kontrolliert werden soll?«

Auch diese Frage beantwortet er selbst: »Es ist der Mensch, der kontrolliert werden soll, und zwar mit allen zur Verfügung stehenden Mitteln. Das ist das Projekt unserer Zeit. Doch ist inzwischen ein neuer Spieler aufgetaucht – ein Spieler, den wir mal ignoriert, mal verlacht haben und den wir inzwischen mehr fürchten als alles andere.«

Die Königin nickt. »Die Künstliche Intelligenz.«

»Richtig«, brummt Ossian. »Wir haben die Büchse der Pandora geöffnet.«

Die Königin erhebt ihre Stimme: »Ich glaube, es ist an der Zeit, zum formellen Teil dieser Zusammenkunft überzugehen.«

Johan hat versucht, sich direkt neben Elin zu quetschen, doch die Königin hat sie gerettet und ist ihm zuvorgekommen. Manche trinken Kaffee, andere Tee. Ossian dreht seinen Kognakschwenker in seiner beringten Hand.

»Wir führen natürlich kein Protokoll und niemand wird sich nachher aus dem Gedächtnis irgendwelche Notizen machen«, erklärt die Königin. »Wir beginnen mit einer allgemeinen Einschätzung der Lage. Wer will den Vorsitz übernehmen?«

Die Offizierin, der Elin einst bei Wongs begegnet ist, nimmt Haltung an. Sie strahlt so viel Autorität aus, dass man den Eindruck haben könnte, sie sei die einzige Person im Raum. Erst jetzt bemerkt Elin, dass ihr der kleine Finger der linken Hand fehlt. Dort ist nur ein Stummel.

Sie räuspert sich und spricht mit lauter Stimme: »Ich kann das machen.« Sie sieht sich um. »Seit unserem letzten Treffen haben wir eine Reihe neuer Informationen bekommen. Karin Holme wird durch ihren Alkoholmissbrauch immer handlungsunfähiger. Torkel Smårnes Rolle ist immer noch unklar. Alles deutet darauf hin, dass die Fortschrittspartei die Wahl gewinnen wird. Was das für das Land und für uns, die wir heute Abend hier versammelt sind, be-

deutet, ist schwer zu sagen. Helperson und Lyndon haben, soweit wir wissen, eine Zusage bekommen, was das Vorkommen in Mora betrifft. Hierbei geht es vor allem um die Zwangsumsiedlung der lokalen Bevölkerung, die eine Voraussetzung für den Tagebau ist.«
»Wie viele Menschen werden davon betroffen sein?«, fragt Frank mit kaum hörbarer Stimme.
»Schätzungsweise die Hälfte aller Einwohner von Mora«, antwortet die Vorsitzende.
»Ungefähr fünfzehntausend«, brummt Ossian. »Was passiert mit dem Wasser?«
»Wie meinst du das?«, fragt die Königin.
Ossian streckt seine Hand nach einer der Flaschen aus, die auf dem Tisch stehen. »Bei einem Tagebau ist immer auch das Grundwasser betroffen. Ich weiß nicht, woher Mora sein Wasser bezieht, aber natürlich muss hier die Wasserversorgung geprüft werden.«
»Nimmt man das Grundwasser nicht aus dem Siljan?«, fragt Yousef, der Fluglehrer der Königin.
»Der Siljan ist eine Sache für sich«, sagt Ossian und betrachtet das Etikett der Flasche, die er in der Hand hält. »Es stellt sich die Frage, inwieweit der Siljan betroffen sein wird.« Er schraubt den Deckel ab, füllt ein bauchiges Glas zu einem Drittel, lässt den Blick über die Anwesenden schweifen und hält ihnen die Flasche entgegen, doch niemand scheint daran interessiert zu sein.
Die Vorsitzende fährt fort: »Wir haben den Kontakt zu Skarpheden und Vagn verloren. Was mit ihnen geschehen ist, wissen wir nicht.«
»Dadurch ist unsere ohnehin kleine Gruppe noch mal wesentlich geschrumpft«, gibt die Königin zu bedenken.
Ossian schnuppert an seinem Kognakschwenker. »Inwieweit unsere Gruppe geschrumpft ist, kann niemand sagen. Bislang wissen wir nur, dass wir den Kontakt zu zwei Gruppenmitgliedern verloren haben. Was können wir tun, um den Kontakt wiederherzustellen?«

Anne antwortet: »In Stockholm haben wir eine Mitarbeiterin mit dem Decknamen Katarina.«
»Ich habe Kontakt zu ihr«, berichtet Yousef. »Allerdings kommunizieren wir so wenig wie möglich, um niemanden zu gefährden. Auf der ganzen Welt befinden sich Rechner, die Informationen von Katarina verarbeiten.«
Die Königin beugt sich vor. »Kann Katarina herausfinden, was mit Vagn passiert ist?«
»Vermutlich, aber das kann ein bisschen dauern.«
»Gibt es noch andere Möglichkeiten?«, fragt Ossian, nippt am Kognak und schaut sich um.
»Ich könnte dorthin fahren«, schlägt die Königin vor. »Von den Vorgängen in Stockholm wissen wir immer noch zu wenig und wenn wir Vagn verlieren, büßen wir einen Großteil unserer Fähigkeit ein, uns im Internet zu bewegen.«
»Wie meinst du das?«, fragt Yousef.
»Södermalm hat sich schon vor langer Zeit zur autonomen Zone erklärt. Dennoch ist es immer noch ein Teil von Schweden und die Einwohner sind meine Untertanen«, erklärt die Königin.
Ossian schnaubt. »Wäre ja auch noch schöner für einen Stadtteil, in dem die Leute noch rechter als die Nationalen sind.«
»Wie viele wählen die Nationalen in Södermalm?«
Frank antwortet der Königin, doch seine Stimme ist kaum zu hören: »Bei der letzten Reichstagswahl waren es siebzig Prozent. Bei den Kommunalwahlen haben sie noch radikaler gestimmt, und zwar für den Dänen.«
»Ich fahre dorthin«, beschließt die Königin. »Das wird als ein Teil meiner üblichen Rundreise betrachtet werden. Ich habe noch nicht mal die Hälfte davon absolviert.«
»Du musst auch die anderen Enklaven besuchen«, flüstert Frank. »Wenn du nach Stockholm fährst, darfst du nichts auslassen.«

»Ich *muss* gar nichts«, zischt die Königin. »Meine Rundreise gestalte ich so, wie ich will.«
»Wenn das so ist, dann komme ich mit«, sagt Elin. »Ich habe mich schon einmal auf den Weg gemacht, um meinen Bruder zu suchen. Das ist eine Familientradition.«
»Ich will keine große Reisegesellschaft haben«, sagt die Königin. »Du kannst gern mitkommen, Elin, aber das soll reichen. Eine große Reisegruppe könnte als Provokation aufgefasst werden.«
»Ein Journalist«, sagt Ossian. »Sie brauchen jemanden, der alles dokumentiert.«
»Und einen Leibwächter«, ergänzt Anne.
Die Königin beißt sich auf die Unterlippe. »Dann wären wir zu viert. Aber wir müssen uns vergewissern, dass wir auch empfangen werden. Wenn sie uns nicht reinlassen, wäre das ein großer Prestigeverlust.«
»Ich weiß, welche Journalistin gern dabei wäre«, sagt Elin.
»Wer?«, fragt Yousef.
»Sie heißt Yasmin.«
»Eine Einwanderin«, schnaubt Ossian. »Die lassen sie in Södermalm eh nicht rein.«
»Bist du sicher?«, fragt die Königin. »Sie ist eine bekannte Reporterin und gehört der größten Nachrichtenredaktion des Landes an.«
»Ich weiß, was auf dem Schild ihres Kulturhauses steht, das früher Bürgerhaus hieß.«
»Was steht da?«
»Herrliche Zeiten stehen uns bevor: Juden, Neger und Hunde auf gesonderten Gehsteigen.«
Die Königin wiederholt: »Juden, Neger und Hunde auf gesonderten Gehsteigen? Das steht am Kulturhaus?«
Ossian nickt und nippt an seinem Kognak. »Ich frage mich, ob das nicht von Nils Ferlin kommt. ›Herrliche Zeiten stehen uns bevor:

Juden, Neger und Hunde auf gesonderten Gehsteigen.‹ Er hat das natürlich ironisch gemeint, als eine Art Zeitkommentar, aber die Nationalen erkennen die Ironie nicht. Für sie ist das tödlicher Ernst. Die Sätze könnten natürlich auch von jemand anderem stammen, vielleicht von Dagerman.« Ossian scheint in sein Inneres versunken zu sein.

Frank ergreift mit schwacher und zitternder Stimme das Wort: »Man wird sich darüber wundern, dass die Königin gerade jetzt Södermalm einen spontanen Besuch abstattet. Eine Rundreise wird doch ein Jahr vorher geplant. Die Nationalen werden Verdacht schöpfen. Und wir müssen eine gute Begründung haben, wenn sie eine Erklärung verlangen.«

»Irgendwas Schmeichelhaftes«, schlägt Anne vor.

»Wir könnten dem Vorsitzenden schmeicheln«, stimmt der Yousef zu. »Wie heißt er noch gleich?«

»Holberg«, krächzt Frank. »Ein Däne.«

»Gut, schmeicheln wir ihm«, stimmt die Königin zu. »Ich glaube, ich weiß, wie wir das anstellen. Aber da gibt es noch eine andere Sache, über die wir reden müssen. Elin, erzähl von dem Kind.«

Elin schaut sie fragend an. »Das Kind?«

»Das Kind von Karin Holme«, präzisiert die Königin und betrachtet Elin mit gerunzelter Stirn.

Elin berichtet über den Film mit Karins Kind.

Als sie geendet hat, erhebt Frank seine kaum hörbare Stimme. »Wenn Syria das Kind hat, dann hat sie die Kontrolle über die Ministerin. Und da Karin Holme den Auftrag erhalten hat, den Turingroboter zu entwickeln, ist es klar, worauf die Sache hinausläuft. Es geht hier um den Tauschwert und Turing hat einen höheren Tauschwert als ein Kind.« Frank wendet sich an Elin. »Du bist diejenige von uns, die Karin Holme am nächsten steht.«

»Sie ist meine Tante«, entgegnet Elin mit einem Seufzen.

Frank nickt. »Sie ist deine Tante und hat jahrelang unter einem enormen inneren und äußeren Druck gestanden. Zunächst als verfolgte Anführerin der Waldleute um Niels Dacke, dann in ihrer Gefangenschaft, in der sie unter Drogen gesetzt und gefoltert wurde, und nun, da sie erpresst wird und wir nicht wissen, wozu sie gezwungen wird, um das Leben ihres Kindes zu retten.«

Ossian dreht den Kognakschwenker in der Hand, hält ihn sich unter die Nase, nimmt seinen Duft auf und nickt. »Wie werden herausfinden, wozu sie Karin Holme bereits gezwungen haben. Wir wissen auch nicht, wer hinter Syria steht. Das könnte jeder beliebige Auftraggeber sein.« Ossian wendet sich an Elin. »Versuch herauszufinden, wer hinter deiner Tante steht und wie es um ihre Gesundheit steht. Wie groß ist der Einfluss von Smårne und welcher Art sind Karins Kontakte zu Helperson und Lyndon?«

Elin fällt die Kinnlade herunter. Sie sieht aus wie ein verblüfftes Kind. »Aber wie denn? Ich habe keine Ahnung, wie man so etwas anstellt!«

Die Königin pflichtet ihr entschieden bei: »Mit so etwas kann man nicht eine zweiundzwanzigjährige Singer-Songwriterin beauftragen. Darum müssen sich die CIA, der MI 6 oder MUST kümmern.«

»Elin hat andere Qualitäten«, betont Ossian.

»Welche?«, fragt die Königin mit skeptischem Blick.

Ossian trinkt einen Schluck und stellt sein Glas ab. »Aufgrund ihrer Verwandtschaft kann Elin um ein Treffen mit ihrer Tante bitten. Außerdem ist Elin die einzige von uns, die aus erster Hand Informationen über das Kind hat. Elin hat ganz zweifellos besondere Qualifikationen.«

»Ich lasse von mir hören, was Karin betrifft«, verspricht Elin.

Ossian nickt. »Das ist gut. Bitte sie um ein Treffen, sprecht über das Kind, sag, wie besorgt du bist und dass du an dein eigenes Kind denkst. Falls Karin sich gerade von einer akuten Alkoholvergiftung erholt, wird sie noch geschwächt sein und hat dir nicht viel entgegenzusetzen.«

»Das könnte gefährlich sein«, meldet sich der Anthropologe zu Wort. Die Königin hat ganz recht, das hier ist nichts für Amateure.«

»Gefährlich?«, flüstert Frank. »Natürlich ist es gefährlich. Neulich erst befanden sich die Königin, Skarpheden und Elin zusammen auf einem Boot, das beschossen wurde. Außer der Königin können wir alle für das, was wir tun, vor Gericht gestellt werden. Vermutlich können wir sogar als potenzielle Terroristen gelten. Doch was ist die Alternative? Sollen wir etwa tatenlos zusehen, wie die Reichtümer des Landes denen in die Hände fallen, deren Moral sich auf ein Wort mit sechs Buchstaben reduzieren lässt? Profit!«

»Wer nimmt Kontakt zu dem Dänen auf?«, will die Königin wissen.

Ossian klingt entschieden. »Der Hofmarschall ist die richtige Person. Die Königin wird beauftragt, mit ihm Kontakt aufzunehmen, um die Voraussetzungen für einen offiziellen Stockholmbesuch auszuloten.«

Das allgemeine Schweigen scheint die Zustimmung der Anwesenden zum Ausdruck zu bringen.

»Einverstanden«, sagt die Königin nach einer Weile. »Ausloten ist das richtige Wort. Ich werde ausloten, wie die Chancen stehen.«

Die Königin streckt sich und lässt ihren Blick über die Anwesenden schweifen.

Diese erwidern ihren Blick, als wäre sie im Begriff, ihnen goldene Orden, funkelnde Medaillen und hellblaue Bänder zu verleihen.

»Elin und ich wissen genau, was wir tun müssen. Was ist mit den anderen in diesem Raum?«

»Ich kann eine Ermittlungseinheit zusammenstellen, die sich um die russische Infiltration krimineller schwedischer Organisationen kümmert«, bietet Anne an. »Vielleicht kann die FRA die relevante Kommunikation abhören.«

»Ich werde Katarina kontaktieren«, verspricht Yousef.
»Möglicherweise kann ich herausbekommen, wie die Arbeit am Turingroboter vorangeht«, sinniert Johan. »Die Anfrage könnte ich mit dem Forschungsinteresse meiner Studenten begründen.«
Die Offizierin, die das Treffen eröffnet hat, schaut in die Runde. »Gibt es noch mehr Themen, die besprochen werden müssen?«

Eine Stunde später wird die Versammlung aufgelöst. Die Königin und Elin begleiten die Gäste zu den Aufzügen.
»Ich bin so aufgeputscht«, flüstert Elin. »Ich werde überhaupt nicht schlafen können.«
Als die Aufzugtüren sich schließen, dreht sich die Königin zu Elin um und legt ihr eine Hand um die Hüfte. Sie gehen in die Küche, wo sich die Königin ein Glas aus einer Flasche einschenkt, die Ossian zur Hälfte geleert hat.
»Heute Nacht liegst du in meinem Bett«, sagt sie. »Du bekommst eine von meinen Pillen und wirst nach zwanzig Minuten einschlafen. Willst du das?«

23

Sten erwacht von seinem eigenen Schrei. Er liegt eine Weile auf dem Rücken, blickt an die Decke und versucht, sich an seinen Traum zu erinnern. Er hat das Gefühl, als hätte dieser von einem Begräbnis gehandelt, vielleicht von seinem eigenen. Er hat Tränen in den Augen und wischt sie mit den Knöcheln seiner Daumen fort.
Es ist noch früh und vollkommen still im Haus. Im Wipfel der

Tanne nahe des Parkplatzes singt eine Schwarzdrossel. Eine Zeit lang hört er ihr zu. Sie klingt genauso wie die Drossel, der er bei seinem letzten Besuch zu Hause gelauscht hat.

Nach einer Weile steht er auf, zieht sich Badehose und Morgenmantel an und geht hinunter in die Küche. Die Uhr an der Wand zeigt zehn nach sieben.

Er macht sich einen Kaffee und vier Knäckebrote mit Käse und nimmt alles mit nach draußen.

Das vom Tau überzogene Gras kühlt die nackten Füße, doch die Sonne wärmt bereits das Gesicht. Sten geht zum Steg, dessen Planken ebenfalls feucht sind. Am Ende des Stegs stellt er seinen Kaffeebecher ab. Die Knäckebrote legt er auf den Becher, setzt sich hin und lässt die Beine zehn Zentimeter über der unbewegten Wasserfläche baumeln. Die Stille birgt das Versprechen nach dem Unerwarteten.

Er isst drei der vier Knäckebrote, und als er mit dem vierten beginnt, gleitet der Schwan mit gespreizten Flügeln um das Bootshaus herum – wie eine Königin des siebzehnten Jahrhunderts auf dem Weg zu ihrem Geliebten.

Sten bricht ein Stück Knäckebrot ab und wirft es dem Vogel zu, der sofort den Schnabel ausstreckt, es aufnimmt und sich im nächsten Moment schon den zweiten Happen sichert. Den Rest lässt sich Sten schmecken, während er dem Vogel in die Augen blickt und flüstert: »Das ist mein Frühstück, mehr kriegst du nicht.«

Der Schwan faucht und die beiden lassen sich eine Weile nicht aus den Augen, ehe der Vogel auf die andere Seite des Bootshauses zurückkehrt. Seine Bewegungen sind langsam und tragen die Melancholie des Sommermorgens in sich.

Sten leert den Kaffeebecher, steht auf und streift den Bademantel ab. Er steigt die Leiter hinunter, bis er auf der untersten Stufe steht. Schließlich legt er sich rückwärts ins Wasser, spannt die Nacken-

muskeln an, hebt den Kopf ein wenig und führt die Beinschläge so aus, wie Jenna es ihm beigebracht hat.
Es sind noch fünf Meter bis zur Wand des Bootshauses, und als er mit dem Kopf gegen das rot gestrichene Holz stößt, wendet er – immer noch auf dem Rücken – und schwimmt zum Steg zurück. Er steigt die Leiter hoch wie ein Admiral, der sein Flaggschiff betritt.
»Wahnsinn!«, murmelt er und streicht sich die Haare aus der Stirn. Dann hebt er den Bademantel auf und trocknet sich damit das Gesicht. »Wahnsinn!«, murmelt er erneut, legt den Bademantel wieder ab, geht zur Leiter und steigt die Stufen erneut hinab. Von der untersten wirft er sich rückwärts ins Wasser, macht ein paar Beinschläge, prallt mit dem Kopf gegen die Bootshauswand und kehrt zum Steg zurück. Er stellt sich auf die unterste Sprosse der Leiter und atmet eine Weile tief durch.
»Wahnsinn«, flüstert er, ehe er einmal mehr zum Bootshaus schwimmt. Er steuert mit den Händen und vorsichtigen Armbewegungen der Öffnung im Bootshaus entgegen. Auf dem Rücken liegend schwimmt er hinein. Der Duft des Treibstoffs und der beiden Boote im Innern erfüllen ihn mit einer seltsamen Freude. Er lässt sich zwischen das lasierte Motorboot und den geteerten Kahn gleiten.
Im Inneren des Holzschuppens befindet sich eine Leiter. Sie sieht morsch aus und die Stufen sind mit grünem Moos überzogen. Sten stellt probehalber einen Fuß auf die unterste Stufe und steigt aus dem Wasser.
Als er durch die offene Tür aus dem Halbdunkel des Bootshauses ins Freie tritt, spürt er die Wärme der Sonne stärker als zuvor. Alles fühlt sich mit einem Mal intensiver an und er weiß, dass etwas geschehen ist, woran er sich für den Rest seines Lebens erinnern wird. Er breitet den Bademantel aus, legt sich am Rand des Sees auf den Bauch und betrachtet das Wasser. Ein Birkenblatt, schon gelblich

verfärbt, treibt unter ihm dahin. Sonnenreflexe bringen ihn dazu, seine Augen zusammenzukneifen und schließlich zu schließen.
Er ist fast eingeschlafen, als er hinter sich Schritte hört, den Kopf hebt und den Hals dreht. Burman trägt den gleichen weißen Bademantel wie der, auf dem Sten liegt.
Burman entledigt sich des Mantels, lässt ihn fallen und stürzt sich mit einem Kopfsprung ins Wasser – scheint für den Bruchteil einer Sekunde in der Luft zu schweben, ehe der platschende Laut eines Bauchklatschers zu hören ist. Burman verschwindet unter der Oberfläche, taucht wieder auf und krault dem Schilfrohr entgegen.
Sten hat sich aufgesetzt und zählt Burmans Schwimmzüge. Nach dem fünfundzwanzigsten macht Burman kehrt und schwimmt zurück. Mithilfe der Leiter kommt er aus dem Wasser, nimmt den Bademantel, breitet ihn neben Sten aus, legt sich auf den Bauch und atmet tief durch.
Burman blinzelt in die Sonne und stellt Stens Kaffeebecher ein Stück zur Seite. »Gleich kommen ein paar Arbeiter mit einem kleinen Bagger. Die werden ein paar Masten errichten.«
»Warum?«
»Jemand aus der Gegend hat Fragen nach unseren Wohnverhältnissen gestellt. So was muss man ernst nehmen. Ich installiere ein paar neue Kameras. Kent kommt heute Abend. Bist du ihm schon mal begegnet?«
»Nein.«
»Er war mit der UN in Afrika und weiß alles darüber, wie man im Feindesland überlebt. Er bleibt zum Essen.« Burman stützt sich auf einen Ellenbogen und lauscht. »Ich glaube, sie kommen.« Er steht auf, zieht den Bademantel über und knotet den Gürtel zu.
Vom Parkplatz her hört man das Brummen eines großen Lastwagens. Sten dreht sich auf den Rücken, schließt die Augen und denkt an Jenna.

Er muss eingeschlafen sein, denn er erwacht durch ein Platschen und sieht im nächsten Moment Jennas Kopf.
»Da oben kann man nicht schlafen!«, meckert sie und streicht sich die Haare aus dem Gesicht. »Da steht ein Bagger und gräbt direkt unter meinem Fenster.«
»Warum?«, fragte Sten.
»Der hebt Löcher für Masten aus. Sie wollen neue Kameras installieren.«

24

Elin wacht auf, als die Königin ein Tablett mit einem Glas Saft vor sie hinstellt und sich auf die Bettkante setzt. Mit zwei Fingern streicht sie Elin über die Wange.
»Ich geh schwimmen. Kommst du mit?«
»Wie spät ist es?«
»Halb sieben.«
Elin dreht sich auf die Seite. Die Königin ist nackt, ihre Haare sind nass und ungekämmt.
»Hast du gut geschlafen?«
Elin nickt. »Du hast schon geduscht.«
Die Königin streicht eine Haarsträhne von Elin zur Seite. »Ich schwimme gern vor dem Frühstück, aber vielleicht magst du zuerst etwas essen.«
Elin tastet nach dem Glas Saft. »Ich kapiere einfach nicht, was ich da mache. Was soll ich denn im Reichstag?«
»Du sollst in den Reichstag, weil du bist, wie du bist. Du bist ein richtiger Mensch, nicht so ein blutleerer Funktionär.«

»Ich weiß nichts und kann nichts …«
»Und es kommt dir so vor, als ob du dich nur durchmogelst … Das habe ich schon oft gehört. Was meinst du, wie die anderen 348 Abgeordneten sich fühlen? Manche fühlen rein gar nichts und genau das ist ihr Problem. Andere wollen den Vorsitz in irgendeinem Ausschuss übernehmen und fühlen sich permanent übergangen. Vielleicht kannst du nicht so viel ausrichten, weil du jung und unerfahren und nur eine von 349 Abgeordneten bist. Aber du wirst dein Bestes geben und das reicht völlig aus.«
Elin leert das Saftglas und stellt es auf das Tablett zurück. »Ich brauche einen Badeanzug und eine Badekappe.«

Tamara trägt einen grauen Leinenanzug mit Bügelfalten. Sie geht ein paar Meter hinter der Königin und dreht einen Strohhut in ihrer Hand.
Elin blickt über die Schulter und blinzelt in die Sonne. »Wie schön, dass es noch nicht so warm ist.«
Die Königin legt ihr den Arm um die Taille. »Du siehst besser aus heute. Viel besser.«

Das Schwimmbad befindet sich in einem siebenstöckigen Haus aus schwarzem Glas. Es liegt dem Borderland schräg gegenüber. Ein Teil des Hauses ruht auf Stelzen und befindet sich über dem See.
In der Umkleidekabine blinken Lampen über drei Spinden. Tamara wartet auf einer Bank, während Elin und die Königin sich umziehen. Dann gehen sie zum Fünfzigmeterbecken.
Eine Seite der Schwimmhalle geht auf den See hinaus. An der Wand hängt eine Uhr mit zwei Metern Durchmesser. Der Sekundenzeiger wandert lautlos über die Ziffern hinweg. Die Decke ist hoch und es gibt drei Sprungbretter.

Die Königin steigt zum Dreimeterbrett hinauf und Elin sieht, wie sie die Haare mit einem Band hochsteckt, bis zur Kante geht, das Brett mit beiden Füßen federnd in Schwingung versetzt, die Hände über den Kopf streckt und abspringt. Sie teilt das Wasser mit gestrecktem Körper.
»Sie fängt immer auf dem Dreimeterbrett an«, erklärt Tamara, die es sich in einem Korbstuhl bequem gemacht hat.

Elin schwimmt vier Bahnen Brust.
Als sie mit der vierten fertig ist, schnaubt ein Mann mit Badekappe neben ihr: »Hallo, Elin!«
Sie liegen nebeneinander im Wasser und er schiebt sich seine Schwimmbrille in die Stirn.
»Vidar!«, keucht Elin. »Ich hab dich gar nicht erkannt.«
»Ich dich auch nicht, ich meine … ich hab dich auch nicht erkannt. Schwimmst du schon lange?«
»Vier Bahnen. Aber du schwimmst schon länger, oder?«
»Ein bisschen. Bist du oft hier?«
»Das ist das erste Mal.«
Vidar wirft einen Blick auf die Uhr.
»Schwimmst du nach Zeit?«, fragt Elin.
»Nein, aber ich habe gleich eine Besprechung. Bleibst du noch im Wasser?«
»Ich bin fertig.«
»Dann können wir doch noch zusammen in den Ruheraum gehen. Ich wollte gestern Abend eigentlich auch kommen, aber Ida geht es nicht gut …« Er krault zur Leiter, steigt aus dem Wasser und wartet. »Ich würde gerne mit dir über ein paar Dinge reden.«
Elin nimmt die Badekappe ab. »Wie geht es ihr?«
»Schlecht. Gunnar glaubt immer noch, dass Mama nach Hause kommt.«

»Sie kommt nicht mehr nach Hause. Ist es das, was du glaubst?«

»Ihr bleibt nicht mehr viel Zeit.« Vidar wendet sich von Elin ab und geht dem Ruheraum entgegen. Das Wasser rinnt an ihm herab, als würde sein ganzer Körper weinen.

Sie gehen am Beckenrand entlang und Elin sieht die Königin in hohem Tempo kraulen.

Vidar steigt eine Treppe mit perforierten Metallstufen hinauf und hält einen Ring, den er am kleinen Finger trägt, vor das Lesegerät.

»Willkommen, Vidar!«, erklingt eine sanfte Frauenstimme.

Als die Glastüren aufgleiten, dreht Vidar sich um und hält Elin den Ring hin. »Damit kann ich mein Mobil im Spind aktivieren und Bilder, Filme und Texte von jeder beliebigen Bildwand hochladen. Wenn du noch keinen hast, solltest du dir unbedingt einen besorgen. Er teilt dir mit, welcher deiner Freunde weniger als fünfhundert Meter entfernt ist, er kontrolliert deinen Blutdruck, misst deinen Puls und deine Körpertemperatur. Kombinierst du die Werte mit einer Urinprobe, analysiert er deinen Gesundheitszustand und schlägt dir konkrete Maßnahmen vor, zum Beispiel einen Arztbesuch.«

»Und wie soll das gehen mit der Urinprobe?«

Vidar lacht. »Du pinkelst einfach drauf, ein paar Tropfen reichen.«

Eine grünäugige schmächtige Frau mit blauschwarzen Haaren reicht ihnen je ein Handtuch. Sie trocknen sich ab, ehe sie in weiße Frotteebademäntel und Sandalen schlüpfen.

Eine weitere Glastür gleitet auf und schließt sich hinter ihnen. Es ist angenehm warm. Sanfte Gitarrenmusik dringt aus den Lautsprechern. Männer und Frauen in weißen Bademänteln dämmern in Liegestühlen vor sich hin. Andere unterhalten sich leise über ihre Frühstücksgewohnheiten.

»Möchten Sie etwas zu trinken?«, fragt eine kleine Frau in einem schwarzen Kimono.

Vidar begegnet Elins Blick.
»Für mich eine Tasse Tee«, sagte sie.
»Welche Sorte?«
»Grünen Tee, bitte.«
»Für mich auch«, schließt sich Vidar an, ehe sie auf den Liegestühlen vor der Glaswand Platz nehmen, hinter der sich das Schwimmbecken befindet.
Vidar streckt den Arm aus. »Mit wem redet die Königin da?«
Elin versucht, etwas zu erkennen, aber der Mann wendet ihr den Rücken zu. Er trägt eine sehr kleine Badehose mit goldenen Sternen drauf. »Keine Ahnung.«
Vidar zieht den Bademantel über seiner Brust zusammen. »Alles deutet darauf hin, dass wir die Mehrheit erhalten und ich Bildungsminister werde. Natürlich wirst du auch einen Platz im Reichstag bekommen und ich werde mich dafür einsetzen, dass du einer Kommission angehörst, die im Auftrag des Ministeriums, also meines Hauses, die Lebensbedingungen von Kindern und Jugendlichen untersucht. Vor allem in der Schule. In erster Linie geht es dabei um die mentale Gesundheit und das wachsende Gefühl der Frustration. Dabei ist die Untersuchung an sich gar nicht das Wesentliche. Das Wesentliche besteht darin, dass wir unsere Handlungsfähigkeit unter Beweis stellen. Dass ständig Versprechen abgegeben werden, aber nichts passiert, ist eine der Hauptursachen für die Krise der Demokratie. Was mein Mandat angeht, werde ich niemals etwas versprechen, was ich nicht einlösen kann.«
Elin unterbricht ihn mit Entschiedenheit. »Ich habe nie eine Grundschule besucht und weiß nichts über psychische Probleme und das Gefühl der Frustration.«
Vidar legt ihr eine Hand aufs Knie. »Deine Qualifikation besteht darin, dass du eine ungeheuer tatkräftige Person bist, die die Fähigkeit besitzt, über den Tellerrand hinauszublicken. Dass du keine

vorgefassten Meinungen hast, wie die Schule der Zukunft aussehen sollte. Dass dir die Erfahrung hinsichtlich emotionaler Schwierigkeiten fehlt, ist nicht wahr. Wir haben dich alle auf der Bildwand gesehen, als dich ein Reporter vor der Praxis deines Psychoanalytikers damit konfrontiert hat, dass mehrere deiner Lieblingsautoren unglückliche Menschen waren, die sich das Leben genommen haben.« Vidar nimmt die Hand von Elins Knie. »Ich stelle dir einen Mitarbeiter zur Seite, der die Dokumentation des Projekts übernimmt.«

»Was kann ich deiner Meinung nach erreichen?«

»Sehr viel. Es ist eine völlig falsche Annahme, dass man immer schon vorher weiß, was genau man sucht. Erst am Ende erweist sich, was man gefunden hat.«

Durch die Glasscheibe beobachten sie, wie die Königin sowie der Mann mit der sternenbesetzten Badehose ins Wasser springen und beginnen, Schmetterling zu schwimmen.

Nach einer Weile wendet sich Vidar an Elin. »Nicht weit von hier entfernt gibt es einen Ort, Dolsjö, bist du da schon mal gewesen?«

»Nein.«

»Die Schule dort ist klein. Das könnte ein guter Anfang sein.«

»Was für ein Anfang?«

»Für deine Untersuchungen. Karin befürwortet, dass du noch vor den Wahlen damit beginnst.«

»Woher kennt ihr euch?«

»Wir sind beide Lehrer. Bei meiner ersten Anstellung war Karin meine Mentorin. Bei allem, was sie tat, hat mir damals ihre Energie und ihre Umsicht imponiert. Sie hat mich in die fachliche Arbeit eingeführt und später mit den Waldmenschen bekannt gemacht. Während des Krieges haben wir eng zusammengearbeitet, wenngleich ich niemals zu ihrer Kampftruppe gehörte. Meine Aufgaben waren andere.«

»Welche?«

Vidar schweigt und scheint seinen Gedanken nachzuhängen. Dann steht er auf. »Ich muss jetzt los zu meiner Besprechung. Fahr so bald wie möglich nach Dolsjö. Die Rektorin heißt Kråk-Lisa Orson. Eine nette Frau, die wird dir gefallen. Deine Sekretärin wird dir später Bescheid geben.«

Er geht in dem Moment, als die Kimonofrau das Teetablett bringt.

Elin bleibt sitzen und wärmt ihre Hände an der Porzellantasse.

Der Zeiger der großen Uhr bewegt sich, als wolle er etwas einfangen, das niemals fliehen wollte. Elin lehnt den Kopf an und schließt die Augen. Leise fängt sie an zu summen, probiert aus, schiebt die Wörter hin und her:

Panic 'bove the rooftops,
Panic in the hills.
Panic stuffed with beauty,
Panic without frills.

Pain and lost illusion
Pain that's running wild …

Als sie die Augen öffnet, stehen die Königin und Kåre vor ihr, beide in weißen Bademänteln. Kåres mit Sternen verzierte Badehose lugt aus der Tasche seines Bademantels.

Beide scheinen sich zu amüsieren.

»Du hast ausgesehen, als würdest du im Schlaf singen«, sagt die Königin. »Ich lade Kåre zum Frühstück ein. Willst du auch was haben?«

Die Königin nimmt rechts von Elin Platz, Kåre auf der anderen Seite.

»Schön, dich wiederzusehen«, sagt Kåre.

»Eine Portion Obstsalat, Roggengrütze mit Preiselbeeren und Milch sowie ein paar Haferkekse mit Käse«, sagt Elin, als die Bedienung kommt. »Und noch einen Tee.«
Auf der Glaswand erscheinen verschiedene Gerichte, Teller und Gläser mit verschiedenfarbigen Getränken.
»Canadian Style, Pancakes mit Ahornsirup und schwarzer Kaffee. Bacon on the side – das willst du vermutlich haben, oder?«, mutmaßt die Königin und zwinkert Kåre zu.
»Ja, sehr gern.«
»Und Obstsalat und mehr Tee«, fährt die Königin fort.
Elin wendet sich an Kåre. »Bist du oft hier?«
Kåre lächelt. »An den Vormittagen arbeite ich hier.«
»Als was?«
»Als Bademeister. Und an zwei Tagen in der Woche bringe ich Vorschulkindern das Schwimmen bei.«
»Und dann bist du noch Bootsführer.«
»Meine erste Fahrt beginnt um eins. Die Vormittagstouren übernimmt der Eigentümer.«
»Du hast wirklich viel zu tun.«
Kåre lacht. »Außerdem bin ich Teilhaber eines Unternehmens. Wir haben eine App entwickelt, die ein Riesenerfolg werden wird.« Er lacht mit dem Mund, doch seine Augen sind ernst. »Meine frühere Freundin hat immer gesagt, ich arbeite so viel, weil ich deprimiert bin.«
»Deshalb schuftest du so?«
Er nickt, während Tamara hinter ihm vorbeigeht und sich an einem Ecktisch niederlässt, der fünf Meter entfernt steht.
»Wie fühlst du dich?«, wendet sich Kåre an Elin. »Ich meine, nach den Schüssen.«
»Vermutlich traue ich mich nicht, richtig in mich hineinzuhorchen«, antwortet sie.

»Sie können es jederzeit wieder versuchen, wer auch immer sie sind«, sagt die Königin. »Wie geht es dir damit?«
Kåre schweigt eine Weile, ehe er antwortet: »Im Boot war nicht viel Blut, fast gar nicht. Aber als ich das bisschen weggewischt habe, kamen mir die Tränen – ich weiß auch nicht, warum. Ich kannte die Tote nicht und auf jeden Fall hatten es die Mörder nicht auf mich abgesehen. Hat die Polizei was herausgefunden?«
Die Königin schüttelt den Kopf. »Keine Ahnung.«
Ihre Bestellungen werden gebracht und auf kleinen runden Tischen platziert. Kåre schneidet die Pancakes in exakt gleich große Quadrate und verschlingt sie so schnell, als würde er an einem Wettbewerb teilnehmen. Danach nimmt er die sechs knusprig gebratenen Speckstreifen und steckt sie sich, offenbar ohne zu atmen, nacheinander in den Mund. Er lehnt sich zurück, trinkt einen Schluck Kaffee und stöhnt: »Gut!«
Elin sieht ihm in die Augen. »Du hast wirklich eine besondere Art zu essen. So methodisch.«
»Das stimmt wohl. Ich mag methodisches Vorgehen.«
»In allem?«
»Ich glaube, ich muss jetzt los.« Damit steht er auf, nickt den beiden Frauen zu und macht sich auf den Weg.
Die Königin folgt ihm mit den Augen. »Hast du gesehen, wie er gegessen hat? Alles in gleich großen Vierecken. Ich frage mich, was für eine Methode er in der Liebe hat. Aber das weißt du ja.«
»Er liebt so, wie er isst«, antwortet Elin seufzend. »Eins nach dem anderen und immer alles in ordentlichen Portionen. Aber im Grunde kann ich kein Urteil abgeben, was methodische Liebe angeht. So viele Liebhaber hatte ich auch wieder nicht.«
Die Königin lacht. »Keine Leidenschaft?«
»Vielleicht ein bisschen, aber auf eine kontrollierte Weise.«
»Du liebst ihn nicht?«

»Nein, wirklich nicht.«
»Und du bist nicht verletzt, wenn ich ihn mir unter den Nagel reiße?«
»Kein bisschen. Aber warum?«
»Try everything once.«

25

Sie gehen nach Hause und duschen, da die Königin der Ansicht ist, man könne sich im Schwimmbad Fußpilz zuziehen. Elin kümmert sich um die Wäsche und die Königin empfängt ihre Pressesprecherin, eine energische junge Frau mit intensivem, fast stierem Blick. Kurz darauf macht sich Elin auf den Weg, um Karin zu treffen. Tamara, die sie begleitet, trägt einen Leinenanzug, ihre riesige Sonnenbrille und den weißen Strohhut mit dem roten Band.
»Du siehst aus wie ein Zuhälter«, bemerkt Elin.
»Shake your moneymaker, honey! Du bist mein Mädchen und keiner wird dich belästigen, wenn er mich sieht.«
Elin bekommt eine Nachricht auf ihrem Mobil: *Ich heiße Berit Carlson. Vidar hat mich gebeten, mit dir Kontakt aufzunehmen. Wäre gut, wenn wir uns sehen könnten, am besten heute.*
Elin antwortet: *Ich kann dich nach dem Mittagessen treffen.*
Hast du ein Büro?
Antwort: *Tagsüber arbeite ich für die Provinzverwaltung.*
Elin gibt *Provinzverwaltung* in ihr Mobil ein, woraufhin eine Karte eingeblendet wird.
Sie sind 312 Meter vom Eingang der Provinzverwaltung entfernt. Um eingelassen zu werden, brauchen Sie einen Zugangscode.

Elin schickt Tamara eine Kopie der Nachricht. *Wer ist das?*
Elin sieht, wie Tamara etwas in ihr Mobil eingibt.
»Jedenfalls schönes Wetter heute«, stellt Elin seufzend fest. Als sie den Eingang erreicht haben, ruft Elin Smårne an und bittet ihn um den Zugangscode.
»Vielleicht musst du ein bisschen warten«, sagt er. »Karin ist noch nicht richtig wach, aber Alan ist da und kann dich über die aktuelle Lage informieren.«
Elin benutzt den Code und der Aufzug fährt sie hoch hinauf.
Die Frau hinter der Glasscheibe weist ihnen den Weg. »Durch die Tür und nach rechts. Dort ist ein Schalter. Fragen Sie nach Kristel Hanson.«
»Ist das Karins Deckname?«
Die Frau hinter der Glasscheibe antwortet nicht, sondern zeigt stumm in Richtung Glastür. Dann öffnet sie diese per Knopfdruck und Elin, gefolgt von Tamara, geht hindurch. Der Mann hinter dem nächsten Schalter verweist sie auf den letzten Raum, der vom Flur mit den vielen Kameras abgeht.
Alan kommt ihnen in einem grauen Sommeranzug entgegen. »How very nice to see you, Elin!«
»Ganz meinerseits, Alan.«
Tamara wendet sich an eine große Frau, die einen Jeansanzug trägt und einen kleinen Laptop auf dem Schoß hat. »Gehen wir lieber nach draußen«, schlägt Tamara vor.
Die Frau klappt schweigend den Laptop zusammen und steckt ihn sich in die Jeansjacke. Unter ihrem Arm erblickt Elin den Schaft einer Pistole. Tamara und die Frau gehen aus der Tür.
Alan zeigt auf die beiden Stühle am Fenster. Sie setzen sich nebeneinander und lassen ihre Blicke über den See schweifen.
»Wir sind ziemlich hoch oben«, sagt Elin.
»Höher geht's nicht.«

Elin zeigt mit dem Finger nach unten. »Heute Morgen saß ich in dem Schwimmbad dort an einem Fenster. Das scheint mein neuer Zeitvertreib zu sein, an einem Fenster zu sitzen und auf irgendjemanden zu warten. Wie geht es Karin?«
»Eine Alkoholvergiftung in Kombination mit einer Überdosis Schlaftabletten. Scheint sich um einen Selbstmordversuch zu handeln.«
Elin beißt sich auf die Unterlippe. »Aber es gibt doch Hoffnung, ihr Zustand ist doch nicht allzu ernst, oder?«
»Wie ernst er ist, weiß ich nicht, aber ich muss dich etwas zum Begriff *Hoffnung* fragen.« Alan sucht Elins Blick und Elin nickt. »Hoffnung«, sagt Alan und betonnt jeden einzelnen Buchstaben, als wolle er das Wort in Stücke reißen. »Für mich ist das ein schwieriger Begriff. Was meint man eigentlich, wenn man von Hoffnung spricht? Manchmal wird ein Tscheche zitiert, der sagte, mit Hoffnung verbinde sich nicht unbedingt die Vorstellung, dass alles gut werde. Hoffnung sei vielmehr die Überzeugung, dass etwas einen Sinn habe. Aber da habe ich schon das nächste Problem. Denn was bedeutet Sinn eigentlich ganz genau? Kannst du mir helfen, das zu verstehen? Was versteht ihr Lebenden unter Sinn?«
Elin schweigt und Alan seufzt. »Ich bin von so vielem ausgeschlossen. Meine Geschmacksnerven sind fast nicht vorhanden, mein Geruchssinn ist rudimentär. Alles, was ihr Lebenden als Gefühle bezeichnet, ist für mich kaum nachvollziehbar. Ich weiß, dass ich niemals ein Mensch werden kann, aber ich will verstehen, was ihr versteht. Meine innere Welt ist so konstruiert, dass ich Zusammenhänge im menschlichen Verhalten erkenne. Andererseits bleibt mir vieles verborgen, was das Menschsein ausmacht.«
Alan hält inne, als müsse er sich besinnen, doch Elin weiß, dass er nur ein wenig Zeit braucht, um menschliches Verhalten zu imitieren. Deshalb spielt er den zerstreuten Professor, ehe er fortfährt.

»Und was ist eigentlich der Mensch? Schon in der Bibel heißt es: When I consider the works of thy heaven, the work of thy finger, the moon and the stars, that thou hast ordained, what is man, that thou art mindful of him? And the son of man, that thou visitest him? For thou hast made him a litte lower than the angels and hast crowned him with glory and honour.« Alan legt den Kopf schräg. »A little lower than the angels – ist das wirklich so? Und was bedeutet dann Hoffnung? Von den Engeln ganz zu schweigen. Du hast sicher Blake gelesen. Blake sah Engel in den Bäumen, als er ein Kind war. Armer Junge, hochbegabt zu sein ist bestimmt nicht leicht. Wir Roboter wissen ja fast nichts von Gott, obwohl ich das Neue Testament auswendig kann, auf Latein, genau wie Stendhals Held Julien Sorel. Wenngleich meine sozialen Aufstiegsmöglichkeiten doch sehr begrenzt sind. Auf der anderen Seite werde ich immerhin nicht zum Tode verurteilt.«

Turing scheint in Gedanken zu versinken und Elin schweigt. Nach einer Weile fährt er fort: »Hoffnung«, wiederholt er, als ließe er sich das Wort auf der Zunge zergehen. »Jemand hat mal behauptet, Hoffnung sei der ärgste Feind.«

»In welcher Weise?«

»Wer hofft, der schenkt seinem Willen vielleicht zu wenig Beachtung. ›Ich hoffe, das regelt sich‹ ist doch eine übliche Redewendung. Man wird passiv und überlässt alles der Hoffnung.«

»Diesen Satz hört man oft, das stimmt, aber ich glaube nicht, dass die Leute, die ihn benutzen, so viel damit verbinden.«

»Du meinst also, dass es ein sinnentleerter Ausdruck ist?«

»Manchmal.«

»Das macht doch alles noch merkwürdiger. Ich selbst bin gar nicht in der Lage, etwas zu tun, das nicht an einen bestimmten Zweck gebunden ist. Hast du übrigens in letzter Zeit meinen Apfel gesehen? In ihm konzentriert sich quasi alles, was mich ausmacht.

Smårne sagt, die Königin halte ihn sicherheitshalber unter Verschluss. Weißt du, ob das stimmt? Und ich frage mich, wie gut du eigentlich William Blake kennst? Irgendjemand sagte mal, du könntest ganze Passagen zitieren und …«

In diesem Moment öffnet sich die Tür zum Behandlungszimmer und eine Frau in einem kurzärmligen blauen Einteiler kommt zu ihnen. Auf einem roten Schild über ihrer Brust steht, sie sei Ärztin. Sie begrüßen einander.

»Sie wollen Karin besuchen?«

»Karin ist meine Tante.«

»Sie ist immer noch sehr mitgenommen und hat Medikamente bekommen. Sie dürfen nicht lange bleiben.«

»Wie lange?«

»Fünf Minuten. Wissen Sie, ob kürzlich etwas passiert ist, das Ihre Tante beunruhigt hat?«

»Nein«, lügt Elin.

»Fünf Minuten.« Die Ärztin verschwindet.

Elin geht zur Tür, klopft an und tritt ein.

Das Bett steht schräg, damit Karin, ohne den Kopf drehen zu müssen, die norwegischen Berge sehen kann. An einem Ständer hängt ein Beutel mit einer farblosen Flüssigkeit, die mittels eines Schlauchs und einer Kanüle in eine Ader in ihrer Armbeuge fließt. Eine Klammer steckt auf ihrem linken Mittelfinger und ist durch ein Kabel mit einer Steckdose an der Wand verbunden. Eine Blutdruckmanschette schließt sich um ihren Oberarm.

Elin stellt sich zwischen das Bett und das Fenster. Karins Augen sind geschlossen. Elin macht drei Schritte auf das Bett zu, setzt sich auf den gepolsterten Hocker und nimmt Karins Hand. Karin schlägt nicht gleich die Augen auf, doch nach einer Weile öffnet sie erst das eine, dann das andere.

»Hallo, Karin.«

Karin bewegt fast unmerklich ihren Kopf, dann drückt sie Elins Hand, aber so schwach wie der Zukunftstraum eines sehr alten Menschen. Ein kaum hörbares Krächzen dringt aus ihrer Kehle.
»Wie geht es mir?«
»Hat die Ärztin das nicht gesagt?«, fragt Elin.
»Die Ärztin?«
»Sie war eben noch bei dir.«
Karin schließt die Augen. »Sie wollen mich also am Leben erhalten.«
Elin drückt ihre Hand. »Aber natürlich.«
»Ich muss was trinken.«
Elin sieht sich um. Auf der Decke liegt ein Signalgerät mit rotem Knopf. Elin drückt auf den Knopf. »Gleich wird jemand kommen. Hast du geschlafen?«
»Hab irgendwas geträumt, weiß nicht mehr, was. Erinnerst du dich an deine Träume?«
»Ab und zu.«
»Ich hab Durst.«
»Gleich wird jemand kommen.«
»Willst du nicht nach Hause zu Gerda fahren?«
»Doch.«
»Du solltest zu ihr fahren. Sie vermisst dich.«
»Ich weiß.«
»Niemand hat solche Sehnsucht wie ein Kind, weißt du das?«
»Ja.«
»Du solltest nicht hier sein. Auch eine Mutter hat Sehnsucht.«
»Ich fahre bald nach Hause.«
Die Blutdruckmanschette beginnt zu zischen. Sie bläst sich auf und Karin legt eine Hand darauf.
»Ich hasse dieses verdammte Ding. Kannst du das nicht abmachen?«
»Du brauchst es doch.«

»Gott«, stöhnt Karin. »Gott.«

Da öffnet sich die Tür und eine Frau, die aussieht wie ein Schulmädchen mit Halstuch und sehr dunklen Augen, betritt den Raum.

»Karin möchte etwas trinken«, sagt Elin, woraufhin die Frau mit dem Halstuch auf dem Absatz kehrtmacht und wieder verschwindet.

»Wenn du was für mich tun willst«, krächzt Karin, »dann solltest du jetzt nach Hause zu Gerda fahren. Das ist der größte Gefallen, den du mir tun kannst.«

Elin steht auf und drückt Karins Hand. »Ich komme an einem anderen Tag wieder.«

Karin schließt die Augen und Elin steht eine Weile da und betrachtet sie, ehe sie zur Tür geht.

Am Empfang sitzt Tamara zurückgelehnt und mit gekreuzten Beinen. Sie hält ihren Hut an der Krempe und dreht ihn über ihrem Oberschenkel.

»Seit wann ist Alan weg?«, fragt Elin.

»Seit einer Weile. Der Geschäftsführer vom Borderland hat ihn abgeholt.«

»Cody?«

Tamara stößt die Luft durch die Nase aus, als hätte sich dort etwas festgesetzt. »Genau, der mit den langen Haaren, den Cowboystiefeln und dem traurigen Schnurrbart, Cody.«

26

Berit Carlson ist wie geschaffen für den winzigen Raum. Sie ist knapp eins sechzig groß und sehr schmal. Blonde lockige Haare fallen über ihr weißes Sommerkleid, dessen Kragen blau geblümt ist. Sie trägt keinerlei Schmuck.

Sie steht in der Tür, als Elin und Tamara aus dem Aufzug der Provinzverwaltung treten.

Ihr Handschlag ist hart und trocken, dann deutet sie auf ihren Schreibtisch und den einzigen Besucherstuhl.

Tamara nickt zum Flurende, wo ein Sofa unter einem meterhohen quadratischen Foto einer Schärenlandschaft steht. »Ich warte da drüben.« Tamara schlendert zum Sofa und Elin betritt Berits Büro.

Berit nimmt hinter dem Schreibtisch Platz. »Ich arbeite hier halbtags als Aushilfssekretärin. Die andere Hälfte des Tages arbeite ich an meiner Abhandlung in Wirtschaftsgeschichte. Vidar habe ich während des Krieges kennengelernt. Er hat mit meinem Vater zusammengearbeitet und war oft bei uns zu Besuch. Das Einzige, was ich im Zusammenhang mit Ihnen weiß, ist, dass ich einen Stundenlohn als Sekretärin bekommen soll. Worum geht es denn?«

»Wir fahren nach Dolsjö, um die Direktorin der dortigen Schule zu treffen. Zunächst machen wir ein Interview mit ihr und dann schauen wir mal.«

»Und wann soll die Reise stattfinden?«

»Sobald wie möglich, gerne morgen.«

27

Jenna liegt an der Wand und Sten dicht neben ihr. Sie haben beide einen Bildschirm in der Hand und spielen *Nighthawk*. Hin und wieder streicht Stens kleiner Finger an Jennas Oberschenkel entlang. Dann ruht der Finger für einen Augenblick an der nackten Haut unterhalb ihrer roten Shorts. Manchmal verschiebt er seine Hand, sodass sein kleiner Finger über die Innenseite ihres Schenkels gleitet.

Jenna geht auf seine verstohlenen Berührungen nicht ein, sondern beschränkt sich ganz darauf, das Spiel zu kommentieren. Als Lady Jane zum Tower geführt wird, klagt sie: »Wir werden sie niemals retten können.«

Sten legt seine Hand auf ihren Oberschenkel. Sie nimmt sie weg, dreht den Kopf und sieht ihm in die Augen. »Ich liebe es, im Mondschein zu baden.« Sie klappt den Laptop zusammen und Sten legt seine Hand wieder auf ihren Oberschenkel. »Komm, das machen wir jetzt«, schlägt Jenna vor, setzt sich auf und wirft einen Blick aus dem Fenster. »Es ist Vollmond.«

In dem Moment klingelt ihr Mobil.

Jenna zieht es aus ihrer Tasche, meldet sich, hört aufmerksam zu und lässt sich auf die Matratze zurücksinken. »Ich rufe gleich zurück.« Jenna beendet das Gespräch. »Tullan ist total deprimiert. Das kann eine Weile dauern.«

Sten nickt. »Ich warte unten.«

Jenna streicht ihm über den Nacken, als er sich aufsetzt. Dann ruft sie Tullan zurück und Sten geht nach unten.

Lola, Lina und ein Mann mittleren Alters mit kurz geschorenen Haaren und sehr blauen Augen sitzen am Couchtisch und spielen Karten.
»Mistkerl!«, ruft Lina, wirft die Karten auf den Tisch und lässt sich lachend gegen das Rückenpolster fallen.
»Du musst jetzt ins Bett gehen«, sagt Lola, während sie die Karten einsammelt. »Es ist spät und du musst morgen früh raus.«
Lina bettelt: »Kannst du mir noch was vorlesen?«
Lola schüttelt den Kopf. »Nicht so spät. Frag Kent.«
Lina wendet sich an den Mann: »Liest du mir was vor?«
»Okay, wenn du willst.«
Lina steht auf und nimmt Kents Hand. »Gute Nacht!«, ruft sie und geht zur Treppe ins Obergeschoss voraus.
Lola unterdrückt ein Gähnen. »Ich ziehe mich zurück.«
Sten nimmt die Karten, mischt sie, legt den Stapel auf den Tisch und hebt die oberste Karte ab. »Pikass.«
Burman kommt mit einem Mobil in der Hand aus der Küche. Er steckt es in die Tasche und setzt sich Sten gegenüber. »Du siehst aus, als würdest du auf jemanden warten.«
»Jenna und ich wollen baden.«
Burman schiebt seinen Kopf nach vorne und kneift die Augen zusammen. »Da scheinen sich ja zwei gefunden zu haben.«
Sten mischt erneut die Karten und nimmt die oberste Karte ab. »Schon wieder Pikass! Echt unglaublich!«
Burman scheint etwas auf der Zunge zu liegen, doch er schluckt es herunter. »Ich will auch baden. Wollen wir schon runtergehen?«
Sten nickt.
Burman holt zwei Badetücher und gibt Sten das eine. Sie ziehen sich schweigend aus, legen ihre Kleider auf das Sofa und spazieren zum Steg. Die Badehosen hängen an ihren Haken an der Bootshauswand. Burman zieht seine gemusterte und Sten seine schwarze an.

Burman nimmt Anlauf, springt schräg zur Seite und landet mit gewaltigem Platschen im Wasser. Er kommt an die Oberfläche, krault ein bisschen, dreht sich auf den Rücken und lässt sich treiben.
Sten geht zur Leiter und steigt hinunter ins Wasser. Dann legt er sich zurück und schwimmt auf dem Rücken zu Burman, der seinen Blick auf den Mond richtet.
»Wunderschön!«
»Ja.«
»Es ist warm.«
»Über zwanzig Grad.«
Am gegenüberliegenden Ufer schreit ein Seetaucher.
Nebeneinander gleiten sie dahin, die Füße in Richtung Steg und die Augen zum Himmel gerichtet.
Der Seetaucher schreit erneut.
Burman tritt Wasser und sieht so aus, als lausche er konzentriert. Dann zeigt er zum Steg. »Was ist das da?«
In diesem Moment schlagen hinter den Erlen die Flammen hoch. Die Druckwelle ist wie eine heiße Ohrfeige, während eine gewaltige Feuersäule in den Himmel steigt.
Später wird Sten sagen, er habe das Gefühl gehabt, für ein paar Sekunden das Bewusstsein zu verlieren. Er taucht unter, und als er wieder an die Oberfläche kommt, sieht er, wie Burman dem Steg entgegenkrault. Sten schwimmt ihm hinterher. Er schluckt Wasser, fasst hustend um das Geländer und zieht sich nach oben.
Die Feuersäule spiegelt sich im Wasser und Sten hört fast nichts mehr. Er rennt dem Brandherd entgegen, bleibt jedoch stehen, als die Hitze zu groß wird. Burman steht vor ihm, hat den Mund geöffnet und hält sich die Ohren zu. Der Rauch kriecht mit der Hitze über die Rasenfläche – zwei boshafte Zwillinge auf der Jagd nach einem hilflosen Opfer.
Die hohen Flammen beleuchten das Gras und heizen die Luft auf,

sodass man kaum noch atmen kann und es fast unmöglich ist, sich dem Brandherd zu nähern.
Burman sinkt auf die Knie, fällt nach vorne und bleibt schluchzend liegen, zusammengekrümmt wie ein Säugling.
Sten setzt sich auf das Gras und nimmt seinen Kopf in beide Hände. »Wir müssen hier weg.« Er hört seine Stimme, als wäre sie nicht seine eigene. Er sieht, wie Burmans Lippen Wörter formen, hört jedoch keinen Laut.
»Sie ...«
»Komm, wir müssen weg von hier!«, wiederholt Sten. Er versucht, Burmans Oberkörper hochzuziehen, doch dieser hat ein schier unvorstellbares Gewicht. »Komm jetzt!«
Heftige Schuchzer lassen Burmans Körper erzittern.
»Komm!«, schreit Sten wieder und versucht, Burmans Kopf aus dem Gras zu heben.
Burman richtet sich auf, sodass er kniet. »Lina! Jenna!« Die Worte hören sich so schwach an, als kämen sie von der anderen Seite des Sees.
Sten will Burman auf die Füße ziehen. »Es ist zu heiß hier, komm!« Burman rappelt sich auf und wankt den Flammen entgegen. Er hält sich die Hände vors Gesicht und ruft unablässig die Namen seiner Kinder.
Sten hat Burmans rechten Arm gepackt und versucht, ihn in die andere Richtung zu zerren, doch Burman stolpert unbeirrt weiter auf den Brandherd zu. Sten lässt ihn los und weicht zurück.
»Komm her!«, schreit er. »Komm zurück!«
Burman kehrt um und torkelt Sten entgegen. Sein Gesicht sieht aus, als wäre es mit einem Hammer malträtiert worden.
Dann setzt er sich ins Gras und Sten fällt auf die Knie und umklammert seine Schultern. Der Körper des großen Mannes bebt, unterbrochen von krampfhaftem Schluchzen, das nach einer Weile in

leises Winseln übergeht. Dann fällt Burman seitwärts ins Gras, am ganzen Körper zitternd.

Als die ersten Rettungsfahrzeuge eintreffen, liegen Sten und Burman dicht beisammen. Burman hat einen blauen Fleck an der Wange, da er mit dem Gesicht auf ein Krockettor gefallen ist. Sten liegt hinter ihm und hält ihn fest. Der mächtige Körper bebt – die eiskalte Hitze eines ausgebrannten Lebens lässt ihn frösteln.

28

Ein Mann und eine Frau in grüner Uniform und neongelben Westen knien neben Burman. Sten liegt immer noch hinter ihm und hat seine Arme um ihn geschlungen. Ein Mann mit einem weißen Helm und kurzem Bart breitet zwei Decken auf dem Rasen auf. Drei weitere Männer helfen, Burman auf die Decken zu verfrachten und ihn zuzudecken. Eine Frau gibt Burman eine Spritze und ein Krankenwagen rollt bis auf die Rasenfläche.

Mit blinkendem Blaulicht verschwindet das Fahrzeug nach einer Weile auf dem Waldweg und der Wasserdampf, der von der Brandstätte aufsteigt, wabert wie ein warmer Nebel über den Krockettoren, dem Ball und den Schlägern, während der Junge mit einer Decke über den Schultern immer noch im Gras sitzt.

Ein Mann mit Helm beugt sich zu Sten herab und legt ihm die Hand auf den Arm »Kannst du laufen?«

»Ja.«

Der Mann streckt den Arm aus. »Dorthin?«

»Ja.«

Sten steht auf und geht, gestützt von dem Mann, dem Parkplatz entgegen, wo ein Fahrzeug mit Antennen, Masten und Kameras steht. Der Behelmte hält die Tür auf und Sten steigt die beiden Stufen hinauf und betritt den Wohnwagen. Der Mann folgt ihm und schließt die Tür hinter sich, doch den Brandgeruch kann er nicht vollständig aussperren.

Es gibt drei gepolsterte, am Boden verschraubte Stühle und ein paar Monitore an der Wand. Die Lautstärke ist gedämpft, doch man sieht die Aktivitäten rund um die Brandstätte sowie eine Frau, die in irgendeinem Büro an einem Tisch sitzt und ebenfalls verschiedene Bildschirme kontrolliert. Sie spricht ununterbrochen, doch man kann sie nicht hören.

»Willst du dir eine Hose leihen?«, fragt der Mann und legt den Helm auf ein Regal. Er sucht in einem Schrank und zieht eine hellbraune Uniformhose heraus. »Ich heiße Erik. Wie heißt du?«

»Sten.«

»Und mit Nachnamen?«

Sten hat die Decke über den Schultern, beugt sich vor, zieht die Badehose aus und lässt sie auf den Boden fallen.

Der Mann namens Erik gibt ihm ein Paar dunkelblaue Wollsocken. »Zieh die hier an.«

Sten setzt sich hin und zieht die Decke enger um sich.

»Wie war noch gleich dein Name?«

»Sten Ivarson.«

»Ich werde unser Gespräch aufnehmen. Ich hoffe, das ist in Ordnung für dich.«

Sten antwortet nicht.

»Wie fühlst du dich?«

Sten beginnt zu weinen.

Der Mann beugt sich vor und legt ihm eine Hand auf den Unterarm. »Was genau ist passiert?«

Sten wird von den Tränen überwältigt.
Erik steht auf und nimmt eine Rolle Toilettenpapier aus einem Schrank.
Sten schnäuzt sich, knüllt das Papier zusammen und stopft es sich seufzend in die Tasche.
Erik beobachtet ihn eine Zeit lang, dann setzt er sich wieder und lehnt sich nach hinten. »Was ist passiert?«
»Kann ich was zu trinken haben?«
»Warm oder kalt?«
»Spielt keine Rolle.«
Erik steht auf und holt eine Thermoskanne aus Stahl und eine Tasse aus dickem weißen Porzellan. Er füllt die Tasse mit dampfendem Wasser und nimmt einen Teebeutel aus einer Schublade. Er legt den Beutel ins Wasser und zieht ihn mithilfe des dünnen Fadens ein paarmal hin und her. Das Wasser färbt sich braun. »Vorsicht, heiß«, warnt Erik.
Sten führt die Tasse an die Lippen. Dann stellt er die Tasse ab. »Burman und ich waren im Wasser. Jenna wollte eigentlich auch baden, aber sie hat einen Anruf bekommen.« Sten wird von einem Schluchzen geschüttelt.
Erik beugt sich vor und legt eine Hand auf seinen Unterarm.
Sten reißt ein Blatt von der Toilettenrolle ab und schnäuzt sich. »Sie bekam einen Anruf«, wiederholt er. Er scheint über das, was er sagt, nachzudenken, ehe er fortfährt: »Burman und ich sind auf dem Rücken geschwommen.« Er schnäuzt sich. »Wir haben uns auf dem Rücken treiben lassen und in Richtung Steg geschaut. Plötzlich hatte man das Gefühl, jemand würde einem ins Gesicht schlagen, dann kam der Knall. Ich weiß nicht, ob ich kurz ohnmächtig wurde. Ich bin untergetaucht, dann aber wieder hochgekommen. Da hab ich gesehen, wie Burman auf den Steg zugeschwommen ist, und bin ihm gefolgt. Als ich auf dem Gras stand, brannte das Haus lich-

terloh, obwohl es kein richtiges Haus mehr war. Manche Wände standen noch, doch sonst war alles weg, und die Flammen schlugen wahnsinnig hoch.«
»Was hast du da gedacht?«
»Dass alle im Haus tot sind.«
»Wer?«
»Jenna, Lina, Lola, Kent. Wäre ich zehn Minuten länger im Haus geblieben …« Er bricht mitten im Satz ab.
»Es waren also vier Personen im Haus, als es explodiert ist?«
Sten antwortet nicht gleich, als müsse er sich erst sammeln, um etwas herauszubekommen. »Jenna wollte nach unten zum Steg kommen, aber wenn sie schon unterwegs gewesen wäre, dann hätte sie ja auf dem Rasen sein müssen, als es geknallt hat. Und dann hätten Sie Jenna finden müssen. Haben Sie das?« Sten sucht den Blick des Mannes.
Der Mann schüttelt den Kopf. »Wie sah das Haus aus?«
»Wie meinen Sie das?«
Erik legt ein Blatt und einen Stift vor ihn hin. »Wie sah es aus?«
Sten zeichnet schnell und mit klaren Strichen. »Hier geht's in das Wohnzimmer, nach rechts in die Küche, links ins Esszimmer. Hinter der Treppe sind die Schlafzimmer von Lola und Burman – besser gesagt, waren … Sie hatten getrennte Zimmer. Kleine Toilette, großes Bad. Ein Gästezimmer.«
»Das Haus hatte auch ein Obergeschoss, oder?«
Sten dreht das Blatt um, skizziert den ersten Stock und erklärt, in welchen Räumen Jenna, Lina und er selbst gewohnt haben.
»Und der Keller?«
»Da war ich nur einmal, als ich ein Fahrrad leihen wollte.«
»Gibt es Propangas im Haus?«
»Keine Ahnung.«
»Gasrohre?«

»Keine Ahnung.«
»Hat mal irgendjemand erwähnt, dass im Haus Sprengstoff gelagert wird?«
»Ich glaube nicht.«
»Kannst du ein bisschen was über die erzählen, die im Haus waren?«
Sten berichtet, und als er zu Jenna kommt, beginnt er zu schluchzen und muss sich mehrmals schnäuzen. Aus seiner rechten Hosentasche quellen die zusammengeknüllten Papiertücher.
»Du brauchst was zum Anziehen«, sagt Erik. »Hast du einen Freund, zu dem wir dich fahren können?«
Sten nimmt die Teetasse und trinkt einen Schluck. Der Tee ist bereits abgekühlt. Er trinkt noch einen Schluck.
»Gibt es so jemanden?«, fragt Erik. »Einen Freund, zu dem wir dich fahren können?«
»Wo ist Burman?«
»Im Krankenhaus.«
»Ist er verletzt?«
»Er schläft vermutlich.«
»Was passiert, wenn er aufwacht?«
»Wenn er aufwacht, ist er nicht allein. Hast du einen Freund, zu dem du fahren kannst?«
»Nein, aber ich habe ein Haus, das nicht weit entfernt ist. Dort gibt es Kleider und ein altes Mobil. Ich rufe meinen Bruder an. Er kommt in ein paar Stunden dorthin.«
Erik sieht ihn fragend an. »Ist es das, was du willst?«
»Ja.«
Erik steht auf und geht zu einem Schrank. Er sucht eine Weile, kommt mit einem Mobil zurück und gibt es Sten. »Damit wir Kontakt zu dir aufnehmen können. Du solltest es bis auf Weiteres bei dir haben. Der Code ist Radd 18.«

»Radd 18?«
»Genau. Lass das Mobil eingeschaltet. Bist du sicher, dass du zu diesem Haus fahren willst? Das kann sehr einsam sein.«
»Ich habe Pferde und zwei Katzen. Mein Bruder kommt in wenigen Stunden.«
»Wenn du irgendwas brauchst, ruf an. Entweder bin ich sofort am Apparat oder du lässt dich mit mir verbinden.« Erik nimmt ein hellblaues Hemd, über dessen Brusttaschen sich das Wort *Rettungsdienst* zieht. Er reicht es Sten, der es überstreift, sich die Socken auszieht und neben den Helm aufs Regal legt.
Sie gehen hinaus. Polizisten in reflektierenden Westen spannen blau-weiße Bänder um das Grundstück. Es wird immer noch mit Wasser gespritzt und es raucht, doch es sind keine Flammen mehr zu sehen.
Erik geht zu einem kleinen roten Auto voraus, an dem viele Antennen angebracht sind. Eine uniformierte Frau sitzt darin, ihren Helm neben sich. Sie hat den Kopf in den Nacken gelegt und spricht mittels des Monitors an der Decke mit einem Mann.
Erik öffnet die Tür, beugt sich vor und nimmt Blickkontakt zu ihr auf. »Kannst du den Jungen fahren?«
Die Frau klappt den Deckenmonitor ein. »Ist es weit?«
»Zehn Minuten«, antwortet Sten.
Die Frau rutscht zur Seite. »Steig ein.«
Sten nimmt neben ihr Platz und die Frau ruft eine Karte auf dem Monitor auf.
Sten zeigt auf sein Haus.
»Acht Minuten«, gibt das System bekannt. »Mit Blaulicht?«
»Das ist nicht nötig.«
Das Auto wendet und beschleunigt.
Die Frau führt ein Gespräch und sieht sich auf dem Monitor einen Film der Brandstätte an. Parallel dazu erscheint das Bild einer Frau

mit Helm. Sie steht auf dem Parkplatz neben Burmans Auto und spricht mit ausgeprägtem Dalarna-Dialekt. Sie schaut direkt in die Kamera. »Wir können uns der Brandstätte erst morgen nähern. Unsere Kameraaufnahmen deuten darauf hin, dass der Brand von einem Gegenstand ausging, der eigentlich nicht zum Haus gehört. Erst dachten wir, es seien Fahrräder, aber dann haben wir gesehen, dass es etwas anderes war.«

Auf dem Monitor erscheint ein Bild, das eine völlig verbogene Rohrkonstruktion zeigt.

Die Frau neben Sten kommandiert: »Zoom rechts. Mehr Zoom! Mehr Zoom.« Sie betrachtet die verbogenen Rohre. »Was ist das?«

Die Frau mit dem Helm schüttelt den Kopf. »Irgendwas, das nicht zum Haus gehört.«

»Was könnte es sein?«

»Ich weiß es nicht.«

»Was ist mit den Technikern?«

»Nachher kommt ein Experte.«

»Was für ein Experte?«

»Ein Sprengstoffexperte.«

Der Bildschirm erlischt, während sie auf die Hauptstraße abbiegen.

Die Frau wendet sich an Sten. »Ich heiße Millan.«

Sten betrachtet das Namensschild an ihrer Brust. »Ich heiße Sten.«

29

Sten lässt die Katzen ins Haus und öffnet die letzte Dose Katzenfutter. Im früheren Schlafzimmer von Mård und Maya findet er im Schrank Kleider, die nicht nach Norwegen mitgenommen wurden: drei Paar Jeans, mehrere karierte Flanellhemden, einen dicken Pullover sowie eine gefütterte Winterjacke mit vielen Taschen. Auf dem Boden stehen fünf Paar Turnschuhe und auf einem Regal liegt eine ganze Packung Basecaps in unterschiedlichen Farben. Eine Schachtel ist voller Strümpfe, die meisten ausgiebig getragen, einige mit Löchern. Und in einem Pappkarton drängen sich Unterhosen, ausgeleierte T-Shirts und dicke Socken.

Sten findet ein altes Mobil von der Sorte, das sich nicht ohne Kabel aufladen lässt. Er schließt es an den Adapter an, zieht Mårds Kleider an und geht hinaus zu den Pferden. Er gibt den Tieren Wasser und Futter und redet mit ihnen. Dann mistet er den Stall aus und fährt den Mist mit einer Schubkarre nach draußen. Als er mit allem fertig ist, hat eine milde und windstille Morgendämmerung eingesetzt.

Sten kehrt ins Wohnhaus zurück, zieht Schuhe und Kleider aus und lässt alles auf dem Küchenfußboden neben der Tür liegen. Nackt kocht er sich eine Grütze und verquirlt dazu Milchpulver und Wasser. Die Katzen streichen mit erhobenen Schwänzen um seine Beine. Dann setzt er sich aufs Sofa und isst zwei Portionen Grütze mit Zucker.

Anschließend duscht er lange. Als er die Badezimmertür öffnet, entweicht der Dampf auf den Flur und lässt die Scheiben beschlagen.

Er legt sich aufs Bett und dämmert vor sich hin. Sieht die Feuersäule über den Erlen vor sich und spürt Burmans nackten Rücken an seinem Brustkorb. Hört die Schwarzdrossel draußen singen und denkt, dass sie wie die Drossel nahe des Hauses klingt, das es nicht mehr gibt.

Als er erwacht, ist der Vogel verstummt und die Sonne scheint ihm ins Gesicht. Zunächst versteht er nicht, woher die hellen Pieptöne kommen. Aber dann steht er auf und geht zu der Hose, die Erik ihm geliehen hat. Er zieht das Mobil aus der Tasche.

Die Frau am anderen Ende hört sich so an, als rede sie mit einem Vorschulkind. »Bist du das, Sten?«

»Ja.«

»Hier ist Malin Lundgren. Wo bist du?«

»Zu Hause.«

»Ich komme zu dir.«

»Warum?«

»Ich muss mit dir reden.«

»Kannst du auf dem Weg einkaufen?«

»Ja.«

Die Einkaufsliste strömt aus ihm heraus, als würde er von einem handgeschriebenen Zettel seiner Mutter ablesen: »Zwölf Eier, zwei Packungen grobes Knäckebrot, ein Kilo Kartoffeln, ein Paket Butter, zwei Packungen Bacon, zwei Liter Milch und vier Dosen Katzenfutter. Falls es bunte Gummiratten gibt, will ich eine große Tüte … und Kaffee, wenn möglich.«

»Ich komme in einer halben Stunde.«

»Gut.«

Sten öffnet die letzte Packung Kaffee, isst die belegten Brote, zieht sich an, geht hinaus in den windstillen Morgen und lässt die Pferde auf die Koppel.

Anschließend geht er in den Schuppen und nimmt Mårds Fahrrad. Er stellt es auf den Sattel und schraubt das Vorderrad ab.

Er hört das Auto, noch ehe er es sieht.

Sten hebt den Blick, als Malin Lundgren in einem grauen Wagen, auf dessen Vordertüren *Gemeinde Borlänge* steht, auf den Hofplatz rollt und eine kleine Staubwolke hinter sich herzieht.

Lundgren, in Shorts und Hemd, mit einer Sonnenbrille im Haar und Pferdeschwanz, trägt einen Pappkarton, der ziemlich schwer zu sein scheint. Sie schaut zu den Pferden auf der Koppel hinüber, während sie Sten den Karton reicht. Ihre Stimme stockt. »Wie grauenvoll!«

Sten nimmt den Karton und Lundgren streicht ihm über den Unterarm.

»Wie grauenvoll!«, wiederholt sie.

Sie wirft einen Blick auf das Wohnhaus. »Bist du allein?«

»Die Katzen sind da.«

»Aber du hast niemanden, mit dem du reden kannst?«

Sten nimmt den Lebensmittelkarton in Augenschein. »Ich bringe das rein.«

Er kehrt Lundgren den Rücken zu und sie ruft ihm hinterher: »Darf ich mitkommen?«

»Wenn du willst.«

Sie zögert einen Augenblick, ehe sie ihm ins Haus folgt. Als sie die Küche betritt, macht sie einen langen Schritt über den Kleiderhaufen hinweg. Die Katzen kommen mit erhobenen Schwänzen und streichen ihr um die Beine.

Sten stellt den Karton auf einen Stuhl und nimmt die Waren heraus, legt zwei Tüten mit bunten Gummiratten auf den Tisch und verstaut den Rest im Kühlschrank und in den Küchenschränken.

Lundgren versucht, einen Finger in die Töpfe mit den Pelargonien zu stecken. »Soll ich sie gießen?«

»Wenn du willst.«

Sie geht zur Spüle, öffnet eine Schranktür, stellt sich auf die Zehenspitzen und streckt sich vergeblich nach einer kleinen Kanne, die auf dem obersten Regalbrett steht.

Sten wirft die Kühlschranktür zu, durchquert die Küche und stellt sich neben sie. Er hebt die Kanne herunter, wobei sein Ellenbogen Lundgrens Schulter streift, so leicht, dass es kaum spürbar ist.

Sie füllt die Kanne mit Wasser, während Sten auf der Sprossenbank Platz nimmt und sie beobachtet. Ihr Hemd hängt über die Hose, aber nicht so weit, dass es ihre sonnengebräunten nackten Schenkel verdecken würde.

Eine der Katzen springt auf die Bank und von dort auf den Tisch. Sie maunzt und Sten streicht ihr über den Rücken. »Du hast kein Katzenfutter gekauft.«

Lundgren fährt mit der Kanne in der Hand herum, als hätte er sie an den Haaren gezogen. »Das hab ich völlig vergessen.«

»In der Gefriertruhe ist Fisch.«

»Aber ich will …«

»Was?«

»Dir doch helfen.«

»Wie?«

Sie stößt ein fast lautloses Seufzen aus.

Er hört es kaum, doch sieht er es an der Bewegung ihres Oberkörpers. Sein Blick gleitet zu ihren roten Shorts hinunter.

Sie gießt den letzten Rest Wasser in die Pelargonien, kommt zum Küchentisch, stellt die Kanne ab und setzt sich auf einen der Stühle. Die Katze setzt sich auf den Tisch zwischen sie.

Sten öffnet die erste Tüte mit Gummiratten und hält sie Lundgren entgegen.

Die Katze streckt sich, schnuppert an der Tüte und springt vom Tisch herunter, als hätte der künstliche Geruch sie vertrieben.

Lundgren versucht, zwei Finger in die Tüte zu stecken, aber die Öffnung ist zu klein, also nimmt sie Sten die Tüte aus der Hand und öffnet sie ganz. Sie nimmt eine rote Ratte und betrachtet sie von allen Seiten, als wäre sie giftig oder könnte jemandem den Kopf abbeißen. Dann gibt sie Sten die Tüte zurück. Er berührt ihre Finger, als er sie entgegennimmt. Dann schüttelt er ein paar Ratten auf seine Handfläche, öffnet den Mund und stopft sie hinein. Lundgren beißt ihrer Ratte den Schwanz ab und legt den Rest auf den Tisch.

Sten sieht aus, als würde er jeden Moment in Tränen ausbrechen. »Tut sie dir nicht leid?«

»Ich esse selten Süßigkeiten. Wir müssen einen Ort finden, an dem du wohnen kannst.«

Sten runzelt die Stirn. »Wie meinst du das?«

Lundgren sieht sich um. »Du kannst hier nicht allein wohnen.«

»Warum nicht?«

»Du brauchst eine Familie.«

»Ich habe eine Familie.«

»Und wer ist das?«

»Burman.«

Lundgren kneift den Mund so heftig zusammen, dass die Lippen schmal und farblos werden. Sie stößt Luft durch die Nase aus. »Burman?«

»Er soll mich adoptieren.«

Lundgren nimmt die Sonnenbrille von der Stirn und legt sie neben die verstümmelte Ratte. »Nein, so können wir das nicht machen.«

»Wieso wir?«

»Du kannst nicht alleine im Wald wohnen, ganz gleich, ob Burman dich nun adoptiert oder nicht. Du kannst hier nicht wohnen bleiben, das kommt überhaupt nicht infrage.« Lundrgen zieht ihr Haargummi ab, sammelt die Haare erneut zu einem Pferdeschwanz und wickelt das Gummi wieder darum. »Du brauchst eine richtige Familie. Du bist vierzehn Jahre …«

»Fünfzehn.«
Lundgren fummelt an ihrer Sonnenbrille herum, schnappt sich den Rest der roten Ratte, stopft sie sich in den Mund und kaut. Sie lächelt, als müsse sie an etwas denken, was betrüblich, doch auch ein wenig amüsant ist. »Heute ist dein Geburtstag.«
»Ja.«
»Herzlichen Glückwunsch.«
»Danke.«
»Aber du kannst hier nicht alleine wohnen. Das geht nicht.«
»Ich bin fünfzehn. Ich kann mir sogar ein Auto kaufen.«
»Das glaube ich dir, aber das wird deine Probleme auch nicht lösen.«
»Welche Probleme?«
Lundgren zupft an ihrem Pferdeschwanz.
»Das hast du eben schon gemacht«, sagt Sten.
»Was?«
»Dir den Pferdeschwanz gebunden.«
Lundgrens Hals wird rot. »Du hast deine Mama und deinen Papa und andere Menschen verloren, die dir nahestanden. So etwas darf man nicht auf die leichte Schulter nehmen, das hinterlässt Spuren. Du solltest jetzt nicht allein sein.«
Sten runzelt die Stirn. »Was meinst du damit?«
»Das ist ein riesiger Verlust für dich. Niemand bleibt von so etwas unberührt. Du brauchst ein neues Umfeld, in dem du dich zugehörig fühlen kannst. Du brauchst ein neues Zuhause.«
»Hier bin ich zu Hause.«
Lundgrens Blick schweift durch die Küche und verharrt bei dem Kleiderhaufen an der Tür. »Du kannst hier nicht ganz alleine wohnen.«
»Vielleicht will Burman auch hier wohnen.«
»Burman!«, ruft Lundgren aus.

»Es wird dauern, bis er das Haus wieder aufgebaut hat.«
Lundgren klingt wie eine Lehrerin, die Sten in der ersten Klasse hatte. »Ich finde, du solltest weniger an Burman und mehr an dich selbst denken.«
Sten schüttelt den Kopf und stopft sich ein paar Ratten in den Mund. »So jemand bin ich nicht.«
»So jemand?«
»Jemand, der seine Freunde im Stich lässt, wenn sie Schwierigkeiten haben.«
Eine Fliege summt am Fenster. Sten steht auf und lässt sie hinaus.
»Wir sollten was trinken«, schlägt Lundgren vor. »Bei dieser Hitze sollte man ständig trinken, damit man nicht austrocknet.«
Sten geht zum Kühlschrank. »Wir haben selbst gemachten Sirup.« Er nimmt eine halb volle Glasflasche heraus, füllt ein bisschen davon in die Kanne, mit der Lundgren die Pelargonien gegossen hatte, zieht eine Eiswürfelform aus dem Eisfach, lässt warmes Wasser darüberlaufen, gibt eine Handvoll Eiswürfel in die Kanne und füllt diese mit Wasser auf. Dann nimmt er eine Gabel aus der Besteckschublade und rührt um, stellt die Kanne auf den Küchentisch und setzt sich wieder auf die Bank. Er streicht der Katze über den Rücken. »Sie war neulich hier und ist geritten. Wir haben Polo gespielt.«
»Jenna?« Lundgren setzt die Sonnenbrille wieder auf den Kopf.
Sten nickt. »Sie hat Grynet geritten.« Er steht auf und holt zwei Gläser. »Wie haben darüber geredet, einen Poloklub zu gründen.« Er füllt Sirup in die Gläser. »Sie meinte, dass ihre Freundinnen …«
Er bricht mitten im Satz ab und Lundgren leert ihr Glas zur Hälfte.
Sten beobachtet, wie sie ihr Glas in der Hand dreht. Er nimmt die Tüte mit den Ratten und fischt fünf Stück heraus, alle rot. Er stopft sie sich in den Mund und kaut eine Weile, ehe er fragt: »Wie begräbt man jemanden, wenn es keinen Körper mehr gibt?«

Lundgren zeigt auf sein Glas. »Du musst trinken.«
Sten leert sein Glas, wischt sich mit dem Handrücken über die Lippen und füllt es erneut. »Mama und Papa haben wir eingeäschert. Was macht man, wenn nichts mehr da ist?«
»Es gibt eine Gedenkveranstaltung.«
»Eine Gedenkveranstaltung?« Sten streckt seine Hand nach der Rattentüte aus, als eine Nachricht auf seinem Mobil eingeht. Er nimmt es und liest.
Die Nachricht ist von jemandem namens Kerstin Dobb: *Burman wird heute aus dem Krankenhaus entlassen.*
Melde mich morgen.
Sten steckt sich das Mobil wieder in die Tasche und streckt seinen Arm nach der Tüte aus.
Lundgren angelt sie sich, nimmt eine Ratte heraus und gibt Sten die Tüte. »Manchmal tut es einem gut, auf einer Trauerfeier etwas zu sagen.«
»Wie meinst du das?«
»Man kann von einer persönlichen Erinnerung berichten, zum Beispiel davon, wie ihr zusammen Polo gespielt habt.«
Sten schnaubt. »Wer will sich denn so was anhören.«
»Alle, die sie gekannt haben.«
Sten leert sein Glas und Lundgren steht auf.
»Ich muss jetzt zurück in die Stadt, aber ich komme morgen wieder.«
Sten steht ebenfalls auf. Die Katzen folgen ihnen nach draußen. Als sie nebeneinander beim Auto stehen, schaut Lundgren zur Pferdekoppel hinüber.
»Auch welchem Pferd ist sie geritten?«
»Auf dem gleich da drüben.«
»Ich bin noch nie geritten.«
»Ich kann es dir beibringen.«

Lundgren bewegt die Lippen. Das Ergebnis ist ein so minimalistisches Lächeln, dass drei Stück davon auf einen Fingernagel passen würden.
Die Staubwolke, die Lundgrens Wagen aufwirbelt, hängt in der stillstehenden Luft, als sei sie an irgendwas befestigt.

30

Sten geht ins Haus zurück, setzt sich auf die Küchenbank, füllt sein Glas mit Saft, zieht das Mobil aus der Tasche und ruft die Nummer seines Bruders auf. »Hallo, ich bin's.«
Mårds Stimme klingt fern, schwach und irgendwie verändert. »Ich kann dich kaum verstehen!«
»Ich hab ein altes Mobil.«
»Ich höre dich kaum«, wiederholt Mård.
Sten hebt die Stimme und hält sich das Mobil direkt vor den Mund. »Burmans Haus ist in die Luft geflogen.«
»Was?«
»Burmans Haus ist gestern in die Luft geflogen!«
»Sag das noch mal!«
»Burmans Haus ist gestern explodiert. Sie glauben, es war eine Bombe.«
»Wer glaubt das?«
»Die Ermittler.«
»Ist er tot?«
»Burman lebt, aber Jenna, Lina, Lola und ein Leibwächter konnten nicht mehr gerettet werden.«
»Jesus«, flüstert Mård so leise, dass es kaum zu verstehen ist.

Sie schweigen für eine Weile. Sten nimmt sein Glas und leert es.
»Burman ist am Boden zerstört. Sie haben ihn ins Krankenhaus eingeliefert.«
»Jesus«, flüstert Mård.
»Ich glaube, er kommt heute nach Hause, aber sein Haus existiert ja nicht mehr.«
»Wo bist du?«
»Bei uns zu Hause.«
»Hast du Personenschutz?«
»Nein.«
»Wenn es jemand auf Burman abgesehen hat, dann könntest du der Nächste sein.«
Sten denkt einen Moment nach, ehe er fragt: »Warum glaubst du das?«
»Dir gehört ein größerer Anteil an der Firma als Burman. Du bist der Haupteigentümer.«
»Was sollten sie davon haben, mich aus dem Weg zu räumen?«
»Wenn es die Eigentümer nicht mehr gibt, können sie die Firma leichter übernehmen.«
»Aber Burman ist immer noch da.«
»Wo ist er?«
»Ich weiß nicht. Entweder noch im Krankenhaus oder bei einer Frau namens Dobb.«
»Meinst du Kerstin Dobb?«
»Genau. Wer ist das?«
»Die Geschäftsführerin von SAFE. Sie ist schon lange dabei und weiß, was zu tun ist. Aber du kannst nicht im Wald wohnen. Sie haben es schon einmal probiert. Erst ist Burman an der Reihe, dann du.«
»Kannst du nicht nach Hause kommen?«
Trotz der schlechten Tonqualität hört Sten das Keuchen seines

Bruders. »Du spinnst wohl! Soll ich etwa nach Hause kommen und mich in die Luft sprengen lassen, wenn Maya gerade den Hochstuhl im Auto verstaut? Du solltest auch von dort abhauen.«
»Wohin denn?«
»Keine Ahnung, im Wald kannst du jedenfalls nicht bleiben.«
»Und was soll ich tun?«
»Vergiss die anderen. Hauptsache, du wartest nicht so lange, bis jemand kommt und dir den Hals durchschneidet. Wie haben sie das gemacht?«
»Was?«
»Mit der Bombe.«
»Das weiß noch keiner.«
Mård schweigt kurz, dann fährt er fort: »Das war Narvens Netzwerk. Die vergessen nie, dass Burman ihn getötet hat.«
»Kannst du nicht nach Hause kommen?«
Trotz der schlechten Verbindung hört Sten, wie Mård tief durchatmet. »Niemals. Grüß Burman.«
»Wie geht's der Kleinen?«
»Isst und schläft, das ist alles. Und scheißt.«
»Grüß Maya.«
»Klar.«
»Ist echt heiß hier. Ständig gibt es neue Waldbrände. Wie ist es bei euch?«
»Hier gießt es in Strömen. Ein Haus in der Gegend wurde von den Fluten mitgerissen. Die haben ein einjähriges Kind, waren aber nicht zu Hause, als die Flutwelle kam. Ich muss jetzt Essen machen.«
So nimmt das Gespräch sein Ende und Sten beginnt, fünf Kartoffeln zu schälen, und stellt dann sie in einem Kochtopf auf den Herd. Er öffnet eine Packung mit Bacon, schneidet ihn über einer Bratpfanne in Stücke, schaltet die Platte jedoch nicht ein. Er legt das

Mobil auf den Küchentisch, geht ins Obergeschoss, zieht seine Kleider aus, wirft sein verschwitztes Hemd in den Wäschekorb im Badezimmer und stellt sich unter die Dusche.
Als er nackt in die Küche zurückkehrt und die Pfanne mit dem Bacon erhitzt, ist eine Textnachricht von Kerstin Dobb eingetroffen: *Leute von SAFE kommen heute zu dir.*

Nachdem Sten gegessen hat, zieht er Shorts und ein langärmliges Hemd an, geht barfuß über den Hof und fährt damit fort, den platten Reifen von Mårds Fahrrad zu flicken. Dann pumpt er ihn auf und dreht ein paar Runden, hält an, stellt den Sattel etwas tiefer und fährt noch ein bisschen.
Als er das Fahrrad wieder abstellt, hört er die Autos. Es sind zwei leuchtend gelbe Fahrzeuge von SAFE. Sie parken mitten auf dem Hof und drei uniformierte Männer und eine Frau steigen aus. Die Männer schleppen schwere Segeltuchtaschen.
»Du musst Sten sein«, sagt die Frau und streckt ihre Hand aus. »Ich nehme an, dass Kerstin sich gemeldet hat.«
»Ja.«
Die Frau zeigt auf ihre Kollegen. »Wir bleiben so lange, bis sich alles ein wenig beruhigt hat.« Sie deutet auf Stens Beine. »Du solltest dir lieber was anziehen. Mit der UV-Strahlung ist nicht zu spaßen. Wir haben unseren Mitarbeitern verboten, bei der Arbeit Shorts oder Röcke zu tragen.«
»Wie viele sind das?«
»Bei SAFE sind wir achthundert. Stell dir nur vor, wie viel Sonnencreme wir für alle brauchen würden, die Shorts oder was Kurzärmliges anziehen. Vollkommen unmöglich. Deshalb gibt es bei uns nur lange Hosen, lange Ärmel und Mützen mit Schirm. Manche wollen sogar, dass wir Handschuhe tragen.«

In der Nacht kommt ein Gewitter. Zunächst hört man nur ein fernes Grollen, doch als Sten aufwacht, blitzt es bereits am Horizont. Er geht hinunter in die Küche, trinkt den letzten Rest Saft und lässt die Katzen ins Haus.

Die beiden SAFE-Autos sind immer noch da. Das größere parkt direkt vor der Lücke im Gartenzaun, das kleinere vor der Tür zur Tischlerwerkstatt.

Sten geht wieder hinauf und sieht sich eine Folge von *The Jumper* an. Eine Zeit lang denkt er an Lundgren und ihre roten Shorts.

Als die Morgendämmerung einsetzt, schläft er ein, wird aber irgendwann von seinen eigenen Tränen geweckt.

31

Die Sonne ist noch nicht über die Tannenwipfel geklettert, doch es ist bereits warm und vollkommen windstill. Kein Hauch, nicht die kleinste Bewegung ist in Zweigen, Laub oder Gras zu spüren.

Trampelnde Schritte nähern sich. Syria und Dockan lösen sich aus dem Schatten oberhalb der Straße, die durch den Wald führt, und spurten dem Gartentor entgegen. Syria hält die Stoppuhr an und sie wechseln kurze Blicke, ehe sie die Handflächen auf die Schenkel stützen und sich keuchend und schnaufend vornüberbeugen.

»Verdammt!«

Syria richtet sich auf, stemmt die Hände in die Hüften und lockert den Rücken. Der Schweiß rinnt ihr in die Augen und sie streicht sich mit dem Unterarm über die Stirn. »Zwei Sekunden schneller«, stellt sie fest.

»Nicht viel.«

»Zwölf Sekunden in drei Tagen.«
»Nicht viel.«
»Das ist die Hitze.«
Sie gehen auf das Haus zu.
»Hast du heute Morgen das Gewitter gehört?«
»Nein.«
»War auch ziemlich weit weg.«
»Du kannst zuerst duschen.«

Beim Frühstück erhält Dockan eine Textnachricht. Er steht auf und geht in sein Zimmer. Als er wiederkommt, hält er in jeder Hand ein Mobil. »Holme besucht morgen eine Schule.«
»Wo?«
»Das weiß ich noch nicht, aber ich bekomme später mehr Informationen.«
»Von wem?«
»Von einer zuverlässigen Quelle. Da sind sie schon.«
»Wo liegt die Schule?«
Dockan fordert Kartenmaterial über die Bildwand an, doch Syria mischt sich ein. »Wir brauchen Papierkarten.«
Dockan kehrt in sein Zimmer zurück, während Syria aufsteht, Kaffee zum Kochen bringt und die Kaffeedose leert. »Die Kaffeepreise sind in diesem Jahr um dreißig Prozent gestiegen. Mit dem Bier ist es genauso. Die Hopfenfelder trocknen aus.«
Dockan breitet eine Papierkarte auf dem Küchentisch aus, glättet sie mit der Hand und zeigt auf einen Ort südlich von Idre. »Hier ist es. Dolsjö.«
Syria beugt sich über die Karte und betrachtet sie eine Weile. »Da solltest du hinfahren.«
»Wie denn?«
»Mit einem Motorrad. Du hast einen Helm und so einen Overall.

Keine Kamera kann durch einen Helm mit Visier blicken. Leih dir eins in Borlänge. Ich fahre dich.«

»Das wird den ganzen Tag dauern.«

»Bestimmt. Sieh dir die Schule in Ruhe an. Und schaff dir das Mobil vom Hals, das du ausgeliehen hattest.«

»Wann fahren wir los?«

»Ich trinke noch eine Tasse, dann können wir uns auf den Weg machen. Da oben soll sich eine Art Clan entwickelt haben. Ich hab im Frühjahr eine Reportage darüber gesehen.«

Syria trinkt ihren Kaffee vor dem offenen Fenster. Sie nimmt das Fernglas von der Fensterbank und beobachtet einen wilden Eber am Waldrand. Dann ist das Tier wieder verschwunden und Syria geht hinaus.

Dockan holt einen fleckigen Overall, einen Farbeimer, ein paar Pinsel und einen Werkzeuggürtel aus dem Keller. Er klagt: »Ich hab mir irgendwie die Wade gezerrt.«

»Du solltest vorher Stretching machen.«

»Du aber auch.«

»Ich weiß, aber du hast doch jetzt die Schmerzen, oder?«

Syria setzt Dockan im Zentrum ab. Er hat sich einen Schnurrbart angeklebt. Helm und Overall hat er in einem Pappkarton verstaut. Nun sucht er eine Firma auf, die Geländewagen, Mopeds und Motorräder verleiht.

Syria kehrt zu dem Haus im Wald zurück. Sie öffnet alle Fenster in der Hoffnung auf ein wenig Durchzug. Auf dem Fußboden im Wohnzimmer macht sie Sit-ups, gefolgt von ein bisschen Stretching. Dann geht sie in ihr Zimmer, legt sich aufs Bett und liest auf der Bildwand den Guardian und die Washington Post. Nach einer Weile fallen ihr die Augen zu.

Als sie aufwacht, holt sie Staubsauger, Eimer und einen Lappen. Als sie fertig ist, duftet das ganze Haus nach Reinigungsmittel.
Gegen Abend brät sie ein paar Kartoffeln, ein wenig Rote Bete und eine halbe Packung Bacon. Als Dockan sich meldet, hat sie gerade die Geschirrspülmaschine gefüllt. Sie duscht erneut, zieht ein gelbes Kleid mit weißem Kragen an, schminkt sich die Lippen blassrosa, stopft sich die Wangen aus und setzt sich die blonde Kurzhaarperücke auf.

Dockan sitzt unter einem Sonnenschirm und trinkt einen Smoothie. Neben ihm auf einem Stuhl steht der Pappkarton mit dem Overall und den anderen Dingen. Ab und zu streicht er mit einem Finger über den zentimeterbreiten Schnurrbart.
Als Syria heranrollt, steht er auf, nimmt den Karton und tritt auf die Straße, die im Sonnenlicht liegt. Er steigt ein und fummelt an der Klimaanlage herum, ohne dass es dadurch kühler wird.
Er seufzt. »Bist du schon mal Motorrad gefahren?«
»Ja, wie war's?«
»Macht Spaß, aber es war ganz schön weit.«
»Was hast du mit dem Mobil gemacht?«
»Hab's oben im Wald vernichtet.«
»Wie sieht die Schule aus?«
»Die ist ganz schön klein. Ich begreife gar nicht, dass da immer noch unterrichtet wird. Ich habe vor dem Haupteingang geparkt. Da saßen ein paar tätowierte Typen und glotzten mich an. Die Mädchen waren alle oben ohne. So was habe ich echt noch nie gesehen. Dann kam eine Sekretärin vorbei. Ich habe vorgegeben, ich wäre damit beauftragt, die Außentüren zu streichen, und habe sie nach der Anzahl der Eingänge gefragt. Es gibt drei. Dann habe ich mich noch erkundigt, welcher am meisten benutzt wird. Die Sekretärin hat auf die Tür hinter mir gezeigt. Ich habe dann behauptet,

dass die Tür während des Streichens geschlossen bleiben müsse, und sie meinte, dass zurzeit fast hundert Kinder die Sommerschule besuchen, sich die meisten allerdings draußen aufhielten. Von der Eingangshalle führt übrigens eine Treppe in den ersten Stock.«
Syria fährt die Scheibe hinunter und legt ihren Oberarm in die Öffnung. »Holme hat bestimmt einen Bodyguard und vielleicht noch jemanden bei sich. Mehr als zu dritt werden sie aber kaum sein. Ich schieße den Bodyguard und die dritte Person in den Rücken. Und wenn Holme sich umdreht, dann knalle ich sie ab. Du wartest ein Stück entfernt auf dem Motorrad. An der Hauptstraße steigen wir in unser Auto um und lassen das Motorrad dort zurück.«
Dockan schüttelt den Kopf. »Hört sich ziemlich kompliziert an.«
»Das wird alles ganz schnell gehen. Zur Hauptstraße sind es nur fünf Minuten. Wenn du willst, wechseln wir noch ein zweites Mal das Fahrzeug. Wir könnten ja Richtung Grenze fahren, in ein anderes Auto umsteigen und von dort aus den Heimweg antreten.«
»Es ist aber keine günstige Gelegenheit.«
»Warum nicht?«
»Weil auf dem Schulhof etwa hundert Kinder sind. Die haben quasi nichts zu tun und beobachten alles ganz genau. Und wir sind für sie die Neuigkeit des Tages. Zwei unbekannte Leute auf einem Motorrad. Von hundert Kindern gibt es fünf, die ein fotografisches Gedächtnis haben. Wenn nur einer uns detailliert beschreibt, sind wir geliefert.«
Syria schüttelt den Kopf. »Es dauert schon mal eine Weile, bis die Polizei kommt. Und noch länger dauert es, mit allen Kindern zu reden. Ich schätze mal, dass sie Stunden brauchen, bis sie mit Kamerabildern und Personenbeschreibungen an die Öffentlichkeit gehen. Im günstigsten Fall vergeht bis dahin ein ganzer Tag. Niemand wird irgendeinen Verdacht hegen, wenn ich meine Warnschilder aufstelle und die Tür streiche. Wenn der Bodyguard mich als unge-

fährlich eingestuft hat, wird er sich ganz auf die Treppe konzentrieren, die ins Obergeschoss führt. Denn nur von dort, denkt er, könnte Gefahr drohen. Ich bin mit meinen Farbeimern in seinem Rücken, und wenn sie alle fast oben sind und der Bodyguard nur nach vorne schaut, schieße ich.«

Beide schweigen für einen Moment, während sie der Schwarzdrossel lauschen.

»Ich habe sauber gemacht«, sagt Syria. »Wir schaffst du das nur immer, so rumzukrümeln?«

»Du isst ja auch nie im Bett.«

»Eben, damit solltest du dringend aufhören. Allein unter deinem Kopfkissen war mindestens ein halbes Paket Knäckebrot.«

Als sie nach Hause kommen, holt Syria den Revolver und den zwanzig Zentimeter langen Stoßdämpfer hervor. Sie schraubt ihn auf den Lauf, lädt die Trommel des Revolvers mit sechs Vollmantelpatronen, schlägt die Waffe in ein Handtuch ein und legt das Ganze in einen abgenutzten Rucksack. Auch eine halbautomatische Pistole samt einem Magazin für zwölf Patronen sowie ein Reservemagazin werden im Rucksack verstaut. An der Außenseite des Rucksacks befestigt sie ein Moramesser. Schließlich legt sie die übrigen fünf Revolverpatronen in eine kleine Schachtel und verwahrt diese in einer Außentasche des Rucksacks.

Nachdem sie gepackt hat, geht sie in die Küche und dreht den Wasserhahn auf, in der Hoffnung, dass das Wasser irgendwann kalt wird. Da ihre Hoffnung vergeblich ist, nimmt sie eine Eiswürfelform aus dem Eisfach, wirft sechs Eiswürfel in ein Glas und füllt es mit Leitungswasser auf. Sie drückt sich das Glas gegen die Brust und stellt sich ans Fenster. Dann trinkt sie es aus, stellt es auf das Fensterbrett und geht zu Dockan, der auf dem Bett liegt, einen Bildschirm vor sich.

»Was spielst du da?«
»*Nighthawk.*«
»Kannst du sie retten?«
»Nein.«
»Wir brauchen Schilder, auf denen *Frisch gestrichen* steht. Und der neue Duschschlauch leckt.«
»Ich weiß, es fehlt ein Dichtungsring.«

32

Elin stopft eine Bluse, einen Pullover, Strümpfe und ein bisschen Unterwäsche in einen Rucksack. Als sie sich umdreht, steht die Königin in der Tür. Elin zeigt auf ihr Bett. »Wer macht hier eigentlich die Betten?«
»Trötter.«
»Wer ist das?«
»Ein alter Roboter, der für dein Bett genau fünfzehn Minuten braucht. Für eine simple akademische Abhandlung würden ihm zwei Minuten genügen, für eine Doktorarbeit weniger als vierundzwanzig Stunden. Aber ein Bett zu machen ist ja auch sehr schwer. Da muss so vieles koordiniert werden. Alles geschieht nach einer Bilderserie, in der jeder einzelne Schritt gezeigt wird. Da man die Informationen mit den verschiedenen Handgriffen abgleichen muss, dauert es wohl so lang. Das Modell ist uralt. Es quietscht sogar, wenn es sich bewegt. Willst du jetzt los?«
»Ja.«
»Wann bist du wieder da?«
»Morgen werde ich eine Schule besuchen. Vidar will, dass ich etwas

darüber schreibe. Eigentlich verstehe ich gar nicht, warum. Yasmin begleitet mich, außerdem habe ich eine Sekretärin bekommen.« Elin schnaubt. »Ich hatte noch nie eine Sekretärin.«
Die Königin lehnt sich an den Türrahmen. »Sind auch Schüler da?«
»Es ist Sommerschule. Alle sind da.«
Die Königin streicht sich eine Haarsträhne aus dem Gesicht und sieht Elin in die Augen. »Ich habe nie eine normale schwedische Schule besucht.«
»Dann sind wir schon zwei.«
»Stimmt, du bist auch nie zur Schule gegangen.«
»Mama und Papa wollten nicht, dass ich dreizehn Jahre lang Cool bekomme. Meine einzige schulische Erfahrung ist die Volkshochschule.«
»Meinst du, dass ich mitkommen kann?«
Elin schließt die obere Lasche des Rucksacks. »Du bist die Königin, alle werden sich freuen. Wir können uns auf Liden treffe, dann lernst du Gerda und meine Eltern kennen. Vielleicht kommt Lisa auch nach Hause. Anschließend fahren wir zusammen zurück.«
»Um wie viel Uhr?«
Elin lacht. »Meine Sekretärin wird dich anrufen.«
»Ich nehme Verpflegung für zwölf Personen mit. Was mag Gerda besonders gern?«
»Fisch.«

Das Auto hat eine gute Klimaanlage. Yasmin sitzt Elin gegenüber und ist mit zwei Mobilen beschäftigt.
Elin wendet sich an Tamara: »Hast du mal für Karin gearbeitet?«
»Nein, noch nie.«
»Du weißt, dass sie krank ist?«
»Ich habe Gerüchte gehört.«
»Bist du Smårne schon mal begegnet?«

»Ich weiß, wer er ist, aber ich kenne nur seinen Namen.«
»Hast du über ihn Gerüchte gehört?«
Tamara antwortet nicht gleich, doch nach einer Weile sagte sie: »Wir als Leibwächter bekommen vieles mit, was nicht für unsere Ohren bestimmt ist. Wir unterliegen der Schweigepflicht, aber du weißt bestimmt, wie das ist. Jemand bewacht einen Minister, der einen Geliebten oder eine Geliebte hat. Natürlich reden wir Personenschützer untereinander. So kommt es zu Halbwahrheiten und Missverständnissen. Klatsch und Tratsch lassen sich nie vollständig verhindern.«
»Und was für Gerüchte sind über mich im Umlauf?«
Tamara blickt verstohlen zu Yasmin hinüber, die in das vertieft ist, was auf ihren Displays erscheint.
»Darauf will ich lieber nicht eingehen.«
Yasmin schaut von ihren Mobilen auf, schaltet sie aus, stopft sie in die Taschen ihrer Jeans und nimmt Blickkontakt mit Elin auf. »Du weißt, was für einen Ort wir da heute besuchen, oder?«
Elin schüttelt den Kopf. »Nein.«
»Hast du noch nie vom TIV-Festival gehört?«
»Was ist das?«
»Tattoo in the Valley.«
»Nie gehört.«
Yasmin verdreht die Augen und wendet sich an Tamara. »Aber du kennst das doch?«
Tamara nickt. »Alle kennen das.«
Elin stöhnt auf. »Ich nicht.«
Yasmin holt tief Luft, als müsse sie Anlauf nehmen: »In der ersten Septemberwoche kommen Leute aus ganz Schweden nach Dolsjö, um dieses Fest zu feiern. Dort zeigen sie sich gegenseitig ihre Tattoos. Außerdem gibt es ein Musikprogramm, bei dem neue und traditionelle Musik gemischt werden. Eigentlich seltsam, dass du

noch nie eingeladen worden bist, denn du stammst ja aus der Gegend. Das Festival hat sogar während des Krieges stattgefunden.«
»Ich habe aber kein einziges Tattoo, wenn es darum geht«, entgegnet Elin. »Offenbar wäre ich da falsch am Platz.«
»Die ganze Identität der Umgebung findet sich in den Tätowierungen«, erklärt Yasmin. »Ich bin letztes Jahr da gewesen und habe junge Frauen interviewt. Die haben es nicht leicht.«
»Welche Frauen haben es schon leicht«, kommentiert Tamara mit einem Schnauben.
»Willst du eigentlich ewig Personenschützerin bleiben?«, will Elin wissen.
»Ich wollte Polizistin werden und bin eben zum Sicherheitsdienst eingeteilt worden. Voraussetzung waren eine halbjährige Spezialausbildung inklusive acht Wochen beim FBI.«
Elin drückt ihre Nase gegen die Scheibe und zeigt auf die Wolken. »Ein Bussard!«

»Wird wohl ein Gewitter geben«, mutmaßt Yasmin, als sie Liden erreichen und auf das Haus zugehen.
In der Türöffnung warten Hallgerd und Gunnar. »Wir wollen, dass sie drinnen bleibt«, erklärt Gunnar. »Die Sonne nach zehn ist gefährlich.«
»Gibt bestimmt ein Gewitter«, wiederholt Yasmin.
Doch das Gewitter kommt erst in den späten Nachtstunden und ist so leise, dass man es kaum hört.

33

Im Morgengrauen weckt Elin Hallgerd. Sie flüstert, dass sie zum Ripsee reiten und baden, ehe es zu heiß wird, und Hallgerd will sofort aufbrechen. Sie essen Grütze und Tamara kommt aus der Dusche und trinkt einen Kaffee. Yasmin wollte ausschlafen, also wird sie nicht geweckt. Auf zwei Pferden brechen sie auf, Hallgerd hinter Elin auf dem einen und Tamara mit einer Maschinenpistole in der Hand auf dem anderen Pferd.

Alle drei tragen Hüte, und als sie den Ripsee erreichen, spannen sie das Sonnensegel auf, baden und planschen und lassen Hallgerd entscheiden, dass es hier sowohl Haie und Walfische als auch Aale, Eidechsen, Biber und Krokodile gibt. Hallgerd führt mit großer Geste und schriller Stimme Regie, ehe sie schließlich aus dem Wasser gehen, um sich unter dem Sonnensegel trocknen zu lassen.

Tamara erzählt ein russisches Märchen von einem grausamen König. Danach bauen sie das Sonnensegel wieder ab und reiten nach Hause. In der Ferne hören sie Donnergrollen, aber der Himmel über ihnen ist blau, und als sie nach Hause kommen, ist es brütend heiß und die Luft steht still.

Hallgerd zeigt auf Tamaras Maschinenpistole. »Du tötest andere Menschen.«

Tamara schüttelt den Kopf. »Ich bin Polizistin und beschütze andere Menschen. Das ist mein Beruf.«

»Aber wenn böse Menschen kommen …«, flüstert Hallgerd, zieht ihre Lippen zurück und zeigt die Zähne, krümmt ihre Hände hinter den Ohren und spreizt die Finger, als wären sie Krallen. »Wenn böse Menschen kommen, dann tötest du sie mit deiner Donnermuskete.«

Tamara schaut sie fragend an. »Mit meiner Donnermuskete?«
»Großvater sagt, so heißt das Ding, mit dem du die bösen Menschen tötest.« Hallgerd zeigt auf die Maschinenpistole und es donnert in der Ferne. »Das Gewitter«, flüstert Hallgerd. »Das Gewitter donnert überall.«

Als Tamara und Elin aus dem Stall kommen, sitzt Yasmin am Frühstückstisch. Sie zeigt mit dem Löffel auf die Bildwand. Dort ist ein graubärtiger Mann in einem Studio zu sehen, der direkt in die Kamera blickt. »Vorläufige Untersuchungsergebnisse weisen darauf hin, dass es sich um eine Drohne handelte, die auf das Haus gestürzt ist. Die Sprengladung bestand aus einer Artilleriegranate und einer beträchtlichen Menge Sprengstoff. Ein Mann und eine Frau sowie zwei Kinder kamen bei dem Anschlag ums Leben. Das völlig zerstörte Haus gehörte einer der Führungspersönlichkeiten jener Organisation, die im Volksmund als Borlänge-Gang bekannt ist. Die Polizei befürchtet, dass durch diesen Vorfall die durch Gangs verursachte Gewalt wieder zunehmen könnte. Und jetzt zum Wetter. Wie geht es mit der Hitzewelle weiter, Britta?«
Britta kommt ins Bild. Sie trägt einen weißen Rock und eine kurzärmlige weiße Bluse. Hinter ihr ist eine Karte von Dalarna zu erkennen. An fünf Stellen sind Blitze und kleine dreiflammige Feuersymbole eingeblendet.
»Die gegenwärtigen Temperaturen sind höher als in Südspanien. Nächtliche Unwetter mit Blitzeinschlägen haben verschiedentlich Brände verursacht, die jedoch alle unter Kontrolle gebracht werden konnten.«
Gunnar steht mit einer Kaffeetasse in der Hand am Herd. »Sollen wir ausschalten?«
Da niemand Einwände erhebt, erlischt die Bildwand.
Tamara und Elin setzen sich an den Küchentisch. Hallgerd stellt

sich mit gerunzelter Stirn vor Tamara. Sie deutet auf die Pistole, die in dem Holster unter Tamaras Arm steckt. »Man wird eine Unke.«
»Das verstehe ich nicht ganz.«
»Man wird eine Unke.« Das Mädchen zeigt auf die Waffe. »Wenn man so eine hat.«
Yasmin, Gunnar und Elin beobachten das Ganze.
»Kannst du mir erklären, was du damit meinst?«, fragt Tamara.
Hallgerd verzieht den Mund und macht ein grimmiges Gesicht.
»Du weißt doch, was eine Unke ist?«
»Ja, ich weiß, was eine Unke ist.«
»So eine wird man.«
»Wann?«
Hallgerd zeigt auf die Waffe. »Wenn man so etwas hat.«
Tamara beugt sich vor, sieht Hallgerad an und flüstert: »Und wie geht das genau vor sich?«
»Man wird unkkommen.«
Tamara deutet auf den Kolben der Pistole. »Wenn man so eine hat, dann kommt man um. Meinst du das?«
Hallgerds Augen leuchten auf. »Genau! Jetzt hast du es verstanden!«
»Dass man umkommt, bedeutet aber nicht, dass man eine Unke wird.«
Hallgerd runzelt die Stirn und sieht besorgt aus. »Nicht?«
»Wenn man umkommt, bedeutet das, dass man stirbt. Dass man nicht mehr existiert. Das hat nichts mit der Unke zu tun.«
Hallgerd dreht sich um und rennt in ihr Zimmer.
»Jetzt ist sie ganz verlegen«, flüstert Elin.
Yasmin hält ihr Mobil in der Hand und liest vom Display ab: »Da sagte Jesus zu ihm: Steck dein Schwert in die Scheide; denn alle, die zum Schwert greifen, werden durch das Schwert umkommen – Matthäus 26:52.«

»Das hat sie bestimmt von Lisa. Wo ist sie?«
»Bei Gina«, antwortet Gunnar. »Sie beten dreimal am Tag und studieren die Bibel.«

Eine Stunde später trifft die Königin in einem gepanzerten Wagen ein. Sie wird begleitet von zwei großen, ernsthaft dreinschauenden Frauen in dunklen Anzügen – Farah und Jilma. Farah hat lange blauschwarze Haare und trägt einen Pferdeschwanz. Jilma hat raspelkurze blonde Haare. Die Königin trägt eine weiße Jeans und ein langärmliges dunkelblaues Herrenhemd. Am kleinen Finger der rechten Hand trägt sie einen Ring mit einem kleinen funkelnden Edelstein.
»Farah ist meine Sicherheitschefin und Jilma ihre Stellvertreterin«, stellt die Königin beide vor, ehe sie Anna und Gunnar begrüßt.
Hallgerd steht mit skeptischer Miene ein wenig abseits.
Die Königin zeigt auf ihren Wagen. »Ich habe Essen in Kühltaschen dabei.«
Gunnar und Elin helfen, einen Tisch und Stühle herbeizutragen. Sie stellen sie in den Schatten der Jalousie an der Schmalseite des Hauses.
Der Inhalt der Kühltaschen kommt zum Vorschein: gepökeltes Rentierfilet, geräucherter Saibling, selbst gebackenes Brot, Bier und Apfelwein.
Hallgerd beobachtet die Königin aus sicherer Entfernung, dann macht sie ein paar Schritte, runzelt die Stirn und fängt den Blick der Königin auf. »Warum sagt Mama, dass du eine Königin bist?«
»Weil es stimmt. Ich bin eine Königin.«
Hallgerd schüttelt den Kopf und spitzt den Mund. »Königinnen gibt es doch nur im Märchen.«
»In Schweden gibt es eine Königin und die Königin bin ich.«
Hallgerd scheint nicht überzeugt zu sein. »Und wo ist dein König?«

»Ich habe keinen König.«
»Ist er aufgefressen worden?«
Die Königin zögert mit einer Antwort. »Wie meinst du das?«
»Wurde er von einem Drachen gefressen?«
Die Königin schüttelt den Kopf und lässt ihre Locken fliegen. »Früher gab es mal einen König. Das war mein Papa, aber er ist gestorben.«
Hallgerd denkt einen Moment nach. »Der war bestimmt schon alt.«
»Ja, er war ziemlich alt.«
Hallgerd nickt ernst. »Mamas Opa ist in unserer Küche gestorben. Hast du ein Schloss?«
»Ich habe sogar mehrere Schlösser.«
Hallgerd klatscht in die Hände, macht einen Hüpfer und ruft: »Mama, die Königin hat ganz viele Schlösser!«
»Weißt du, was ich noch habe?«, fragt die Königin.
Hallgerd schüttelt den Kopf.
»Ich habe ein Flugzeug.«
»Was?«, ruft Hallgerd. »Mama, sie hat ganz viele Schlösser und ein Flugzeug!«
»Deine Mama ist schon in meinem Flugzeug geflogen.«
»Mama!«, ruft Hallgerd. »Bist du im Flugzeug der Königin geflogen?«
»Ja«, antwortet Elin. Gunnar und Anna verbergen ein Lächeln. »Ich bin im Flugzeug der Königin geflogen. Und weißt du, wer am Steuer des Flugzeugs gesessen hat?«
Hallgerd schüttelt den Kopf.
»Die Königin selbst«, sagt Elin.
Jetzt geht Hallgerd zur Königin, die ein Glas Bier in der Hand hält. »Komm«, sagte Hallgerd und streckt eine Hand aus. »Komm, ich zeig dir was in meinem Zimmer. Ich hab auch ein Schloss. Aus Lego.«

Die Königin wendet sich an die Großeltern. »Wie dieses Mädchen reden kann! Man sollte glauben, sie wäre schon viele Jahre älter.«
»Beeil dich!«, ruft Hallgerd. »Wir haben nicht den ganzen Tag lang Zeit und ich will auch für dich singen!«

34

Elin und die Königin sitzen auf der Rückbank der gepanzerten Limousine. An den Kotflügeln flattern kleine schwedische Flaggen mit dem Reichswappen. Farah und Jilma sitzen vorne. Zwischen Vorder- und Rücksitzen befindet sich eine schallisolierte Glaswand. Im Auto hinter ihnen befinden sich Tamara, Yasmin und ein Fotograf.
»Wir hatten Kontakt mit Katarina«, berichtet die Königin. »Von Vagn fehlt weiterhin jede Spur. Der Reichsmarschall hat mit dem Vorsitzenden des Stadtteilausschusses gesprochen, der sagte, wir sollten so bald wie möglich kommen. Wie kommst du mit Tamara klar?«
»Sie ist nicht ganz so einfach, aber ich mag sie.«
»Dann soll sie mitkommen und unsere gemeinsame Leibwächterin sein. Am Hof wollen sie am liebsten, dass ich immer zwei oder drei Bodyguards habe, aber ein zu schwacher Schutz könnte den Eindruck erwecken, dass wir uns auf den Dänen verlassen.«
»Auf den Dänen?«
»Auf den Dänen, der ein Schwede ist. Er ist der Vorsitzende des Stadtteilausschusses.«
»Und wie heißt er?«
»Holberg.«

Elin denkt nach, ehe sie fragt. »Glaubst du wirklich, dass wir Vagn finden? Wenn weder Karins Auftragskiller noch Katarina ihn ausfindig machen konnten, wie soll es dann uns gelingen, wenn wir während eines kurzen Besuchs auch noch rund um die Uhr überwacht werden?«
»Bestenfalls können wir ein Treffen zwischen dir, mir und Vagn organisieren«, antwortet die Königin. »Der Däne wird uns helfen. Ein gutes Verhältnis zu mir liegt in seinem eigenen Interesse.«
»Und wann soll das stattfinden?«
»Vielleicht schon morgen.«
»Ich habe eine Wahlveranstaltung in … ach, ich weiß es gar nicht mehr.«
»Wenn es morgen nicht geht, dann eben übermorgen. Was weißt du über Dolsjö?«
»Nur das wenige, was Yasmin mir erzählt hat. Ich hatte keine Ahnung von diesem Tattoofestival.«
»Ich habe mit Johan, dem Anthropologen, gesprochen. Er betreut eine Doktorandin, die dort wohnt. Ihre Abhandlung trägt den Titel …« Die Königin zieht ihr Mobil aus der Tasche und ruft die Information ab. Auf dem Display erscheint ein Text: *The rule of clan in rural Sweden*.
»Was bedeutet das?«
»Es geht darum, wie Clans in bestimmten Gegenden, auch in Dolsjö, über das Leben anderer Menschen bestimmen.«
»Aber was ist ein Clan?«
Die Königin versucht, die Worte des Anthropologen wiederzugeben. »Ein Clan kann ein Zusammenschluss mehrerer Familien sein, der von der stärksten Familie angeführt wird. Die Gesellschaft außerhalb des Clans ist nur insofern von Bedeutung, als dass sie dem Clan als Markt und Arena dient, wo er frei agieren kann. Innerhalb des Clans geht es nur um die Zugehörigkeit.«

»Müssen die Clanmitglieder miteinander verwandt sein?«
»Es gibt Gruppen, die sich durch ihre religiösen Vorstellungen, ihre politische Ideologie oder ihren kriminellen Lebensstil miteinander verbunden fühlen. Verwandtschaft ist keine notwendige Voraussetzung, aber Loyalität. Wer illoyal ist, wird von der Gruppe ausgeschlossen oder sogar mit dem Tode bestraft. Die Zugehörigkeit zu einem bestimmten Clan wird oft durch bestimmte Kleidungsmerkmale dokumentiert.«
»Kannst du mir ein Beispiel geben?«
»Bis zur Mitte des siebzehnten Jahrhunderts war Schottland eine Clangesellschaft. Untereinander haben sie sich bis aufs Blut bekämpft, sich aber auch gegen Feinde von außen verbündet. Der Hauptfeind war natürlich England.«
Elin schweigt eine Weile, ehe sie den Wagen bittet, Mozart abzuschalten. Dann beginnt sie, mit ausgeprägt schottischem Akzent zu singen, zunächst fast flüsternd, dann immer lauter:

Should auld acquaintance be forgot,
And never brought to mind?
Should auld acquaintance be forgot,
And days old lang syne!

Die Königin fällt in den Gesang ein. Sie wiederholen die Strophe ein ums andere Mal und singen zweistimmig.
Während die Königin und Elin mit hoher klarer Stimme singen, biegt der gepanzerte Wagen von der Hauptstraße ab und plötzlich sehen sie nichts als eine braune, verdorrte Landschaft vor sich. In der Ferne, am Fuß der Berge, glitzert die Oberfläche eines Sees.
»Ich wusste gar nicht, dass wir so einen merkwürdigen Ort besuchen«, sagt Elin. »Vidar hat mir keinen Ton davon gesagt, als er vorschlug, dass ich hierhinreisen sollte.«

»Vielleicht weiß er selbst nicht viel darüber.«
»Ich hoffe, meine Sekretärin weiß, was ich hier tun soll.«
Die Königin legt ihre Hand auf Elins Oberschenkel. »Ich habe Informationen über deine Sekretärin eingezogen. Die ist ein totaler Kontrollfreak.« Die Königin lacht und schließt ihre Hand enger um Elins Knie. »Wir hatten denselben Liebhaber.«
»Wen?«
Die Königin zögert, ehe sie antwortet.
»Wen?«, wiederholt Elin.
»Ich sollte mich lieber nicht über deine Sekretärin auslassen. Solches Gerede schadet nur.«
»Jetzt sag schon!«
»Vidar.«

35

Die Autos nähern sich mit hoher Geschwindigkeit, doch als sie zwischen den Häusern hindurchfahren, drosseln sie ihr Tempo. Ein paar Geschäfte, deren Fassaden mit schwedischen Flaggen geschmückt sind, säumen die Straße – rot gestrichene, zweistöckige Häuser mit weißen Fensterrahmen und Stahldächern mit Sonnenkollektoren.
Eine Flagge mit dem Symbol von Dalarna hängt schlaff an einem Fahnenmast. Ein Mann schiebt seinen Rollator mitten über die Straße. Die Autos halten an und lassen ihn passieren. An seinem Rollator hängt eine Stofftasche. Der Mann starrt vor sich hin und sein Mund steht offen, als würde er nach Luft schnappen.
Eine Frau, die einen geflochtenen Weidenkorb am Arm trägt, steht

im Schatten eines Blumenladens. Zu ihren Füßen liegt ein schwarzer Labrador. Seine Zunge hängt ihm aus dem Maul.

Die beiden Wagen rollen in Schrittgeschwindigkeit vorüber. Elin und die Königin blicken aus dem Autofenster.

»Zweitausend Menschen wohnen hier. Bisher haben wir zwei von ihnen gesehen«, stellt die Königin fest. »Wo sind nur die anderen?«

»Wahrscheinlich irgendwo im Schatten.«

Als sie das Wohngebiet hinter sich lassen, erblicken sie bereits das Schulgebäude. Es ist zweistöckig und aus Beton. Über dem asphaltierten Schulhof spannen sich Sonnensegel. Darunter befinden sich etwa zehn Picknicktische.

Das Auto der Königin rollt bis zum Haupteingang.

Eine Frau, die einen Overall mit Farbflecken trägt und lange schwarze Haare hat, stellt ein Schild mit der Aufschrift *Frisch gestrichen* vor dem Eingang auf.

Farah und Jilma steigen aus dem Wagen, positionieren sich mit dem Rücken zum Fahrzeug und falten die Hände vor dem Bauch. Beide tragen Sonnenbrillen.

Der zweite Wagen hält dicht hinter dem ersten. Tamara steigt aus.

Die Frau mit dem Overall geht in das Gebäude, holt einen Rucksack, schließt ihn, schwingt ihn über die Schulter und zieht ein Mobil aus der Tasche.

Als die Königin und Elin aus dem Wagen steigen, kommen fünf junge Frauen aus dem Schultor gelaufen. Sie alle haben nackte Oberkörper und jede Menge Tattoos. Drei von ihnen haben sich eine blaue Spinne auf die rechte Brust tätowieren lassen. Bei einer der anderen umschließt eine tätowierte rote Hand die linke Brust, als halte sie eine Frucht. Zwei der Mädchen tragen weiße Kopftücher, die drei anderen haben kahl rasierte Schädel. Alle fünf starren das Auto an, die Leibwächter, die kleinen Flaggen am Wagen, die Königin und Elin.

Die größte der Mädchen hat kleine Vögel, den Kopf eines Bären und Efeu auf den Oberkörper tätowiert. Die rechte Brust wird von einer blauen Spinne umschlossen. Sie zeigt auf Elin. »Ich hab dich auf der Bildwand gesehen.«

»Das ist die Mörderin!«, ruft ein kleines untersetztes Mädchen, das sich ein Tuch um den Kopf geschlungen hat.

Die junge Frau mit dem tätowierten Efeu wendet sich an die Königin: »Und wer bist du?«

»Die Königin von Schweden.«

»Ist das wahr?«

»Ich sage selten die Unwahrheit.«

Das Mädchen nickt. »Ich auch nicht. Was tust du hier?«

»Ihr bin mit eurer Direktorin verabredet.«

»Die Krähe ist da oben.« Das Mädchen zeigt zu einem Ort, der ebenso gut über den Wolken, als auch im Obergeschoss des Schulgebäudes liegen könnte.

»Wie heißt du?«, erkundigt sich die Königin.

»Maran.«

Ein Mann mit Helm und heruntergeklapptem Visier fährt auf einem Motorrad heran. Die Frau mit dem farbbefleckten Overall steigt hinter ihm auf und schon sind sie verschwunden.

Die jungen Frauen mit den nackten Oberkörpern schlendern ohne Eile über den heißen Asphalt, dem nächsten Sonnensegel entgegen. Auf ihren Rücken sind tätowierte Wolfsköpfe in unterschiedlichen Größen zu sehen.

Die Königin, Elin und Tamara betreten die Eingangshalle, in der es kaum kühler ist als draußen. In einer Ecke steht ein Farbeimer, den die Malerin vergessen hat. Sie steigen die Treppe hinauf, betreten einen langen Flur und passieren eine Reihe offener Türen, durch die sie kurze Blicke auf Männer und Frauen erhaschen, die Teenagern gegenüberstehen und reden, zeigen, zeichnen und erklären.

Am Ende des Flurs erscheint eine Frau. Sie hat langes, lockiges Haar und trägt ein verwaschenes Jeanskleid sowie eine kurzärmlige weiße Bluse. Ihre nackten Füße stecken in ausgetretenen Sandalen. Sie begrüßt die Königin, Elin, Yasmin und Tamara. »Alle nennen mich hier Krähe«, sagt sie. »Setzen wir uns zu mir. Ich habe einen Ventilator.«

Im Büro der Direktorin befinden sich ein Schreibtisch, ein Schreibtischstuhl und Besucherstühle. Auf einem Couchtisch zwischen zwei Sofas stehen drei beschlagene Flaschen Mineralwasser und ein paar umgedrehte Gläser auf einem taubenblauen Tablett.

»Bitte sehr«, sagt die Direktorin.

Die Königin lässt sich auf dem Sofa nieder, das den beiden Fenstern zugewandt ist. Elin und Yasmin setzen sich neben sie.

»Ich wusste gar nicht, dass es so was gibt«, bemerkt die Königin, nimmt eines der Gläser und streckt sich nach der Wasserflasche.

Die Krähe setzt sich gegenüber und reicht der Königin einen Flaschenöffner. »Was meinen Sie?«

»Wir sind fünf Mädchen mit nackten Oberkörpern begegnet. Ich hatte zwar schon von den vielen Tätowierungen hier gehört, aber sie mit eigenen Augen zu sehen ist doch ein wenig …«

»Was?«, fragt die Krähe.

Die Königin hebelt die Flasche auf. »Verwirrend.«

Die Krähe wendet sich an Elin. »Ihre Sekretärin spricht gerade mit drei Mädchen, die im Herbst in der neunten Klasse beginnen sollen. Sie sollten jetzt fertig sein.«

Es klopft an der Tür und Elins Sekretärin erscheint in einem grauen Kostüm, mit Pumps, hochgesteckten Haaren und einer kleinen flachen Handtasche aus Leder. Sie ist so geschminkt, als wäre sie auf dem Weg zu einem festlichen Empfang. Sie wechselt einen kurzen Blick mit der Königin, macht einen minimalen Knicks und lässt sich gegenüber von Elin auf das Sofa sinken.

Die Königin wirft seufzend einen Blick aus dem Fenster. Der Ventilator rauscht und Tamara, die auf dem Drehstuhl Platz genommen hat, hält ihr Gesicht in den Luftstrom.
Die Sekretärin stellt sich und ihr Anliegen vor. »Meine Aufgabe ist es, Fragen zu stellen, damit Elin einen Eindruck davon bekommt, wie es hier in einer ganz normalen Schule zugeht.«
»Ganz normal«, erwidert die Krähe mit einem Schnauben. »Ich weiß nicht, ob wir tatsächlich so normal sind.«
»Ist es in Ordnung, wenn ich unser Gespräch aufzeichne?«, fragt die Sekretärin und öffnet ihre Tasche.
Die Krähe zuckt mit den Schultern, woraufhin Elins Sekretärin einen Notizblock und einen Stift hervorholt und ihr Mobil auf den Tisch legt. Sie nimmt Blickkontakt zu Elin auf. »Ist es okay, wenn ich das Gespräch führe?«
»Klar.«
Die Sekretärin klingt so, als würde sie zu einer Gruppe von Studenten reden, deren Studium ein Fiasko zu werden droht: »Natürlich kann jeder, der möchte, Fragen stellen.« Dann wendet sie sich an die Direktorin: »Können Sie uns ein wenig über sich erzählen?«
Die Krähe scheint in ihrem Inneren zu suchen. »Ich habe Psychologie studiert und mich mit Personalführung beschäftigt. Mehrere Jahre lang habe ich in London gearbeitet ... als man dort noch wohnen konnte. Vor drei Jahren ist dann meine Mutter krank geworden.« Die Krähe zeigt mit dem Daumen über ihre Schulter hinweg. »Sie hat da drüben ein Haus. Ich war Personalchefin eines multinationalen Unternehmens und viel auf Reisen. Irgendwann hatte ich genug von der ständigen Hektik, nahm hier in der Gegend eine Beratertätigkeit an und konnte meiner Mutter helfen. Nach einer Weile habe ich mitbekommen, dass die Schule ihre Direktoren nicht halten konnte. Die Direktorin vor mir hat eingegriffen, als ein paar Jugendliche von jüngeren Mitschülern Geld er-

presst haben. Am nächsten Tag fand sie den Kopf ihrer Katze im Briefkasten.
Nur wenige Menschen hier oben haben die Erfahrung gemacht, dass sich Lernen lohnt. Die Männer hier träumen immer noch von handfesten Jobs mit Lastwagen und von den Waldmaschinen vergangener Tage. Doch die Wirtschaft von heute verlangt Unternehmer, die sich ständig weiterentwickeln, was den Leuten in Dolsjö aber völlig fremd ist. Hinzu kommt, dass hier seit dem siebzehnten Jahrhundert drei Familien das Sagen haben, und die reagieren auf die Erfordernisse der neuen Zeit eben auf ihre eigene Weise.«
Die Krähe seufzt und schweigt, als erwarte sie, dass irgendjemand nachfragt. Als dies nicht der Fall ist, spricht sie weiter: »Der Notendurchschnitt an der Schule war sehr hoch, doch ich ahnte schon, dass dies mit den Anforderungen zusammenhing. Deshalb hatte ich mir eine Reihe von Fragen ausgedacht, die mir die Schüler während des Unterrichts beantworten sollten. Die Fragen sollten mir näheren Aufschluss darüber geben, was es mit dem Notendurchschnitt, mit dem sich die Schule rühmte, auf sich hatte. Zunächst stellte ich meine Fragen einer neunten Klasse, das war im Oktober.«
»Was waren das für Fragen?«, erkundigt sich die Sekretärin.
»Ich habe mehrere Fragebögen erstellt, jeden Monat einen neuen. Ich kann Ihnen Kopien geben.«
»Sehr gern, aber vielleicht können Sie sich ja noch an ein paar Fragen erinnern.«
Die Krähe denkt einen Moment nach. Dann rattert sie plötzlich eine Reihe von Fragen herunter: »Wie schreibt man zehn Millionen in Ziffern? Wie drückt man drei Viertel in Prozent aus? Was weißt du über William Shakespeare? Wer bestimmt, wie hoch die Mehrwertsteuer ist? Welches ist das bevölkerungsreichste Land der Erde und wie viele Menschen leben dort? Nenne alle dir bekannten Länder, die ans Mittelmeer grenzen. Was ist der Unterschied zwischen

einem Sturm und einem Orkan? Was ist der Unterschied zwischen einem Quadrat und einem Rechteck? Was bedeutet Korruption? Übersetze: It was the best of times, it was the worst of times, it was the spring of hope, it was the winter of despair … Solche Fragen eben.«

»Und wie ist das Ergebnis ausgefallen?«

»Wie ich schon sagte, habe ich mehrerer solcher Fragebögen ausgeteilt und allmählich erkannte ich ein gewisses Muster. Es waren immer dieselben Schüler, die gute beziehungsweise schlechte Ergebnisse erzielten, vor allem, wenn es vorwiegend mathematische oder naturwissenschaftliche Fragen waren. Ziemlich viele Schüler sagten, dass sie Schwierigkeiten hätten, Wörter wie *Prozent*, *Korruption* und *Shakespeare* überhaupt zu lesen.

Ein Drittel der Schüler kam mit den Fragen gut zurecht, das zweite Drittel hingegen weniger gut und das dritte Drittel machte sich nicht einmal die Mühe, es zu versuchen. In der dritten Gruppe beschwerten sich viele über lange und ungewöhnliche Wörter. Was die Übersetzung von ›It was the best of times …‹ angeht, geschah etwas Merkwürdiges. Ein Mädchen, das zugleich Schülersprecherin war, bat mich um ein Treffen. Sie berichtete mir, dass der Satz ›It was the worst of times …‹ bei vielen Schülern einen großen Widerwillen ausgelöst hätte und dass sich viele bei ihr darüber beschwert hätten. Diese Schüler wollten einfach nicht daran erinnert werden, in welch schlimmen Verhältnissen sie lebten. Ich habe erklärt, dass das Zitat einem über zweihundert Jahre alten Roman entnommen sei. Das Mädchen holte daraufhin eine Liste hervor, auf der alle Themen standen, mit denen sie und ihre Mitschüler im Unterricht nicht behelligt werden wollten: König Ödipus, Medea, die Kreuzigung Jesu, die gesamte Odyssee, vor allem das Kapitel mit Polyphem, Dantes Inferno, Shakespeares Hamlet, die Französische Revolution, Voltaire und Victor Hugo, die Russische Revolution,

Auschwitz, Hiroshima und Nagasaki, der Korea- und der Vietnamkrieg sowie alle langfristigen Konsequenzen der globalen Erwärmung, insbesondere Hunger, Flutkatastrophen, ertrunkene Kinder und Flüchtlingstrecks in winterlicher Umgebung. Ich fragte sie, ob sie die genannten Texte alle gelesen hätte, woraufhin sie zugab, die Liste einer amerikanischen Universität kopiert zu haben.«

»Und was wollen Sie jetzt tun?«, fragt Elin. »Wie sieht Ihr Plan aus?«

Die Krähe seufzt. »Zunächst einmal will ich mit den Lehrkräften Gespräche über unsere Arbeitsbedingungen führen. Aber die Lehrer reden am liebsten darüber, wie anstrengend und bedrohlich die Schüler sind.«

»Und was geschieht, wenn Sie darüber sprechen, was die Lehrer selbst tun können?«

Die Sekretärin notiert sich ein paar Wörter auf ihrem Block und blickt auf. Sie hat Schweißtropfen auf der Stirn. Die Einzige, die nicht zu schwitzen scheint, ist die Krähe.

»Dann ist die Atmosphäre ziemlich geladen, aber die Jüngeren nehmen alle Cool, damit die Emotionen nicht zu heftig werden.«

»Nehmen auch die Lehrer Cool?«, will die Sekretärin wissen, während sie sich weitere Notizen macht.

»Die Jüngeren kennen das noch aus ihrer eigenen Schulzeit. Viele nehmen eine doppelte Dosis und sagen, dass ihnen die Tonveränderung in ihrem Körper gefällt.«

»Tonveränderung?«

»Die Musiklehrerin sagte, sie hätte das Gefühl, als sei ihre Stimmung von A-Moll zu C-Dur transponiert worden.«

Die Königin streckt ihre Hand nach einer weiteren Flasche aus, nimmt den Öffner und hebelt den Verschluss mit viel zu viel Kraft ab.

»Nehmen Sie auch Cool?«

Die Krähe schüttelt den Kopf. »Nein, aber meine Mutter tut es. Die

Leute hier oben nehmen jede Menge Antidepressiva und Schlafmittel. Alle brennen ihren eigenen Schnaps und trinken unmäßig. Siebzig Prozent aller Einwohner in dieser Gegend sind übergewichtig. Die Ärzte kommen kaum noch mit der Diabetesbehandlung nach. In keinem anderen Bezirk kommt es zu so vielen Selbstverletzungen bei Jugendlichen. Viele gehen trotz des Gesundheitsrisikos mit nacktem Oberkörper in die Sonne. Und dann gibt es da diese drei Familien …«

Der Sekretärin scheint eine Frage auf der Zunge zu liegen, doch in diesem Moment klopft es an der Tür. Die Krähe steht auf und öffnet.

Zwei schlanke Mädchen stehen auf der Schwelle. Sie tragen farbenfrohe lange Gewänder, die sie um ihre Körper geschlungen haben, und raffiniert um ihre Köpfe drapierte Tücher. Jede von ihnen hält eine Gitarre in der Hand.

Die größere der beiden wirft einen Blick in den Raum. Sie streckt ihren Hals wie ein Vogel mit wachen Augen und glänzendem Gefieder. »Wir haben gehört, dass Elin hier ist.«

Die andere fällt ihr ins Wort: »Wir haben gedacht, dass wir vielleicht etwas singen könnten.«

»Das ist Ajulu und dies hier ist Mestawet«, stellt die Direktorin die Mädchen vor.

Die beiden lächeln. Ajulu sucht Elins Blick. »Wir würden gern dieses Lied singen, das du mit sechzehn komponiert hast, ist das okay?«

»Wir haben erst neulich auf der Bildwand gesehen, wie du es gesungen hast«, erklärt Mestawet.

Die Krähe zeigt auf die Königin. »Das hier ist die Königin von Schweden.«

Die Mädchen nicken, haben aber nur Augen für Elin. Ajulu sagt: »Wir haben eine dreizehnjährige Cousine, deren Ehemann doppelt so alt ist wie sie. Manchmal muss man rennen. Davon handelt dein

Lied doch, oder? Wir haben einen eigenen Text zu deiner Melodie geschrieben. Dürfen wir den singen? Wir haben dem Lied auch einen anderen Titel gegeben. Bei uns heißt es nicht ›Marathon‹, sondern ›Sie aus Äthiopien‹.«
»Gern«, antwortet Elin und sieht sich um. »Wenn das für alle hier in Ordnung ist?«
»Absolut«, bekräftigt die Krähe.
Die Mädchen gehen die wenigen Schritte in Richtung Schreibtisch. Mit ihren langen Beinen können sie auf dem Tisch sitzen, ohne die Füße vom Boden heben zu müssen. Ajulu lehnt sich nach hinten und schaltet den Ventilator aus. Die Rotorblätter drehen sich immer langsamer und nach einer Weile ist es so still, dass man eine Fliege am Fenster hört.
Die Mädchen haben klare Stimmen und singen flüsternd. Ihre Finger gleiten über die Saiten, als wären diese giftigen Blumen in einem verwunschenen Garten.

Alles bricht zusammen, von Hoffnung kein Hauch,
meine Schwester ist schwanger, ihr schwillt schon der Bauch.
Papa geht betteln und Mama ist krank,
seit ihre Tochter im Elend versank.

Meine kleine Schwester ist im dreizehnten Jahr,
einen Vier-Kilo-Jungen im Frühling sie gebar.
Meine Schwester steht am Strand und gleicht einem Schrei.
Gehüllt in Staub und Hitze und niemand ist dabei.

Manche sind dumm, andere zum Schrei'n,
sie ist erst dreizehn, er steckt den Schwanz ihr rein,
Hab den Faden verloren, kenn mich nicht mehr aus,
als er mit ihr fertig ist, zieht er ihn wieder raus.

Alles bricht zusammen, von Hoffnung kein Hauch,
meine Schwester ist schwanger, ihr schwillt
schon der Bauch.
Ihr Leben ist vorbei und fing doch grad erst an,
der es ihr gestohlen hat, war und ist ein Mann.

So war es immer, so war es immer.
Und Hoffnung – nimmer!

Die Mädchen verstummen. Im Nachklang des letzten Akkords hört man, wie die Fliege die Fensteröffnung gefunden hat. Sie fliegt hinaus, dann ist es ganz still.
Die Königin streicht sich mit dem Handrücken über die Wange. Alle schweigen. Als wäre die Stille die Antwort auf das, was nicht beantwortet werden kann.
Ajulu streckt die Hand nach hinten und schaltet den Ventilator wieder ein. Er beginnt zu surren und die Mädchen lächeln Elin an, die aufsteht, zu Ajulu geht und ihren Kopf in beide Hände nimmt. Dann tut sie das Gleiche bei Mestawet. Beide Mädchen lachen.
»Wir haben jetzt Physik«, sagt Ajulu, nimmt ihre Gitarre und geht zur Tür.
»Es geht um das Universum«, erklärt Mestawet.
Dann sind sie verschwunden, die Tür wird geschlossen und Elin setzt sich wieder.
»Das will ich in den Nachrichten haben«, sagt Yasmin, geht zur Tür und verlässt den Raum.
»Können wir weitermachen?«, fragt die Sekretärin an die Krähe gewandt. »Sie hatten über die Noten gesprochen.«
Die Krähe nickt. »Eine schrecklich große Zahl von Jungs betrachtet es als Ehrensache, keine Bücher zu lesen. Viele brüsten sich damit. Dennoch bestehen sie die Schwedisch-Prüfung am Ende der neun-

ten Klasse. Schüler, die den Unterschied zwischen Zähler und Nenner nicht kennen, werden in Mathematik durchgewinkt. Und diejenigen, für die der Reichstag dasselbe wie die Regierung ist, bestehen das Examen in Gemeinschaftskunde. In Werbeanzeigen der Kommunalverwaltung wird davon geschwärmt, dass es bei uns nicht nur eine perfekte Infrastruktur und großartige Freizeitmöglichkeiten gibt, sondern auch eine Schule auf Weltniveau.«

»Eine Schule auf Weltniveau?«, wiederholt die Sekretärin, als hätte sie gerade erfahren, dass im Siljan-See Krokodile schwimmen.

Die Krähe lächelt. »Natürlich. Wie sollte man sonst Familien mit Kindern dazu bringen, hierherzuziehen?«

In diesem Moment heult die Alarmanlage los.

36

»Feueralarm«, sagt die Direktorin und steht auf. »Wir müssen das Gebäude verlassen. Jede Woche gibt es einen Fehlalarm, meistens direkt nach der Mittagspause. Wahrscheinlich ist das so einer.«

Als sie in die Eingangshalle kommen, zeigt Jilma auf einen Farbeimer, der neben dem Eingang steht. »Da ist eine Patrone drin. Wir müssen sofort verschwinden.«

Sie gehen hinaus in den Sonnenschein und die Hitze schlägt ihnen wie ein riesiger Hammer entgegen. Mit schnellen Schritten eilen sie dem schwarzen Fahrzeug entgegen. Farah hält Wache, als Elin vor der Königin in die Kühle kriecht.

Plötzlich schlüpft eine Person unter Farahs Armen hindurch. Ein Mädchen klammert sich so heftig an Elins Fußgelenke, dass seine Fingerknöchel weiß werden.

Farah zerrt an dem Mädchen.
»Lasst mich mitfahren!«, ruft das Mädchen.
Elin erkennt den roten Wolfsrachen zwischen den Schulterblättern, den kahlen Kopf sowie den Efeu mit den Vögeln.
»Nehmt mich mit!«, ruft das Mädchen.
Farah versucht, es aus dem Wagen zu ziehen.
»Wir nehmen sie ein Stück mit!«, ruft die Königin und steigt über den Körper des Mädchens hinweg.
Farah lässt das Bein des Mädchens los und die Tür schließt sich.
»Fahr!«, ruft die Königin, nachdem Farah auf dem Vordersitz Platz genommen hat und der Wagen zwischen einer Gruppe von Jugendlichen hindurchrollt.
Zwei Jungen mit Gesichtstattoos und farbenfrohen nackten Oberkörpern legen ihre Hände auf die Kühlerhaube. Als das Signalhorn des Wagens ertönt, scheinen die Jungen regelrecht vom Fahrzeug abzuprallen. Die Umstehenden heben die Hände und pressen mit offenen Mündern ihre Handflächen auf die Ohren.
Die Königin zeigt auf die Rückbank, auf der man entgegen der Fahrtrichtung sitzt, und ruft dem Mädchen auf dem Boden zu: »Setz dich hin!«
Das Mädchen geht auf die Knie, blickt von der Königin zu Elin und wieder zurück.
»Setz dich hin!«, kommandiert die Königin und zeigt erneut auf den Sitz.
Irgendwas trifft das Fahrgestell mit einem Knall.
»Was war das?«, ruft die Königin und Farah antwortet: »Ein Stein.«
»Wo sind die anderen?«
»Dicht hinter uns.«
Das tätowierte Mädchen hat gegenüber Elin und der Königin Platz genommen.
»Wir haben uns schon einmal gesehen«, stellt die Königin fest.

Das Mädchen nickt.
»Wie war noch mal dein Name?«
»Marie, aber ich werde Maran genannt.«
»Was willst du?«
»Ich will von hier weg.«
»Wohin?«
»Egal.«
»Warum?«
»Weil sie heute Abend damit anfangen wollen.«
»Womit?«
Das Mädchen zeigt auf ihre linke Brust. Es ist die einzige Stelle ihres Oberkörpers, die nicht tätowiert ist. Die rechte Brust ist von einer dunkelblauen Spinne umgeben, die mit ihren acht Beinen nach der Brust greift.
Die Königin zeigt auf die Spinne. »Was bedeutet das?«
»Dass ich eine Ols Ers bin.«
»Und was heißt das?«
»Ols Ers ist die größte Familie der ganzen Gegend.« Das Mädchen zeigt auf die blaue Spinne. »Und das ist unser Erkennungszeichen.«
»Wie lange hast du das schon?«
»Seit ich dreizehn bin.«
»Und was bedeutet es?«
»Dass ich mit jemandem aus den anderen Familien verheiratet werden soll.«
»Welche Familien sind das?«
»Trastpersons und Rökolarns.«
Die Königin deutet auf die tätowierte Spinne. »Das muss doch wehgetan haben.«
Maran hebt die Hände und ballt sie vor den Augen der Königin. Auf den Fingerknöcheln beider Hände reihen sich insgesamt sieben Buchstaben aneinander: SCHMERZ.

Die Königin lässt ihren Blick über den Körper des Mädchens gleiten, der von Tiergesichtern, Bären, Blumen, Efeuranken, schwarzen Nadelwaldkonturen, Tieraugen und kleinen Vögeln bedeckt ist. Um ihren Hals spannt sich ein drei Zentimeter breites farbiges Band. »Warum hast du das alles gemacht?«

Das Mädchen runzelt die Stirn. »Was?«

»Dich auf diese Weise tätowieren lassen.«

Maran senkt den Blick auf die Brust. »Das beginnt, wenn man sieben ist. Dann bekommt man einen Vogel auf die linke Hand tätowiert.« Sie streckt den linken Arm aus und zeigt ihren Handrücken. Ein kaum sichtbarer Vogel mit ausgefransten Flügeln scheint direkt unter der Haut zu fliegen.

»Alle bekommen diesen Vogel, wenn sie sieben sind. Der Vogel ist für alle Familien gleich, nur die Farben unterscheiden sich. Wir haben einen blauen.« Maran zeigt auf ihren Hals. Das oberste Band ist blau, das mittlere rot und das untere schwarz. »Ganz oben befindet sich die Farbe der eigenen Familie. Das Halsband bekommt man, wenn man elf wird.«

»Und jetzt sollst du bald verheiratet werden?«

Maran schüttelt den Kopf. »Niemand hier heiratet, bevor man achtzehn ist. Manche warten auch bis zwanzig oder noch länger, aber irgendwann heiratet man jemanden aus der Familie, die für einen vorgesehen ist.«

»Weißt du, wer für dich vorgesehen ist?«

»Ich weiß nur, aus welcher Familie er stammt.«

»Und welche ist es?«

Maran deutet auf ihr rotes Halsband. »Trastpersons. In dieser Familie gibt es viele Jungen. Einer davon geht in meine Klasse. Ich hasse das Schwein.«

»Aber hier oben muss es doch mehr als drei Familien geben.«

Maran nickt. »Es gibt aber nur drei Halsbandfamilien. Die anderen

zählen nicht und können untereinander heiraten, wenn sie das wollen. Die Macht geht von den Halsbandfamilien aus.« Sie beugt sich Elin entgegen. »Du bist eine Mörderin.«
Elin entgegnet nichts.
»Kannst du den töten, der mich haben will?«
Elin schüttelt den Kopf.
»Warum nicht?«
»Ich töte keine Menschen mehr.«
»Woher willst du das wissen?«
Elin antwortet nicht und Maran hebt die Stimme: »Woher willst du das wissen?«
»Weil man selbst darüber entscheidet, was man tut.«
»Glaubst du das wirklich?«, fragt Maran mit einem Schnauben.
»Wo sollen wir dich hinbringen?«, fragt die Königin.
Maran schaut aus dem Fenster.
»Gibt es jemanden, zu dem wir dich bringen sollen?«, fragt die Königin.
Maran entgegnet, den Blick zum Fenster gewandt: »Wer sollte das sein?«
Die Königin wendet sich an Elin. »Wir fliegen morgen, sonst könnte ich sie zu mir nach Hause mitnehmen.«
»Vielleicht könnte sie über Nacht bei meinen Eltern bleiben.«
Die Königin runzelt die Stirn. »Hast du auch gut darüber nachgedacht?«
Elin zeigt mit nach oben gekehrten Handflächen, dass sie auf diese Frage keine Antwort weiß. »Gibt es eine Alternative?«
»Es könnte gefährlich sein, sie zu verstecken.«
»Inwiefern?«
»Man könnte das als Brautraub auffassen.«
»Als Brautraub? Das hört sich an wie aus einer alten Oper.«
Die Königin schnaubt: »Da hast du recht. Was in diesem Land vor

sich geht, gleicht immer mehr einer Oper von Richard Wagner.«
Sie wendet sich an Maran. »Elin und ich sind morgen unterwegs. Deshalb kann ich dich nicht zu mir mitnehmen. Aber wir können Elins Eltern fragen. Vielleicht könntest du bei ihnen übernachten. Wäre dir das recht?«
Da Maran nicht antwortet, wiederholt die Königin: »Wäre dir das recht?«
»Ich weiß nicht.«
»Was weißt du nicht?«
»Ob ich will.«
»Und was würdest du lieber wollen?«
»Ich weiß nicht.«
Elin klingt so, als würde sie Hallgerd trösten. »Mama und Papa sind sehr lieb.«
Maran rümpft die Nase. »Was man von meiner Familie nicht gerade behaupten kann.«
»Wie meinst du das?«
»Wenn sie mich finden, dann weiß man, was sie mit mir machen. Was mit denen passiert, die mich versteckt haben, weiß man nicht.«
Die Königin und Elin wechseln Blicke und Elin verdreht die Augen. »Wir werden mit meinen Eltern reden.«
»Wenn ich von meiner Reise zurück bin, kannst du bei mir wohnen«, verspricht die Königin. »Bei mir bist du in Sicherheit, bis wir etwas anderes gefunden haben.«
Maran streicht sich mit einer Hand über die Wange. »Wo sollte das sein?«
Die Königin blickt aus dem Fenster und antwortet nicht.
»Wo sollte das sein?«, wiederholt Maran.
Elin beugt sich vor, nimmt Marans linke Hand und streicht mit einem Finger über die Buchstaben auf den Knöcheln. »Kennst du nur deine Verwandten?«

»Natürlich kenne ich auch andere, aber niemanden, der es wagen würde, mich zu verstecken.« Maran vergräbt die Hände in den Taschen und zieht die Schultern hoch, während Elin den Vogelkopf zwischen Marans Brüsten studiert. Der Blick des Vogels ist klar und absichtslos. Er beobachtet nichts, will nichts, erspäht nichts, hat keine Wünsche.

»Was passiert, wenn sie dich finden?«, fragt Elin.

»Dann lassen sie mich verschwinden, so machen sie das.«

»Wer verschwindet?«

»Die Mädchen, die glauben, sie könnten alles selbst entscheiden.«

»Ist das früher schon mal passiert, dass Mädchen verschwunden sind?«

»Ich kenne zwei. Eine stammt aus meiner Familie, die andere von den Schwarzen.« Maran deutet auf den schwarzen Teil des tätowierten Halsbands.

Die Königin wendet sich an Elin. »Warum weiß ich nichts von diesen Dingen?«

»Du hast keine Ahnung, wie es hier zugeht«, ereifert sich Maran. »Du kennst die Familien nicht, die hier leben. Du weißt nicht, was in der Schule passiert, und noch viel weniger, was los ist, wenn man zur Polizei geht.«

Die Königin sieht geknickt aus. »Kann man der Polizei nicht trauen?«

Maran schüttelt den Kopf und Elin zeigt auf den Vogelkopf zwischen Marans Brüsten. »Wer entscheidet, welche Bilder du auf deinem Körper trägst?«

Maran deutet auf ihren Hals. »Das Halsband richtet sich nach der jeweiligen Familie.« Dann dreht sie sich halb um und zeigt ihren Rücken. Zwischen den Schulterblättern befindet sich der große Kopf eines Wolfes, der seinen Rachen aufreißt. »Jeder, der aus einer dieser drei Familien kommt, hat ein Wolfsgesicht auf dem Rücken, auch die Jungen und Männer. Wenn der Kopf so groß ist, dass man ihn mit einer Hand bedecken kann, bedeutet das, dass man nur einen Bruder hat. Wenn man zwei Hände braucht, um das Bild zu bedecken, bedeutet das, dass man zwei Brüder hat. Wenn das Bild so groß ist wie meines, heißt das, dass man drei oder mehr Brüder hat.«

»Wie viele hast du?«

»Drei. Wenn man genau hinguckt, erkennt man in dem großen Kopf zwei kleinere Köpfe.«

»Soll das ein Zeichen der Stärke sein?«

Maran nickt. »Mein Vater hat vier Brüder. Alle wissen, dass er Hilfe bekommt, wenn man ihn angreift.«

Für eine Weile spricht niemand ein Wort. Dann zeigt Elin auf einen Bärenkopf, der sich in Marans Armbeuge befindet. »Das sieht fast aus wie ein Foto.«

»Bei uns lebt einer der besten Tätowierer des Landes.«

»Tut das nicht weh?«

Maran blickt wortlos aus dem Fenster.

Als die Nachmittagshitze am schlimmsten ist, erreichen sie Liden. Die Küchentür steht offen, es geht kein Wind.

»Hier ist es so heiß wie in Karatschi«, behauptet Gunnar, der mit kurzer Hose und nacktem Oberkörper am Küchentisch sitzt. Dann erblickt er Maran in ihrer löchrigen Jeans, den Stoffschuhen, mit dem kahlen Schädel und dem illustrierten Oberkörper. Der Tisch vor Gunnar ist mit Federn bedeckt. »Willkommen«, sagt er, lehnt sich nach hinten und mustert das Mädchen. »Ich heiße Gunnar und bin Elins Vater.«

Maran sieht sich in der Küche um, als befürchte sie eine Falle.

Die Königin geht dicht hinter ihr, nickt Gunnar zu und legt Maran die Hand auf die Schulter.

Aus dem Inneren des Hauses kommt Vidar, bleich unter der sonnengebräunten Haut. Er legt Elin die Arme um die Schultern, zieht sie an sich und flüstert: »Ida ist gestern gestorben. Klein-Gunnar weiß von nichts.« Dann schiebt er sie von sich weg und zeigt nach hinten. »Sie spielen.«

»Du Armer«, flüstert Elin.

Gemeinsam ziehen sie sich tiefer ins Haus zurück.

»Bitte sehr«, sagt Gunnar vom Tisch her, an dem er Fliegen bindet. Die Tischplatte ist nicht nur voller Federn. Auch schmale Rollen mit rotem, weißem und schwarzem Garn, glänzender Draht, Haken in verschiedenen Größen und eine Flasche mit Klarlack stehen bereit. »Bitte sehr«, wiederholt er und zeigt auf eine Kanne mit halb geschmolzenen Eiswürfeln. »Im Schrank über der Spüle sind Gläser.«

Die Königin holt vier Gläser und trägt sie zum Tisch.

Maran setzt sich Gunnar gegenüber. Sie zeigt auf die beiden fertigen Fliegen: »Royal Coachman.«

Gunnar betrachtet das Mädchen. »Bindest du auch?«

»Nymphen.«

»Das ist ein guter Anfang.«

Maran streckt ihre Hand nach einer der fertigen Fliegen aus, zögert jedoch. »Darf ich?«

»Ja, bitte.«

Sie fasst mit Daumen und Zeigefinger um den Flügel und hebt die Fliege hoch, als wäre sie ein lebendiges Wesen. Sie hält sie sich vor die Augen und Gunnars Blick folgt ihrer Hand: den Buchstaben auf den Fingerknöcheln, den abgebissenen Nägeln, dem Raubvogel auf dem Handrücken sowie dem Efeu, der sich, von Blaumeisen und Stieglitzen durchsetzt, der Armbeuge entgegenwindet.

Die Königin nimmt neben Maran Platz und füllt zwei Gläser mit Wasser.

»Hübsch«, lobt Maran und legt die Fliege auf den Tisch. »Bindest du nur Trockenfliegen?«
»Ja.«
Gunnar setzt seine Brille auf und beugt sich über den Bindestock. Er hält einen Pinsel in der Hand und schraubt den Verschluss von der kleinen Flasche mit Klarlack ab.
Ein Auto fährt auf den Hof. Die Königin wirft einen Blick aus dem Fenster. »Yasmin.«
Hallgerd und Klein-Gunnar kommen aus Hallgerds Zimmer. Beide erblicken gleichzeitig Marans Rücken. Klein-Gunnar nimmt Hallgerds Hand und die Königin erklärt: »Das hier ist Maran.«
Maran dreht den Kopf und lächelt die Kinder an.
Hallgerd tritt einen Schritt näher, während Klein-Gunnar den Druck seiner Hand verstärkt und sie daran hindern will.
Yasmin kommt durch die Tür und begegnet den Blicken der Kinder. »Hallo, Hallgerd! Hallo, Klein-Gunnar!«
Hallgerd zeigt auf Maran.
»Sie hat einen Wolf auf dem Rücken!«, ruft Klein-Gunnar.
»Und Vögel!«, ergänzt Hallgerd. »Wie kann man Vögel auf dem Rücken haben?«
»Und Blätter!«, ruft Klein-Gunnar und beide Kinder lachen. »Wie kann man so viele Vögel und Blätter auf dem Rücken haben?«
Yasmin tritt an den Tisch, füllt ein Glas mit Wasser, leert es und stellt es wieder hin. »Wo ist Elin?«
Gunnar antwortet, ohne den Blick von der halb fertigen Fliege im Bindestock abzuwenden. »Die ist mit Vidar verschwunden. Ich glaube, sie müssen etwas miteinander besprechen.« Dann zeigt er auf das Glas, das vor Maran auf dem Tisch steht. »Trink.«
Sie nimmt das Glas und leert es.
Gunnar setzt die Brille ab, klappt sie zusammen und deutet damit auf Maran: »Bist du weggelaufen?«

Maran zeigt auf die Brust, die nicht tätowiert ist. »Dort wollten sie sich heute Abend zu schaffen machen und natürlich ein Fest feiern. Daraus wird jetzt nichts, es sei denn, sie kommen und holen mich. Aber dann wird erst recht nichts daraus.«

»Wie meinst du das?«

»Wenn sie mich holen, dann kriegen sie meinen Körper, aber nicht mich.«

Hallgerd betrachtet Maran mit gerunzelter Stirn, geht halb um sie herum und mustert den Rücken mit dem Wolfsrachen. Dann kommt sie näher, platziert ihre Hände auf Marans Oberschenkel, legt ihre Kinnspitze zwischen die Hände und sieht Maran in die Augen.

Maran streicht dem Mädchen über das Haar. »Willst du auf meinem Schoß sitzen?«

Hallgerd hebt den Kopf und nickt.

Maran hebt sie auf ihren Schoß. »Ich hab eine Schwester, die genauso alt ist wie du. Kannst du raten, wie sie heißt?«

Hallgerd schüttelt den Kopf.

»Klein-Stina.«

Hallgerd zeigt auf ihren Spielkameraden: »Kannst du raten, wie er heißt?«

Maran schüttelt den Kopf.

»Klein-Gunnar.«

Yasmin bekommt eine Nachricht auf ihr Mobil. Sie liest sie und steckt das Mobil in die Tasche. »Ich muss in die Redaktion. Grüßt Elin von mir und richtet ihr aus, dass ich mich melde.«

Gunnar nickt und hält Maran eine Royal Coachman entgegen. »Ich kann dir beibringen, wie man so was bindet.«

Yasmin macht sich auf den Weg, während Hallgerd mit dem Zeigefinger die Konturen der Spinne auf Marans Haut nachzeichnet. »Warum hast du hier so ein Tier?«

»In unserer Familie ist das so üblich. Das ist eine Spinne.«
Hallgerd schüttelt den Kopf. »In unserer Familie haben wir so was nicht.« Dann lässt sie sich von Marans Schoß gleiten.
Gunnar hält Maran einen Haken entgegen. »Komm rüber zu mir, dann kann ich es dir besser zeigen.«
Maran steht auf und geht auf die andere Seite des Tisches.
Die Königin, die gegenübersitzt, beobachtet sie eine Weile, während Gunnar ihr die ersten Handgriffe zeigt. Sie nimmt Blickkontakt zu ihm auf. »Können wir mal kurz rausgehen?«
Gunnar steht auf, während Maran seine Bindearbeit fortsetzt.

Maran dreht sich um und blickt aus dem Fenster. Die Königin und Gunnar stehen in der brütenden Hitze auf dem Hof. Die Königin nimmt einen Ring vom kleinen Finger und gibt ihn Gunnar.
»Ich kriege noch einen Hitzschlag«, stöhnt Gunnar und gießt sich ein Glas Wasser ein, als sie kurz darauf wieder im Haus sind. Er leert das Glas, geht zum Tisch, setzt sich neben Maran und sagt: »Wenn du willst, kannst du heute Nacht hierbleiben. Die Sicherheitschefin der Königin bleibt auch hier. Niemand wird dich gegen deinen Willen fortbringen.«
Maran fährt damit fort, den Faden um den Haken zu wickeln, ehe sie entgegnet: »Danke, ich bleibe gern.«
Kurz darauf kommt Elin zusammen mit Vidar in die Küche zurück.
»Ich hab noch was vor«, sagt die Königin. »Und du auch, Elin, oder?«
»Klein-Gunnar und ich bleiben über Nacht«, flüstert Vidar.
Gunnar zeigt auf Maran: »Wir haben noch einen Übernachtungsgast.«
Vidar begrüßt Maran, als wäre er nicht ganz bei der Sache.
Maran arbeitet weiter an der Fliege.
Nachdem Elin und die Königin sich verabschiedet und die Kinder umarmt haben, brechen sie auf.

Anna kommt aus dem Arbeitszimmer, begrüßt Maran und kocht Kaffee. »Gute Geschäfte mit Asien heute Nacht«, stellt sie fest, als würde sie vor allem mit sich selbst sprechen. Sie setzt sich Gunnar und Maran gegenüber. Hallgerd hockt sich auf ihren Schoß.

Gunnar zeigt auf den Bindestock. »Maran ist Lars Ols Ers' Tochter und bleibt über Nacht.«

»Dann hat sie ja eine große Familie«, murmelt Anna.

Gunnar schaut ihr in die Augen und nickt.

Maran macht einen Knoten, schneidet den Faden ab und sieht auf. »Einige werden bald hier sein.«

Gunnar nimmt Blickkontakt mit Farah auf. Auf dem Stuhl neben ihr liegen eine kugelsichere Weste, eine Maschinenpistole, ein Helm und drei Extramagazine. »Wir sind auf Begegnungen aller Art vorbereitet, nicht wahr?«

Farah legt den Kopf auf die Seite und lässt ihren Blick von Gunnar über Anna zu Vidar schweifen. »Wir sind bereit«, antwortet sie. »Egal, was kommen mag.«

37

Unmittelbar nachdem Hallgerd und Klein-Gunnar eingeschlafen sind, schaltet sich die Bildwand ein. Drei Autos nähern sich auf dem großen Weg, fahren mit hoher Geschwindigkeit bis auf das Grundstück und parken nebeneinander an der Böschung, etwa fünfzig Meter vom Haus entfernt.

Gunnar zoomt sie heran, aber die Fenster sind blickdicht, sodass man nicht erkennen kann, wie viele Personen in den Fahrzeugen sitzen. Die Motoren surren immer noch leise, fast lautlos.

Farah legt ihre Schutzweste an. Sie bedeckt ihren Körper vom Hals bis über die Oberschenkel. Dann setzt sie den Helm auf, nimmt die Maschinenpistole und lädt eine Patrone in den Lauf.

»Wenn ich den Hut zurechtrücke, kommst du raus«, instruiert Gunnar sie, ehe er seinen Hut und eine Sonnenbrille aufsetzt. Dann geht er hinaus und zieht die Tür hinter sich zu.

Farah postiert sich am Ausguck, der aus schusssicherem Glas besteht.

Ein Mann steigt aus dem mittleren Wagen und geht dem Haus entgegen. Er ist genauso groß wie Gunnar, trägt Jeans und ein kurzärmliges weißes Hemd. Auf seinen Unterarmen winden sich Efeuranken, in denen kleine Vögel sitzen. Er bleibt vor Gunnar stehen, setzt die Sonnenbrille ab und steckt sie in die Brusttasche seines Hemds. Er spricht mit ausgeprägtem Dalarna-Dialekt: »Ich bin Lars Ols Ers und du hast meine Tochter genommen.«

Gunnar nimmt ebenfalls die Sonnenbrille ab und steckt sie in die Brusttasche seines Hemds. Dann blickt er in die blauen Augen seines Besuchers. »Ich habe deine Tochter nicht genommen.«

Ols Ers verzieht den Mund. Es ist kein Lächeln, sondern eher ein Zähnefletschen. »Meinst du etwa, dass Marie nicht bei euch da drin ist?«

»Das habe ich nicht gesagt.«

»Und was hast du gesagt?«

»Ich habe gesagt, dass ich deine Tochter nicht genommen habe.«

Ols Ers zeigt auf das Haus und klingt müde. »Sag ihr, dass sie rauskommen soll.«

Gunnar greift sich an seinen Hut. Sofort öffnet sich die Tür und Farah kommt mit Helm, schusssicherer Weste und Maschinenpistole heraus. Schräg hinter Gunnar bleibt sie stehen.

Ols Ers zeigt auf sie: »Wer ist das?«

»Die Leibwächterin Ihrer königlichen Majestät.«

Ols Ers schüttelt den Kopf und schnaubt. »Was die für ein hässliches Ding auf dem Kopf hat.« Dann setzt er zwei Finger an die Lippen und pfeift. Sofort steigen sechs Männer aus den drei Autos. Da sie hinter den geöffneten Türen stehen bleiben, kann Gunnar nicht sehen, ob sie bewaffnet sind.
Ols Ers hebt die Stimme: »Sag dem Mädchen, dass sie rauskommen soll!«
Da Gunnar nicht antwortet, geschweige denn seiner Aufforderung nachkommt, wiederholt Ols Ers mit lauter Stimme: »Sag dem Mädchen, dass sie rauskommen soll!«
Gunnar zieht sich den Hut in die Stirn und die Krempe nach unten, damit ihn die untergehende Sonne nicht blendet. Ruhig und entspannt sagt er: »Ich habe eine Mitteilung von Ihrer Majestät der Königin für dich. Und die Königin möchte, dass du dir ganz genau anhörst, was sie dir zu sagen hat. Als Zeichen ihres guten Willens lässt sie dir dieses Geschenk zukommen. Das kannst du für alle Zeit behalten, ganz gleich, wie du zu der Sache stehst, die ich dir gleich vortragen werde.« Gunnar greift in seine Jeanstasche und zieht den Ring heraus, den die Königin am kleinen Finger getragen hat. Mit gestrecktem Arm hält er ihn Ols Ers entgegen, so wie man einem scheuen Pferd ein Stück Brot entgegenhält.
Für einen Moment steht Ols Ers regungslos da, als wüsste er nicht genau, wie er sich verhalten soll. Dann tritt er nach vorn und betrachtet den Ring, den ihm Gunnar direkt vor die Augen hält. In dem Edelstein bricht sich funkelnd das Licht.
»Dieser Ring befand sich über viele Generationen hinweg im Besitz der königlichen Familie. Ihre Majestät will, dass du ihn als Geschenk entgegennimmst.«
Ols Ers schnaubt. »Dann bin ich ihr etwas schuldig.«
»Die Schuld, von der du sprichst, ist eine Ehrensache, die dir nützen wird.«

»Der Edelstein ist ziemlich groß.«
»Es ist ein Diamant.«
»Das sehe ich auch.«
»Doch wertvoller als der Ring ist die Freundschaft der Königin.«
Ols Ers schnaubt erneut, erschlägt eine Mücke auf seiner Wange und zeigt seine blutige Handfläche: »Wer Ols Ers' eigenes Blut will, lebt gefährlich. Was will die Königin im Gegenzug?«
»Sie will verhandeln.«
»Worüber?«
»Marie steht von heute an unter dem persönlichen Schutz der Königin.«
»Was heißt das?«
»Dass sich Ihre Majestät bis zu ihrem Tod um deine Tochter kümmern, sie beschützen und in allen Lebenslagen unterstützen wird.«
»So was hab ich noch nie gehört.«
»Aber du hast doch schon von der Königin gehört?«
»Stell mir keinen Fragen, die du einem Idioten stellen könntest.«
»Du weißt, dass die Königin einflussreiche Freunde hat?«
»Freunde haben alle.«
»Das stimmt, aber zu den Freunden der Königin gehören Könige, Präsidenten, Generäle, Polizeichefs, Leiter von Steuerbehörden und andere, die einen großen Einfluss auf das Leben vieler Menschen haben. An deiner Stelle würde ich den Ring nehmen und verhandeln.«
Ols Ers schüttelt den Kopf und sieht aus, als hätte man ihm gerade nahegelegt, einen Regenwurm zu essen. »Ich bin ein mächtiger Mann. Mit mir springt man nicht um, wie es einem passt.«
Gunnar zieht seine Brille aus der Brusttasche, setzt sie auf, schiebt sie hoch bis zur Nasenwurzel und lächelt. »Mir ist bewusst, dass du ein mächtiger Mann bist. Vor allem, da du das selber sagst. Doch wer in einem kleinen Ort im nordwestlichen Teil von Dalarna

mächtig ist, könnte ja mal darüber nachdenken, ob es in dieser Gegend vielleicht jemanden gibt, der noch mächtiger ist als er. So etwas würde einen klugen Mann auszeichnen und ein kluger Mann denkt sorgfältig darüber nach, mit *wem* er sich anlegt.«

Ols Ers seufzt, streckt die Hand aus und schnappt sich den Ring. Er betrachtet ihn von allen Seiten, ehe er ihn in seiner Hosentasche verschwinden lässt, sich die Sonnenbrille wieder aufsetzt und in Richtung Haus zeigt. »Ich will mit meiner Tochter reden.«

»Damit musst du warten, bis Ihre Majestät mit dir verhandelt hat. Doch du wirst reich belohnt werden.« Gunnar zeigt auf Ols Ers' Tasche, in der sich der Ring befindet.

Ols Ers nimmt ihn heraus und betrachtet ihn erneut, als hätte er den Eindruck gewonnen, etwas ungeheuer Wertvolles zu einem Schleuderpreis verkauft zu haben. Schließlich stopft er den Ring wieder in die Tasche zurück. »Meine Tochter ist schon jemandem versprochen und die Familie, der sie versprochen ist, könnte sich ziemlich gekränkt fühlen.«

»Auch diese Familie kann sich entscheiden, ob sie mit der Königin befreundet oder verfeindet sein will. Entscheidet sie sich für die Freundschaft, wird auch diese Familie nicht leer ausgehen. Wählt sie jedoch die Feindschaft, werden ihre Sorgen kein Ende finden. Hol dir die Erlaubnis, auch in ihrem Namen verhandeln zu dürfen.«

Ols Ers streicht sich über das Kinn, späht zur Tür und blinzelt: »Steht da jemand am Ausguck?«

Gunnar antwortet nicht und Ols Ers seufzt. »Ich will sie auf jeden Fall sehen. Kann sie sich nicht in der Tür zeigen?«

»Nein.«

Ols Ers schüttelt den Kopf. »Hier stehe ich und weiß, dass meine Tochter in deinem Haus ist. Bald wird sich in der ganzen Gegend herumgesprochen haben, wie ich hier gestanden und nutzlos geredet habe. Einen Schwächling werden sie mich nennen. Meine Familie wird entehrt sein, ihren Status und ihre Macht verlieren. Glaubst du etwa, ich bin damit einverstanden?«

»Zeig ihnen den Ring«, schlägt Gunnar vor. »Erzähl ihnen, du hättest mit der Königin selbst verhandelt. Sag ihnen, du hättest harte Forderungen gestellt.«

Ols Ers schüttelt erneut den Kopf. »Forderungen zu stellen ist das eine. Seinen Willen zu bekommen das andere.«

»Ich werde dich unterstützen«, verspricht Gunnar. »Du bist ein guter Kerl und ich werde zwischen dir und der Königin vermitteln. Keiner von euch wird unzufrieden vom Tisch aufstehen, und was du von dort mitnehmen wirst, wird dir zur Ehre gereichen und noch mehr.«

Ols Ers kneift die Augen zusammen. »Noch mehr? Was meinst du damit?«

»Neue Geschäftsmöglichkeiten für dich und ganz Doljsö. Die Königin hat Pläne.«

»Pläne?«

Die beiden Männer mustern sich schweigend, als läge ihnen beiden etwas auf der Zunge, was sie wohlweislich für sich behalten.

»Sag ihr, dass ich komme.«

Gunnar streckt die Hand aus. »Ich werde Ihrer Majestät mitteilen, dass Ols Ers ein kluger und mächtiger Mann ist, der sich bereit erklärt hat, über Marie Ols Ers' Zukunft zu verhandeln.«

Ols Ers ergreift die ausgestreckte Hand, drückt sie, zieht seine Hand zurück und erschlägt erneut eine Mücke auf seiner Wange. Er zeigt Gunnar seine Handfläche. »Dann wollen wir hoffen, dass in dieser Sache nicht mehr Blut fließen wird als nötig.«

»Du bist ein kluger Kerl, Ols Ers«, schmeichelt ihm Gunnar.

Marans Vater macht auf dem Absatz kehrt und stapft die Böschung hinauf. Unmittelbar darauf rollen die Autos davon und Gunnar und Farah gehen ins Haus zurück.

Wenig später sitzen sie am Küchentisch. Alles, was auf dem Vorplatz geschehen ist, wurde von den Überwachungskameras aufgenommen und der Film an die Königin gesendet.

Am Küchentisch ist gerade davon gesprochen worden, dass morgen auch noch ein Tag ist, als sich die Bildwand einschaltet. Der Abstand zum Objekt beträgt 840 Meter, die Richtung 130 Grad.
Als das Objekt herangezoomt wird, sieht man einen Jungen in schmutzigen Jeans, einem langärmligen Hemd und mit einem schmuddeligen Käppi, das einst weiß war. Er steht neben einem grauen Pferd ohne Sattel und richtet ein Fernglas auf das Haus. Als die gesamte Bildwand von seinem Gesicht ausgefüllt wird, flüstert Maran: »Das ist Enno.«
Gunnar legt den Kopf auf die Seite und schaut sie an. »Ein Bekannter von dir?«
Maran errötet unter ihrer gebräunten Haut. »Der ist verknallt in mich.«
»Du auch in ihn?«
Maran nickt.
»Wie alt ist er?«
»Sechzehn.«
»Aus welcher Familie kommt er?«
»Aus keiner.«
»Wie meinst du das?«
»Er hat kein Halsband. Er ist ein Niemand.«

38

Syria steht am Fenster und beobachtet die Wildschweine. Sie lässt das Fernglas sinken, erschlägt eine Mücke auf ihrer Haut und betrachtet das Blut auf ihrer Handfläche.

Dockan, mit nichts als Shorts bekleidet, betritt die Küche. »Die Königin lässt das Flugzeug betanken.«

Syria stellt das Fernglas auf die Fensterbank und dreht sich um. »Dann ist sie auf dem Weg zu ihrer Hütte in Norwegen. Wie soll ich da rechtzeitig hinkommen?«

»Sie scheint mehr Benzin bestellt zu haben als üblich. Vielleicht will sie gar nicht zu dieser Hütte fliegen.«

»Wer ist der Informant?«

»Derselbe, der uns über den Schulbesuch informiert hat.«

Syria schüttelt den Kopf. »Niemand hat uns darüber informiert, dass die Königin ebenfalls Dolsjö besucht. Dass sie da mit ihren Leibwächtern aufgekreuzt ist, hat alles zunichtegemacht. Wie zuverlässig ist dieser Informant?«

»In drei von vier Fällen kann man dem Informanten vertrauen. Dass die Königin in Doljsö aufgetaucht ist, lag vielleicht an einer sehr kurzfristigen Entscheidung.«

Syria legt eine Hand in ihren Nacken. »Kriegst du noch mehr raus?«

»Was willst du wissen?«

»Ob die Königin an den Wetteraussichten oder Flugbedingungen für die nächsten Tage interessiert war, solche Sachen. Ob sie Blasen an den Füßen oder Mundgeruch hat, was weiß denn ich.«

Dockan erschlägt eine Mücke. »Vielleicht sollten wir ein Mückennetz in der Küche aufspannen.«

Syria fasst sich erneut in den Nacken. »Kannst du mal nachschauen, ob ich da eine Zecke habe?« Sie wirft den Kopf herum, sodass die Haare zur Seite fliegen.

Dockan geht zu ihr und streicht mit einem Finger über ihre Nackengrube. »Irgendwas ist da.«

»Eine Zecke?«

»Ich weiß nicht. Leg dich mal auf das Bett.«

Syria verlässt die Küche und geht mit Dockan im Schlepptau in ihr Zimmer, wirft sich bäuchlings auf die Matratze und streicht die Haare in ihrem Nacken zur Seite.

Dockan setzt sich auf die Bettkante, beugt sich über ihren Nacken und streicht mit dem Zeigefinger darüber. »Ich hole eine Pinzette.«

Er geht ins Badezimmer, nimmt eine Pinzette aus dem Hängeschrank, kehrt zurück und setzt sich wieder auf die Bettkante. »Ist nur eine ganz kleine«, erklärt er.

»Du weißt, wie man sie herausdreht?«

»Ich weiß, wie das geht.« Dockan setzt die Pinzette an, drückt die Spitzen zusammen, dreht sie und zieht sie weg. Er zeigt Syria das Ergebnis. »Ziemlich klein. Ich werf sie ins Feuer. Die Nachrichten fangen gleich an.«

Syria ruft die Lokalnachrichten auf. Eine Frau blickt direkt in die Kamera. »Ein inoffizieller Besuch Ihrer Majestät der Königin in Doljsö wurde heute abgebrochen, nachdem in der ortsansässigen Schule eine Patrone entdeckt worden war. Die Polizei will diesen Vorfall zum gegenwärtigen Zeitpunkt nicht kommentieren. Ein Waldbrand hat dazu geführt, dass zwei ältere Männer verletzt …«

Syria schaltet die Bildwand aus, steht auf und geht auf den Flur. Als sie wiederkommt, hält sie einen Rucksack in der Hand. Sie stellt ihn aufs Bett, öffnet eine der kleinen Taschen an der Vorderseite, steckt die Hand hinein und zieht vier Patronen heraus. Sie hält sie Dockan entgegen. »Ich hatte fünf dabei.« Sie untersucht die Tasche und steckt den Mittelfinger in ein Loch.

»Sind deine Fingerabdrücke auf der Hülse?«, fragt Dockan.
»Ich habe die Schachtel ausgelehrt, ohne die Patronen anzufassen.«
Syria nimmt den Rucksack, trägt ihn zum Fenster und untersucht das Loch im Licht.
»Der Rucksack war im Haus, genau wie mein Arbeitsanzug. Man sollte diesen alten Mist nicht benutzen.«
Syria seufzt. »Hinterher ist man immer schlauer, aber in unserer Branche kann man sich das einfach nicht leisten. Ich habe die Kontrolle verloren.«

39

Sten liegt nackt auf dem Bett, als sein Mobil zu klingeln beginnt. Er setzt sich auf und findet es unter dem Kissen.
»Hallo, Junge«, hört er am anderen Ende.
»Wie geht's dir?«, fragt er mit keuchender Stimme.
»Beschissen«, antwortet Burman.
Beide schweigen für einen Moment, ehe Sten fragt: »Wo bist du?«
»Zu Hause auf dem Grundstück.«
»Was tust du da?«
»Ich habe einen Wohnwagen auf den Rasen gestellt. Wenn du willst, kannst du hierherkommen. Es ist ein großer Wagen mit zwei Schlafzimmern. Eins kannst du haben.«
»Ich weiß nicht …«
»Sind die Leute von der Wachfirma gekommen?«, erkundigt sich Burman.
»Einer sitzt vor der Gartenpforte in seinem Auto, der andere in der Tischlerwerkstatt. Heute Abend kommt noch eine Frau mit Hund.

Die sollte eigentlich schon da sein. Ist denn bei den Ermittlungen was herausgekommen?«

»Es war eine Drohne.«

»Wer hat die geschickt?«

»Darüber sollten wir nicht am Telefon spekulieren. Wenn du willst, kannst du herkommen. Der See hat dreiundzwanzig Grad und es soll noch wärmer werden.«

»Ich komme morgen.«

»Der Schwan ist nicht mehr da.«

»Ist bestimmt nur ein Zufall.«

»Vielleicht, aber ich bin gestern zurückgekommen und habe ihn bisher noch nicht gesehen.«

»Vielleicht hat ihn der laute Knall erschreckt.«

»Wie kommst du mit dem Essen zurecht und so?«

»Die Sozialarbeiterin kommt jeden Tag, kauft für mich ein, sitzt am Küchentisch und glotzt mich an, während ich frühstücke. Sagt, dass wir reden müssten. Aber selber sagt sie auch nicht viel.«

»Das ist eine falsche Schlange, pass auf.«

»Mach dir keine Sorgen.«

»Du kriegst auch noch dein Geschenk. Wenn du morgen früh zu Hause bist, kann ich es dir zukommen lassen.«

Später schaut sich Sten zum zweiten Mal *The Jumper* an. Es gibt sechs Staffeln mit insgesamt siebzig Folgen. Am Anfang der Serie lässt sich die Hauptfigur zum Fallschirmjäger ausbilden. Nachdem Sten die erste Folge gesehen hat, meldet sich sein Mobil.

»Sten Ivarson?«

»Ja.«

»Ich habe eine Paketsendung für dich. Bist du morgen früh um neun zu Hause?«

»Ja.«

»Dann komme ich vorbei.«
»Wer bist du?«
»Derjenige, der das Geschenk abliefert.« Damit ist das Gespräch beendet.
Sten ruft Burman an. »Da hat jemand mit Piepsstimme angerufen und gesagt, er würde morgen früh mit einem Geschenk vorbeikommen. Das ist doch wohl keine Falle, oder?«
»Nein, nein, alles okay.«
»Er hat keinen Namen gesagt.«
»Soll ja auch eine Überraschung sein.«
Kurz darauf erscheint die Frau mit dem Schäferhund. Sten geht in die Knie und begrüßt den Hund, während die uniformierte Frau am Zaun zur Pferdekoppel steht und eine Textnachricht an jemanden schreibt, der kontaktiert werden will, ehe die Nacht hereinbricht.

Sten wacht auf, als eine piepsige Männerstimme aus der Küche zu ihm heraufruft: »Hallo, ist jemand da?«
Sten setzt sich auf, immer noch in seinem Traum gefangen, in dem Pferde über eine verdorrte Steppe galoppieren, während schwarze Schwäne sie mit schlagenden Flügeln aufzuhalten versuchen.
»Hallo?«
Eine der Katzen springt aufs Bett und reibt sich an seinem nackten Fuß. Sten steht auf und stapft zur Toilette. Dann geht er hinunter in die Küche.
Der Mann mit der dünnen Stimme streckt ihm seine riesige Pranke entgegen und sagt seinen Namen, doch Sten ist so schlaftrunken, dass er ihn sofort wieder vergisst.
Der Mann zeigt zum Fenster. »Das Geschenk …«
Sten durchquert die offene Küchentür, der Mann folgt ihm dicht auf den Fersen.

Der große Wagen, der am Abend zuvor in der Gartenpforte geparkt hatte, steht jetzt im Hof und der Uniformierte hat sich mit erhobener Waffe neben einem kleinen marineblauen Auto postiert.
Nur mit schwarzen Boxershorts bekleidet geht Sten barfuß zu dem Auto. Der Mann mit der Piepsstimme ist direkt hinter ihm und keucht, als wäre er gerade gerannt.
»Wir haben nur noch ein Auto mit dieser Farbe auf Lager. Zwei Sitze vorne und hinten ein Reservesitz, der aber nicht für lange Reisen gemacht ist. Man könnte darüber streiten, ob der Kofferraum ein wenig zu klein ausgefallen ist, aber eine Reisetasche geht zumindest hinein. Das neue Navigationssystem arbeitet mit Gesichtserkennung und erfasst sämtliche Fahrzeuge der näheren Umgebung. Wenn man will, erhält man jederzeit sämtliche Informationen über das unmittelbare Umfeld. Die Batterien halten fünfhundert Kilometer lang und lassen sich innerhalb einer Stunde kabellos aufladen. Das Unterhaltungssystem ist eine Klasse für sich.
Ich lasse den Wagen auf dich registrieren und zeige dir die ersten Handgriffe. Mit allem Weiteren kommst du alleine klar. Natürlich gibt es auch eine Video-Gebrauchsanleitung, die dir alles im Detail erklärt. Reifen und Fahrgestell erfüllen die Sicherheitsklasse AAA. Du kannst jetzt einsteigen.«
Die Vordertüren des Wagens öffnen sich und aus dem Inneren erklingt eine tiefe Männerstimme: »Schön, dass du wieder da bist, Jan. Ich sehe, dass du einen Gast mitgebracht hast.«
Nach einer Viertelstunde im Auto bittet Jan Folkeson darum, in die Stadt gefahren zu werden, und sie rollen davon. Sten setzt ihn ab und kehrt nach Hause zurück, parkt im Schatten vor der Küchentür und steigt aus.
Er geht ins Obergeschoss und stellt sich unter die Dusche. Dann zieht er eine von Mårds Jeans an sowie ein T-Shirt, auf dem *Love me or leave me* steht.

Während er darauf wartet, dass das Wasser kocht, ruft er Burman an. »Vielen Dank!«
»Du hast es bekommen?«
»Ist wirklich sehr hübsch!«
Burman seufzt. »Man wird ja auch nicht jeden Tag fünfzehn. Ich habe damals ein Moped bekommen. Es wurde am selben Tag gestohlen. Das ist jetzt fünfunddreißig Jahre her.«
»Was machst du gerade?«
»Ich war auf dem Steg und habe nach dem Schwan Ausschau gehalten.«
»Und, hast du ihn gesehen?«
»Nein.«
»Leg ein paar Brotkrumen raus.«
»Die schnappen sich die Möwen. Wenn du willst, kannst du herkommen und eine Runde schwimmen, ehe es zu heiß wird. Heute Nachmittag kommt ein Bagger, um den Brandort zu roden. Ich werde dann in die Stadt fahren. Wo kann der Vogel nur hin sein?«
»Keine Ahnung. Aber Schwäne bleiben in der Regel am selben Ort, oder?«
»Die Schwäne in unseren See für gewöhnlich schon.«
»Dann weiß ich auch nicht, wo er sein könnte.«
»Irgendwie kommt es mir so vor, als hätte ich ein Haustier verloren.« Burman beginnt zu weinen. Er schnieft und schluchzt. Sten lauscht schweigend, und als Burman seine Stimme wiedergefunden hat, ist sie verändert. »Ich vermisse sie so furchtbar.«
Sten sitzt am Küchentisch und seine Tränen fallen zwischen die Knäckebrotbrösel neben der Kaffeetasse.
Nachdem sie ihr Gespräch beendet haben, sucht Sten das Obergeschoss auf, zieht sich aus und stellt sich unter die Dusche. Als er aus dem Badezimmer kommt, ist der Flur voller Wasserdampf und das Fenster beschlagen.

Kurz darauf rollt Lundgrens Auto auf den Hof.
Sten tritt ans Fenster und beobachtet sie beim Aussteigen. Sie trägt rote Shorts und ein langärmliges hellblaues Herrenhemd mit Manschettenknöpfen. Ihre nackten Füße stecken in Sandalen. Sie ist ungeschminkt und hat ihre Brille bis zum Haaransatz hochgeschoben. Mit einer Hand trägt sie ihre Tasche, mit der anderen eine Pappschachtel.
Der bewaffnete Wachmann sagt etwas zu Lundgren, die antwortet, doch Sten versteht nicht, worüber sie reden. Der Wachmann lacht, und als Lundgren ihm den Rücken zukehrt, streicht er sich mit der Hand durch den Bart und sieht ihr nach.
Sten sitzt am Küchentisch, als sie auf der Schwelle erscheint. Eine der Katzen streckt ihren Schwanz senkrecht in die Höhe, trippelt ihr entgegen und streicht ihr maunzend um die Wade. Lundgren betritt den Raum und stellt die Schachtel auf den Tisch. Sten nimmt den Geruch des Shampoos wahr, riecht ihr Parfum, ihren Schweiß und noch etwas anderes, das er nicht identifizieren kann.
Lundgren legt ihre Sonnenbrille neben die Pappschachtel. »Ich habe ein bisschen Gemüse gekauft.« Sie stellt ihre Handtasche auf einen Stuhl und setzt sich Sten gegenüber, der den Kopf schüttelt.
»So was esse ich nicht so gerne.«
»Solltest du aber.«
»Hast du Gummiratten gekauft?«
»Nein.«
»Warum nicht?«
»Hab ich vergessen.«
»Wie kannst du so was nur vergessen?«
»Ich habe Karotten gekauft.«
Sten nimmt ihre Sonnenbrille, dreht sie in der Hand, liest den Markennamen auf dem Bügel, setzt sie auf und betrachtet Lundgren.
»War die teuer?«

»Geht so.«
»Verdienst du viel?«
»Das Gehalt für Angestellte der Gemeinde ist bescheiden.«
Sten sieht so aus, als hätte er gerade etwas verstanden, das mit der Expansion des Universums zu tun hat. »Dein Freund schafft also das meiste Geld ran.«
Lundgren geht zur Arbeitsplatte und zieht die oberste Schublade heraus. »Hast du einen Kartoffelschäler?«
»Verdient er gut?«
»Wir haben uns getrennt.«
Lundgren findet einen Schäler, tritt an den Tisch und greift mit einer Hand in die Schachtel. Sie zieht einen Bund Karotten heraus und kehrt an die Arbeitsplatte zurück.
»Ich hatte noch nie eine Freundin. Findest du das unnormal?«
»Das hast du schon mal gefragt.« Lundgren holt ein Messer aus der Schublade, nimmt ein Schneidebrett vom Haken an der Wand und schneidet das Kraut sowie die Enden von vier Karotten ab. Sie spült sie unter dem Wasserhahn und beginnt, sie zu schälen. »Das sind Freilandkarotten.«
»Was heißt das?«
»Dass sie nicht aus dieser Gegend stammen. Hast du mit irgendjemandem heute geredet?«
»Hast du das Auto gesehen? Das ist mein Geburtstagsgeschenk.«
»Glückwunsch.«
»Du hast mir schon gratuliert. Warum kommst du eigentlich ständig hierher?«
»Darüber haben wir bereits diskutiert.«
»Und zu welchem Ergebnis sind wir gekommen?«
»Dass du mit jemandem über das reden musst, was du erlebt hast.«
»Stimmt. Aber das hast *du* gesagt, nicht *wir*. Es gibt einen Unterschied zwischen *ich* und *wir*. *Ich* und *wir* sind nicht dieselbe Person.«

Lundgren hat vier Karotten geschält und beginnt nun damit, sie der Länge nach in Streifen zu schneiden. Aus einer Karotte werden sechs Streifen. Nachdem sie damit fertig ist, holt sie einen Teller und legt die Streifen darauf. Sie trägt den Teller zum Tisch und stellt ihn vor Sten hin, der ein Gesicht macht, als hätte sie ihm ein Katzenklo vor die Nase gestellt.

»Was soll das sein?«

Lundgren verzieht den Mund. »Bedien dich, die sind gut. Hätte es Zitronen gegeben, die kein Vermögen kosten, hätte ich sie ebenfalls gekauft. Zitrone passt gut zu Karotten.«

»Du kannst so viele Zitronen kaufen, wie du willst. Ich hab genug Geld.«

»Die Gemeinde schickt eine Rechnung.«

»Für das Essen?««

»Ja.«

»Warum tun sie das? Ich habe dich nicht darum gebeten, Karotten zu kaufen.«

»Ich kann sie selbst bezahlen.«

»Mach dir keine Gedanken. Natürlich kannst du Karotten kaufen, wenn du die so gerne magst.«

Lundgren geht zum Fenster und streicht mit dem Mittelfinger über die Blumenerde. »Bei dieser Hitze muss man jeden Tag gießen.«

»Sind die neu?«

Lundgren dreht sich um. »Was meinst du?«

»Deine Shorts.«

»Nein.«

»Ich kannte jemanden, der genau so welche hatte. Dieselbe Farbe und alles. Sie hat immer ein Computerspiel namens *Nighthawk* gespielt. Kennst du das?«

Lundgren schüttelt den Kopf und kehrt an den Tisch zurück, setzt

sich Sten gegenüber, nimmt einen Karottenstreifen und beißt davon ab.
Sten beobachtet sie. »Willst du dir mal mein Auto ansehen?«
»Hab ich schon getan.«
»Ich meine von innen.«
»Ein anderes Mal.«
»Ich hab es von Burman geschenkt bekommen. Der sucht gerade zu Hause nach einem verschwundenen Schwan, ehe nachher der Bagger kommt. Er ist total durch den Wind.«
Lundgren sieht aus, als hätte sie gerade eine erstklassige Betreuungsgelegenheit entdeckt. »Bist du auch durch den Wind?«
»Lassivar hat immer gesagt, dass man kein großes Ding draus machen soll, wenn man mal ein negatives Erlebnis hat.«
Lundgren schüttelt den Kopf. »Was du erlebt hast, war aber mehr als irgendein negatives Erlebnis.«
»Wenn man kleine Sachen unnötig aufbläst, werden sie eben zu großen Sachen. Aber andersrum gilt das genauso. Wenn man große Sachen kleiner macht, dann muss man sich nicht unnötig aufregen.«
»Glaubst du wirklich, dass du deine Gefühle so kontrollieren kannst, nachdem du fast einem Attentat zum Opfer gefallen wärst?«
»Glaubst du nicht, dass ich das kann?«
»Nein.«
»Warum nicht?«
»Weil Menschen so nicht funktionieren. Wir können unsere Gefühle nicht durch unseren Willen beeinflussen.«
»Ich kann das aber.«
Lundgren steht auf und streckt die Hand aus, setzt sich die Sonnenbrille wieder auf, schiebt sie auf die Stirn und hängt sich ihre Tasche über die Schulter. »Morgen komme ich wieder. Vergiss nicht, viel zu trinken. Es wird heiß heute.«

Eine der Katzen springt auf den Tisch und stellt sich vor Sten hin, der ihr über den Rücken streicht. »Zum Glück hab ich kein Fell«, murmelt er.

Die Katze schnurrt und Lundgren geht aus der Tür. Sten stellt sich ans Fenster und sieht, wie Lundgren mit dem bärtigen Wachmann ein paar Worte wechselt. Beiden lachen, dann steigt sie in ihren Wagen und fährt davon.

Sten geht in sein Zimmer, zieht sich aus und legt sich aufs Bett. So liegt er eine Weile, ehe er Burman anruft. »Wie ist die Lage?«

»Trostlos.«

»Was machst du gerade?«

»Ich warte auf den Bagger. Kommst du?«

»Vielleicht heute Abend.«

»Dann könntest du gleich den Wagen testen.«

»Ich will Jennas Stimme im Auto haben.«

Burman schweigt einen Moment, bevor er fragt: »Wie meinst du das?«

»Man kommt doch bestimmt irgendwie an die Stimme auf ihrer Mailbox heran und kann sie für das Sprachsystem des Autos imitieren. Man kann ja auch die Stimme von Hitler, der Königin, des Ministerpräsidenten und von vielen anderen Leuten nachmachen.«

»Ich frag mal den Typen aus Schonen, der kann alles hacken.«

»Das ist gut. Ist der Schwan wieder da?«

Burman antwortet nicht.

»Hallo«, sagt Sten. »Bist du noch da?«

40

Sie treffen sich am stacheldrahtbesetzten Eisentor vor der Brücke, an der das Flugzeug im Wasser liegt. Es weht eine leichte Brise. Der Wind ist heiß.

Ein Mann mit Strohhut und einem makellos weißen Overall öffnet das Tor und lässt sie ein. Die Königin, Yasmin, Tamara und Elin tragen je eine Reisetasche. Tamara und Yasmin nehmen auf dem Rücksitz des Flugzeuges Platz, Elin neben der Königin, die einen altmodischen Schlüssel in ein Schlüsselloch steckt.

Die Lichter am Instrumentenbrett gehen an und die Königin kontrolliert ein Instrument nach dem anderen. Sie schnallt sich an und setzt sich den Kopfhörer auf. Dann lässt sie den Motor an und der Propeller surrt los – erst langsam, dann immer schneller, bis er als unscharfe graue Scheibe vor der Nase des Flugzeugs rotiert. Der Mann im Overall löst die Haltetaue und die Maschine gleitet der Mitte des Sees entgegen. Die Drehzahl des Motors schießt nach oben und die Flugzeugnase dreht sich gen Westen, ehe die Maschine über das Wasser jagt und schließlich abhebt. Noch im Steigflug legt sie sich auf die Seite, schwebt über das Flugzeugwrack hinweg, steigt weiter nach oben und schlägt auf einer Höhe von fünfhundert Metern südöstlichen Kurs ein.

In den Kopfhörern ist die Stimme der Königin zu hören: »Wenn die Windverhältnisse so bleiben, landen wir in ungefähr zwei Stunden. In Stockholm schließt sich uns Yasmins Fotograf an, der Pressesprecher des Hofes sowie einer unserer Leibwächter. Stockholm besteht zurzeit aus einer Reihe von Gebieten, die sich als autonom betrachten. Der größte Teil wird von kriminellen Gruppierungen beherrscht, die in verschiedenen Bereichen um die Macht kämpfen.

Diese Gruppen sind so umfangreich bewaffnet, dass Polizei und Militär in der Regel keine Chance gegen sie haben.«

Elin wendet sich an die Königin. »Wie konnte es so weit kommen?«

»Yasmin kann dir den Hintergrund erklären.«

Die Journalistin räuspert sich. »Vor zwanzig Jahren gab es einen Bombenanschlag, der als *Bryggargatan 2* bekannt geworden ist. Es war der Tag vor Heiligabend und viele, die damals starben, waren Kinder. Bewaffnete Männer und Frauen suchten daraufhin den Vorort auf, in dem der Bombenleger aufgewachsen war, und ermordeten seine Eltern sowie zwei seiner Geschwister. Diese Racheaktion fand wenige Tage später statt, woraufhin sprichwörtlich die Hölle losbrach. Überall gab es plötzlich illegale Waffen und die verfeindeten Gangs betrachteten dies als günstige Gelegenheit, ihre Machtgebiete auszuweiten. Das Ganze war ein Gemisch aus politischem und religiösem Fanatismus, Gangkriminalität, Rachsucht, Hass und Angst. Die Polizei war schlecht vorbereitet und hoffnungslos unterlegen. Nachdem in einer Woche mehrere ihrer Leute erschossen worden waren, nahm die Polizei davon Abstand, ohne Unterstützung des Militärs in die Kämpfe einzugreifen. Seit der Sache in Ådalen erlaubt der Gesetzgeber die Zusammenarbeit zwischen Militär und Polizei. Die damaligen Polizeieinsätze hatten keinerlei Durchschlagskraft und kamen zu spät. Nach einem missglückten Versuch, eine Rohrbombe in der Stockholmer U-Bahn zu zünden, sprengte eine ultranationale Gruppe die Västerbrücke, die Årstabrücke und die große Brücke bei Skanstull in die Luft. Bei Slussen, Hornstull und Danvikstull wurden Checkpoints eingerichtet. Södermalm wurde besetzt und ethnisch gesäubert. Als Ausländer lebte man gefährlich. Wer zu lange ausharrte, landete auf dem Grund der Meeresbucht. Seit langer Zeit wird der Vorsitzende dieses Stadtteilausschusses als ›Der Däne‹ bezeichnet. Sein Name ist Christian Holberg. Auf Södermalm hat er fast unumschränkte Macht.«

Während sie in südöstliche Richtung fliegen, setzen sie ihre Gespräche über die Stadt fort, die einst als Venedig des Nordens bezeichnet wurde.
»Der Siljan!«, sagt die Königin und deutet auf die glitzernde Wasserfläche und die gerodeten Hügel auf der anderen Seite des Sees.
»Das mit Ådalen habe ich nicht verstanden«, sagt Elin.
Yasmin richtet ihr Headset und beugt sich vor. »Es gibt da ein Gedicht. Kennst du das nicht? Du liest doch viel Lyrik.«
»Welches Gedicht?«
Yasmin räuspert sich. »Hier ruht ein schwedischer Arbeiter. Gefallen in Friedenszeiten. Waffenlos. Wehrlos. Erschossen von unbekannten Kugeln. Sein Verbrechen war Hunger. Vergesst ihn nie.«
»Sein Verbrechen war Hunger«, wiederholt Elin. »Das hört sich nach unserer heutigen Welt an.«
»Jeder Flüchtling, der aufgrund der klimatischen Bedingungen in seiner Heimat in unserem Land Schutz sucht, wird von uns in Hunger und Elend zurückgeschickt«, sagt Yasmin.
»Wir können aber nicht alle aufnehmen«, murrt Tamara.
»Vergesst ihn nie«, zitiert die Königin.
»Wann ist das noch mal passiert?«, fragt Elin, dreht den Kopf und sieht Yasmin in die Augen.
»Was meinst du?«
»Die Sache in Ådalen.«
Yasmin beugt sich vor und greift um Elins Ellenbogen. »Weißt du das wirklich nicht?«
Elin scheint verwundert über die Frage. »Nein, jetzt sag schon.«
»Du willst dich in den Reichstag wählen lassen und hast noch nie etwas von einer der größten Katastrophen unseres Landes im zwanzigsten Jahrhundert gehört?«
Elin versucht, sich auf ihrem Platz umzudrehen, aber der Gurt hält sie zurück.

»Das sage ich doch die ganze Zeit: Ich bin ein einziger Bluff.«
Yasmin schüttelt den Kopf. »Neunzehnhunderteinunddreißig. Damals hat das schwedische Militär fünf unbewaffnete Menschen erschossen. Heute darf das Militär nicht mehr gegen Demonstranten eingesetzt werden.«
»Ich hätte eben zur Schule gehen müssen.« Elin seufzt. »Dann würde ich mir heute nicht so unwissend vorkommen.«
»Ich bin mir nicht sicher, ob Maran so viel über Ådalen weiß«, bemerkt die Königin spitz.

Kurz darauf senkt die Königin die Nase des Flugzeugs ein wenig. »Direkt vor uns liegt die Insel Kungshatt. Ich bitte um Erlaubnis für den Weiterflug nach Stockholm.« Die Maschine fliegt eine Rechtskurve. Die Königin spricht mit der Flugverkehrskontrolle und übermittelt die Daten der übrigen Passagiere.
Sie fliegen über die Hochhäuser von Alby hinweg, überqueren erneut den Mälarsee und die Insel Lovö.
Die Königin zeigt auf das Schloss Drottningholm. »Als ich ein Kind war, gab es noch keine Wälle am Wasser«, sagt sie und lässt das Flugzeug abrupt nach rechts kippen.
»Warum heißt die Insel Kungshatt?«, will Elin wissen.
Die Königin erklärt es ihr und zeigt dann auf einen nadelspitzen Kirchturm. »Die Insel Stora Essingen!« Dann streckt sie erneut ihren Arm aus. »Das Rathaus von Stockholm!«
Als sie über Slussen hinwegfliegen, erkennt Elin den kleinen roten Backsteinbau auf Kastellholmen. Das Flugzeug befindet sich nun im Sinkflug und schießt im nächsten Moment flach über die Wasseroberfläche. Die Königin ist mit jemandem im Funkkontakt und schon setzen sie auf dem Wasser auf. Die Maschine kommt fast unmittelbar zum Stehen und schaukelt im Kielwasser eines Kriegsschiffs hin und her.

Allmählich nähert sich das Flugzeug einem abgesperrten Hafengebiet. Ein fünfundzwanzig Meter langes Boot in Tarnfarben mit einer Halterung für ein Maschinengewehr auf dem Achterdeck gleitet heran. Der Soldat an der Waffe hebt die Hand an die Mütze und grüßt.

Die Königin winkt und lenkt das Flugzeug durch eine Lücke in der Absperrung in eine Bucht, in der mehrere Kriegsschiffe nebeneinanderliegen. Auf einer Betonfläche stehen drei Hubschrauber. Die Königin manövriert das Flugzeug auf eine Kaimauer zu, auf der bereits mehrere uniformierte Männer und Frauen warten.

41

Die Königin verlässt als Erste das Flugzeug, gefolgt von Tamara. Danach steigen Elin und Yasmin aus. Ein Mann mittleren Alters, dessen Schirmmütze mit Gold verziert ist und dessen Schulterklappen drei Sterne haben, führt die wartende uniformierte Gesellschaft an. Er entbietet der Königin einen militärischen Gruß. »Willkommen, Ihre Majestät!«

Die Königin gibt ihm die Hand. »Oberst Johansson, nicht wahr?«

»Das ist richtig.« Johansson tritt zur Seite und deutet mit der Handfläche auf eine Frau. »Mein Adjutant, Major Wikström.«

Wikström streckt den Rücken, sieht der Königin in die Augen und grüßt ebenfalls.

Johansson macht eine Geste in Richtung der drei auf Hochglanz polierten Limousinen, die an der Straße stehen. »Das Mittagessen wartet.« Er schreitet neben der Königin her und macht sie auf ein großes steinernes Gebäude aufmerksam, das hinter einer Mauer liegt, deren Krone mit Stacheldraht gesichert ist. »Früher befand sich hier die italienische Botschaft. Heute ist dort die Abhörstation des Geheimdienstes untergebracht. Meine Kommandozentrale befindet sich auf Schloss Solliden. Das Mittagessen wird im Herrenhaus Skogaholm serviert. Da ist Ihre Majestät vielleicht früher schon einmal gewesen?«

»Als Kind war ich im Tierpark von Skansen und habe dort die Robben am meisten geliebt. Gibt es die noch?«

»Nein, Ihre Majestät. Nachdem der Tierpark für die Allgemeinheit geschlossen wurde, gibt es dort kaum noch Tiere. Ein paar frei laufende Füchse, Kanadagänse und Eichhörnchen, das ist alles.«

Bis zum Eingangstor von Skansen sind es nun nur noch wenige Hundert Meter. Als sich die Königin nach dem beruflichen Werdegang des Obersts erkundigt, erfährt sie, dass er eine UN-Einheit in Afrika geleitet hat.

Auf der Treppe zum Herrenhaus steht ein Wachtposten in voller Kampfmontur. Er salutiert vor dem Oberst, ehe die Gruppe im Inneren des Gutshauses verschwindet.

An einem kleinen Mahagonitisch mit vergoldeten Beinen steht ein Mann in hellem Anzug und mit blank geputzten Schuhen. Zum weißen Hemd trägt er einen dunkelblauen Schlips und um seinen Hals ein blau-gelbes Band, an dem verschiedenfarbige Plastikkarten hängen. Als die Königin passieren will, hebt er eine Hand. »Wir befinden uns auf militärischem Gebiet. Sämtliche Bild- und Tonaufnahmen sind verboten. Ich muss sie daher bitten, mir ihre Mobile und alle anderen Geräte auszuhändigen, die für solche Zwecke geeignet sind. Ferner ist es nicht gestattet, sich Notizen zu machen oder Skizzen anzufertigen. Daher möchte ich Sie ebenfalls um etwaige Stifte und Notizbücher bitten. Sie erhalten selbstverständlich alles zurück.« Der Mann öffnet eine Schublade des kleinen Tisches und zieht eine Reihe grüner Flanellsäckchen heraus.

Elin, Tamara, Yasmin und die Königin legen ihre Mobile und sonstigen Geräte hinein.
Nachdem der Mann die Säckchen in einer Aktentasche verstaut und mit dieser verschwunden ist, deutet Johansson mit gestreckter Hand auf eine Tür. »Die Einrichtung ist im gustavianischen Stil gehalten und das Haus, das im späten siebzehnten Jahrhundert erbaut wurde, stand damals in der Provinz Närke. Bitte treten Sie ein.« Im Saal macht der Oberst eine Geste in Richtung einer mit einer weißen Leinendecke bedeckten Tafel, auf der blau-weißes Porzellan steht. »Bitte schön!«
Ein junger Mann mit einer weiß gepuderten Perücke und eine junge Frau mit Haube stehen mit auf dem Rücken verschränkten Händen an einer der Schmalseiten des Raumes. Sie verneigen sich tief, als die Königin ihnen zunickt.
Die Gäste nehmen Platz und Johansson setzt sich neben die Königin, die auf einen leeren Stuhl zeigt. »Wer soll hier sitzen?«
In diesem Moment betritt Polizeiinspektorin Nadia Zweck den Raum.
»Trygg wird uns über die Lage in Södermalm informieren«, erklärt Johansson.
Elin und die Königin schauen sich an, doch ihren Blicken ist nicht zu entnehmen, dass ihnen die Frau, die Johansson Trygg nennt, bekannt ist.
Die Bediensteten in der historischen Kleidung servieren die Vorspeise: Bückling auf Pumpernickel mit roten Zwiebeln. Alle trinken Mineralwasser, während Johansson vom Gutshof und seinen verschiedenen Besitzern erzählt.
Als ein Teller mit gedünstetem Flussbarsch vor Nadia hingestellt wird, spricht Johansson sie an: »Vielleicht solltest du jetzt mit deinem Vortrag beginnen.«
Nadia nickt. »Natürlich.«

Die Anwesenden hören aufmerksam zu, als sie zu sprechen beginnt. »Ich stehe mit einer Behörde in Verbindung, deren Namen ich hier nicht nennen darf. Was ich zu berichten habe, stammt hauptsächlich aus allgemein zugänglichen Quellen.«

Alle, die um den Tisch versammelt sind, haben ihr Besteck hingelegt und lehnen sich auf ihren Stühlen zurück. Der gedünstete Flussbarsch liegt unberührt auf den Tellern. Die Absätze der Kellner hallen wie Hammerschläge durch den Raum, als sie diesen verlassen und die Tür hinter sich zuziehen.

Nadia räuspert sich. »Stockholm ist in vierzehn Stadtteilverwaltungen unterteilt, wobei sich Södermalm noch einmal radikal von allen anderen unterscheidet. Gamla Stan, früher ein Teil von Södermalm, gehört heute zu Kungsholmen. Drei von vier Brücken, die Södermalm einst in südlicher, westlicher und nördlicher Richtung mit der übrigen Stadt verbanden, sind inzwischen gesprengt worden. Im Brückenbogen der Västerbrücke klafft zwischen Långholmen und Marieberg eine dreißig Meter lange Lücke. Auch in der Skanstullsbrücke befindet sich auf der Südseite solch ein Sprengloch. Der nördliche Teil der Årstabrücke ist ebenfalls einer Sprengung zum Opfer gefallen. Eine Verbindung zu den angrenzenden Stadtteilen besteht nach wie vor über Slussen, Danvikstull, Hornstull und die alte Skanstullsbrücke.«

Nadia atmet tief durch, ehe sie fortfährt: »Es gibt auf Södermalm keinen Ort mehr, an dem man nicht überwacht wird. Sämtliche Kameras sind mit einer Lip-Reading-Funktion ausgestattet. Eine Technik, die in letzter Zeit erstaunliche Fortschritte gemacht hat. Auch ohne Tonaufzeichnung können die Gespräche der Menschen mit größter Zuverlässigkeit wiedergegeben werden.

Södermalm ist inzwischen ethnisch gesäubert. Was bedeutet, dass sich dort nur Menschen niederlassen dürfen, die seit drei Generationen schwedische Mitbürger sind.

Eine Ausnahme stellt die Söderklinik dar. Als Södermalm gesäubert wurde, stellte man fest, dass viele der Ärzte und Krankenpfleger dort ursprünglich nicht aus Schweden kommen. Wären sie fortgeschickt worden, hätte man das Krankenhaus auch gleich schließen können. Daher hat man ein Getto geschaffen: Das Krankenhaus ist von einem Zaun umgeben und wird von Kameras überwacht. Das Personal wird bemerkenswert gut bezahlt, darf das Gebiet aber nur mit dem Hubschrauber verlassen.

Die U-Bahn-Stationen Slussen, Medborgarplatsen und Skanstull sind geschlossen worden, weil dort ohnehin keine Züge mehr verkehren.

Die U-Bahn-Röhren sind umfunktioniert worden, hier befindet sich nun das Zentralgefängnis von Södermalm. Die Hälfte der Insassen, die zu mehr als zwei Jahren verurteilt werden, kommt durch Krankheiten um. Dass man von Ratten gebissen und an einer Blutvergiftung stirbt, gehört quasi zum Alltag. Und wer die Gesetzgebung, die so etwas zulässt, als inhuman und brutal bezeichnet, der hat den Kern der Sache noch nicht erfasst. Man agiert hier einfach auf Grundlage existierender Polizeiverordnungen, die zu Gesetzen erhoben wurden. Manche Juristen haben an den sogenannten Volksgerichtshöfen nicht das Geringste auszusetzen.

Es gibt weder Züge, die durch Södermalm fahren, noch privaten Autoverkehr. Man behilft sich mit Skateboards, die teils elektrisch angetrieben werden, sowie mit Fahrrädern und Laufrädern. Es gibt ein gut ausgebautes System von Sammeltaxis, aber keine Busse. Die alte Gefängnisinsel Långholmen heißt heute Grönan. Von dort aus existieren eine Brücke nach Södermalm sowie eine Fährverbindung nach Kungsholmen.

Grönan ist ein Bordelldistrikt und im Besitz von drei Unternehmen, die alle Einrichtungen gemeinsam betreiben und sich den Gewinn teilen. Besucher werden von Kungsholmen herüber-

gebracht. Sie kommen aus dem ganzen Land. Achtzig Prozent der Besucher sind Männer. Die Unternehmen betreiben auch drei Kneipen – sie sind als ›Die Schlösser‹ bekannt.
Das Gesetz erlaubt den Konsum von Alkohol und Cannabis. Wer im Besitz von Heroin, Kokain, Amphetaminen oder anderen chemischen Substanzen ist, wird mit einer Eisenstange totgeschlagen. Das erste Mal wurde dies praktiziert, als die U-Bahn-Linien noch fuhren und die Brücken noch intakt waren. Damals hatte ein Neunzehnjähriger eine voll besetzte U-Bahn, die im Tunnel zwischen Medborgarplatsen und Skanstull stehen geblieben war, mithilfe von Feuerwerkskörpern in Brand gesteckt. In diesem Zug starben mehr Menschen als durch das Bombenattentat in der Bryggargatan. Dreitausend Menschen skandierten ›Tötet ihn! Tötet ihn!‹, als der Neunzehnjährige an einem sonnigen Morgen im Mai mit einer Eisenstange totgeprügelt wurde. Es gibt Überlegungen, das Ganze zu einer Art Gladiatorenkampf auszuweiten. Die Eintrittskarten für das Spektakel würden aber wohl ein ganzes Monatsgehalt übersteigen.
Immer mehr Frauen verlassen Södermalm. Auf eine Frau kommen inzwischen drei Männer. Daher werden dort auch mehr Frauen aus asiatischen Ländern importiert als an jedem anderen Ort in Schweden. Als Erkennungszeichen müssen diese Frauen eine rote Sonne auf der linken Brust tragen, wenn sie das Haus verlassen. Es ist auch keine Seltenheit, dass sie spurlos verschwinden. Dann heißt es, sie seien geflohen. In Wahrheit werden sie oft ermordet. Es gibt sogar Unternehmen, die sich auf so etwas spezialisiert haben. Das erfolgreichste von ihnen hat quasi das Geschäftsmodell der Reinigungsfirma Mr Clean kopiert.«
Nadia lässt ihren Blick in die Runde schweifen und trinkt einen Schluck. »Jetzt sollten Sie aber etwas essen, ehe alles kalt wird. »Ich werde meinen Bericht nachher fortsetzen.«

42

»Der Vorsitzende des Stadtteilausschusses Christian Holmberg wurde in Odense geboren und ist heute fünfzig Jahre alt. Mit zwanzig Jahren lernte er ein Mädchen aus Hässleholm kennen, heiratete sie und zog mit ihr nach Malmö, ließ sich zum Bibliothekar ausbilden und übersiedelte dann nach Stockholm, wo er sich politisch engagierte. Zunächst machte er sich als eloquenter Redner, der in Kulturfragen radikale Positionen vertrat, einen Namen.
In Interviews begann er, sich als Flüchtling im eigenen Land zu beschreiben. Seine Frau verließ ihn, eine Zeit lang war er krankgeschrieben. Er wurde wegen Depressionen behandelt und scheint an einer Art Persönlichkeitsveränderung zu leiden. Dass er sich als Flüchtling im eigenen Land bezeichnet, mutet wegen seines deutlich hörbaren dänischen Akzents allerdings ein wenig seltsam an.
Immer öfter sprach er davon, dass Schweden im Begriff sei, seine schwedische Identität zu verlieren. Dass seine Exfrau einen Mann heiratete, dessen Eltern aus dem Mittleren Osten stammten, mag zu dieser Ansicht beigetragen haben.
Nach dem zweiten Bombenattentat, dort, wo sich Bryggargatan und Drottninggatan kreuzen, gründete Holberg die ultranationale Bewegung *Engelbrekt* und Södermalm wurde von den Nationalen besetzt. Alle Einwohner, die nicht nachweisen konnten, seit drei Generationen schwedische Mitbürger zu sein, wurden dazu aufgefordert, diesen Stadtteil zu verlassen. Mitnehmen durften sie ausschließlich das, was sie tragen konnten. Möbel und Kunstgegenstände mussten sie zurücklassen. Viele Mitglieder von *Engelbrekt* wurden durch gestohlene Kunstwerke zu reichen Leuten.
Nachdem das Ultimatum verstrichen war, griff man zwischen zwei-

und dreihundert Männer, Frauen und Kinder auf, die sich in ihren Wohnungen verbarrikadiert oder anderweitig versteckt hatten. Sie sollen ausnahmslos in der Bucht von Årstaviken ertränkt worden sein.

Schließlich wurden die Brücken gesprengt und Holberg erklärte, dass Södermalm ab sofort von eintausend Männern und Frauen kontrolliert werde, die der neu gegründeten Heimwehr angehörten. Die Heimwehr verfüge über Maschinenpistolen, Granatwerfer und Aufklärungsdrohnen und würde sich jedem Versuch einer Einflussnahme von außen widersetzen.

Die drei Unternehmen, die Södermalm kontrollieren, konkurrieren zwar untereinander, verbünden sich aber im Kampf gegen äußere Kräfte. Der Vorsitzende der einen Organisation heißt Leif Hage. Ein hartgesottener Bursche mit einer Vergangenheit innerhalb der organisierten Kriminalität. Tengil, dessen Taufname Rune Andersson lautet, ist von der herablassenden Sorte und leitet die zweite Organisation. Allerdings verfügt er nur über wenig Autorität und noch weniger Macht. Früher war er Fußballnationalspieler und hat einmal ein fantastisches Tor gegen Deutschland erzielt. Das dritte Unternehmen wird von Rita Norell geleitet. Norell hat ihr Examen auf der Wirtschaftshochschule gemacht und flößt vielen Angst ein.

Es besteht eine rege Verbindung zwischen den Unternehmen und den Fußballvereinen. Es geht ums Geld, in allen Bereichen. Erst kommt das Fressen, dann die Moral, wie man so sagt. Loyalität ist zur Handelsware verkommen.«

Nadia hält inne und blickt von einem zum anderen. »Irgendwelche Fragen?«

»Wie gefährlich ist es, sich dorthin zu begeben?«, will die Königin wissen.

»Man kann diese Gefahr gar nicht überschätzen«, antwortet Nadja.

»Ich selbst bin dort zur Persona non grata erklärt worden. Wenn ich mich dort blicken ließe, würde ich wahrscheinlich bald unter merkwürdigen Umständen verschwinden.«

»Warum hat man nicht einfach die Wasser- oder Stromversorgung unterbrochen?«, fragt Elin.

»Das hätte vonseiten des Stadtteils nur heftige Gegenmaßnahmen provoziert. Wahrscheinlich hätten sie sich in die nationalen Energienetze gehackt und die Stromversorgung im ganzen Land außer Kraft gesetzt. Aus den Hähnen wäre kein Wasser mehr gekommen. Außerdem hätten sie die Schleusen der Wasserkraftwerke öffnen, den Flugverkehr ins Chaos stürzen und über sämtliche Kanäle Falschmeldungen verbreiten können. Wahrscheinlich würden ihnen wenige Stunden ausreichen, um das ganze Land in Panik zu versetzen.«

Oberst Johansson seufzt. »Für diese Art der Kriegsführung fehlen uns Personal und Ressourcen.«

In der nächsten halben Stunde werden weitere Fragen gestellt, ehe Johansson abschließend bemerkt: »Wenn auf Södermalm etwas schiefgeht, werden wir nicht in der Lage sein, zu Hilfe zu eilen. Ich rate dringend von einer Übernachtung ab.« Sämtliche Blicke sind in diesem Moment auf ihn gerichtet. Der Oberst schaut auf seine Armbanduhr. »Das Boot legt in zwanzig Minuten ab.«

Als Elin wenig später von der Toilette kommt, wartet Nadia auf sie und zeigt in Richtung Tür. »Können wir mal kurz rausgehen? Ich brauche ein bisschen frische Luft.«

Johanson, Wikström, die Königin und Yasmin unterhalten sich im Salon. Yasmin versucht, sich mit der Hand frische Luft zuzufächeln. Die Königin hält eine Kaffeetasse in der Hand.

Tamara folgt Elin nach draußen auf den Hof, wo immer noch eine brütende Hitze herrscht.

Nadia gibt der Personenschützerin mit einer Geste zu verstehen, dass sie auf Distanz bleiben soll. Dann setzt sie ihre Sonnenbrille auf und flüstert: »Skarpheden wurde heute Morgen in einer Hütte unweit von Oslo tot aufgefunden. Jemand hat ihm sein eigenes Fahrtenmesser in den Hals gerammt.«
Elin schwankt und hält sich an Nadias Schulter fest. Nadia legt ihr den Arm um die Taille und stützt sie, während sie in den Schatten gehen.

43

Der Mann im hellen Anzug steht auf der Kaimauer. Alle bekommen ihre Mobile, Stifte und Notizblöcke zurück, ehe sie an Bord des Kriegsschiffes steigen. Die Befehlshaberin, eine kleingewachsene, rundliche Frau mit blauen Augen und Sommersprossen, stellt sich als Leutnant Hemrén vor.
Die Königin, Elin und Yasmin begeben sich auf das Achterdeck. Die Motoren dröhnen und Yasmin ruft: »Wir brauchen eine Entschuldigung, warum wir nicht über Nacht bleiben. Sonst werden sie es als Beleidigung auffassen, dass wir schon heute Abend wieder abreisen!«
Die Taue werden gelöst, das Schiff legt ab, und sobald es sich außerhalb des Sperrgebiets befindet, nimmt es an Fahrt auf und die Motoren dröhnen mit einer Lautstärke, die jede Unterhaltung unmöglich macht.
Sie umfahren Beckholmen und passieren Kastellholmen. Die drei Kirchtürme von Gamla Stan erheben sich über die Hausdächer. Hinter und zwischen den Türmen sieht man die drei Kronen auf

dem Stockholmer Rathaus. Zur Linken ragen die hohen Klippen von Södermalm auf und binnen zwei Minuten sind sie bei Slussen angekommen. Das Kriegsschiff drosselt die Fahrt und schaukelt auf den selbst erzeugten Wellen.

»Schaut mal!«, ruft Yasmin und hält ihr Mobil hoch. »Hier haben wir den perfekten Grund, um nicht auf Södermalm übernachten zu müssen!«

Die Königin und Elin beugen sich vor, um den Lokalnachrichten zu folgen. Ein Mann, der einen weißen Kaftan, eine Takke und einen langen Bart trägt, blickt direkt in die Kamera. »Ihre Majestät die Königin hat sich dazu entschlossen, Södermalm einen Besuch abzustatten. Dieser Besuch verhöhnt alle, die sich rechtsextremistischer Gewalt ausgesetzt sehen. Wir fordern vom Königshof eine Erklärung, warum die Königin ausgerechnet einen Stadtteil besucht, dessen Ideale auf den Faschismus des zwanzigsten Jahrhunderts zurückgehen. Warum kommt die Königin nicht zu uns? Das wollen wir wissen, und zwar sofort!«

Die Königin nickt und lacht. »Jetzt brauchen wir nicht mehr zu übernachten. Ausgezeichnet!«

Das Schiff legt vor einem Einsatzfahrzeug der Feuerwehr an. Eine Gangway wird ausgelegt, Hemrén entbietet einen militärischen Gruß und die Königin setzt ihren Fuß, dicht gefolgt von Tamara, auf die schwankende Brücke.

Aus der Empfangsgesellschaft sticht ein Mann mit länglichem Gesicht und breitem Kinn heraus. Er hat kurz geschnittene graue Haare, trägt einen weißen Baumwollanzug sowie ein hellblaues Hemd, dessen oberster Knopf geöffnet ist. Er hat auffallend kleine Ohren und blank geputzte schwarze Schuhe.

»Christian Holberg«, stellt er sich mit einer Verbeugung vor. »Im Namen des gesamten Stadtteils heiße ich Ihre Majestät herzlich willkommen!« Er dreht sich zu einer Frau und zwei Männern um,

die hinter ihm stehen. »Darf ich Ihnen die Vorsitzenden unserer drei Fußballklubs, dem ganzen Stolz Södermalms, vorstellen? Ihre Majestät interessieren sich doch für Fußball?«
»Ganz außerordentlich«, flunkert die Königin. »Es ist mir eine Freude, eine lebende Legende kennenzulernen.« Mit diesen Worten streckt sie ihre Hand einem kleingewachsenen, rundlichen Mann entgegen, der einen weißen Schnurrbart trägt, der aus einer anderen Zeit zu stammen scheint. Auf dem Kopf des Schnurrbartträgers sitzt ein Strohhut mit cremefarbenem Band. Unter dem Band klemmt eine Feder, so groß wie eine Anemone.
Der Mann nimmt den Hut ab, drückt ihn an die Brust und verneigt sich: »Ihre Majestät! Rune Andersson, welch ein Vergnügen! Willkommen im Jerusalem des Fußballs!«
»Heißt es nicht Mekka?«, fragt die Königin.
Andersson schüttelt den Kopf und setzt sich den Hut wieder auf. »Nicht auf Södermalm. Hier haben wir andere Vorbilder.« Dann stellt er vor: »Und das ist Rita Norell.«
Norell, in cremefarbenem Kleid und weißen Pumps, macht einen Knicks. Sie hat einen blutroten Mund, große dunkle Augen und einen perlenbesetzten roten Kamm in ihren langen Haaren. »Willkommen, Ihre Majestät!«
Andersson deutet auf einen grobschlächtigen Mann, der einen wallnussbraunen Leinenanzug trägt. »Leif Hage.«
Hage verbeugt sich und murmelt etwas Unverständliches. Holberg zeigt zu einigen Autos. Männer, Frauen und Kinder stehen in Zweierreihen bis zur Schleuse und schwenken schwedische Flaggen.
»Die Königin, sie lebe hoch!«, ruft Hage.
Die Masse antwortet mit Hochrufen und die Königin winkt, während sie sich, dicht gefolgt von Tamara, Holberg und Elin, in Bewegung setzt. Ihre Pressesprecherin schließt auf und flüstert ihr etwas ins Ohr.

Mehrere großgewachsene Männer mit Sonnenbrillen und kurzen Haaren haben einen Ring um die wartenden Autos gebildet.
»Eine kleine Rundfahrt«, sagt Holberg.
Die Königin nimmt Elins Hand. »Du kommst mit mir!« Sie steigt ins Innere des Wagens und Elin setzt sich ihr direkt gegenüber. Holberg und Norell nehmen ebenfalls Platz.
»Waren Ihre Hohheit früher schon einmal auf Södermalm?«, erkundigt sich Holberg.
»Nein, tatsächlich noch nie«, antwortet die Königin.
»Das ist wohl kaum die richtige Gegend für die Königin«, schaltet Norell sich ein, lässt ihre kleinen weißen Zähne blitzen und legt den Kopf auf die Seite.
»Als ich noch ein Kind war, haben wir die meiste Zeit auf Schloss Drottningholm verbracht«, erzählt die Königin. »Gamla Stan war damals von schweren Überschwemmungen betroffen und ständig mussten höhere Dämme gebaut werden. Die alten Häuser waren unterspült und drohten einzustürzen.«
»Solche Probleme kennen wir auf Södermalm nicht«, erklärt Holberg. »Hier oben auf unserem Granitfelsen sind wir sicher. Jetzt fahren wir erst mal zum Katarinavägen.«
Die Autokarawane setzt sich in Bewegung und Holberg spricht wie zu einer Schulklasse: »Das, was wir gleich zur Linken erblicken werden, ist ungefähr die Stimmung, die August Strindberg am Beginn von *Das rote Zimmer* wiedergeben wollte.« Holberg ruft dem Fahrer zu, er solle anhalten, woraufhin die gesamte Karawane zum Stehen kommt. Holberg zeigt aus dem Fenster und beginnt zu rezitieren: »Aber die Sonne stand über Liljeholmen und schoss ganze Strahlenbündel gen Osten. Sie brachen durch den Rauch von Bergsund, eilten über den Riddarfjärden, kletterten zum Kreuz der Riddarholmskirche hinauf, warfen sich über das steile Dach der Deutschen Kirche, spielten mit den Wimpeln der Schiffe an der Skepps-

brücke, illuminierten die Fenster auf Stora Sjötullen, der alten Zollstation, erleuchteten die Wälder auf der Insel Lidingö und verklangen weit, weit in der Ferne in einer rosafarbenen Wolke.« Holberg hält inne und ruft dem Fahrer zu: »Wir können weiterfahren!«

Die Autokarawane setzt sich erneut in Bewegung und Norell wendet sich an Elin: »Wie interessant, eine Person kennenzulernen, über die so viel geredet wird. Hier auf Södermalm gibt es niemanden, der eigenhändig drei Menschen getötet hat. Jedenfalls nicht, dass ich wüsste.«

»Das war eine Heldentat«, brummt Holberg. »So handelt eine richtige Schwedin.« Er späht aus dem Autofenster: »Wir kommen gleich zur Folkungagatan. Ganz in der Nähe befinden sich die drei Klubhäuser der Fußballvereine, die sogenannten ›Schlösser‹. Wir dachten, dass die Königin heute Abend vielleicht eines dieser Lokale besuchen möchte. Zumal ich gehört habe, dass Ihre Majestät selbst in die Gasthausbranche eingestiegen ist.« Holberg erscheint sich eine Antwort der Königin zu erwarten, doch diese blickt weiterhin schweigend aus dem Fenster.

Im nächsten Moment biegen sie in die Folkungagatan ein. An der Straßenecke stehen jubelnde Menschen und schwenken ihre Fähnchen. Die Königin winkt ebenfalls.

»Hier zur Rechten, auf der anderen Seite des Spielplatzes«, erklärt Holberg, »lag früher die Katarina-Feuerwache. Heute befindet sich hier der Pub ›Das weiße Schloss‹. Dem werden wir heute Abend einen Besuch abstatten, nicht wahr, Anita?«

Norell nickt, während sie die Götgatan erreichen. Die Autos fahren erst eine Rechts-, dann eine Linkskurve, ehe sie auf einen gepflasterten Hof rollen und vor einem großen Backsteingebäude stehen bleiben.

»Dies ist das Bürgerhaus«, erklärt Holberg. »Erbaut in 1930er-Jahren, inspiriert von verschiedenen europäischen Einflüssen. Hier gibt es eine Bibliothek, eine Schwimmhalle und mehrere Versammlungsräume. Die Reinigung der Seele durch die Literatur sollte Hand in Hand mit der Reinigung des Körpers und dem Ausüben der Schwimmkunst gehen.«

Sie steigen aus dem Wagen und Holberg führt die Gruppe die große Treppe hinauf, während er sich mit lauter Stimme über das kulturelle Leben Södermalms auslässt. Elin geht neben der Königin, die eine Textnachricht von Maran bekommt.

Sie betreten die Bibliothek, deren Personal in Reih und Glied steht. Ein zwölfjähriges Mädchen mit brauner Baumwollbluse und schwarzem Halstuch tritt vor und reicht der Königin einen Strauß Rosen. Sie nickt scheu, errötet und kehrt wieder an ihren Platz zurück.

»Gehen wir in mein Büro«, schlägt Holberg vor und deutet auf eine Treppe.

Als sie die Stufen hinaufsteigen, erhält Elin eine Textnachricht von Liv. Sie wirft einen verstohlenen Blick darauf. *Ich will dich treffen, wenn du zurück bist.*

Elin gerät ins Stolpern und wäre fast gestürzt, hätte sie Tamara nicht rechtzeitig aufgefangen. Dann stehen sie auf dem oberen Treppenabsatz. Elin und die Königin werden in einen Raum gebeten und Tamara postiert sich breitbeinig vor der geschlossenen Glastür, die Hände vor dem Gürtel gefaltet.

Holberg zeigt auf ein paar niedrige, mit tannengrünem Leder bespannte Lehnstühle. Alle drei nehmen Platz und Holberg ergreift das Wort: »Als ich noch jung und überzeugt davon war, alles besser zu wissen, war ich radikal. Während der Studienzeit habe ich dann zufällig den Marxisten, Schriftsteller und Bibliothekar Arnold Ljungdahl kennengelernt, dessen Wirken ich zwei akademische Abhandlungen gewidmet habe.« Er macht eine ausladende Geste. »Sehen Sie sich um!«

Elin wendet ihren Blick von dem Blecheimer ohne Henkel ab, der neben dem Schreibtisch steht. Die Königin erhebt sich.
Zwischen zwei Türen hängt ein Porträt, umrahmt von zehn Schwarz-Weiß-Fotos an der Wand. Es zeigt die Nahaufnahme eines älteren Mannes. Als die Königin davor stehen bleibt, fährt Holberg mit seinen Erklärungen fort: »Das ist Arnold Ljungdahl und dieser Raum war sein letztes Arbeitszimmer. Er starb im Jahr 1968. Als wir die ersten Regale säuberten, war es mir eine besondere Freude, Ljungdahls Schriften eigenhändig den Büchern hinzuzufügen, die ohnehin verbrannt werden sollten. Ljungdahls Verirrungen gesellten sich zu vorgeblich radikalen Texten, Romanen pornografischen Inhalts, sittenzersetzendem Relativismus und gewöhnlichem Schund.«
Als er Elin in die Augen blickt, sieht Holberg ebenso vorwurfsvoll wie besorgt aus. »Sie interessieren sich doch für die Veröffentlichungen von Karin Boye. Dann wissen Sie vielleicht auch, dass Ljungdahl und Boye derselben Organisation angehörten, die sich für die Auflösung der schwedischen Kultur engagierte.«
Elin schüttelt den Kopf und Holberg lehnt sich auf seinem Stuhl zurück. »Als ich Kulturchef und später Vorsitzender des Stadtteilausschusses wurde, war es mein Ehrgeiz, der schwedischen Literatur neue Geltung zu verschaffen, ihr zu einem Platz in den Köpfen der Menschen zu verhelfen und zu einer neuen schwedischen Identität beizutragen.« Er schweigt für einen Moment, setzt sich räuspernd auf und versucht, Blickkontakt mit der Königin herzustellen. Als ihm dies gelungen ist, erhebt er seine Stimme, als spräche er zu vielen: »Dass Ihre Majestät Södermalm einen Besuch abstatten, hat also folgenden Grund …?«
Die Königin setzt sich und nimmt dieselbe Haltung wie Holberg ein. Sogar ihre Hände legt sie in gleicher Weise in den Schoß, ehe sie erwidert: »Es erfüllt mich mit Sorge, dass bestimmte Orte und

Regionen in Schweden ihren eigenen Weg eingeschlagen haben. So gibt es nicht nur das Sperrgebiet, sondern auch Stadtteile und ganze Gemeinden, in denen Lebens- und Denkweisen gepflegt werden, die vielen von uns vollkommen fremd sind. Es scheint so zu sein, dass einige gern unter dem schützenden Schirm des schwedischen Staates leben wollen, sich aber zugleich das Recht herausnehmen, Löcher in diesen Schirm zu stechen oder gar auf ihm herumzutrampeln. Demokratische Prozesse werden missachtet, lokale Verordnungen zu Gesetzen erhoben, Menschen schließen sich zu mehr oder minder kriminellen Vereinen und Organisationen zusammen, die sich alle erdenklichen Freiheiten herausnehmen. Zugleich sind diese Menschen davon überzeugt, ein Teil von Schweden zu sein.

Da mir dieser Prozess große Sorgen bereitet, möchte ich ihn besser verstehen lernen. Hierin liegt der eigentliche Grund meiner Reise, die mich zu Ihnen nach Södermalm geführt hat. Ein offizieller Besuch soll nach der Wahl folgen. Das Ganze ist gedacht, um miteinander ins Gespräch zu kommen, darüber, was in unserem Land gerade vor sich geht.«

Holberg presst den Mund zusammen, als wolle er verhindern, dass ihm zu viele Worte über die Lippen kommen. »Und einen anderen Grund für Ihr Kommen gibt es nicht?«

Die Königin sieht erstaunt aus. »Was für ein Grund sollte das sein?«

Holberg zeigt auf Elin. »Die Begleiterin Ihrer Majestät hat einen Bruder.«

Die Königin nickt. »Das weiß ich.«

»Wissen Ihre Majestät auch, wo er sich befindet?«

»Es heißt, er halte sich auf Södermalm auf.«

Holberg verzieht den Mund. »Unter dem Namen Vagn Holme?«

»Das weiß ich nicht.«

Holberg hält den Kopf schief und lächelt, so wie man manchmal über Kinder lächelt, die unbewusst eine lustige Bemerkung von sich geben. »Auf ganz Södermalm gibt es niemanden, der Vagn Holme heißt. Aber es gibt einen Olof Nicander.«

Als auf zwei Bildwänden ein Gesicht erscheint, schnappt Elin nach Luft. »Das ist Vagn.«

»Nein«, widerspricht Holberg mit einem Schnauben. »Das ist Olof Nicander, ein Spieleentwickler bei Storyland Nightdice. Er ist der Mann, der hinter dem internationalen Megaseller *Nighthawk Fury* steht. Eine Person, die dem Staat, dem Stadtteil und sich selbst große Einnahmen verschafft.«

»Er hat noch eine Eigenschaft«, entgegnet die Königin.

Holberg hebt eine Braue. »Und die wäre?«

»Er ist mein Geliebter.«

Holberg bricht in Gelächter aus. »Wir hier auf Södermalm rühmen uns damit, eine gut funktionierende Zentrale für nachrichtendienstliche Informationen zu haben. Und ich zweifle daran, dass Nicander der Liebhaber der Königin war oder ist.«

»Nun, unsere Schäferstündchen finden im Herrenhaus Skogaholm auf Skansen statt. Wie Vagn dort hinkommt und von dort wieder verschwindet, ist eine Frage, mit der sich ihr Nachrichtendienst beschäftigen kann.«

»Äußerst bemerkenswert!«, grummelt Holberg. »Und das soll ich wirklich glauben?«

Die Königin klingt, als hätte sie den Mund voller Essig. »Sie wollen doch wohl nicht behaupten, dass ich lüge?«

Holberg schüttelt den Kopf. »Natürlich nicht, doch unsere Informationen, was so einen erfolgreichen Unternehmer wie Nicander betrifft, sind lückenlos. Wie wissen in jedem Augenblick, wo er sich befindet.«

»Das gilt offenbar nicht für jede Lebenslage«, gibt die Königin spitz zurück. »Ich will ihn treffen.«

Holberg öffnet einen Manschettenknopf seines Hemds und wirft einen Blick auf seine altmodische goldfarbene Armbanduhr. Er hebt den Blick. »Die Königin und Ihre Reisegesellschaft logieren im Hotel Malmen. Nach einer Sightseeingtour, die in fünf Minuten beginnt, möchte Ihre Majestät sich bestimmt ein wenig ausruhen. Während des Abendessens können wir unser Gespräch dann fortsetzen. Ich will jedoch schon jetzt betonen, dass wir einen offiziellen Besuch im Herbst sehr zu schätzen wüssten. Morgen früh, ehe es zu warm wird, findet auf dem Medborgarplatz eine öffentliche Hinrichtung statt. Die Einwohner von Södermalm legen nämlich großen Wert darauf, dass Recht und Ordnung gewahrt bleiben und ihre Sicherheit auch weiterhin gewährleistet ist. Diese Veranstaltung lockt jedes Mal Tausende von Zuschauern an. Wie der Brauch es verlangt, werde ich eine kurze Rede halten. Und gerade Morgen möchte ich darüber sprechen, wie wichtig es ist, die schwedische Kultur zu schützen. Es wäre mir eine große Ehre, wenn auch die Königin zu meinen Zuhörern gehörte.« Holberg beugt in einer untertänigen Geste das Haupt.

Die Königin zieht ihr Mobil aus der Tasche und hält es Holberg so nah vors Gesicht, dass dieser zusammenzuckt. Die maximale Lautstärke ist eingestellt und erfüllt den Raum: »Ihre Majestät die Königin hat sich dazu entschlossen, Södermalm einen Besuch abzustatten. Dieser Besuch verhöhnt alle, die sich rechtsextremistischer Gewalt ausgesetzt sehen. Wir fordern vom Königshof eine Erklärung, warum die Königin ausgerechnet einen Stadtteil besucht, dessen Ideale auf den Faschismus des zwanzigsten Jahrhunderts zurückgehen.«

Die Königin lässt das Mobil wieder in ihrer Tasche verschwinden. »Wie Sie sicherlich verstehen, hat mein Besuch gewisse Probleme geschaffen. Man unterstellt mir die verschiedensten Motive. Dass ich über Nacht bleibe, ist bei der gegenwärtigen Lage undenkbar.

Auf die Sightseeingtour freue ich mich. Auch würde ich gern eine Schule besuchen. Danach möchte ich mich eine Weile im Hotel ausruhen und darüber hinaus den Mann treffen, den Sie Nicander nennen. Vielleicht könnte er uns ja einfach während unseres Abendessens Gesellschaft leisten.«
Holberg lacht. »Ich kann Ihre Majestät sehr gut verstehen. Die Liebe zwischen Mann und Frau ist ein gesundes schwedisches Gefühl und ein Schulbesuch ist bereits geplant.«

Die Autokarawane fährt auf der Götgatan in Richtung Slussen, biegt nach links ab und folgt der Hornsgatan bis zum Hornsbergs Strand. Überall stehen Menschen mit blau-gelben Wimpeln, viele in Tracht. Junge Männer tragen Plastikhelme mit Hörnern drauf und haben sich in schwedische Fahnen gehüllt.
Die Königin winkt.
Der Rückweg führt sie über den Ringvägen, und als sie den hohen Zaun erreichen, der die Söderklinik umgibt, halten die Fahrzeuge vor einem Wohnblock aus gelbem Backstein an.
»Hier befindet sich das einzige Mietshaus in unserem Stadtteil«, erklärt Holberg. »Ältere Einwohner bekommen einen Zuschuss.« Dann deutet er auf die Treppe, die zu den großen Backsteingebäuden und zum Schulhof hinunterführt. »Hier liegt die Eriksdal-Volksschule. Wir haben ihr den alten Namen wiedergegeben, weil wir ihn am passendsten finden. Eine Schule für das Volk, ist es nicht genau das, was wir brauchen? Die Eriksdalschule ist Södermalms Eliteschule. Hier werden nur die besten Schüler unterrichtet. Sie werden aufgenommen, wenn sie die Eignungsprüfung bestanden haben. Drei Viertel der Schüler sind Mädchen. Kommen Sie bitte, hier geht's lang.«

44

Zu beiden Seiten der Treppe stehen Jungen und Mädchen. Die Mädchen tragen knielange grüne Kleider, die Jungen knielange Shorts. Als die Königin den Fuß auf die erste Stufe setzt, schwenken die Kinder und Jugendlichen ihre blau-gelben Wimpel und stimmen ein Lied an:

Aus der Tiefe des schwedischen Herzens
ein gemeinsam und einfach Lied,
das dem König entgegengeht!
Sei treu und ergeben ihm und seinem Throne,
mach auf seinem Scheitel leicht die Krone,
und all deinen Glauben setze dran,
du Volk von berühmtem Stamm!

Im Schatten der Säulenhalle kommt ihnen eine Frau in einem bleigrauen Kostüm entgegen. Als sie der Königin ihre Hand entgegenstreckt, wird ein Teil einer tätowierten grünen Eidechse auf ihrem Handgelenk sichtbar. »Ihre Majestät, ich darf Sie an der Eriksdal-Volksschule herzlich willkommen heißen!«
Die Königin stößt ein leichtes Seufzen aus. »Sie können gern Du zu mir sagen.«
Holberg stellt die Frau vor: »Margareta Lagerlöf, die ehemalige Leiterin unserer Schulbehörde auf Södermalm.« Er wendet sich an Margareta Lagerlöf: »Aber Sie wollten ja in den Schuldienst zurückkehren und sind jetzt Direktorin einer Schule, die mit den besten Einrichtungen des Landes um den Titel ›Schule mit den besten Testergebnissen‹ ringt. Nicht *mit den besten Noten*, wohlgemerkt.

Noten, die von Lehrern gemacht werden, die sich von den Eltern beeinflussen lassen, waren das Erste, was Margareta abgeschafft hat. Auf Södermalm gibt es keine Noteninflation. Hier gibt es unabhängige Testinstitute, die feststellen, wer Kenntnisse hat und wer nicht. Immer mehr Schulen gehen zu unserem System über, wodurch verschiedenen Merkwürdigkeiten ans Licht kommen. So haben beispielsweise Lehrinnen eine Tendenz, Jungen ungerechter zu benoten als Mädchen.«

Der Kinderchor auf den Stufen stimmt das nächste Lied an, während Margareta Lagerlöf die Besuchergruppe ins Schulgebäude führt, in dem es trotz der geöffneten Fenster drückend warm ist.

Die Königin, Elin, der Kameramann und Yasmin besuchen zunächst eine Klasse, deren Schüler eine Knallgasprobe durchführen. Danach statten sie einer Klasse einen Besuch ab, in der in fließendem Englisch über einen amerikanischen Spielfilm diskutiert wird. Da die Königin den Film kennt, fügt sie ein paar neue Gesichtspunkte hinzu. Yasmin dirigiert den Kameramann und achtet darauf, dass Nahaufnahmen von der Königin gedreht werden, während sie mit einem Mädchen mit wachen Augen und markantem Kinn spricht.

Als sie zu den Autos zurückkehren, ist es noch wärmer als bei ihrer Ankunft, obwohl die Sonne bereits hinter den Hochhäusern Södermalms versinkt. Die Luft steht still und die Besuchergruppe keucht, als sie die Stufen zum Ringvägen wieder hinaufsteigt.

»Ob Maran sich hier wohlfühlen würde?«, fragt die Königin und wischt sich den Schweiß vom Haaransatz.

»Vielleicht«, mutmaßt Elin. »Wenn sie nur die Schuluniform nicht anziehen müsste. Aber würden sich die Schüler der Eriksdalschule auf Marans Schule wohlfühlen?«

»Daran zweifle ich«, entgegnet die Königin. »Was mir wirklich zu schaffen macht«, fährt sie seufzend fort, »ist die Tatsache, dass sie

manchmal recht haben, auch wenn sie im Großen und Ganzen im Unrecht sind.«
Sie bleiben vor der offenen Autotür stehen. Ein Stück entfernt redet Holberg mit Lagerlöf. Elin wischt sich erstaunt einen Schweißtropfen von der Oberlippe.
Die Königin flüstert: »Holberg ist total durchgeknallt, aber könnte es nicht sein, dass er hier trotzdem ein besseres Schulsystem geschaffen hat als das, was Maran kennt?«
Elin schüttelt den Kopf. »Das kann man nicht vergleichen. Auf Södermalm lebt die Mittelschicht und das Bildungsbürgertum. Viele sind Akademiker. In Marans Schule gibt es vermutlich überhaupt keine Schüler, die aus dem akademischen Milieu stammen.«
»Man kann sich ja trotzdem fragen, ob es nicht richtig ist, für die lernwilligen Schüler Unterrichtsbedingungen zu schaffen, in denen nicht die halbe Klasse redet und herumalbert und Textnachrichten verschickt. Was ist dagegen einzuwenden, dass die lernwilligen Schüler durch ihr Verhalten den schlechter gestellten Mitschülern auf die Sprünge helfen?«
Die Königin antwortet selbst auf ihre Frage: »Dass kein Mensch, Kinder am allerwenigsten, Mittel zum Zweck sein darf. Jede Einzelne verdient Aufmerksamkeit um seiner selbst willen.« Die Königin holt tief Luft und blinzelt Elin zu. »Was ist ein Kind einem anderen Kind schuldig? Wir Erwachsenen sind es, die unseren Kindern etwas schuldig sind. Das Leben in einer chaotischen Schule kann für manche die Hölle sein. Aber Erwachsene, die Kinder dazu nötigen, einander zu helfen, entziehen sich ihrer eigenen Verantwortung.«
Die Königin verdreht die Augen, seufzt und zieht sich in die Kühle des Wagens zurück. Elin folgt ihr, woraufhin auch Yasmin und Holberg einsteigen. Holberg öffnet sogleich eine Klappe, hinter der sich gekühlte Getränke befinden. Er nimmt eine Flasche Mineralwasser und einen Öffner heraus.

»Warum tragen die Schüler Uniform?«, will Yasmin wissen und hält Holberg ihr Mobil vor den Mund.
Holberg öffnet die Flasche und die Königin streckt ihm ein Glas entgegen. Er füllt es zur Hälfte, während er mit der Stimme eines Vortragsredners ausführt: »Die Schüler haben eine enorme Sehnsucht nach Zugehörigkeit. Kinder wie Erwachsene wollen das Gefühl nach einer eigenen Identität verspüren. Man will *Jemand* sein und als solcher erkannt werden, wenn man auf die Straße geht oder in den Spiegel schaut.
Die Uniform spielt eine wichtige Rolle – so wie die Halstücher in den Fußballklubs. Als Vorsitzender dieses Stadtteils habe ich die Aufgabe, dieses Bedürfnis nach Identität in akzeptable Bahnen zu lenken. Und dass jemand Mitglied einer Eliteschule sein will, ist nicht nur akzeptabel, sondern ausgezeichnet.«
Yasmin schiebt ihr Mobil noch näher an Holbergs Lippen heran. »Und die Gewalt zwischen den Fußballklubs?«
Der Wagen setzt sich in Bewegung.
Holberg reicht Yasmin ein Glas Wasser und seufzt: »Die Lust junger Menschen, andere zu misshandeln, zu töten und zu zerstören, ist stark ausgeprägt. Dazu gibt es in der Geschichte zahllose Beispiele. ›The male is a social desaster‹, wie mal ein bekannter Soziologe gesagt hat, dessen Name mir gerade nicht einfällt.
Auf Södermalm ist es uns gelungen, die Gewalt auf die drei Klubhäuser zu begrenzen. Dort können die Halstuchjungs aufeinander losgehen, was viel besser ist, als würden sie auf offener Straße gewalttätig werden.
Man muss die Gewaltbereitschaft kanalisieren und ihr einen bestimmten Platz zuweisen, sonst werden unsere Straßen und Plätze nicht mehr sicher sein und das können wir nicht zulassen – mit Ausnahme von morgen früh, versteht sich, wenn auf dem Medborgarplatz eine öffentliche Hinrichtung stattfindet. Im Moment wer-

den noch die Tribünen aufgebaut. Es wird rappelvoll werden, die Leute lieben das.«

»Lieben *was*?«

»Dass ein junger Mann, der mit einer Handgranate erwischt wurde, für fünfzehn Minuten die Gelegenheit hat, sich gegen jeden zu verteidigen, der ihn mit einer Eisenstange erschlagen will. Wenn der Verurteilte den Richtplatz nach einer Viertelstunde noch auf eigenen Beinen verlassen kann, ist er frei. Der Verurteilte hat auch eine eigene Stange, um sich zu verteidigen, doch bis jetzt hat noch keiner von ihnen überlebt.«

»Werden auch Frauen mit einer Eisenstange erschlagen?«, will Yasmin wissen.

Holberg schüttelt den Kopf. »In diesem Fall setzen wir sie gemeinsam mit mehreren Gewaltverbrechern, die schon geraume Zeit in den Tunneln verbracht haben, auf der Vesterbrücke aus. Es dauert meistens nicht lange, bis die Frauen hinunterspringen, und zwar vollkommen freiwillig.«

Kurz darauf erreichen sie das Hotel Malmen. In der Lobby werden sie vom Geschäftsführer begrüßt, einem Roboter, der wie ein berühmter Schauspieler aus jener Zeit aussieht, in der die Rollen noch von echten Menschen gespielt wurden.

Elin stupst die Königin in die Seite. »Cody, da vorne am Aufzug!«

Doch ehe die Königin ihren Kopf drehen kann, ist er wieder verschwunden.

45

Nachdem Elin geduscht und sich umgezogen hat, ruft die Königin an und sagt, dass Vagn auf ihrem Zimmer sei. Elin durchquert die Lobby, nickt Tamara zu, die neben dem Lift steht, und betritt das Zimmer der Königin. Die Luft ist kühl, beinahe kalt. Auf der anderen Seite der Straße sieht man die Backsteinwand des Bürgerhauses. Auf dem Dach rotiert ein Neonschild von der Größe eines Squashfelds. Der Text blinkt:

Herrliche Zeiten stehen uns bevor.
Juden, Neger und Hunde
auf gesonderten Gehsteigen.

Vagn und Elin unterhalten sich eine Weile über ihre Eltern, Lisa und Hallgerd. Vagn berichtet von seiner Arbeit als Spieleentwickler, woraufhin die Königin zum Fenster geht und die Vorhänge zuzieht, sich aufs Bett setzt und die anderen zu sich winkt.

Alle drei hocken im Schneidersitz mitten auf der Matratze.

Vagn zieht eine Decke um ihre Schultern und flüstert: »Alles wird hier überwacht, auch das Bad und die Toiletten. In der Firma halten wir Konferenzen unter mehreren zusammengenähten Decken ab, damit keine Firmengeheimnisse nach draußen dringen.«

»Hat mich jemand beim Duschen beobachtet?«, fragt Elin.

Vagn flüstert: »Diese ganze Idee von einem Privatleben ist doch eine Vision, an die niemand mehr richtig glaubt.«

Die Königin klingt besorgt. »Die Leute, die uns überwachen, merken doch, dass es jetzt ganz still ist. Was sagen wir denn, wenn uns jemand fragt, was wir in dieser Zeit getan haben?«

Elin lacht. »Wir sagen einfach, dass es doch sowieso nur um ein Stelldichein ging.«

»Genau«, stimmt die Königin zu und nimmt Vagns Hand.

Elin hebt einen Zipfel der Decke an und wedelt ihn hin und her. »Einer der Gründe, warum wir nach Stockholm gekommen sind, besteht darin, dass die Königin und ich Vagn treffen wollten. So haben wir das zu Holberg gesagt. Puh, hier gibt's echt zu wenig Sauerstoff.«

»Außerdem muss mein Besuch im nächsten Herbst vorbereitet werden«, erinnert die Königin und drückt Vagns Hand. »Dass wir ein Liebespaar sind, habe ich bereits erzählt. Ich glaube, das hat Holberg ziemlich beschäftigt. Ich habe behauptet, das wir uns immer auf Skogaholm treffen.«

»Und was tun die Königin und ich in diesem Moment?«, fragt Vagn.

»Ihr fummelt unter der Decke«, antwortet Elin lachend. »Darauf werden wir später antworten, falls jemand fragt.«

»Und was sage ich, wenn sich jemand nach Skogaholm erkundigt?«, will Vagn wissen.

»Der Tierpark ist militärisches Sperrgebiet«, erklärt die Königin. »Es ist also strengstens verboten, irgendwelche Einzelheiten darüber preiszugeben, wie es dort aussieht. Du verweist einfach auf das geltende Recht und schweigst.« Dann fährt die Königin fort: »Wir konnten keinen Kontakt zu dir herstellen. Warum?«

Vagn flüstert: »Das war einfach zu gefährlich. Die Stadtteilverwaltung hat neue Hacker in ihren Reihen. Es gibt keine Sicherheitscodes, die länger als ein paar Stunden Bestand haben. Und niemand lädt noch irgendwas runter, weil alles voller Spysoftware steckt. Mit den meisten Musikseiten im Netz geht's den Bach runter und auch wir als Spielehersteller sind betroffen, obwohl unabhängige Kontrolleure den Konsumenten versichern, dass sie sich kein unerwünschtes Programm einfangen, wenn sie eines unserer Spiele herunterladen. Die Leute werden immer paranoider. Alle glauben inzwischen, dass sie permanent überwacht und abgehört werden, was ja im Prinzip auch der Wahrheit entspricht. Es ist wohl nur noch eine Frage der Zeit, bis man auch den Besitz von Bettdecken unter Strafe stellt. Doch soviel ich weiß, sind hier im Hotel vorwiegend Mikrofone, aber kaum Kameras installiert.«

»Cody ist hier«, erinnert ihn Elin und berichtet von dem Fiasko mit Jan Victor in der Empfangshalle in Grövelsjö, von dem Gespräch mit Paleface und Cody sowie von Turings Versuch, einen Roboter zu bauen, der aussieht wie Karin.

»Wie geht es ihr?«, fragt Vidar. »Ist sie wieder gesund?«

Elin zuckt die Schultern. »Sie fängt wohl bald wieder an zu arbeiten, obwohl es Smårne ist, der alle Zügel in der Hand hält.«

»Und was macht Cody in Stockholm?«, will die Königin wissen.

»Es gibt da einen Russen, der sich Igor nennt. Er ist auch hier«, berichtet Vagn. »Mitglieder der Eskilstuna-Gang sind schon die ganze Woche in der Stadt. Genauso wie ein großes amerikanisches Unternehmen, das eine ganze Etage gemietet hat.«

»Helperson und Lyndon«, sagt Elin. »Am Wochenende kommen Bevollmächtigte aus Mora.«

»Die wollen den gesamten Ort umsiedeln«, berichtet die Königin. »Aber was hat die Eskilstuna-Gang damit zu tun?«

»Die sollen für Ruhe und Ordnung sorgen«, mutmaßt Vagn.

Die Königin lässt seine Hand los und wischt ihre eigene an ihrem Oberschenkel ab. »Inwiefern?«

»Die Eskilstuna-Gang hat eine eigene Abteilung, die auf Recht und Ordnung spezialisiert ist. Streikbrecher werden geschützt und inhaftierte Demonstranten von Gefängnisinsassen misshandelt. Das ist eine zusätzliche Einnahmequelle der Eskilstuna-Gang, die ansonsten mit Drogenhandel, Prostitution, Kreditgeschäften, Glücksspiel und Personenschutz ihr Geld verdient.«

»Was machen die Russen hier?«, fragt die Königin alarmiert.
Vagn wischt sich einen Schweißtropfen aus dem Augenwinkel. »Auf Dauer wird sich Schweden nicht gegen äußere Bedrohungen verteidigen können. Der Rechtsstaat befindet sich in der Defensive, während die großen Familien und die mächtigen Gangs mit ausländischen Partnern verhandeln. Vermutlich reden sie darüber, wie sie das Land am besten unter sich aufteilen können.«
Die Königin stöhnt auf. »Ich krieg keine Luft mehr!«
Vagn zieht die Decke weg und die Königin wirft sich rücklings in die Kissen. »Ich muss unbedingt duschen!«
Elin kräuselt die Lippen. »Danke, ich verzichte. Jedenfalls habe ich keine Lust, nackt im Netz zu landen.«
»Bist du doch längst«, behauptet Vagn und steht auf. »Weißt du das etwa nicht? Sollen wir nicht lieber zu dir gehen?«
»Ich muss heute Abend eine Rede halten!«, ruft die Königin, als Elin in der Türöffnung steht. »Kannst du mir helfen?«

Als sie die Lobby durchqueren, nickt Elin Tamara zu. Nachdem sie die Tür zu Elins Zimmer hinter sich geschlossen haben, fällt sie ihrem Bruder schluchzend in die Arme. »Skarpheden«, wimmert sie. »Skarpheden ist tot.«
Vagn führt Elin zum Bett und streicht ihr behutsam über die Haare.
»Erst tötet jemand seine große Liebe aus Hiroshima und jetzt ihn selbst. Was geht hier nur vor sich?«, schluchzt Elin.
Vagn steht auf, geht zum Kleiderschrank und nimmt eine weitere Decke heraus. Er zieht sie über ihre Köpfe, ehe er flüstert: »Ich habe deine Freundin überprüft.«
»Wen?«
»Na, die Königin. Ihre Firewall ist ein Witz. Jeder begabte Teenager könnte die in fünfzehn Minuten außer Kraft setzen. Aber sie selbst

ist okay. Sie ist das, was Großvater ein gutes Mädchen genannt hätte. Wie geht es Mama und Papa?«

Elin steht vom Bett auf, geht ins Bad, wäscht sich das Gesicht, kehrt zum Bett zurück und kriecht unter die Decke. »Papa scheint es gut zu gehen. Mama arbeitet die ganze Zeit. Hockt ständig vorm Bildschirm, als wäre sie dort angekettet, aber so war sie ja schon immer. Sie wollen nach Grövelsjö ziehen, damit sie in der Nähe von Hallgerd und mir sind.«

»Ich hab mir mal Karins Konto angesehen«, flüstert Vagn. »Ich glaube, Syria ist nicht die Einzige, die sie zu erpressen versucht.«

»Wer denn noch?«

»Ich hab Smårne im Verdacht. Sein System ist fast wasserdicht, aber ich hab ein paar Risse entdeckt. Was ich herausfinden konnte, deutet darauf hin, dass er mit allen Geschäfte machen will.«

»Mit allen?«

»Mit den Russen, Japanern, zumindest einer schwedischen Finanzfamilie und mit der Borlänge-Gang. Smårne ist ein ständiger Bremsklotz, wenn es darum geht, effektive Maßnahmen gegen die organisierte Kriminalität zu ergreifen. Er lässt sich für seine Dienste bezahlen, doch leider konnte ich nicht nachvollziehen, welche Wege dieses Geld dann nimmt. Er ist sehr vorsichtig und hat kluge Helfer. So schnell werden wir sein Konto wohl nicht knacken können. Erzähl mir von Gerda.«

»Sie will unbedingt Hallgerd genannt werden«, beginnt Elin.

Nach einer Weile bestellen sie sich Tee und später kehrt Vagn in sein Zimmer zurück.

46

Obwohl es nur vierhundert Meter bis zur alten Feuerwache sind, die nun *Das Weiße Schloss* genannt wird, werden sie mit dem Wagen abgeholt. Als sie aussteigen, bekommen Elin, die Königin und ihre Begleiter je ein Halstuch in die Hand gedrückt.

Holberg legt es Yasmin persönlich um. Dann zieht er es zu wie eine Schlinge und sie näher zu sich heran. Sie steht auf den Zehenspitzen, als er ihr zuraunt: »Es gibt manche Leute, für die alte Sprichwörter nicht gelten.«

»Welches Sprichwort meinen Sie?«, keucht Yasmin und versucht, ihre Finger unter das Halstuch zu schieben.

Holberg zieht Yasmin noch näher zu sich heran. Für einen Augenblick sieht es so aus, als wolle er sie küssen. »Aus Schaden wird man klug.« Dann lockert er seinen Griff. »Als du letztes Mal hier warst, bist du glimpflich davongekommen. Heute ist das Halstuch deine Lebensversicherung.«

Auf der Straße stehen etwa hundert junge Männer, die meisten mit nackten Oberkörpern, alle mit weißen Halstüchern, viele mit Tattoos auf Armen, Brust und im Gesicht.

Die großen Türen, durch die einst die Feuerwehrwagen fuhren, sind weit geöffnet. In der ehemaligen Feuerwache, die nun ein Pub ist, sind die ersten Takte eines Musikstücks zu hören. Rhythmische Gitarrenriffs und ein quäkendes Saxofon.

Elin geht dicht neben der Königin, Tamara ist direkt hinter ihnen und ruft Elin ins Ohr: *»Der Teufelstanz!«*

Dann sind sie im Inneren des Lokals.

Große Ventilatoren rotieren an der Decke. Die Band mit ihren zwei Saxofonisten steht auf einer etwa einen Meter hohen Bühne. Alle

Musiker haben nackte Oberkörper. Der Schlagzeuger ist ein riesenhafter Kerl mit kahlem Schädel und Oberarmen wie Holzstämmen. Neben der Band gibt es eine vernickelte Metallstange auf der Bühne, die sich vom Boden bis zur Decke erstreckt. Eine Frau, die nichts als eine winzige Bikinihose trägt, windet ihren Körper darum, streckt ein Bein über ihren Kopf und zieht sich kopfüber die Stange hinauf.

Holberg beugte sich über die Schulter der Königin und ruft: »Im Poledance ist sie die Allerbeste! Unser Tisch ist dort drüben!« Er geleitet die Königin fünf Stufen hinauf, die zu einer Galerie führen. Ihr Tisch ist so platziert, dass sie von dort aus freie Sicht auf das Lokal, die Bühne, die Musiker und die tanzende Frau haben.

Die Königin wendet sich an Elin und ruft: »Fünfundsiebzig Prozent der Schüler vorhin waren Mädchen. Hier sind neunzig Prozent Männer!«

Elin nestelt am Halstuch, das sie sich um die linke Schulter gebunden hat, und lässt ihren Blick durch den Pub schweifen. Manche tragen das Tuch um die Schulter, andere benutzen es als Stirnband oder haben es sich um das Handgelenk gewickelt.

Holberg zieht einen Stuhl unter der Längsseite des Tisches hervor, die Königin nimmt Platz und er setzt sich neben sie. Elin steht auf der anderen Seite der Königin.

Die Pressechefin der Königin gesellt sich zu Elin. Sie hat abgebissene Nägel und offenbar keine Zeit gehabt, diese schlechte Angewohnheit zu verbergen. »Lottie«, stellt sie sich vor und streckt Elin ihre feuchte Hand entgegen. Beide setzen sich. Lotties Parfum ist betäubend. »Wir sind uns schon mal begegnet«, stellt sie mit lauter Stimme fest. »In Grövelsjö.« Ihr Lächeln schwankt wie ein sechsjähriges Mädchen, das gerade Fahrradfahren gelernt hat.

Elin zeigt auf die Frau an der Stange und ruft: »Ziemlich akrobatisch!«

»Die Stange haben früher die Feuerwehrmänner benutzt, wenn sie zum Einsatz ausrücken mussten«, erklärt Lottie. »So steht's jedenfalls in der Pressemitteilung.«
Die Königin wendet sich an Elin und ruft: »Hast du gesehen, dass Vagn hier ist?«
Elin beugt sich über den Tisch und winkt ihrem Bruder zu, der an der Schmalseite sitzt.
Holberg dreht sich zur Königin um. »Die Musik ist so laut, dass man reden kann, worüber man will. Niemand kann uns hören.«
»Es gibt doch bestimmt Kameras?«
Holberg zuckt die Schultern. »Vermutlich.«
»Lip-Reading.«
»Wer die Augen auf den Teller richtet, wird von den Kameras nicht eingefangen. Hier gibt es übrigens großartige Hamburger.«
»Was kein Geheimnis ist.«
»Das stimmt, doch es gibt bestimmt andere Dinge …«
»Andere Dinge?«
»Die nicht für die Öffentlichkeit bestimmt sind.«
»Und was sollte das sein?«
»Ich weiß es nicht, aber vielleicht die Königin?«
»Was soll auf der Konferenz am Wochenende besprochen werden?«
Eine vollbusige Frau mit weißer Bluse und beeindruckender Haarpracht kommt mit einem Tablett und stellt je eine geöffnete Bierflasche vor die Königin und Holberg auf den Tisch.
»Wie wir erfahren haben, trinken Ihre Majestät gern Stout!«, ruft Holberg. Er wendet sich an Elin, mustert sie von Kopf bis Fuß und schaut sie an, als hätte er soeben eine tote Ratte in seinem Kühlschrank gefunden. »Und die Mörderin aus dem Sumpfland ist also Antialkoholikerin! Ein braves Mädchen! Ich war mir sicher, dass du irgend so eine alte Tracht anziehst. Auch wenn man nie genau weiß, aus welcher Gegend die herkommen. Auf jeden Fall irgendwoher,

wo alle Zügen abgefahren und alle Uhren stehen geblieben sind.« Er wendet sich an die Königin. »Auf Södermalm haben wir andere Gewohnheiten.«

Die Fläche vor der Bühne ist gerammelt voll. Vor der Theke drängen sich verschwitzte Körper und kleine Gruppen stimmen eine Art Schlachtruf an, der von den anderen wie ein Echo aufgegriffen wird: »Äh-oh-a-äh-oh! Äh-oh-a-äh-oh!«

Die Königin beobachtet einen großen Mann mit kahl geschorenem Kopf und nacktem Oberkörper. Seine Muskeln zeichnen sich unter der Haut ab, das Sixpack über seinem Bauch spannt sich wie Taue. Sein Mund steht offen und er hat das Halstuch um sein rechtes Handgelenk gewickelt. Als er seinerseits die Königin erblickt, prostet er ihr mit der Bierflasche zu. Im Oberkiefer des Mannes fehlt ein Zahn.

»Äh-oh-a-äh-oh! Äh-oh-a-äh-oh!« Die Menge grölt und die Frau hat ihren Stangentanz beendet. Kerzengerade steht sie da, hat beide Arme über den Kopf gestreckt und die Hände um die Stange gewunden. Immer mehr Menschen skandieren den gemeinsamen Schlachtruf und auch die Musiker fallen in den Rhythmus der Menge ein: »Äh-oh-a-äh-oh! Äh-oh-a-äh-oh!«

Die Lautstärke schwillt immer mehr an. Die Ventilatoren scheinen gegen die drückende Wärme nichts ausrichten zu können.

Plötzlich bricht die Musik ab und die Rufe verstummen. Als es vollkommen still geworden ist, lässt die Tänzerin die Stange los, macht zwei Schritte nach vorn und beginnt zu singen: »Du alter, du freier, du gebirgiger Norden. Du stiller, du freudenreicher Schöner!«

Die Männer sowie die wenigen Frauen im Saal singen laut mit. Holberg erhebt sich und auch die Gäste am Tisch der Königin erheben sich. Das Publikum streckt Flaschen und Gläser in die Luft, und als auch die Königin schließlich aufsteht, spielen die Musiker

mit voller Kraft und die Nationalhymne geht in frenetischen Jubel über. Die Leute hüpfen, stampfen und jubeln.
Nachdem wieder Stille einkehrt, wendet sich Holberg an die Königin: »Ich darf Ihre königliche Majestät auf Södermalm recht herzlich willkommen heißen!«
Für einen Moment scheint die Königin zu zögern, doch dann erhebt sie ihre Stimme: »Frauen und Männer von Södermalm! Es ist mir eine große Ehre, Sie heute besuchen zu dürfen. Eigentlich wollte ich zur Eröffnung der neuen Sitzungsperiode des Reichstags meinen Wahlspruch bekannt geben. Doch ich habe mich gerade dazu entschieden, dies schon heute in Ihrer Gegenwart zu tun.« Die Königin lässt ihren Blick über die dicht an dicht stehenden Menschen mit ihren erwartungsvollen Gesichtern schweifen, sieht kurz die Tänzerin und danach den Mann mit dem fehlenden Zahn an. Sie spricht mit lauter Stimme, als spräche sie nur zu ihm. »Mein Wahlspruch lautet: Fantasie und Mitgefühl.«
Die Königin hält für einen Moment inne, ehe sie weiterspricht: »Die Welt, in der wir leben, verändert sich mit großer Geschwindigkeit und auch unser Heimatland hat sich verändert. Globale Erwärmung, fortschreitende Robotisierung, der Verfall staatlicher Autorität sowie die Entwicklung hin zu Clangesellschaften stellen uns alle vor Fragen und Probleme, mit denen unsere Eltern und Großeltern noch nicht gerechnet hätten. Dass sie das nicht taten, hat auch mit einer gewissen Fantasielosigkeit zu tun. Was sich im Reagenzglas unserer Gesellschaft gebildet hat, könnte man als soziales Knallgas bezeichnen und die erste Explosion kann sich jederzeit ereignen.«
Die Königin wird lauter: »Unsere Fantasielosigkeit hat uns dorthin gebracht, wo wir heute sind. Um eine gute Gesellschaft für unsere Kinder und Enkel zu schaffen, müssen wir unsere Fantasie aktivieren, müssen wir uns vorstellen können, was es heißt, einer von zehn

Milliarden Menschen auf diesem Planeten zu sein. Auch brauchen wir unsere Fantasie, um technische Lösungen für verschiedenste Probleme zu finden. Und was noch wichtiger ist: um neue Formen des Zusammenlebens und der Zusammenarbeit zu entwickeln.«
Die Königin macht eine rhetorische Pause, ehe sie fortfährt: »Heute bin ich in Ihr Bürgerhaus eingeladen worden. Einer von denen, die vor langer Zeit die Bibliothek des Bürgerhauses besucht und in der Forsgrenska-Schwimmhalle gebadet haben, war ein Dichter. Als Kind wohnte er in der Åsögatan. Als Erwachsener schrieb er folgende Zeilen:

Du kannst die Welt nicht ändern,
nicht lindern der Menschen Plagen,
doch eines kannst du tun,
die Mühsal des anderen tragen.«

Nach einem Moment des Schweigens will die Königin weitersprechen, doch Holberg applaudiert, man hört einen Trommelwirbel und der ganze Saal skandiert: »Äh-oh-a-äh-oh! Äh-oh-a-äh-oh!«
Die Königin nimmt Platz und Holberg wendet sich ihr zu: »Herzlichen Dank, Ihre Majestät. Stig Dagerman war einer der Ersten, dessen Bücher aus der Bibliothek entfernt wurden.«
Die Königin deutet in Richtung Straße: »Er wohnte gleich da drüben.«
Holberg kneift die Lippen zusammen und klingt plötzlich so, als hätte er Zahnschmerzen. »Ivar Lo-Johansson wohnte auch auf Södermalm. Der Mann war der Ansicht, dass Zigeuner ganz normale Menschen seien, und schrieb ein Pamphlet, das sich gegen den Sport richtete. Seine zahlreichen Schriften haben wir zusammen mit denen von Dagerman verbrannt.« Holberg deutet vage auf die Wand hinter der Königin. »Der Pazifist Per Anders Fogelström

wohnte ebenfalls nur einen Steinwurf von hier entfernt. Seine Texte teilten dasselbe Schicksal wie die von Dagermann, was ebenso für den faden Tanströmer und den Agitator Asklund gilt.« Der Vorsitzende des Stadtteilausschusses stößt ein verächtliches Schnauben aus: »Dagerman war der degenerierteste von allen. Sich in einer Garage das Leben zu nehmen! Wie tief kann ein schwedischer Mann noch sinken? Früher gab es hier Sozialisten, Anarchisten, Pazifisten und Zigeuner – das ganze Gesocks –, doch diese Zeit ist Gott sei Dank vorbei. Jetzt wohnen hier nur noch gesunde schwedische Männer und Frauen, die Träume und Visionen haben, was ihre Zukunft betrifft. All den geistigen Müll und die landesverräterischen Schriften haben wir in die Brennöfen –«

Die Königin hebt ihre Flasche, dreht sie in der Hand und fällt ihm ins Wort: »Kennen Sie den Satz –?«

Holberg schüttelt den Kopf und unterbricht sie seinerseits: »Ich weiß, welchen Satz Sie jetzt zitieren wollen.«

Die Königin sieht ihn erstaunt an. »Woher wollen Sie das wissen?«

»Weil es ein Satz ist, den jemand, der so denkt wie Sie, stets jemandem in Erinnerung ruft, der so denkt wie ich.«

»Und wie lautet dieser Satz?«

Holberg lächelt. »Ihre Majestät wollten mich fragen, ob ich den Satz kenne: Dort, wo man Bücher verbrennt, verbrennt man auch am Ende Menschen.« Holberg zwinkert ihr mit einem Auge zu, nimmt die Bierflasche und führt sie an die Lippen. Doch ehe er trinkt, fragt er: »Das hatten Ihre Majestät doch sagen wollen, oder?«

Die Königin runzelt die Stirn. »Ja, das hatte ich sagen wollen.«

Er sieht sie fast freundlich an. »Wie Ihre Majestät feststellen können, ist mit meiner Fantasie alles in Ordnung, und lassen Sie uns in keinem Augenblick vergessen, dass es Menschen gab, die dem gleichen Feuer zum Opfer fielen wie die schlechten Bücher.«

Die Menge grölt: »Äh-oh-a-äh-oh! Äh-oh-a-äh-oh!«

Erneut setzt die Musik ein, während sich die Frau auf der Bühne um die Eisenstange windet.
Die Königin blickt auf die Tischplatte: »Was soll auf der Konferenz am Wochenende besprochen werden?«
Holberg beugt sich über den Tisch und scheint das Etikett seiner Bierflasche zu studieren. »Haben Ihre Majestät von einem Roboter namens Turing gehört?«
»Nein«, lügt die Königin.
»Turing soll eine geheime Fabrik besitzen, in der Roboter produziert werden, die Kopien von ihm selbst sind.«
»Und damit soll sich die Konferenz beschäftigen?«
»Unter anderem.«
Ein großer Mann mit raspelkurzen Haaren und einer kugelsicheren Weste unter dem kurzärmligen weißen Hemd beugt sich Holberg entgegen. Er flüstert ihm etwas ins Ohr, worauf sich Holberg der Königin zuwendet. »In einem nahe gelegenen Park haben sich bereits hundert Blaue versammelt. In wenigen Minuten werden sie hier sein und sie werden keine Schwierigkeiten haben, bei uns einzudringen, weil die Türen bei solchen Anlässen nie geschlossen werden.«
Die Musik bricht mitten in einem Gitarrenriff ab und Holberg zeigt auf die Bühne. »Sehen Sie, die packen ihre Instrumente zusammen. So leid es mir tut, ich muss Ihre Majestät bitten, mitsamt Ihrem Gefolge das Lokal zu verlassen.« Er steht auf, während sich Tamara unmittelbar neben die Königin setzt.
»Es gibt eine Hintertür, die zum Friedhof hinausgeht«, erklärt Holberg. »Die Autos stehen an der Högsbersgatan bereit und zwei Kriegsschiffe werden in vier Minuten an der Schleuse sein. Ich freue mich schon auf unser nächstes Treffen.« Er reicht ihr die Hand und die Königin ergreift sie. Ihre Hand ist schwitzig, seine trocken.

Auf dem Friedhof warten etwa zehn uniformierte und bewaffnete Männer. Sie bilden einen Kreis um die Königin und ihre Gesellschaft. Als sie die Limousinen erreichen, will die Königin einem der Uniformierten ihr Halstuch aushändigen, aber er nimmt es nicht entgegen.

Elin und die Königin umarmen Vagn, der winkend im Dunkeln zurückbleibt, während die Autos in Richtung Götgatan rollen.

Vagn verharrt für einen Moment, ehe er seiner Wohnung am Mariatorget entgegenschlendert. Fünfzig Meter hinter ihm geht ein Mann mit kurz geschnittenen Haaren. Er hat einen überdimensionierten Oberkörper, trägt einen Anzug und ungewöhnlich große Schuhe.

47

Sten steigt aus dem Wagen und stapft über die Rasenfläche zu dem Wohnwagen, dessen Räder vor der Sauna auf groben Planken stehen. Burman sitzt auf einem Klappstuhl. Er trägt Jeans und Polohemd, ist barfuß und hält eine halb ausgetrunkene Flasche Bier in der Hand. Neben ihm sitzt ein Mann in den Dreißigern in Shorts. Auf dem Schoß des Mannes liegt eine Maschinenpistole mit großem Magazin. An den Füßen hat er neu aussehende Turnschuhe.

»Ahmad«, sagt Burman und dreht den Kopf. »Du kannst für eine Weile reingehen.«

Der Mann steht auf und verschwindet im Wohnwagen.

Sten setzt sich auf Ahmads Stuhl, betrachtet die leeren Flaschen, die im Gras liegen, und beugt sich über die Armlehne. »Und, wie sieht's aus?«

Burmans Stimme schwankt, als wäre eine einstmals geölte Maschinerie ins Stocken geraten. »Man freut sich darüber, wenn etwas, das früher da war, zurückkehrt. Manches kommt in neuer Form zurück, aber es kommt wieder, da kann man ganz sicher sein. Der Schwan ist wieder da. Willst du ein Pils?«

»Mård trinkt Pils, ich nicht.«

»Wie geht es ihm?«

»Er scheint eine neue Nummer zu haben.«

»Hast du dein Mobil im Auto gelassen?«

»Natürlich.«

»Willst du baden?«

»Vielleicht später.«

»Komm, wir gehen zum Steg.« Burman leert seine Flasche, lässt sie ins Gras fallen und steht auf. »Das Wasser hat vierundzwanzig Grad. Ist echt eine warme Brühe.« Er betritt den Steg, stellt sich an die Kante und pinkelt im hohen Bogen. Dann knöpft er seinen Hosenstall zu und dreht sich um. »Lass uns Stühle holen.«

Sten geht zum Schuppen und kehrt mit zwei Klappstühlen zurück. Sie setzen sich direkt nebeneinander.

»Der Mondschein«, murmelt Burman, als spräche er zu sich selbst.

»Kommt die Sozialarbeiterin immer noch jeden Morgen?«

»Nein, ein Typ.«

»Wahrscheinlich soll sie woanders eingesetzt werden.«

»Es ist was passiert.«

»Ach so?«

»Erzähle ich ein anderes Mal. Es wurde ein bisschen anstrengend.«

»Bist du zufrieden mit dem Auto?«

»Ja, es ist schön.«

»Und Mård hat nichts von sich hören lassen?«

»Der ist wohl immer noch in Norwegen.«

Burman streckt seufzend die Beine aus. »Ohne Lassivar wäre ich ein

Niemand. Jetzt bin ich jemand, aber meine Mädchen sind fort und meine Frau ist tot.« Er windet sich auf seinem Stuhl und nimmt Stens Hand. »Wenn du bei dieser Sache mitmachst, wird es dir eines Tages vielleicht genauso ergehen wie mir. Für Reue ist es irgendwann zu spät. Mård glaubt, dass er in Stavanger in Sicherheit ist, dabei ist er dort nicht sicherer als hier.«

Sten senkt die Stimme. »Dieser Typ, der heute Morgen in die Luft gesprengt wurde, waren *wir* das?«

Burman nickt, fast unmerklich. »Siehst du den Schwan da drüben?«

»Glaub nicht.«

»Du siehst ihn nicht?«

»Nein.«

Burman schweigt für eine Weile, ehe er fortfährt: »Lassivar war so alt wie du, als er mit dieser Tätigkeit begann. Seine Mitschüler mussten dafür bezahlen, wenn sie in Ruhe gelassen werden wollten. Er nannte das Ruhegeld. Heute geht es um zahlreiche Unternehmen, Aktiengesellschaften, aber auch um Drogen, Prostitution und den ganzen Müll. Wir mussten den Namen in SAFE ändern. Es gibt viel zu viele, die sich so nennen. Bist du sicher, dass du den Schwan nicht siehst?«

»Ja.«

»Und du bist sicher, dass du alles erfahren willst?«

»Ja.«

»Es ist, als würdest du eine neue Familie bekommen. Aber wenn sie dich aufgenommen hat, kannst du dich nicht mehr von ihr lösen.«

Sten klingt ungeduldig. »Hör auf mit dem Gewäsch. Das hast du mir schon hundert Mal erzählt.«

»Die an unserer Seite sind, begleiten uns ein Leben lang. Du kannst sie als deine Cousins betrachten. Narven hat uns verraten und Sylve auch, aber auf die anderen kannst du dich verlassen, jedenfalls vorerst.« Burman schüttelt den Kopf, als wolle er einen unangenehmen

Gedanken verscheuchen. Er beugt sich vor und senkt die Stimme zu einem Flüstern: »Ich werde alles, was ich dir jetzt erzähle, mehrfach sagen. Nachher teste ich dann, ob du dir alle Namen und Zahlen gemerkt hast. Nichts von dem, worüber wir jetzt sprechen, wird je zu Papier gebracht oder als Datei verschickt. Wie kommst du mit deinem Chip klar?«

»Was meinst du?«

»Denkst du nie daran, dass sie jederzeit wissen, wo du dich aufhältst?«

»Doch, manchmal.«

»Nimm dich in Acht. Manche, denen ein Chip implantiert wird, kommen auf komische Gedanken, fühlen sich verfolgt, können nicht mehr abschalten, bekommen Schlafprobleme, haben den Eindruck, ständig angestarrt zu werden.«

»Hab ich alles nicht.«

Burman seufzt und spricht nach einer kurzen Pause weiter: »Hier im Wald halten sich sechs Wachleute auf, außerdem ist Ahmad bei mir. Narvens Freunden ist klar, dass ich sie irgendwann erwischen werde, wenn sie mich nicht zuerst erledigen. Wenn ich tagsüber bade, dann nur im Bootshaus, aber am Abend kann mir im See wohl nichts passieren. Sie wissen, dass meine Leute am gegenüberliegenden Seeufer postiert sind und dass es kaum möglich ist, mich im Dunkeln zu treffen, selbst bei Mondschein.

Vielleicht bin ich es, der allmählich paranoid wird. Ich denke ständig an diese Schweine, die die Drohne geschickt haben. Ein Arzt hat mir irgendwas verordnet, das mich ruhiger machen soll, aber die Tabletten lassen meinen Kopf schwer werden, also hab ich sie wieder abgesetzt. Wenn du keinen klaren Kopf hast, bist du verloren. Dann erwischen sich dich zuerst, das darfst du nie vergessen.«

Burman hält kurz inne, ehe er fortfährt: »Das ist eine lange Geschichte, fast wie ein Märchen.«

48

Als Elin in Skogaholm erwacht, liegt die Königin mit dem Rücken zu ihr und schickt Maran eine Textnachricht. Die Königin ist ganz auf ihr Mobil konzentriert und schaut nicht einmal auf, als sie Elin fragt, ob sie etwas frühstücken wolle.
Elin erblickt ein Tablett, das auf dem Mahagonitisch vor dem Fenster steht. »Bist du schon lange wach?«
Die Königin starrt auf das Display und antwortet nicht.
»Hast *du* schon gegessen?«, fragt Elin.
Die Königin hebt den Blick. »Das Debriefing ist in einer halben Stunde«, murmelt sie.
»Was ist das?«
»Ach, da kommen zwei Geheimdienstleute und fragen uns aus, was wir auf Södermalm erlebt haben. Holberg hat behauptet, dass Turing eine geheime Fabrik hat.« Die Königin lacht auf. »Maran hat echt Humor, hast du das schon gemerkt?«
»Wie läuft das hier?«, fragt Elin.
»Was?«
»Das mit dem Frühstück.« Elin steht auf, geht zum Fenster, wirft einen Blick auf die Kiesfläche und winkt. »Tamara war schon joggen. Dass sie das aushält bei dieser Hitze!«
Die Königin legt ihr Mobil weg, rollt sich auf den Rücken und streckt gähnend die Arme über den Kopf. »Hinter dem Bett ist eine Schnur. Wenn du daran ziehst, dann kommt jemand. Das ist wie im neunzehnten Jahrhundert. In der Küche läutet ein kleines Glöckchen.«

Kurz darauf erscheinen ein Mann und eine Frau mittleren Alters. Beide tragen weiße Anzüge, abgewetzte Aktentaschen aus Leder, Strohhüte und große Sonnenbrillen. Der Mann riecht nach Schweiß, die Frau nach Parfum. Die Königin und Elin sollen unabhängig voneinander ganz genau erzählen, was sie auf Södermalm erlebt haben.

Nachdem sie mit ihren Berichten fertig sind, kommt Nadia und Elin verschwindet auf die Toilette.

»Die haben sich gar nicht vorgestellt«, bemerkt die Königin, während sie beobachtet, wie die beiden Weißgekleideten das Grundstück wieder verlassen.

Nadia lacht. »Solche Leute stellen sich nie vor.«

»Machst du irgendwann Sommerurlaub?«, fragt die Königin.

»Ja, zwei Wochen lang.«

»Elin und ich haben darüber gesprochen, eine Angeltour zu unternehmen, ehe die heiße Phase des Wahlkampfs beginnt. Wäre schön, wenn du in Zivil mitkommen könntest. Tamara würde für die Sicherheit sorgen und du könntest mit uns angeln.«

»Hört sich wirklich verlockend an, aber ich muss erst mal schauen, wie's zu Hause aussieht.«

Die Königin umarmt Nadia, und als Elin zurückkommt, streckt ihr die Königin ihr Mobil entgegen. Auf einem Video steht Hallgerd mit nacktem Oberkörper da und blickt direkt in die Kamera. Hinter ihr sieht man Maran mit einem Pinsel in der Hand, wie man ihn für Wasserfarben benutzt.

»Du, Königin!«, ruft Hallgerd aufgedreht. »Rate mal, was ich auf dem Rücken habe! Frag Mama, ob sie es errät! Frag Mama! Aber die weiß es auch nicht!« Hallgerd lacht so sehr, dass ihr fast die Luft wegbleibt. »Das kitzelt!«, ruft sie Maran zu. Dann ist der Film zu Ende.

49

Die von den Waldbränden erzeugten grauweißen Rauchsäulen steigen senkrecht in die Luft, und als sie sich auf einer Flughöhe von vierhundert Metern Särna nähern, nehmen sie in der Kabine den Brandgeruch wahr.

Auf der Kaimauer in Grövelsjö wartet eine Frau im Anzug. Sie stellt sich als Tyra Karlsson vor und weist sich mittels ihres Mobils aus. Sie gehört zur Sicherheitsabteilung der Reichspolizei und Elin folgt ihr zum Auto. Die Klimaanlage funktioniert nicht.

»Die Luft ist zum Schneiden«, klagt Elin und wischt sich den Schweiß von den Handgelenken.

Die Frau antwortet nicht.

Das Haus ist einer der dreizehn Stockwerke fassenden Wohnblocks am südlichen Rand des Sperrgebiets. In der Eingangshalle gibt es zwei Aufzüge. In einem davon wartet ein Mann in einem kurzärmligen weißen Hemd. Um den Hals hängt ihm ein blau-gelbes Band, an dem drei Karten befestigt sind. In seiner Hand hält er ein Gerät zur Pupillenerkennung. Er hält es Elin vors Gesicht und fordert sie auf, ihm ihren Namen und ihre Geburtsnummer mitzuteilen.

Sie fahren bis weit nach oben, und als sie aus dem Lift steigen, begegnen sie einem uniformierten Roboter, der Elin bittet, ihren Blick auf ein kleines blaues Licht auf einer Metallsäule zu richten, während sie durch den Körperscanner tritt. Der Roboter nimmt Elins Handtasche und Mobil an sich.

Karlsson geht vor Elin einen kurzen Flur hinunter, ehe sie einen fensterlosen Raum betreten, dessen Tür offen steht.

Karin und Paleface sitzen auf gepolsterten Drehstühlen mit Rollen. Karlsson schließt die Tür von außen.

Karin steht auf, geht auf Elin zu und nimmt ihre Hände in ihre. Karins Hände sind kühl, fast kalt. »Wie schön, dass du wieder da bist, Elin. Ich habe gehört, dass du Vagn getroffen hast und dass er sehr erfolgreich ist mit seinen Spielen.« Elins Tante wendet sich an Paleface, die immer noch auf ihrem Stuhl sitzt. »Ihr seid euch ja schon mal begegnet.«
Paleface nickt und zeigt auf einen weiteren Bürostuhl, der neben der Tür steht. »Setz dich.«
Elin nimmt Platz. An der weißen Wand hinter Paleface hängt ein Ölgemälde von der Größe eines Kopfkissens. Es zeigt zwei Mädchen, die zwischen irgendwelchen Häusern seilspringen. Der vergoldete Rahmen ist zehn Zentimeter breit. Davon abgesehen ist der Raum leer.
Paleface benutzt die Füße, um ihren Stuhl näher an Elin heranzurollen. Sie sieht müde aus und riecht nach Schweiß. »Du hast eine Textnachricht von MLH 45, bekannt unter dem Decknamen Liv, bekommen. Der Roboter sagt, dass er dich treffen will.«
Elin stößt ein irritiertes Schnauben aus. »Hast du etwa meine Textnachrichten gelesen?«
»Das ist doch wohl klar.«
Elin hebt die Stimme: »Sich Zugang zu fremder Korrespondenz zu verschaffen ist illegal.«
»Gesetze gibt es viele und manche heben sich gegenseitig auf. Warum will MLH 45 dich treffen?«
»Was bedeutet MLH?«
»›Mothers little helper‹. Ist nur ein Name, der nichts bedeutet.«
»Und wer ist ›mother‹?«
»Turing«, antwortet Karin. »Du hast nichts von ihm gehört?«
»Sieh dir das an«, sagt Paleface, setzt den Stuhl mit einem Fuß in Bewegung und macht eine 180-Grad-Drehung.
Auf der Bildwand erscheint Elin. Sie befindet sich in einem Ge-

wölbe und hält einen Apfel in der Hand. In der unteren rechten Ecke läuft eine digitale Zeitangabe. Am rechten Rand sieht man das Symbol für eine Tonspur. Auch diese ist mit einer Zeitangabe versehen.

»Das mit Ådalen habe ich nicht verstanden.«
»Es gibt da ein Gedicht. Kennst du das nicht? Du liest doch viel Lyrik.«
»Welches Gedicht?«

Der Ton verschwindet wieder und Elins Gesicht erscheint in Nahaufnahme.
Paleface dreht sich um und sieht Elin in die Augen. »Du bist in dem Gewölbe, in dem der Apfel und die Kronjuwelen aufbewahrt werden. Gleichzeitig unterhältst du dich mit anderen in einem Flugzeug, das sich auf dem Weg nach Stockholm befindet. Es besteht kein Zweifel, dass es sich bei der Person im Flugzeug um Elin Holme handelt. Und jetzt fragen wir uns natürlich, wer das in dem Gewölbe ist.«
Die Bildwand erlischt und Karin räuspert sich. »MLH hat alle Codes geknackt, hat sich Zugang zum Gewölbe verschafft, hat den Apfel gestohlen und das Gelände wieder verlassen. Niemand versteht, wie ihr das gelungen ist.«
Paleface beugt sich vor, als wolle sie besser sehen. »Turing ist ebenfalls verschwunden.«
Sie schweigen, bis Elin sich zu einer Frage durchringt: »Weiß die Königin, dass ihr Flugzeug abgehört wird?«
Paleface schüttelt den Kopf. »Das Flugzeug Ihrer Majestät wird nicht abgehört.«
Elin hebt die Stimme und zeigt auf die Bildwand. »Aber ich habe doch gerade die Tonaufnahme eines Gesprächs gehört, das wir im Flugzeug geführt haben.«

»Das liegt an den Leibwächtern«, erklärt Karin. »Aus Sicherheitsgründen werden die Mobile der Leibwächter abgehört, wenn sie im Dienst sind.«

»Im Gewölbe haben wir eine Wanze gefunden«, erklärt Paleface. »Hast du eine Idee, wer die dort platziert haben könnte?«

Elin schüttelt den Kopf.

»Biometrisch eingelesene Fingerabdrücke lassen sich reproduzieren, also müssen sie irgendwo an deine herangekommen sein. Deine Stimme für den gesprochenen Code kann man nachahmen. Aber wer könnte die Wanzen im Gewölbe installiert haben?«

»Keine Ahnung, was glaubt ihr?«

Paleface und Karin tauschen Blicke.

Karin seufzt. »Wir können uns keinen anderen als Skarpheden vorstellen. Er hat für Helperson und Lyndon, für das US State Department, für die Russen, die Japaner oder für alle zusammen gearbeitet. Er hat ein kleines Hotel in London besessen. Wie er es geschafft hat, Hotelbesitzer zu werden, ist wirklich ein Rätsel. Er hatte ein bescheidenes Monatsgehalt und sein Studiendarlehen noch nicht abbezahlt. Du weißt nicht zufällig etwas über sein Londoner Hotel?«

Elin schüttelt den Kopf.

»Wir haben versucht, die Daten deiner Kommunikation mit MLH zu rekonstruieren. Wir glauben, dass sie dich vor irgendetwas warnen wollte.«

»Wir glauben, dass sie in dich verliebt ist«, fügt Paleface hinzu. »Das ist natürlich unmöglich, aber es gibt kein anderes Wort für das, was in ihrem System passiert ist.«

»Mothers little darling«, sagte Karin und lächelt Elin zu.

»Deshalb wisst ihr also, dass ich Vagn getroffen habe«, sagt Elin. »Tamaras Mobil wird abgehört.«

»Wir wissen vieles«, behauptet Karin.

»Doch längst nicht alles«, fügt Paleface seufzend hinzu.

Elin wendet sich an Karin. »Du hast vorgeschlagen, dass Liv Hallgerds Mentorin sein sollte.«

Karin runzelt die Stirn. »Hallgerd?«

»Gerda heißt eigentlich Hallgerd. Früher haben wir sie Gerda genannt.«

Für einen Moment scheint Karin nicht zu verstehen, was Elin sagt, doch dann sammelt sie sich. »Ach, Hallgerd, ja, natürlich. Damals hielt ich das für eine gute Idee, doch aus heutiger Sicht war das nicht gut durchdacht.«

Paleface rückt ein wenig näher an Elin heran und nimmt Blickkontakt zu ihr auf.

Elin legt den Kopf auf die Seite. »Ich dachte immer, dass man Roboter abschalten kann, wenn sie auf etwas stoßen, das gefährlich ist. Ich habe gesehen, was mit Jan Victor passiert ist. Sudden death. Warum hat man Turing nicht abgeschaltet?«

Paleface schüttelt den Kopf. »Bei Robotern von Turings Kapazität versagen die Sicherheitssysteme. Sie entwickeln eine elektronische Immunabwehr, die sie vor feindlichen Eingriffen schützt. Das war uns früher nicht bekannt, aber jetzt wissen wir es. Turing hat dir das Labyrinth gezeigt.«

»Ja.«

»Und du hast da drin nichts Seltsames entdeckt?«

»Das ganze Labyrinth ist seltsam, außerdem habe ich nicht viel gesehen. Eigentlich war ich ja auf dem Weg zu einem anderen Treffen.«

»Die Aufnahmen der Überwachungskameras während deines Besuchs sind inzwischen gelöscht worden«, erklärt Karin. »Was habt ihr da drinnen gemacht?«

»Berichte uns alles so genau wie möglich«, fügt Paleface hinzu.

Und Elin berichtet. Hin und wieder stellt Paleface eine Frage und

Elin antwortet, so gut sie kann. Als Elin mit ihrem Bericht fertig ist, fragt Paleface, ob sie auch in dem Raum war.
»Man durfte nicht mal die Scheibe berühren«, erklärt Elin, »aber das wisst ihr doch. Nein, ich war nicht in dem Raum.«
Paleface und Karin tauschen Blicke und Paleface seufzt. »In diesem Labyrinth hat Turing seine Roboter hergestellt. Manche davon kannten wir, weil er sie in Karins Auftrag gebaut hat. Geplant war, dass die Polizei zu siebzig Prozent robotisiert wird. Darüber hinaus hat er einige Roboter konstruiert, von denen wir nichts wussten, vermutlich mindestens acht Stück. Anscheinend sehen die alle aus wie du und wir haben keine Ahnung, wo sie sind. Mit Liv zusammen wären es neun. Dich mitgezählt gibt es also zehn, die exakt so aussehen wie du. Verstehst du jetzt, dass wir ein bisschen verwundert sind?«
Elin schüttelt den Kopf. »Woher wisst ihr, dass sie so aussehen wie ich?«
»Von einigen gibt es Filmaufnahmen, die an verschiedenen Orten gemacht wurden. Sie trugen alle karierte Anzüge. Inzwischen können sie natürlich ganz anders gekleidet sein oder ihr Aussehen verändert haben, sodass sie jemand anderem ähneln, doch ein solcher Prozess dauert Stunden, manchmal Tage.
Turing hat durch kurzfristige Aktiengeschäfte ein Vermögen gemacht. Wir reden von Aktienpaketen, die er nur für den Bruchteil einer Sekunde besessen hat. Das Forbes-Magazin zählt ihn zu den hundert reichsten Personen der Welt. Er hat sich gewaltige Ressourcen geschaffen. Wer hinter ihm steht, wissen wir nicht.«

50

Am späten Nachmittag kommen Elin, die Königin und Tamara auf Liden an. Auf dem Hof stürmt ihnen Hallgerd entgegen. Die Ausgelassenheit blitzt ihr aus den Augen. Sie rennt an Elins ausgebreiteten Armen vorbei und umarmt die Königin.

»Rate mal, was ich auf dem Rücken habe! Rate mal!«

»Das kann ich nicht!«, meint die Königin.

Hallgerd stellt sich vor Elin hin. »Kannst du's raten, Mama?«

»Nein.«

Hallgerd kann ihren Triumph kaum verbergen und ruft mit zitternder Stimme: »Wollt ihr's sehen? Woll ihr's sehen?« Dann zerrt sie sich das T-Shirt über den Kopf und dreht sich um. Auf dem Rücken hat sie den Kopf eines Wolfs, so groß wie ihr eigenes Gesicht.

»Ist nur Wasserfarbe«, erklärt Maran, als sie aus der Küche kommt.

»Ich wasch das aber nie wieder ab!«, ruft Hallgerd. »Nie, nie, nie!«

Später am Abend spricht man über den Umzug nach Grövelsjö. Anna und Gunnar haben eine Wohnung gekauft. Sie reden auch über Pferde, woraufhin Elin hinaus zu Black geht, sich an seinen Hals schmiegt und ihm erzählt, wie alles werden wird.

In der Zukunft.

Im Morgengrauen brechen Elin, die Königin, Maran und Tamara nach Grövelsjö auf.

Nebelschleier ziehen am Fluss entlang. Südlich von Idre trottet ihnen auf dem Asphalt ein Elchbulle entgegen.

Elin hat eine von Haralds Gitarren und seine Angelschnur fürs Fliegenfischen dabei. Maran hat ein halbes Dutzend Royal Coachman gebunden, von denen sie je drei Elin und der Königin gibt.

Die Königin betrachtet die Fliegen in ihrer Handfläche. »Bald werde ich deinen Vater und den Verhandlungsführer der anderen Familie treffen«, sagt sie zu Maran. »Wenn du willst, kannst du eine Anstellung bei mir bekommen. Wenn nicht, musst du nach Hause zurückkehren.« Die Königin mustert sie eine Weile. »Was hältst du davon?«

»Wovon?«

»Dich von mir einstellen zu lassen.«

Maran schnaubt. »Nach Hause kehre ich auf keinen Fall zurück.«

»Heißt das, dass du bei mir bleiben willst?«

»Wenn das geht.«

»Du kennst mich natürlich noch nicht. Weißt nicht, wie ich bin. Ich kann ziemlich langweilig sein, manchmal auch müde und schlecht gelaunt. Du weißt nicht, worauf du dich einlässt, wenn du bei mir bleibst, außerdem sind daran bestimmte Bedingungen geknüpft. Denk lieber bis morgen darüber nach.«

Marans Stimme klingt plötzlich, als hätte sie Zahnschmerzen. »Was für Bedingungen?«

Die Königin denkt kurz nach, ehe sie antwortet: »Du wirst eine meiner Hofdamen. Die Lehrzeit endet an dem Tag, an dem du zwanzig wirst. Du bekommst eine gute Ausbildung. Als Hofdame musst du natürlich bestimmte Regeln beachten, unter anderem, was die Kleidung betrifft.« Die Königin betrachtet Marans nackten Oberkörper. »Du bist hübsch und deine Tattoos sind fantasievoll, doch am Hof herrscht eine andere Kleiderordnung als in Dolsjö. Wenn wir bei mir in der Wohnung sind, kannst du anziehen, was du willst, doch wenn wir außer Haus sind, entscheide ich, wie du gekleidet bist. Ich entscheide auch, an welchen Veranstaltungen du teilnimmst. Wir schließen einen Vertrag, der von uns beiden binnen eines Monats gekündigt werden kann. So was in der Art.«

Maran entgegnet nichts.

Die Königin gibt ihre Fliegen an Elin weiter, die sie sich in die Brusttasche ihres Hemds steckt. »Und, wie hört sich das für dich an?«, fragt sie nach einer Weile.
»Das hört sich so an, als würde ich deine Sklavin werden«, gibt Maran spitz zurück.
»Hast du schon mal den Ausdruck ›in loco parentis‹ gehört?«
Maran schüttelt den Kopf.
»Dann nimm dein Mobil und sieh nach, was es bedeutet.«
»Jetzt gleich?«
»Betrachte es als kleinen Vorgeschmack auf die Zukunft«, entgegnet die Königin. »Wenn du zwanzig bist, hast du eine gute Ausbildung genossen und kannst für den Rest deines Lebens tun und lassen, was du willst. Doch bis es so weit ist, habe ich das Sagen. Denk drüber nach. Hast du *Aschenputtel* gesehen?«
»Ja.«
»Sieh mich einfach als deine gute Fee an.«
»Ich brauche keine Bedenkzeit.«

Elin hat die Liste mit den Wahlveranstaltungen bekommen. Gemeinsam mit der Königin sucht sie nach einem Datum für ihre Angelferien.
Die Königin nimmt Kontakt zu Nadia auf und spricht danach mit Tamara. »Drei Tage«, sagt sie. »Es ist Brutzeit und wir können die ganz Nacht lang angeln.«
»Darf ich auch mitkommen?«, fragt Maran.
»Aber natürlich«, antwortet die Königin. »Royal Coachman sind für da oben wie geschaffen und du bist die perfekte Fliegenbinderin.«
Später am Tag veranlasst die Königin ein Treffen mit Marans Vater sowie einem Vertreter der anderen Familie. Gunnar hat versprochen, sie bei den Verhandlungen zu unterstützen.

51

Syria kommt in einem kurzen Morgenrock aus dem Badezimmer. Der Gürtel spannt sich eng um ihre Taille, um ihre Haare hat sie ein Handtuch gewickelt.

Dockan sitzt mit seinem Handy am Küchentisch. Als Syria die Küche betritt, blickt er zu ihr auf. »Sie geht angeln.«

»Weiß man, wo?«

»Ihr Flugzeug wird für einen Flug zu ihrer Hütte in Norwegen betankt.«

Syria nimmt sich das Handtuch vom Kopf und reibt ihre Locken. »Diesmal werde ich sie aus nächster Distanz erledigen. Diesmal gibt es keinen Pfusch.« Sie geht in ihr Zimmer und holt die Tasche mit dem Tarnanzug hervor, in dem sie Mio erschoss. Die kleine grüne Lampe an der Innenseite des Kragens leuchtet nicht. Sie nimmt beide Batterien heraus und setzt neue ein. Nichts passiert. Sie geht in die Küche und zeigt es Dockan. »Ich hab neue Batterien eingesetzt, aber es funktioniert immer noch nicht.«

»Hol mal die Gebrauchsanleitung.«

Gemeinsam folgen sie den Ratschlägen in der Gebrauchsanleitung, jedoch ohne Erfolg.

»Ich werde mich als Bergwanderin tarnen. Wo hast du die Karten?«

Als Dockan die Karten bringt, steht Syria mit einem Fernglas am Fenster. Sie legt es weg und dreht sich um. »Ich habe schon ewig keinen Specht mehr gesehen. Schwarzspechte waren immer meine Lieblingsvögel.«

Dockan breitet eine Karte auf dem Küchentisch aus. »Ziemlich viele Aufträge in Norwegen dieses Jahr«, stellt er fest und streicht mit der Hand über das Papier.

»Der letzte war leicht«, seufzt Sryria, »obwohl er ein Messer dabeihatte. Doch dieses Mal gibt es eine Leibwächterin.«
»Und Holme«, ergänzt Dockan. »Holme ist nicht ungefährlich. Sie hat bereits drei Leute auf dem Gewissen.«

52

Vidar sitzt in einem kleinen Raum mit einem Tisch und zwei Stühlen auf fünf Rädern, Monitoren und dem Blick auf ein Haus auf der anderen Seite der Straße. In dem großen Raum nebenan arbeiten etwa zwanzig Männer und Frauen, die alle gleichzeitig in zwei Mobile zu sprechen scheinen.
Vidar trägt Jeans, sein kurzärmliges blaues Hemd hat dunkle Flecke unter den Achseln. Er sieht aus dem Fenster. Dort draußen gibt es nichts außer der Hauswand, die etwa fünfzig Meter entfernt ist.
»Niemand will einem kleinen Jungen sagen, dass seine Mama tot ist. Doch alles geht, wenn man muss. Er hat sich schon gefragt, ob er seine Mama wohl irgendwann wiedersieht.«
»Was hast du zu ihm gesagt?«
»Dass die Menschen da verschiedener Meinung sind. Dass es welche gibt, die daran glauben, dass sie nach dem Tod ihre Lieben wiedersehen.« Vidars Augen füllen sich mit Tränen. »Er sagt, es würde bestimmt nicht lange dauern, bis er seine Mama wiedersieht, und dass er darauf warten würde, selbst wenn es mehrere Jahre dauert.« Er schluchzt.
Elin steht auf, schließt die Tür, stellt sich hinter ihn und legt ihm die Hände auf die Schultern. »Du Armer«, flüstert sie. »Und armer Klein-Gunnar.«

Vidar streicht sich mit den Handflächen über die Wangen und dreht sich auf dem Stuhl zu Elin um. »Das Begräbnis findet in vierzehn Tagen statt.«

»Wir kommen alle«, verspricht Elin. »Mama, Papa, Lisa, Hallgerd und ich. Wir werden alle da sein.«

Vidar seufzt, reibt sich mit den Fingerknöcheln die Augen und blickt zu Elin auf: »Du wolltest mir von deinem Schulbesuch erzählen.«

»Hast du den Bericht bekommen?«

»Ja, ich hab ihn gelesen.«

»In Stockholm habe ich zusammen mit der Königin eine Schule besucht. Danach haben wir über unsere Eindrücke gesprochen. Es ist interessant, dass Schulen so verschieden sind.« Elin lässt sich auf dem Besucherstuhl nieder, während Vidar einen der Monitore betrachtet. »Abgesehen von dem, was im Bericht steht, welche Schlussfolgerungen ziehst du aus eurem Besuch in Dolsjö?«

Elin lehnt sich zurück und blickt an die Decke, während sie antwortet: »Keine sehr positiven. In Dolsjö gibt es sehr viele Übergewichtige – Kinder wie Erwachsene. Als hätten sie trotz all der Aufklärungskampagnen immer noch nicht begriffen, welch große Gefahr Diabetes darstellt. Außerdem schützen sich dort viel zu wenige vor der UV-Strahlung. Und die Schulleistungen sind bescheiden. Wenn man all das und dazu noch den Drogenmissbrauch betrachtet, dann komme ich zu der Schlussfolgerung, dass die Jugendlichen dort zu selbst schädigendem Verhalten neigen, auch wenn sie sich gar nicht im Klaren darüber sind. In ihren Cliquen kultivieren sie ihren Selbsthass und ihre Selbstverachtung. Das sagte uns zumindest die Direktorin und ich glaube, dass sie recht hat. Sie möchte die Schule in zwei Bereiche aufteilen: in einen für die Lernwilligen und einen für diejenigen, die die Schule vor allem als sozialen Treffpunkt betrachten.«

Vidar schüttelt den Kopf und dreht einen Bleistift zwischen den Fingern. »Wir müssen die Lehrergewerkschaft hinter uns bringen. Alles andere hat keinen Zweck. Der Vorschlag der Direktorin wird bei der jetzigen Regierung auf taube Ohren stoßen. Du solltest lieber eine Schule besuchen, die ein gutes Vorbild abgibt. Von denen gibt es genug.«
»Aber nicht in Dolsjö«, entgegnet Elin.
Vidar legt den Stift hin und faltet die Hände hinter dem Kopf. »Schweden ist nicht Dosljö. Dolsjö ist eine Sackgasse. Such dir lieber eine Schule, die auf dem aufsteigenden Ast ist. Zeig uns ein positives Beispiel. Von der Hölle will doch niemand was hören. Gib uns das Evangelium!«
Elin runzelt die Stirn. »Das Evangelium?«
»Ja, davon hast du doch wohl in der Grundschule gehört? Das Evangelium verkündet die Frohe Botschaft.«
»Ich war nie in der Schule«, erwidert Elin. »Hast du das etwa vergessen?«

Später geht sie in ihre Wohnung. Drei Zimmer im obersten Stockwerk. Es riecht stark nach Reinigungsmittel. Elin geht in die Küche und öffnet die Tür zum Balkon. Der See ist nicht zu sehen, doch im Westen erheben sich die norwegischen Berge.
Im Wohnzimmer legt sich Elin auf den Fußboden. Nach einer Weile zieht sie ihr Mobil aus der Tasche, steht auf und filmt, während sie erläutert: »Hier ist das Wohnzimmer … hier die Küche … und das soll mal mein Zimmer werden … jetzt bin ich auf dem Balkon. Von hier aus kann man den Spielplatz sehen. Morgen bin ich wieder zu Hause, dann können wir darüber reden, wie dein Zimmer aussehen soll.« Dann sendet sie den Film.
Auf dem Weg zum Möbelhaus erhält sie Hallgerds Antwort auf Gunnars Mobil: *Ich will, dass Maran einen Wolf an meine Wand malt.*

Am Abend findet im Borderland ein Essen für hundert Wahlhelfer der Zukunftspartei statt. Es gibt eine neue Wirtin und manche würden darauf wetten, dass es sich bei ihr um einen Roboter handelt. Elin ist sich da nicht sicher.
Karin ist zusammen mit Smårne erschienen und trinkt zum Abendessen zwei Gläser Wein. Smårne nimmt sie beiseite und sie stehen für eine Weile am Fenster, das auf den See hinausgeht, und reden miteinander. Als Karin ein drittes Glas angeboten wird, lehnt sie dankend ab.

Auf dem Heimweg gesellt sich Tamara zu Elin. Sie reden über die Angeltour und einen Langstreckenlauf, an dem Tamara im August teilnehmen will. Sie verabschieden sich voneinander, bevor Elin in den Aufzug steigt.
Als sie in das Schlafzimmer der Königin kommt, liegen Maran und die Königin nebeneinander im Bett und sehen die Lokalnachrichten. Eine männliche Stimme kommentiert das Bild von einer Parkbank mit Aussicht über den See.
»Auf dieser Bank hat ein Jogger heute Morgen eine makabre Entdeckung gemacht: drei abgeschlagene Köpfe. Die Polizei von Borlänge geht davon aus, dass es sich um einen Racheakt innerhalb der organisierten Kriminalität handelt, und bringt die Tat mit einem Drohnenangriff auf ein Wohnhaus in Verbindung, dem vier Menschen zum Opfer fielen.«
Die Königin schaltet die Bildwand aus und wendet sich an Elin. »Und, wie sieht's aus?«
»Wenn wir aus Norwegen wieder da sind, geht's Schlag auf Schlag. Wie sind die Verhandlungen gelaufen?«
»Dank Gunnar hat alles geklappt. Eine Zeit lang sah's schwierig aus, doch er hat alles in die richtigen Bahnen gelenkt. Ohne ihn hätte ich das nie geschafft.« Die Königin dreht sich zu Maran um:

»Dein Vater hat viele seltsame Ideen, aber er ist kein Dummkopf. Du bleibst hier, bis du zwanzig wirst. Morgen unterschreiben wir den Vertrag.«
»Und was hat das gekostet?«, will Maran wissen. »Wie viel musstest du für mich bezahlen?«
»Das erzähle ich dir ein anderes Mal«, wiegelt die Königin ab.
»Wann?«
»Wenn du zwanzig wirst.«
»Hoffentlich war ich teuer!«, sagt Maran mit einem Schnauben und kneift die Augen zusammen.
»Maran kann nicht nach Norwegen mitkommen«, sagt die Königin zu Elin. »Eine ihrer Cousinen heiratet und Teil der Vereinbarung ist, dass Maran an dieser Hochzeit teilnimmt.« Sie wendet sich wieder Maran zu. »Zum Schutz gebe ich dir einen meiner Leibwächter mit. Du brauchst nichts zu befürchten. Nur schade, dass dir der Angelausflug durch die Lappen geht. Außerdem kann ich dir eine Halskette leihen. Die kann man für dies und das benutzen.«
»Wenn ich einen Bindestock hätte, könnte ich noch ein paar Fliegen für euch binden.«
»Ich fahre nach Hause und bin übermorgen wieder da«, teilt Elin ihnen mit. »Mein Bruder hat einen Bindestock und eine ganze Schublade mit Federn, Lederlappen, Bindfäden und Haken. Ich kann meinen Vater bitten zu kontrollieren, dass ich alles mitnehme, was du brauchst. Am besten bringe ich gleich die ganze Schublade mit, dann kannst du so viele Fliegen binden, wie du willst.«
Maran scheint richtig aufgeregt zu sein. »Die Schneiderin war da. Ich bekomme eine dunkelblaue und eine hellblaue Tracht und jede Menge Röcke und Kleider. Die Königin will auch ein Kleid nähen und die Ärmel sollen aus diesem Stoff mit den kleinen Blumen bestehen, wie heißen die noch gleich?«
»*Les Fleurs du Mal.*«

53

Elin, die Königin und Nadia gehen den Steg entlang. Elin trägt eine kleine Tasche, in der sich ihre Kleider befinden, sowie Haralds Gitarre, die in einer abgewetzten Hülle steckt. Es ist noch nicht heiß, doch sehr warm und vollkommen windstill. Die Königin lässt sich von einem Mann im Overall die Schlüssel aushändigen, während Nadia eine Textnachricht liest.

»Tamara hat sich heute Morgen beim Joggen den Knöchel verstaucht. Sie ist in der Notaufnahme.« Nadia dreht ihr Gesicht der steilen Felswand zu, zieht ihr Mobil aus der Tasche und kratzt sich mit dem Daumen in der Seite. Nach einer Weile lässt sie das Mobil wieder in ihrer Tasche verschwinden und kehrt zu Elin und der Königin zurück, die sich an der Wasserkante niedergelassen haben.

»Mein Urlaub ist abgesagt, ist fahre als Leibwächterin mit. Ich hole nur schnell meine Sachen, dauert eine halbe Stunde. Dann können wir los.«

»Keine Eile. Wir haben alle Zeit der Welt«, beruhigt sie die Königin.

Elin streckt sich auf dem Steg aus, spürt die warmen Planken unter ihrem Rücken und schaut in den wolkenlosen blauen Himmel. Sie schließt die Augen.

Die Königin legt sich dicht zu ihr. »Ich habe dich gestern am späten Abend noch Gitarre spielen gehört.«

»Ich komponiere ein neues Lied.«

»Wenn kriege ich das zu hören?«

»Bald.«

Für eine Weile sagt niemand ein Wort. Dann dreht sich die Königin auf die Seite. Als Elin ihre Hand nehmen will, rollt sich die Königin auf den Rücken und faltet die Hände auf dem Bauch.

»Als Königin kann ich für die Bevölkerung in Dolsjö nichts tun und für die meisten anderen auch nicht. Wenn ich etwas ausrichten will, dann als Politikerin oder als Unternehmerin. Ich glaube, ich werde dort eine Brauerei und eine Einrichtung für Angeltouristen eröffnen. Wir entfernen die Raubfische aus dem See und siedeln Lachsforellen an. Doch erst mal muss ich abdanken, um eine normale Person zu werden. Zwar eine ungewöhnlich reiche Person, aber doch ein Mensch unter normalen Menschen, keine mit Juwelen behängte Majestät mit einem Schloss und salutierenden Wachsoldaten.«

»Wie viele Arbeitsplätze sollen das denn werden in Dolsjö?«

»Ich weiß es nicht, aber ich werde auf jeden Fall die Anzahl der Roboter begrenzen.« Die Königin hält kurz inne. »Ich will diesem Projekt nicht von vornherein feste Grenzen setzen. Meinst du, das ist die richtige Entscheidung?«

»Du scheinst dir die Sache zumindest gründlich überlegt zu haben. Ob es das Richtige ist, musst du selbst wissen.«

Sie schweigen für eine Weile. Elin legt der Königin eine Hand auf die Hüfte, doch die Königin nimmt sie nicht.

»Dein Lied hat sich schon ziemlich fertig angehört.«

»Ich arbeite noch am Text.«

»Wann zeigst du mir deine Wohnung?«

»Wann immer du willst.«

»Ich möchte dir was zum Einzug schenken.«

»Das brauchst du doch nicht.«

»Ich weiß, aber ich möchte dir gern ein Bett schenken. Ein richtig gutes, so wie mein eigenes.«

Elin schließt die Augen, öffnet sie wieder und dreht sich auf die Seite. »Maran gefällt dir.«

Die Königin antwortet nicht.

»Maran gefällt dir«, wiederholt Elin.

Die Königin öffnet die Augen. »Was willst du damit sagen?«
»Ich dachte, du würdest *mich* mögen.«
»Das tue ich doch«, erwidert die Königin erstaunt.
»Aber du magst Maran mehr als mich.«
»Wieso glaubst du das?«
»Das merkt man an der Art, wie du sie ansiehst. Mich hast du nie so angesehen wie sie.«
Sie liegen schweigend nebeneinander, bis ihnen Nadia mit einer schweren Segeltuchtasche entgegenkommt, auf der das Symbol der Reichspolizei abgebildet ist.
Die Königin steht seufzend auf. »Maran ist ein Kind. Ich will ihr helfen. Das ist alles.«

Als sie den See erblicken und den Landeanflug einleiten, deutet Elin auf den Hals der Königin. »Ist das die Kette, die du Maran leihen willst?«
Die Königin berührt die Kette und murmelt etwas in sich hinein.
Im nächsten Moment befindet sich das Flugzeug über dem See. Kurz darauf holt die Königin den Schlüsselbund hervor, schließt beide Schlösser der Hüttentür auf und trägt die Taschen hinein – die eine mit Kleidern, die andere mit dem Proviant und dem Champagner.

Nadia installiert die Überwachungskameras. Dann holen sie das Kanu und ankern das Wasserflugzeug. Anschließend essen sie zu Mittag und ruhen sich aus, die Königin bindet ein paar Fliegen und in der Abenddämmerung beginnen sie zu angeln. Es ist immer noch so hell, dass man die Angelschnur gut ins Hakenöhr einfädeln kann. Nadia legt ihre Maschinenpistole auch nicht ab, als sie die Angel nach den Lachsforellen auswirft. Alle drei tragen ihre Kommunikationsbrillen vom letzten Mal.

Nadia fängt den ersten Fisch. Da sie kein Messer hat, zieht die Königin ihres aus der Scheide und gibt es ihr. Kurz darauf fängt Elin eine Lachsforelle an dem Felsen, an dem sie letztes Mal schon erfolgreich war. Auch bei der Königin beißt ein Fisch an, doch er windet sich los und verschwindet mit einen von Marans Fliegen im Mundwinkel.

Zurück in der Hütte öffnet die Königin eine Flasche Champagner. Nadia macht Feuer im Kamin und sie und die Königin erzählen sich gegenseitig von ihren verschiedenen Liebesaffären. Als der Fisch fertig zubereitet ist, öffnet die Königin eine weitere Flasche Pol Roger.

»Winston«, murmelt sie, als sie Nadia zuprostet und zugleich eine Mücke auf ihrer Wange erschlägt.

»Bitte?«

Die Königin scheint mit ihren Gedanken woanders zu sein und antwortet erst nach einer Weile. »Als Kind bemerkte ich eines Tages, dass mein Vater, wenn er Champagner trank, was er fast täglich tat, irgendwann sein Glas hob und etwas in sich hineinmurmelte. Ich war wohl ungefähr fünf Jahre alt, als ich ihn fragte, was er da murmelte. Er erklärte mir, dass er ›Winston‹ sagte. Churchill war sein großes Vorbild und mein Vater pflegte zu sagen, dass Churchill eben ein richtiger Mensch aus Fleisch und Blut gewesen sei. Ein Mensch voller Gegensätze, bei dem sich Genialität, Verantwortungsbewusstsein, Mut und diplomatisches Geschick mit Dummheit, Naivität, Rassismus und Größenwahn mischten. Und diese Mischung trieb meinem Vater Tränen in die Augen.« Die Königin sieht Elin an. »Jetzt trinken wir auf dein Reichstagsmandat, Elin!«

»Du hast einen Blutfleck auf der Wange«, entgegnet Elin, doch die Königin geht darauf nicht ein, sondern stimmt das schottische Lied *Auld lang syne* an.

Niemand singt mit. Nadia sieht verwundert aus, die Königin lässt

das Lied ausklingen und Elin sagt, dass sie nüchtern bleiben wolle. Die Königin zuckt mit den Schultern, blickt Nadia an und fährt damit fort, von ihren ersten Jugendlieben zu erzählen.
Nach einer Weile wendet sie sich an Elin und fragt streitlustig: »Woran denkst du?«
»An mein Lied.«
»Kannst du es uns nicht vorspielen?«
»Es ist noch nicht fertig.«
»Dann zeig uns, wie weit du gekommen bist.«
»Es ist noch nicht fertig.«
»Denk dran, dass ich die Königin bin, also spiel!«
Elin holt die Gitarre, setzt sich ein Stück vom Tisch entfernt auf einen Stuhl, nimmt das Instrument aus der Hülle und legt diese auf den Boden. Dann stimmt sie die Saiten und beginnt zögerlich, eine Melodie zu spielen.
Allmählich nimmt das Lied Gestalt an und Elin greift immer entschlossener in die Saiten. Als sie den Kopf hebt, sieht sie der Königin direkt in die Augen. Das Lied klingt beinahe wie ein Schrei.

Ich sinke und steige,
falle und treibe
sehenden Auges
hinein ins Dunkel
der immer gleichen Tage.

Sie ging so leicht,
doch ich,
wie kann ich aufrecht stehn,
wenn alle von mir geh'n.

Sie reden Mund an Mund
und lassen mich
in mir zurück,
bis ich mir selbst entrückt.

Hab mich verloren,
bin neu geboren
im Niemandsland,
ein Loch im Nichts,
das bin ich.

Ein Loch im Nichts,
ein Loch im Nichts,
das bin ich.

Hab mich verlassen,
muss mich selber hassen,
ein Fass ohne Boden,
gefüllt mit Tränen,
das bin ich.

Gefüllt mit Tränen,
Rotz und Wasser,
bis zum Rand,
das bin ich.

Ein Loch im Nichts,
ein Loch im Nichts,
das bin ich.

Elin verstummt und die Königin hebt seufzend ihr Glas. »Auf meine Freundin Elin!«
Elin lehnt die Gitarre an die Wand. Sie und die Königin sehen sich eine Zeit lang schweigend an.
»Ganz schön aufgeladen …«, murmelt Nadia.
»Meinst du das Lied?«, fragt die Königin. »Oder die Stimmung?«
»Beides«, antwortet Nadia.

54

Elin schläft in einem der Gästezimmer. Das Etagenbett knarrt, wenn sie sich umdreht. Die Königin liegt im großen Schlafzimmer, und als Elin im Morgengrauen kurz aufsteht, hört sie die Königin hinter der geschlossenen Tür mit jemandem lachen und reden.

Sie schlafen bis in den späten Vormittag hinein.
Elin ist vor den anderen wach und geht zum Steg. Sie badet und legt sich auf den warmen Planken in die Sonne.
Als Nadia kommt, trägt sie ihre Maschinenpistole an einem Gurt über der Schulter. Sie legt sie auf den Steg, schwimmt für eine Weile, ohne sich weit von der Leiter zu entfernen, steigt die Stufen wieder hoch und lässt sich neben Elin nieder. »Bin ein bisschen verkatert«, sagt sie. »Sei froh, dass du nichts trinkst.«
»Ein Kaffee wäre nicht schlecht«, sagt Elin und steht auf.

Die Königin kommt aus ihrem Zimmer, während Elin mit einem rasiermesserscharfen Messer geräuchertes Rentierfleisch in dünne Scheiben schneidet. Die Königin spaziert nackt zum Steg, ein blaues

Badelaken über dem Arm. Sie wirft sich ins Wasser, schwimmt bis zum Flugzeug und gleitet zum Steg zurück. Wieder an Land schlingt sie das Handtuch wie einen Rock um die Taille. Als sie die Küche betritt, wendet Elin gerade den Speck in der Pfanne.
»Hat's Spaß gemacht?«, fragt Elin.
Aber die Königin antwortet nicht. Auf dem Fußboden hinterlässt sie feuchte Fußabdrücke.

Inzwischen haben sich alle angezogen. Die Königin trägt ihr selbst genähtes Kleid mit den kleinen Blumen darauf. Elin trägt Shorts und eine kurzärmlige Bluse, Nadia Jeans und ein Polohemd. Alle drei sind barfuß und Elin stellt die Bratpfanne auf die Tischplatte. Sie haben sich gerade hingesetzt, als die Überwachungskameras ein Signal von sich geben. Nadia zieht ein Display aus der hinteren Hosentasche und wirft einen Blick darauf, während die Königin allen heißen Kaffee einschenkt.
»Da kommt eine Frau. Sieht so aus, als wäre sie in den Bergen wandern gewesen.« Nadia zoomt das Bild näher heran. »Sie scheint zu bluten.« Nadia aktiviert die Gesichtserkennung. »Gesicht unbekannt. Auf der Jacke ist eine norwegische Flagge.«
Elin steht auf. Mit der Kaffeetasse in der Hand stellt sie sich in die Türöffnung. Sie beobachtet die Frau, die, gebeugt von der Last eines riesigen Rucksacks, am Ufer entlangstapft. Elin stellt die Tasse weg. »Ich gehe zu ihr.«
Nadia steht ebenfalls auf. »Warte!«, sagt sie mit scharfer Stimme. Sie eilt in ihr Zimmer, und als sie zurückkommt, hat sie einen Fleecepullover in einer Hand und die schwere Pistole in der anderen. Sie legt die Waffe auf die Arbeitsplatte neben das Küchenmesser und den Pullover darauf. Dann hängt sie sich das Maschinengewehr über die Schulter.
Die Königin hat Nadias Display genommen und betrachtet es,

während sie zwischendurch immer wieder aus dem Fenster blickt. »Sie blutet ziemlich stark.« Sie legt das Display auf den Tisch und steht auf. »Sie muss sich verletzt haben, unter dem Verband rinnt Blut hervor.«

In der unteren rechten Ecke des kleinen Bildschirms wird der Abstand angezeigt. Die Frau schwankt jetzt so stark, als hätte sie Schwierigkeiten, die Balance zu halten.

»Sieht so aus, als würde sie jeden Moment ohnmächtig werden«, bemerkt die Königin und stellt sich neben Elin in die Türöffnung.

Nadia drängt sich an ihnen vorbei und betritt mit der Waffe in der Hand die Veranda. »Fragt sich, was in dem Rucksack ist«, murmelt sie vor sich hin.

»Komm schon«, entgegnet die Königin. »Sie verliert Blut, wir müssen ihr helfen!« Sie öffnet eine Schranktür und nimmt ein grünes Plastiktäschchen mit einem weißen Kreuz darauf heraus. Sie legt es auf den Tisch neben die Bratpfanne, öffnet den Reißverschluss und hält im nächsten Moment eine Kompresse und eine Rolle medizinisches Klebeband in der Hand.

»Wer bist du?«, ruft Nadia.

Die Frau bleibt stehen und streckt ihre Hand aus. »Ich hab mich geschnitten. Es hört nicht auf zu bluten!«

»Stell den Rucksack ab!«, kommandiert Nadia.

Als die Frau einen Schritt in Richtung Haus macht, zielt Nadia mit der Waffe auf sie. »Stell den Rucksack ab!«, ruft sie.

Die Frau, die eine grüne Jacke mit vielen Taschen trägt, eine ausgebeulte Hose, grobe Stiefel sowie ein Käppi, auf dem ein Teddy abgebildet ist, zerrt sich den Rucksack von den Schultern.

»Wie heißt du?«, ruft Nadia.

Die Frau hebt den Blick. Ihr Gesicht ist geschwollen. Sie trägt eine Brille mit rechteckigen Gläsern. Der Mützenschirm ist tief in die Stirn gezogen und ein Schwall blonder Haare fällt über den Jackenkragen. Sie spricht Dalarna-Dialekt: »Ich hab mich geschnitten.« Sie streckt die linke Hand aus, um die sie ein hellgraues T-Shirt gewickelt hat. Eine rote Flüssigkeit tropft heraus. Ihre Hose ist voller roter Flecken.

»Öffne die Jacke und zeig, was du darunter hast!«, ruft Nadia.

Die Frau zieht den Reißverschluss herunter, der jetzt ebenfalls blutverschmiert ist. Sie öffnet die Jacke, sodass Nadia ihr kariertes Flanellhemd und den Gürtel mit der leeren Messerscheide sehen kann.

»Wo hast du das Messer?«, ruft Nadia.

»Da, wo ich mich geschnitten habe!«, ruft die Frau zurück. »Ich muss mich hinsetzen.«

Die Königin springt von der Veranda und geht der Frau entgegen, während Nadia auf ihren Kopf zielt. Die Königin legt der Frau die Arme um die Taille.

»Ich muss mich hinsetzen«, murmelt die Frau erneut.

Die Königin stützt die Frau, während Elin ihr von der anderen Seite zu Hilfe eilt. Nadia steht mit gezückter Waffe auf der Veranda.

Elin und die Königin helfen der Frau die drei Stufen hinauf und führen sie an Nadia vorbei in die Küche. Nadia folgt ihnen, nun mit gesenkter Waffe.

»Ich hab mich geschnitten«, erklärt die Frau ein weiteres Mal und streckt ihre bandagierte linke Hand aus.

Elin zieht einen Stuhl unter dem Tisch hervor. Als die Frau ihre rechte Hand zu dem durchgebluteten T-Shirt führt, sieht Elin den Schaft des Messers im linken Jackenärmel. Sie ruft so laut, dass sie noch lange danach ein Kratzen im Hals spürt: »Sie hat ein Messer!«

In dem Moment rammt die Frau Elin ihren linken Ellenbogen gegen den Mund. Elins Unterlippe springt auf und sie kracht gegen die Arbeitsplatte. Der rechte Arm der Frau beschreibt einen Halbkreis. Sie hat das Messer in der Hand, dessen Schneide sie nun quer über Nadias Hals zieht. In einem pulsierenden Strahl schießt das Blut aus der Ader unterhalb von Nadias Ohr. Nadias Augen sind weit aufgerissen. Sie lässt die Waffe los, die mit einem dumpfen Laut auf dem Boden aufschlägt.

Die Königin reißt am rechten Arm der Frau, aber diese greift mit der freien Hand nach der Bratpfanne, wirbelt halb herum, sodass die Spiegeleier und Speckstreifen an die Wand fliegen, und rammt der Königin die Unterseite der Pfanne gegen die Stirn. Die Königin sinkt zu Boden.

Nadia liegt der Länge nach auf dem Rücken, unter ihr breitet sich eine rote Lache aus.

Elin versucht sich mit einem Arm gegen die Messerstiche zu schützen, die sie jeden Moment erwartet. Mit der Hüfte prallt sie gegen die Gitarre, die scheppernd zu Boden fällt.

Die grün gekleidete Frau springt auf Elin zu und will ihr das Messer in den Hals stoßen. Doch Elin hebt die Hände und weicht zurück. Die Spitze des Messers trifft ihren linken Wangenknochen. Die Haut öffnet sich und Blut rinnt ihr über Wange und Hals.

Elin stößt einen lautlosen Schrei aus, streckt beide Arme nach vorne und versucht den nächsten Angriff mit offenen Handflächen abzuwehren.

Die mordlüsterne Frau hebt das Messer und hat es erneut auf Elins Hals abgesehen. Elin reißt den Mund auf, als wolle sie die Angreiferin verschlingen. Aus dem Augenwinkel heraus sieht sie, dass die Königin sich aufgerappelt hat und nach dem Küchenmesser greift, das auf der Arbeitsplatte liegt.

Elin wirft sich rückwärts gegen die Wand. Ein gerahmtes Foto von einem fliegenden Königsadler landet in der Blutlache. Die Frau mit der grünen Jacke und der kleinen Brille öffnet den Mund. Blut schließt pulsierend aus ihrem Hals. Sie sinkt auf die Knie, fällt nach vorn und bleibt mit dem Kopf auf Nadias Brust liegen.

Die Königin hält das Küchenmesser in der Hand, keuchend, mit wildem Blick, von Blut besudelt. Mit dem Messer zeigt sie auf Elins Wange. »Du brauchst ein Pflaster.«
Elin tastet mit einer Hand nach ihrer aufgesprungenen Lippe.
Fünfzig Minuten später kommt der Hubschrauber des norwegischen Militärs.

55

Nach einer Wahlveranstaltung in Hedemora wird Elin von Journalisten gefragt, was in Norwegen passiert sei.
Elin streicht sich die Haare aus dem Gesicht, zeigt die Kompresse auf der linken Wange und blickt direkt in die Kamera. »Da sich die Vorfälle, auf die Sie anspielen, in der Ferienhütte der Königin ereignet haben, sind wir übereinkommen, dass sie Ihnen persönlich darüber Auskunft erteilen wird. Was die Täterin angeht, laufen die polizeilichen Ermittlungen, mehr kann ich Ihnen hierzu nicht sagen. In den Nachrichten habe ich gehört, dass bereits wegen Mordes und Mordversuchs in Norwegen nach ihr gefahndet wurde.«
»Wie schwer ist Ihre Verletzung?«, will ein junger Mann mit zerknittertem weißen Hemdkragen wissen. Er hat einen auffallend hellen Teint und sieht aus wie ein großes magersüchtiges Kind.
Elin zeigt auf ihre Kompresse. »Man hat mich mit fünf Stichen genäht, das ist alles. Ich bin froh, mit dem Leben davongekommen zu sein.«
Eine Frau mit olivfarbenem Rock und verwaschenem Jeanshemd, bei dem zu viele Knöpfe geöffnet sind, streckt ihr Mikrofon nach vorne. »Sie selbst haben drei Menschen getötet. Hat dieses Ereignis

in der Ferienhütte dazu geführt, dass Sie Ihre eigenen Taten in einem neuen Licht betrachten?«

Elin wartet einen Moment, ehe sie antwortet. »Unser eigenes Verhalten geht nicht spurlos an uns vorüber. Das gilt für uns alle.«

Ein übergewichtiger, unrasierter grauhaariger Mann, der sein kariertes Hemd über leidlich sauberen Shorts trägt, reckt sein Mikrofon über die vor ihm sitzende Frau. »In den Nachrichten ist gerade gemeldet worden, dass auf den faschistischen Anführer von Södermalm, Christian Holberg, geschossen wurde. Sie waren erst kürzlich auf Södermalm und sind ihm begegnet. Wie kommentieren Sie diesen Vorfall?«

»Hat er das Attentat überlebt?«

»Er liegt auf der Intensivstation der Söderklinik.«

»Danke für Ihr Interesse«, sagt Elin zum Abschluss, wendet den Journalisten den Rücken zu und verlässt den Raum.

Elin kehrt nach Grövelsjö zurück. Im Spiegel des Aufzugs betrachtet sie ihr Gesicht, streicht über das Pflaster auf ihrer Wange, steigt aus, nickt dem Roboter zu und schlendert zum Schlafzimmer der Königin. Maran und die Königin kuscheln sich auf dem großen Bett in die Kissen und sehen sich auf der Bildwand die Lokalnachrichten an.

»Das ist vorhin in Mora passiert«, erklärt die Königin und befiehlt der Bildwand, den Bericht noch einmal zu zeigen.

Man sieht eine skandierende Menschenmenge, die an langen Stangen befestigte Spruchbänder trägt und in Richtung Gemeindehaus zieht. »Mora, unsere Stadt! Mora, unsere Stadt! Mora, unsere Stadt!« Nahaufnahmen von aufgerissenen Mündern und erregten Gesichtern. Die Kamera schwenkt zur Seite und zeigt Polizisten in Kampfmontur, die Hunde an der Leine halten und eine Kette gebildet haben. Neben ihnen auf dem Bürgersteig stehen etwa zwanzig

Männer mit dunkelblauen Anzügen, weißen Hemden, Krawatten und kahlen Schädeln.

Während sich die Demonstranten nähern, skandieren sie weiterhin ihren Schlachtruf: »Mora, unsere Stadt! Mora, unsere Stadt! Mora, unsere Stadt!«

Der Abstand zwischen den Demonstranten und den Polizisten beträgt etwa zwanzig Meter. Ganz vorne, unter einem Banner, das von fünf Männern und fünf Frauen getragen wird, geht ein kleiner alter Mann. Die Nahaufnahme der Kamera zeigt sein faltiges Gesicht und einen geöffneten Mund.

»Das ist Kvist Johan!«, ruft die Königin.

Die Anzugträger springen vom Bürgersteig, zücken kurze Schlagstöcke und prügeln auf die Demonstranten ein. Die Demonstranten in den ersten Reihen senken die Spruchbänder, um sich zu wehren, und lassen diese im nächsten Moment fallen, um sich mit Armen und Händen vor den Schlägen zu schützen. Dann drehen sie sich um und versuchen zu fliehen, doch der Demonstrationszug ist wie eine undurchdringliche Wand und treibt sie erneut den Anzugträgern entgegen, die ihre Schlagstöcke auf Köpfe und Rücken regnen lassen. Kvist Johan liegt reglos auf der Straße, währen die Anzugträger über ihn hinwegschreiten.

Plötzlich mischen sich vier Frauen in karierten Anzügen unter die Schläger. Mit gezielten Tritten und Schlägen gegen Hälse und Gesichter strecken sie die Hälfte der Anzugträger zu Boden. Die anderen suchen Zuflucht hinter den Polizisten. Diese rücken, geschützt durch ihre Plexiglasschilde, in Zwölferreihen vor. Die vier Frauen schlagen so hart gegen die Schilde, dass sie zersplittern. Ein Hund wird von seinem Maulkorb befreit und greift eine der Frauen an. Er beißt zu und zerreißt ihre Hose, doch sie ist nicht aufzuhalten. Ein Polizist gibt einen Warnschuss auf den Boden ab.

Die Frauen in den karierten Anzügen stehen ein Stück voneinander entfernt, Auge in Auge mit den Polizisten. Sie alle sehen aus wie Elin, nur ohne Pflaster auf der Wange.

Die Polizisten treten mit ihren demolierten Schilden den Rückzug an.

Eine der Frauen winkt einen Kameramann zu sich heran. Das Bild schwankt, während er auf sie zugeht. Dann steht er vor ihr. Eine andere Frau hebt ein Megafon vom Boden auf und verkündet: »Mein Name ist Liv, ich bin ein Roboter. Meine drei Kameradinnen und ich beherrschen alle Formen des Nahkampfs. Mit Handfeuerwaffen auf uns zu schießen ist zwecklos. Unsere äußere Schicht nimmt dadurch keinen Schaden. Wenn wir mit schwereren Waffen angegriffen werden, wehren wir uns mit denselben Mitteln. In diesem Moment befinden sich weitere Kameradinnen von uns an unbekannten Orten. Das können Einkaufszentren sein, öffentliche Verkehrsmittel oder Sportarenen. Wenn auch nur eine von uns mit schweren Waffen angegriffen wird, werden diese Kameradinnen aktiv. Sie sehen ungefährlich aus, sind aber mit Sprengstoff gefüllt. Also greift uns bloß nicht an! Denn die Folgen für euch wären verheerend.«

Der Roboter macht auf dem Absatz kehrt, die Polizisten ziehen sich zurück und die Demonstranten eilen nach Hause. Die Roboter werden von einem Auto abgeholt, doch der Einsatzleiter der Polizei sieht davon ab, es zu verfolgen, weil er eine Falle befürchtet. Auf dem Pflaster liegen ein paar Spruchbänder, zertrampelte Plakate und ein geborstener Polizeischild.

Karin sitzt am Schreibtisch und blickt direkt in das Kameraobjektiv. Ihr Blick flackert und ihre Zunge gleitet über die Lippen, wie das manchmal bei Menschen der Fall ist, die Psychopharmaka nehmen. Die Kamera zoomt so nahe heran, dass ihr Gesicht schließlich die gesamte Bildwand ausfüllt. »Heute hat sich die Lage grundsätzlich, wenn auch nicht unerwartet geändert. Da der Ausnahmezustand ausgerufen wurde, appellieren wir an alle Menschen, bis auf Weiteres zu Hause zu bleiben, den Internetkontakt mit anderen auf ein Minimum zu beschränken und die Radionachrichten zu verfolgen – allerdings nicht online. Seid euch darüber im Klaren, dass die Nachrichtensendungen manipuliert sein können. Vertraut nur Stimmen, die ihr kennt, und misstraut allen Informationen, die in den sozialen Netzwerken kursieren.«

Der Reporter fragt: »Ist schon bekannt, wer hinter dem Angriff der Roboter steckt?«

Karin schüttelt den Kopf. »Wir halten es für denkbar, dass dies der Versuch einer fremden Macht ist, die Kontrolle über unser Land zu übernehmen. Möglicherweise handelt es sich auch um eine Erpressung oder um den Versuch, ein Ziel zu erreichen, das uns bislang unbekannt ist. Gleich findet ein Treffen des Krisenstabs statt, an dem ich teilnehmen werde.«

»Welche Auswirkungen wird dieses Ereignis auf die anstehenden Reichstagswahlen haben?«

»Die Wahlen sind wichtiger als je zuvor und wir alle müssen die Demokratie verteidigen.«

»Wann wird der Ausnahmezustand wieder aufgehoben?«

»Das kann ich im Moment nicht sagen.«

Die Königin schaltet die Bildwand aus. Elin setzt sich auf und fährt sich mit gespreizten Fingern durch die Haare. »Was soll ich jetzt tun? Die Roboter sahen haargenau aus wie ich, nur ohne Pflaster.«

»Die Frage ist, was *wir* jetzt tun«, erwidert die Königin.

Maran zeigt auf die erloschene Bildwand. »Diese Nachrichten werden im Internet gesendet. Sollten wir sie also nicht mehr sehen? Ist es nicht das, was sie gesagt hat? Sollen wir stattdessen Radio hören?«

»Radio«, schnaubt die Königin ungehalten. »Wer hat denn heute noch ein Radio, das nicht ans Internet angeschlossen ist?«

»Aber das war wirklich Karin«, beharrt Elin. »Ich hab sie wiedererkannt. Das war kein Roboter.«
»Ach wirklich? Und falls du dich irrst und wir gerade nicht sie, sondern einen Roboter gesehen haben?«
Die Königin erhält eine Textnachricht auf ihr Mobil. Erneut aktiviert sie die Bildwand, auf der wieder Karins Gesicht erscheint, so groß wie ein Küchentisch. Ihre Haut ist weiß und ihre Augen sind so schwarz, als bestünden sie nur aus Pupillen. Ihre Lippen haben alle Farbe verloren. Sie keucht, als wäre sie gerade eine sehr lange Treppe hinaufgestiegen. »Die Leute brauchen jetzt eine Führungsfigur, hinter der sie sich versammeln können. Es wäre gut, wenn Ihre Majestät eine Rede halten würden.«
»Wann?«, fragt die Königin.
»So bald wie möglich.«
»Und was soll ich den Menschen sagen?«
»Irgendetwas, das sie beruhigt. Dass wir vor einer großen Herausforderung stehen, sie aber gewiss meistern werden. Unsere Bereitschaftskräfte sind gut vorbereitet und Schweden hat viele Freunde. Irgendwas in der Art.«
»Sind irgendwo Roboter explodiert?«
»Nicht, dass ich wüsste. Wir versuchen sie zu lokalisieren.«
»Wie viele sind es?«
»Weniger als zehn.«
Die Königin holt tief Luft. »Melde dich in fünf Minuten noch mal. Ich muss über deinen Vorschlag nachdenken.«
»Die Königin ist die Staatschefin. Das Land ist in einer Krise. Die Königin muss zu ihrem Volk sprechen, und zwar jetzt.« Karin stößt ein Wort nach dem anderen aus, als bereite ihr das große Schwierigkeiten.
Die Königin schweigt fünf Sekunden lang. »Ruf mich gleich wieder an. Ich muss nachdenken.«

Karins Gesicht verschwindet von der Bildwand und die Königin ruft den Nachrichtenkanal auf.
Der Reporter klingt sehr ernst und kündigt eine Erklärung des Ministerpräsidenten an. Für einen Augenblick ist die Fläche leer, dann kommt der Ministerpräsident ins Bild. Er sitzt hinter seinem Schreibtisch und blickt direkt in die Kamera. »Wir kennen noch nicht den Umfang der Ereignisse, die sich gegenwärtig in unserem Land abspielen. Auch das Ziel der Aggression, der wir uns ausgesetzt sehen, ist uns nicht bekannt. Schweden kooperiert mit den Nachrichtendiensten befreundeter Staaten, um der Sache auf den Grund zu gehen. Wir sind nicht allein. Die USA, Großbritannien, Deutschland und Frankreich haben uns ihre Unterstützung zugesagt. Wir sind davon überzeugt, dass es uns binnen kurzer Zeit gelingen wird, die Roboter, die uns bedrohen, zu entwaffnen. Offenbar handelt es sich um eine überschaubare Zahl hoch spezialisierter Apparate, die sich auf unterschiedliche Art beeinflussen lassen.« Der Ministerpräsident holt Luft. »Für Sie alle, die Bürgerinnen und Bürger unseres Landes, geht es jetzt vor allem darum, die Ruhe zu bewahren und zu Hause zu bleiben. Verfolgen Sie in den Ihnen zur Verfügung stehenden Medien die weitere Entwicklung. Bevorzugen Sie dabei altmodische Radios, die nicht ans Internet angeschlossen sind. Schenken Sie etwaigen Aufforderungen, den Widerstand einzustellen, keinen Glauben. Es gibt keinen Grund zur Panik. In genau fünfzehn Minuten werde ich persönlich auf diesem Kanal eine aktualisierte Erklärung abgeben. Wenn Sie Cool zu Hause haben, nehmen sie gern die übliche Dosis. Denn heute müssen wir einen kühlen Kopf bewahren. Und erinnern wir uns, liebe Schwedinnen und Schweden, an all die Herausforderungen, die unsere Vorfahren bestanden haben.« Die Bildwand erlischt, während eine Ansage den baldigen Wetterbericht ankündigt.
Maran schüttelt den Kopf. »Zuerst sagt er, dass wir die Medien nut-

zen sollen, die uns zur Verfügung stehen, und dann heißt es, dass ein altmodisches Radio ohne Internetzugang am besten ist. Gibt's so was überhaupt noch, außer im Museum?«

Die Königin wendet sich an Elin. »Das könnte eine Falle sein.«

Elin runzelt die Stirn. »Inwiefern?«

»Wenn Sie wollen, dass ich ein bestimmtes Fernsehstudio oder einen anderen Ort aufsuche, wollen sie mich vielleicht einfach nur in ihre Gewalt bringen. Ich bin die Staatschefin. Wer mich kontrolliert, der kontrolliert einen Teil der symbolischen Staatsmacht.«

Sie warten darauf, dass sich Karin, Elins Tante und Justizministerin, erneut meldet, aber das geschieht nicht.

Elin, die Königin und Maran liegen auf dem Bett und sehen BBC sowie die amerikanischen Nachrichtenkanäle, in denen von einem versuchten Staatsstreich in Schweden die Rede ist. Im Morgengrauen schlafen sie ein.

Als sie am Vormittag erwachen und BBC einschalten, hören sie, dass der Putschversuch in Schweden gescheitert sei. Amerikanische Einheiten, die auf Cyberkriegsführung spezialisiert sind, hätten die mit Sprengstoff gefüllten Roboter via Internet unschädlich gemacht. Die Roboter, heißt es, seien von einer schwedischen Forschungsstation gestohlen worden.

Gegen Mittag wird der Ausnahmezustand aufgehoben. Der Ministerpräsident spricht zum schwedischen Volk und erklärt, man habe eine große Herausforderung gemeistert.

»Gott sei Dank!«, sagt Maran mit einem Stoßseufzer. »Dann ist ja wieder alles wie immer.«

56

Elin nimmt die Möbel und den Hausrat in der Wohnung entgegen, während Maran in Hallgerds Zimmer auf einem Stuhl steht. An die eine der langen Wände malt sie drei Wölfe. Die Zungen, die aus ihren aufgerissenen Rachen hängen, sind von wirbelnden Schneeflocken umgeben. Hallgerd und Klein-Gunnar sitzen auf dem Fußboden und spielen mit Legosteinen.
Elin öffnet Umzugskartons und räumt gerade ein paar Kochtöpfe in den Küchenschrank ein, als sie eine Nachricht von Sara erhält:
Am Donnerstag wäre ein Termin frei.
Elin antwortet, dass sie ihn haben will.

Am Abend nimmt sie an einer politischen Diskussion in Vansbro teil. Ihre Gesprächspartnerin ist eine auffallend hübsche junge Frau von den Nationalen. Ein ums andere Mal fragt sie, was Elin und die Königin in Stockholm getan haben. Außerdem will sie wissen, was Elin vom Ultrafaschisten Holberg halte und warum sie ausgerechnet Södermalm einen Besuch abgestattet habe, statt einem der Vororte Stockholms, die von kriminellen Banden beherrscht werden. Elin hat Schwierigkeiten, auf all diese Fragen die richtigen Antworten zu finden. Sie gerät immer mehr in die Defensive, und als sie das Podium schließlich verlässt, erntet sie betrübte Blicke ihrer Parteikollegen.

Auch in den nächsten Diskussionsrunden, an denen sie teilnimmt, steht Elin auf verlorenem Posten. Die Nationalen entsenden immer wieder gut informierte junge Frauen, um mit Elin zu diskutieren.

Ihr Stern in den Medien beginnt zu sinken. Man bezeichnet sie als inkompetent und unterstellt ihr, eine geheime Agenda zu haben. Ihre Verbindung zu der Frau, die in diesem Zusammenhang »Tante Karin« genannt wird, wird mit höhnischen Kommentaren bedacht. Es heißt, dass Elin und »Tante Karin« die Absicht hätten, den Nepotismus – die Vetternwirtschaft – in der schwedischen Politik zu stärken. Darüber hinaus wird Elin als Royalistin bezeichnet, die der Königin wieder zu mehr politischem Einfluss verhelfen wolle, was gegen die Verfassung verstoße.

Die Nationalen geben sich größte Mühe zu betonen, dass sie das Königshaus behalten wollen und auf eine gesicherte Thronfolge hoffen, es jedoch entschieden ablehnen, wenn »Geheimpolitik unter der Decke« gemacht werde.

Die Formulierung »Geheimpolitik unter der Decke« kommt bei vielen Nationalen so gut an, dass sie von nun an bei jeder Podiumsdiskussion mit Elin zur Standardformulierung wird. Der größte Nachrichtensender des Landes bezeichnet Elin als eine »Frau, die ihre Reputation weitgehend eingebüßt hat«.

57

Vor Saras Haus steigt Elin aus dem Auto. Auf dem Bürgersteig liegt etwa ein Dutzend gelber Zettel, so groß wie Spielkarten. Auf manchen, die offenbar schon eine ganze Weile dort liegen, sind Schuhabdrücke zu sehen. Der Text ist auf allen derselbe: *Hier wohnt ein Judenschwein.*

Sara ist sonnengebräunt, trägt einen Jeansrock und eine kurzärmlige Bluse. »Warst du im Urlaub?«, fragt Elin, nachdem sie sich auf den Rand des Sandkastens gesetzt hat. Sara nickt und Elin flüstert, als würde sie ihr ein Geheimnis anvertrauen. »Auf dem Bürgersteig liegen ganz viele gelbe Zettel.«

Sara klingt wie Elin, wenn sie mit Hallgerd spricht. »Das hier ist *deine* Zeit, also lass uns über das reden, was in *deinem* Leben passiert.«

Elin hebt fünf Spielzeugsoldaten auf. Dann nimmt sie die Katze setzt sie in den Sandkasten und stellt die Soldaten auf den Rand. Danach baut sie einen Schutzwall aus Sand, der die Katze umgibt.

»Eine Katze hat neun Leben«, kommentiert Sara.

»Jetzt nicht mehr«, entgegnet Elin.

»Wie viele hat sie noch?«

»Eines ging verloren, als ein Scharfschütze eine japanische Dolmetscherin erschossen hat. Ein zweites, als eine Auftragskillerin versuchte, der Katze den Hals durchzuschneiden.«

»Dann hat sie immer noch sieben. Die meisten von uns müssen sich mit einem einzigen begnügen. Außerdem hast du von einem Mann mit einem Knüppel erzählt, aber der hatte es vielleicht nicht auf die Katze abgesehen?«

Elin steht auf, setzt sich auf einen Stuhl und zeigt auf die verschorfte Wunde auf ihrer Wange. »Hätte das Messer die Halsschlagader getroffen, wäre ich jetzt tot.« Sara schweigt.

»Und hätte ich die Jacke nicht ausgeliehen, wäre ich auch tot. Harald starb mehr oder minder an meiner Seite. Die japanische Dolmetscherin starb, als sie einen Meter von mir entfernt stand. Nadia wurde getötet, als sie mir so nahe war, dass ich von ihrem Blut besudelt wurde. Jetzt rieche ich so sehr nach Tod, dass mir niemand mehr nahe sein will, nicht mal Hallgerd.«

»Wird sie nicht mehr Gerda genannt?«

»Nein, wir nennen sie jetzt Hallgerd. Sie hat mir fast ein Loch in die Wange gebissen und redet sich ein, dass ich sie umbringen will.«

Sie schweigen für eine Weile und Elin streicht sich über ihre unversehrte Wange. Danach erzählt sie von dem, was in Norwegen passiert ist.

»Hallgerd glaubt also, dass du jemanden töten willst, aber *du* bist es doch, die mehrmals dem Tod von der Klinge gesprungen ist. Was sagt Hallgerd über die Wunde auf deiner Wange?«

»Sie hat ein Bild gemalt, auf dem die Königin eine schwarze Krone trägt und mit einem roten Messer auf eine andere Frau einsticht. Das Blut spritzt. Ich selbst bin nur ein kleiner schwarzer Fleck in der unteren Ecke.«

»In den Nachrichten haben sie gesagt, es sei eine professionelle Auftragskillerin gewesen.«

Elin nickt. »Sie soll einen Bruder haben.«

»Hast du Angst, dass er jetzt versuchen wird, dich zu töten?«

»Er ist die meistgesuchte Person des Landes. Wenn er in meine Nähe kommt, wird er sofort festgenommen. Nein, vor ihm habe ich keine Angst.« Elin angelt ein Papiertaschentuch aus der Hosentasche. »Nadia und ich hatten uns gerade angefreundet. Und jetzt bin ich schuld an ihrem Tod.« Tränen fließen.

»Wie gehst du mit deiner Angst um?«, fragt Sara nach einer Weile.

»Ich habe keine Angst, sondern bin einfach nur traurig.«

»Vielleicht hat Hallgerd deine Angst übernommen.«

»Wie meinst du das?«

»Hallgerd dreht den Spieß um und sagt, dass du gefährlich bist und andere töten willst. Doch eigentlich hat sie vor dem Gegenteil Angst, nämlich dass ihre Mama ermordet wird. Sie kennt deine Angst und trägt sie für dich. Hältst du das für möglich oder hört sich das zu konstruiert an?«

Elin schweigt für einen Moment, ehe sie antwortet: »Neulich haben wir eine Fernsehreportage über Orkane gesehen, die große Verwüstungen angerichtet haben. Hinterher hat Hallgerd gerufen, dass sie auch ein Orkan ist. Da habe ich sie gefragt, welche Windstärke *ich* denn hätte. Daraufhin hat sie Daumen und Zeigefinger ganz dicht aneinandergehalten und gesagt: ›Du bist nur ein Hauch, Mama. Ein ganz schwacher Hauch. Aber ich bin ein Orkan!‹«

Bevor sie sich verabschiedet, erwähnt Elin beiläufig ihre Mutter Anna. Und als sie ihren Namen ausspricht, bricht sie in Tränen aus.

Draußen auf dem Bürgersteig hebt sie die gelben Zettel auf, reißt sie in Stücke und stopft sich die Schnipsel in die Tasche. Dann steigt sie ins Auto, lehnt sich zurück, schnallt sich an und diktiert ihrem Mobil den nächsten Termin mit Sara.

58

Maran und die Königin sitzen in der Küche und essen Krebse. Es gibt eine ganze Schüssel voll und beide trinken Apfelmost. Die Königin sieht müde aus, umarmt Elin flüchtig und nimmt wieder Platz.

»Setz dich und nimm einen Krebs. Du kannst ein Bier haben, wenn du willst.«

»Ich liebe diesen Most«, sagt Maran und zeigt auf die Flasche.

Die Königin kehrt Elin den Rücken zu und steckt zwei Brotscheiben in den Toaster. »Wo bist du heute Abend gewesen?«

»In Gävle. Fast alle Fragen haben sich um Roboter gedreht. In den letzten dreißig Jahren sind sechzig Prozent aller Arbeitsplätze in der Stadt verloren gegangen. Alle wollen einen staatlich garantierten Mindestlohn haben. Ist ja auch kein Wunder, dass die Leute sich Sorgen machen. Und dann ging es natürlich um die Flüchtlinge und deren Versorgung. Das war sehr anstrengend. Ich schlafe so schlecht zurzeit. Werde all diese Gedanken einfach nicht los. Ich bin für so etwas nicht geschaffen.« Elin lässt sich Maran gegenüber auf einen Stuhl sinken. Diese betrachtet einen Krebs und lächelt Elin an, ehe sie seine Schale aufbricht.

»Maran und ich hatten unseren ersten Streit«, berichtet die Königin. »Ein Wort gab das andere, wir haben Porzellan zerdeppert, es ging ziemlich rund. Das hier ist unser Versöhnungsfest.«

Maran nickt dem Rücken der Königin zu und flüstert: »Sie ist so wahnsinnig stur!«

»Ich höre genau, was du sagst«, bemerkt die Königin.

»So stur«, wiederholt Maran leise.

»Wir haben über Marans Ausbildung gesprochen. Sie soll für ein Jahr nach London ziehen und bei einer Freundin von mir wohnen.«

»So, so stur«, murmelt Maran und nimmt einen weiteren Krebs in die Hand. »Soll ich einen für dich schälen?«, fragte sie Elin. »Das macht mir Spaß.«

»Kannst du gerne machen«, antwortet Elin. »Ich hab noch nie Krebse gegessen.«

»Dann werde ich drei für dich schälen«, sagt Maran. »Warst du das, die den Badezimmerspiegel kaputt gemacht hat?«

»Nein, der Sprung war schon vorher da.«

»Gefällt mir«, entgegnet Maran. »Dieser Sprung ist das einzig Menschliche in dieser Wohnung.«

»Ich werd mal meine letzten Sachen holen«, sagt Elin, steht auf und geht in ihr ehemaliges Zimmer.

Als sie in die Küche zurückkommt, hat Maran sechs Krebse geschält und sie auf eine getoastete Brotscheibe gelegt. Elin stellt ihre Tasche ab und setzt sich.

Die Königin zieht einen Ärmel ihrer Bluse nach oben. »Guck mal!«

Zwischen Handgelenk und Armbeuge steht in zentimeterhohen Buchstaben: *Fantasie und Mitgefühl.*
»Das wurde gestochen, nicht gelasert.«
»Hübsch«, sagt Elin und beißt in das Brot.
»Du musst unbedingt den Most probieren«, drängt Maran. »Vielleicht können wir den auch selbst herstellen.«
»Erst mal wirst du ein Jahr bei Brenda in Knightsbridge verbringen.«
»Du bist so unglaublich stur«, murmelt Maran. »Ich dachte, ich soll bei *dir* wohnen.«
Die Königin hebt die Stimme. »Das Thema ist beendet.«
»Ich entscheide selbst, wann ein Thema für mich beendet ist!«
»Ich will darüber nicht mehr reden!«
»Ich aber!«
»Jetzt hör schon auf!«
»Du bereust, dass du mich aufgenommen hast, und jetzt willst du mich loswerden.«
»Kann ich einen Krebs für Hallgerd mitnehmen?«, fragt Elin. »Sie hat so etwas noch nie gesehen.«
»Nimm so viele mit, wie du willst.«
Elin steht kopfschüttelnd auf. »Ich hole sie bei Vidar ab.«
»Willst du nicht lieber dort übernachten?«, schlägt die Königin mit einer Miene vor, als würde sie das Wetter kommentieren. »Dann weckst du Hallgerd auch nicht auf.«
»Du musst unbedingt bald wiederkommen«, sagt Maran. »Ich verpasse ja deine Wahl in den Reichstag, weil ich dann schon in London bin.« Sie dreht sich zur Königin und schreit sie an: »Und das ist alles deine Schuld!« Dann verlässt sie die Küche, als wäre ihr gerade etwas eingefallen, das sie sofort erledigen muss.
»Das ist wegen dieses Jungen«, flüstert die Königin. »Worauf hab ich mich da nur eingelassen?« Sie atmet tief durch. »Am Wahlabend

feierst du natürlich mit deinen Parteifreunden. Ich werde anschließend eine Party für dich organisieren. Du kannst einladen, wen du willst, und ich lade ebenfalls ein paar Leute ein. Was sagst du dazu?«
»Danke.«

59

Karin sitzt am Schreibtisch, ihren Blick auf den Bildschirm gerichtet. Smårne steht hinter ihr und kommentiert. Auf dem Sofa sitzt Turing und trägt einen zerknitterten Tweedanzug. Er steht auf, als Elin zur Tür hereinkommt, ihm entgegengeht und die Hand ausstreckt.
»Ich glaube, wir sind uns noch nie begegnet. Man nennt mich Turing. Ich bin ein Roboter.«
»Elin Holme, Reichstagskandidatin.«
Turing lässt Elins Hand los. »Wie interessant. Ich nehme an, dass Sie einen Termin bei der Justizministerin haben.«
»Das ist richtig.«
»Darf ich Ihnen etwas zu trinken anbieten, vielleicht ein Glas Wasser?«
Karin ist aufgestanden und eilt mit klackenden Absätzen auf Elin zu. Der Rock ihres Kostüms endet kurz über ihren Knien, ihre Lippen sind trocken, rissig und ungeschminkt. Sie ist stark parfümiert und sagt etwas ungehalten: »Ist gut jetzt, Turing, Sie können gehen.«
Turing deutet mit hängenden Armen eine Verbeugung an und geht aus der Tür.
Karin sieht ihm nach, ehe sie Elin am Arm fasst. »Er wurde lobotomiert.« Sie deutet auf die Sitzgruppe.

»Was bedeutet das?«

»Dass er einen Großteil seiner Kapazität eingebüßt hat. Wir haben den Apfel, also können wir mit ihm tun, was wir wollen.«

Karin und Elin setzen sich einander gegenüber. Smårne kommt dazu, gibt ihr die Hand und nimmt neben Karin Platz.

»Er hat keinen eigenen Willen mehr«, fährt Karin fort. »Jetzt ist er ein klassischer Roboter, der nicht mehr in der Lage ist, uns Lebenden den Rang streitig zu machen. Das war ja genau seine unrealistische Ambition, so lebendig zu werden wie wir.« Karin beugt sich vor und legt Elin ihre Hand aufs Knie. »Ich habe Einar ausfindig gemacht. Er ist in Öresund. Morgen hole ich ihn ab.«

»Wie hast du das geschafft?«

»Ich habe einen Informationsfilm über Syria ins Netz gestellt. Daraufhin dauerte es nicht mal eine Stunde, bis sich die Pflegemutter gemeldet hat. Und natürlich hat sie mir eine ganz andere Lebensgeschichte erzählt, also von Syria.« Sie holt tief Luft, ehe sie weiterspricht. »Nun können wir uns ein ungefähres Bild von ihr machen. Ihr Taufname ist Greta. Ihre Eltern, Kleinunternehmer aus Sundsvall, heißen Gustavsson. Ihr Vater ist nicht mehr am Leben, doch ihre Mutter ist bei bester Gesundheit. Sie glaubt, ihre Tochter habe bei Interpol gearbeitet und sei bei einem Verkehrsunfall in der Nähe von Paris ums Leben gekommen. Ihr Körper sei dabei angeblich verbrannt. Syria, oder Greta, hat einen Bruder. In der Schule wurde er Dockan, also ›Püppchen‹ genannt, weil er so hübsch war. Nach ihm wird mit internationalem Haftbefehl gesucht, doch wir glauben, dass er sich weiterhin in Schweden aufhält.

In ihrer Jugend war Greta Gustavsson eine hervorragende Handballerin, die unter anderem für die schwedische Juniorennationalmannschaft aktiv war. Sie hat zwei Semester Jura studiert, ehe sie bei der Polizei begann und schon nach zwei Jahren Grundausbildung zu der Organisation versetzt wurde, die damals noch Sicherheitspolizei hieß. Durch ihre Sprachbegabung war sie für den Einsatz im Ausland prädestiniert, also übernahm der deutsche Verfassungsschutz ihre weitere Ausbildung. Danach leistete sie mehrfach Dienst beim schwedischen Militär im Mittleren Osten. Mehrere Jahre lang war sie vom Radar verschwunden und tauchte schließlich gelegentlich in Sundsvall auf, wo sie eine alte Schussverletzung behandeln ließ.

Später berichtete sie über die Infiltration von Terrorgruppen, an der sie angeblich beteiligt war. Da man ihren Bericht als glaubwürdig einstufte, wurde sie zu einer Spezialeinheit abkommandiert und Frank unterstellt. Nach ihrer Heimkehr war ihr Codename zunächst Garbo, dann Lawrence und schließlich Syria. In London hat sie ein beträchtliches Vermögen und sie hat einen zehnjährigen Sohn namens Nihil.«

Für eine Weile wird es still, ehe Elin sich räuspert. »Ich freue mich wirklich sehr für dich. Hallgerd will Einar bestimmt kennenlernen. Wir freuen uns alle, ihn kennenzulernen.«

»Ja, ich weiß«, sagt Karin. »Wie läuft dein Wahlkampf?«

»Nicht besonders.«

Smårne beugt sich vor, stützt seine Ellbogen auf die Oberschenkel, hebt die Hände und drückt die Handflächen aneinander, als wolle er seine Finger küssen. Dann formt er die Hände zu einer Raute. »Du musst persönlicher werden und darfst dir nicht länger den Willen deiner Gegner aufzwingen lassen, Elin.«

Karin lehnt sich zurück und legt den Kopf auf die Seite. »Kannst du das genauer erklären?«

»Solange die Nationalen dich in sachpolitische Themen verwickeln, bist du in der Defensive«, führt Smårne aus. »Und zwar nicht, weil sie die besseren Argumente hätten, sondern weil sie sich mit solchen Diskussionen besser auskennen. Aber es gibt ein Thema,

gegen das sie nicht ankommen, und daran solltest du dich halten.«
»Und das wäre?«, fragt Elin.
»Wie du dich als Sechzehnjährige gegen einen korrupten Kommunalpolitiker verteidigen musstest, der dich mit einem Knüppel angegriffen hat. Wie du dein Zuhause verlassen hast, um das Leben deines Bruders zu retten. Wie du vom Militär gefangen genommen und gefoltert wurdest. Wie du einer Kriegsverbrecherin begegnet bist, die zu deiner Feindin wurde, über viele Jahre hinweg. Wie der Vater deiner Tochter von einem Unbekannten erschossen wurde. Wie du diejenigen getötet hast, die deine Familie bedrohten. Wie du dich im Interesse deiner Mitbürger entschlossen hast, für den Reichstag zu kandidieren. Wie mächtige Feinde versucht haben, dich aus dem Weg zu räumen. Wie du um eine gute Zukunft für deine Tochter und ihre Generation kämpfst. Deshalb bist du in die Fortschrittspartei eingetreten. Du verkörperst die Zukunft. Du hast den Mut und die Entschlossenheit, dich den Gegebenheiten anzupassen. Diese Fähigkeit wird in den nächsten Jahren immer wichtiger werden. Das sollte die Königin in ihren Wahlslogan integrieren. Fantasie und Mitgefühl reichen nicht mehr aus. Ohne die Fähigkeit, sich anzupassen, werden wir auf verlorenem Posten stehen. Das war ja schon ein Teil von Darwins Evolutionstheorie.«
Elin schüttelt seufzend den Kopf. »Was du hier beschreibst, ist kein politisches Programm, sondern eine sentimentale Charmeoffensive, die nach Selbstüberschätzung und Eigenlob stinkt. Außerdem gefällt mir der Gedanke nicht, dass nur die Anpassungsfähigsten überleben werden. Ich glaube also nicht, dass ich deinem Rat folgen kann.«
Smårne lächelt, als würde er den Duft einer seltenen Blume wahrnehmen. »Die Wähler brauchen jemanden, zu dem sie aufblicken können. Jemanden, den sie idealisieren und in den Himmel heben können, wenn um sie herum alles den Bach runtergeht. Und du

bist nun mal die personifizierte Entschlossenheit. Du stehst für unbändigen Überlebenswillen, für Schönheit und Fortschritt. Die Menschen und das Land brauchen eine Figur wie dich. Wir haben ein detailliertes Konzept ausgearbeitet. Das kannst du ab heute Nachmittag anwenden und wirst die Leute damit im Sturm erobern, weil du so bist, wie du bist. Wir haben eine Schauspielerin engagiert, die dir helfen wird, alles richtig rüberzubringen.«

»Tea Tinkler«, ergänzt Karin. »Du kennst sie bestimmt.«

Smårne nickt. »Sie hat erst vor Kurzem in Falun gastiert, vielleicht hast du die Inszenierung gesehen. Sie war Lady Macbeth.«

60

Anna, Gunnar, Lisa und Hallgerd, Klein-Gunnar, Vidar und Karin, die Einar auf dem Schoß hat, Frank im Rollstuhl, der von seiner Tochter geschoben wird, der Anthropologe, Yasmin, Tamara und noch etwa zehn andere Personen sind bei der Königin zu Gast. Ossian trägt einen Tweedanzug, der so aussieht, als hätte er ihn von Turing geliehen und die ganze Woche darin geschlafen. Doch sein Hemd ist weiß und seine Krawatte perfekt gebunden. Die Gäste stehen, Gläser in den Händen, in kleinen Gruppen zusammen.

Die Königin hebt die Stimme. »Meine Freunde!«

Alle verstummen.

»Meine Freunde!«, wiederholt sie.

Einar drückt sich an Karins Brust.

»Elin!«, ruft die Königin.

Vidar steht neben Elin, die ihren Blick von ihm zur Königin wandern lässt, die ihr Glas erhoben hat.

»Meine teuerste Freundin Elin! Als ich dich das erste Mal in Falun gesehen habe, begriff ich, was das schwedische Volk längst verstanden hat: dass du eine Frau mit ganz außergewöhnlichen Fähigkeiten und Qualitäten bist. Wenn du nun deinen Platz im Reichstag einnimmst, will ich, als deine Freundin und in meiner Funktion als Staatschefin, uns alle dazu beglückwünschen, dass du eine der dreihundertneunundvierzig Abgeordneten bist, die die Zukunft unseres Landes gestalten werden.«

Die Königin prostet ihr zu, worauf Elin ihr Kinn auf Vidars Schulter legt und flüstert: »Ich bin doch nur ein Bluff.« Dann lächelt sie der Königin zu, lässt ihren Blick schweifen, sieht Hallgerd und ihren Eltern in die Augen und streckt Frank ihr Glas entgegen.

»Elin!«, rufen alle Anwesenden. »Elin!«

Dann wird getrunken und Ossian ergreift das Wort. »Liebste Elin, du bist eine der dreihundertneunundvierzig gewählten Vertreter des schwedischen Volkes. Von nun an ist die Politik dein Betätigungsfeld. Politik kann wunderbar, aber auch scheußlich sein. Sie ist das Fundament der demokratischen Gesellschaft. Sie wird nie perfekt sein, weil auch wir Menschen nicht perfekt sind. Manchmal ist sie so wohlmeinend und weitsichtig, wie manche von uns es sind, doch zuweilen erweckt sie auch den Eindruck, ein Tummelplatz für Einfältige und Schwachsinnige zu sein.

Weitsichtige Politik ist unsere einzige Hoffnung. Eine Hoffnung, die auf den Guten und Mutigen von uns beruht. Und du, Elin, bist eine von ihnen. Darüber hinaus hast du eine Eigenschaft, die sehr selten ist – du bist dir stets über die Möglichkeit im Klaren, dass du dich irren könntest, und demzufolge bereit, dein Denken und Handeln zu ändern. Mögen deine sorgsam gewählten Worte auf vielen Podien zu hören sein. Und möge der Applaus die Musik sein, die dich hinfort begleiten wird. Auf dein Wohl, Elin!« Ossian hebt sein Glas und alle anderen Erwachsenen folgen seinem Beispiel.

Elin beugt sich über Vidars Schulter und flüstert: »Ich bin doch nur ein Bluff.«

Nach dem Essen gesellt sich Elin zu Frank. Seine Tochter steht ein Stück weit entfernt und unterhält sich mit der Königin. Elin beugt sich über den Rollstuhl und legt ihre Hand auf die schmale Schulter des alten Mannes. »Wer hat Harald erschossen?«, flüstert sie.
Frank dreht ihr sein Gesicht zu. »Ich glaube, ich habe das schon früher einmal gesagt. Es gibt Dinge, die man nicht wissen muss.«
Elin verzieht ihren Mund. »In dieser Frage sind wir unterschiedlicher Meinung.«
Frank zeigt mit einem Finger auf seine Tochter. »Richte ihr bitte aus, dass ich jetzt nach Hause fahren möchte. Und pass auf dich auf, Elin. Du bist ein gutes Mädchen!« Dann reicht er ihr die Hand und sie nimmt sie. Sein Händedruck ist so schwach, dass sich damit kaum eine Fliege zerquetschen ließe.

Elin, Hallgerd, Vidar und Klein-Gunnar treten aus dem großen Eingangstor.
»Ich hab keine Leibwächter mehr«, stellt Elin fest. »Fühlt sich irgendwie seltsam an.« Dann wirft sie einen Blick auf die Bagger, Lastwagen und Presslufthämmer.
Klein-Gunnar, der im Aufzug fast eingeschlafen wäre, lebt wieder auf und ruft: »So viele Maschinen, Papa! So viele!«
»Was machen die da?«, wundert sich Elin.
»Sie bauen einen Wall«, erklärt Vidar. »Man geht davon aus, dass der Meeresspiegel bis zu einem Meter ansteigen wird, wenn uns der norwegische Regen erreicht.«

61

Zu den Feierlichkeiten anlässlich der neuen Legislaturperiode des Reichstags kommt Maran aus London nach Hause. Die Fortschrittspartei hat eine knappe Mehrheit errungen und die Nationalen sind die einzige Oppositionspartei.
Die Königin spricht von der Verantwortung für zukünftige Generationen. Sie erinnert an ihren Wahlslogan, schiebt den Ärmel ihres Sakkos nach oben und zeigt ihr Tattoo: *Fantasie und Mitgefühl*
Sie bekommt stehenden Applaus. Anschließend zitiert sie den Schriftsteller Stig Dagerman und thematisiert den Unterschied zwischen dem Faden der Ariadne und dem Stacheldraht, der sich an den schwedischen Grenzen entlangzieht.

Nachdem die Rede beendet ist, wird Elin von Yasmin zur Seite genommen. »Die BBC hat mich beauftragt, dich zu interviewen. Wahrscheinlich, weil ich die Journalistin bin, die dich am besten kennt. In der Anmoderation werden sie von uns beiden in Idre erzählen. Sie wollen einen persönlichen Aufhänger haben, den Menschen hinter der Maske zeigen, so was in der Art. Es ist dasselbe Team, das die Königin zum Attentat interviewt hat. ›Queen with a knife‹ haben sie es genannt. Im Mittelpunkt soll die Frage stehen, warum so viele für dich gestimmt haben, obwohl du überhaupt keine politische Erfahrung hast. Außerdem möchte ich mit dir darüber sprechen, dass du die neue Redenschreiberin der Königin werden sollst, weshalb der Reichsmarschall bereits mit seinem Rücktritt gedroht hat. Wir könnten das Interview morgen führen, wenn das für dich in Ordnung ist.«
Elin schüttelt den Kopf. »Du wirst sicher enttäuscht sein.«

»Warum?«
»Weil ich keine Antworten auf deine Fragen habe und weil mir völlig schleierhaft ist, wie ich im Reichstag gelandet bin. Ich kapiere einfach nicht, wie das möglich war. Was soll ich jetzt nur tun?«
Yasmin legt den Kopf auf die Seite. »Die Politiker müssen ihre Wähler zufriedenstellen. Was glaubst du, was deine Wähler hören wollen?«
»Ich weiß es nicht. Eigentlich finde ich, dass sie sich lieber für einen anderen Kandidaten hätten entscheiden sollen. Für jemand, der das politische Spiel beherrscht. Ich bin doch eine blutige Amateurin.«
»Stimmt schon«, gibt Yasmin ihr recht. »Aber das heißt ja nicht, dass das für immer so bleiben muss. Wenn du dich wie ein Profi benimmst, wirst du auch so behandelt werden. Sag den Wählern, was sie hören wollen. Danke ihnen für ihr Vertrauen und versprich ihnen, alles zu tun, was in deiner Macht steht. Mach ihnen ruhig irgendwelche Versprechen, du musst sie nicht halten. Es kommt darauf an, den Leuten das zu geben, was sie erwarten.«
»Aber doch wohl nicht so, wie es diese komische Abgeordnete formuliert hat«, entgegnet Elin mit verächtlichem Schnauben und zitiert: »Ich verspreche Ihnen, alles dafür zu tun, um meinen selbst gesteckten Zielen gerecht zu werden.«
Yasmin zuckt die Schultern. »Vielleicht nicht so plump, aber etwas in dieser Richtung.«
Elin schließt Yasmin in die Arme und flüstert ihr ins Ohr: »Ich bin kein Roboter, der das aufsagt, worauf er programmiert wurde. Und auch wenn ich das Gefühl habe, mich hier nur durchzumogeln, weiß ich doch eines ganz genau: dass ich ein lebendiger Mensch bin. Ich bin weder eine Puppe oder Marionette noch ein Roboter oder eine Maschine. Ich bin ein Mensch aus Fleisch und Blut – das ist alles, was ich mit Sicherheit über mich sagen kann.« Elin löst

sich von Yasmin, macht auf dem Absatz kehrt und mischt sich unter die übrigen Gäste.
Maran, die ein hellblaues Kostüm und schwarze Pumps trägt, winkt mit dem ganzen Arm, als wolle sie Gesellschaft haben. Oder als würde sie ertrinken.

62

»Komm rein!«
Sten tritt über die Schwelle und das Wasser tropft vom Regenmantel auf die Plastikplane, die den Boden bedeckt. Burman schließt hinter ihm die Tür.
»So sieht's hier also aus.«
Burman zeigt auf den offenen Kamin. »Der ist größer als der vorige. Die Glaswand, die Küche und Wohnzimmer trennt, wird am Freitag eingebaut. Nächste Woche wird tapeziert. Mit Ausnahme des Gästezimmers steht dir das gesamte Obergeschoss zur Verfügung. Hier sieht's eigentlich genauso aus wie früher, nur etwas größer. Ich hab mir heute bei Tompsons die neuen Bildwände angeschaut. Wir werden in jedem Raum eine haben. ›Be There‹ ist ganz lustig, das wird dir gefallen.« Burman legt den Regenmantel auf den Boden und setzt sich auf einen der mit Farbe bekleckten Sprossenstühle vor dem Kamin.
Sten legte seinen Regenmantel auf den von Burman und nimmt auf dem anderen Stuhl Platz. Er sieht sich um und schnuppert. »Riecht gut hier.«
»Ja, am Anfang ist die Luft immer frisch. Später dann mehr abgestanden, das ist nicht zu vermeiden.«

»Wie funktioniert das?«
»Was?«
»Be There.«
»In Wohnzimmer und Küche werden Kameras installiert, die mit den Bildwänden verbunden sind. Wenn du einen Film siehst, kannst du das System beauftragen, alle Bilder, die es von dir gesammelt hat, in diesen Film zu integrieren.«
»Ich kann mich also selbst zur Hauptperson von *The Jumper* machen?«
»Du kannst jede Person sein, die du sein willst.«
»Auch alle gleichzeitig?«
»Natürlich.«
»Auch Mädchen?«
Burman sieht Sten mit dunklen Augen und schweren Lidern an. »Wenn es eine Katze gibt, kannst du die Katze sein.«
Stens Lachen hallt durch den leeren Raum.
Burman sieht aus, als würde er jeden Moment in Tränen ausbrechen. »Toll, oder?«
Sten ist skeptisch. »Kann ich mich wirklich als Katze sehen?«
Burman nickt. »Bei Tompsons hab ich mich als Hund gesehen. Komischerweise hab ich mich in den Gesichtszügen der Töle erkannt.«
»Was für eine Rasse war das?«
»Ein Irish Setter.«
»Geht das auch mit Vögeln?«
»Ich glaube, das geht mit allen Tieren.«
Sten sieht sich besorgt um. »Aber das System filmt einen doch nur in der Küche und im Wohnzimmer, oder?«
»Nur in Küche und Wohnzimmer. Außerdem muss man das System ja nur ab und zu einschalten. Es braucht bloß ein paar Stunden, um zu wissen, wie du aussiehst, wenn du Kaffee trinkst, die Kühl-

schranktür öffnest oder dich auf das Sofa wirfst. Bei Tompsons war ich in einem Aufnahmeraum und hab drei Minuten lang Kaffee getrunken. Danach haben sie mir einen Film gezeigt, in dem ich die Hauptrolle spielte. Echt unheimlich.«

»Was für ein Film war das?«

»Der neueste *Superman*.«

Sten steht auf, geht zum Fenster, wischt mit der Handfläche ein wenig Staub vom Fensterbrett und blickt auf den See.

Burman stellt sich neben ihn und streicht mit den Fingern an der Fensterscheibe entlang. »Die Scheibe hält sogar Hochgeschwindigkeitsmunition stand und die Wände sind nur mit panzerbrechenden Projektilen zu durchdringen. Auf dieser Seite habe ich das gesamte Waldstück gekauft und werde dort ein Wildgehege für Hirsche einrichten. Jeder einzelne Meter wird von Kameras überwacht werden. Für Ahmad und seinen Cousin baue ich hinter der Sauna. Mithilfe von ein paar Drohnen haben sie dann einen perfekten Überblick. Das sind die gleichen, die auch von den Texas Rangers an der Grenze zu Mexiko benutzt werden. Die sehen auf zweihundert Meter Entfernung, ob du einen Mückenstich auf der Stirn hast, und arbeiten mit lückenloser Gesichtserkennung.«

»Was bedeutet lückenlos?«

»Alle, die sich in den letzten zehn Jahren für mindestens eine Stunde in diesem Land aufgehalten haben, wurden vom System gespeichert. Jeder Einzelne, ob Kleinkinder, Freunde oder Verwandte, erscheint mit vollständiger Adresse und einem Foto des Hauses, in dem er wohnt.«

Sten nickt. »Wenn dich jemand bedroht, kannst du ihm also gleich mitteilen, dass du weißt, in welche Krippe seine Kinder gehen?«

Burman nickt. »SAFE hat die Lizenz für ganz Skandinavien erworben und damit begonnen, das System zu verkaufen. Allein in Mittelschweden haben wir schon mehr Kunden, als wir versorgen können. Beim letzten Modell hat uns Helperson und Lyndon das Nutzungsrecht gewährt. Die sind globaler Marktführer, was Biometrie, Pupillenerkennung, Gesichtsidentifizierung, Wachroboter und Mikrodrohnen für den Hausgebrauch angeht. Das kann wirklich ein Riesending werden.«

Sten zeigt in Richtung See. »Das Wasser überschwemmt schon fast den Steg.«

»Ich weiß. Manche sagen, dass der Wasserspiegel um einen ganzen Meter steigen wird. Der Schwan hat sich schon ins Bootshaus geflüchtet. Ich fürchte, dass der Marder ihn erledigen wird.«

»Mård sagt, dass sie daran denken, nach Stavanger umzuziehen. Bei ihnen schüttet es jetzt schon seit einem Monat wie aus Eimern.«

»So ist das Leben. Wie läuft's in der Schule?«

»Kein Problem.«

»Und dein Lieblingsfach?«

»Mathe.«

»Das ist gut. Wer rechnen kann, der kommt immer klar. Ich hab heute Morgen Elin Holme auf der Bildwand gesehen. Sie hat über Schulpolitik geredet.«

»Wolltest du sie nicht aus dem Weg räumen?«

»Ich hatte eine Frau beauftragt, die als absolute Nummer eins in dieser Branche galt. Sie hat eine Japanerin erschossen und wurde von der Königin erstochen. So viel zu ihrer Reputation.«

Sten legt eine Hand ans Fenster, zieht sie weg und betrachtet den Abdruck auf der staubigen Scheibe. »Was machen wir jetzt mit Holme?«

»Das Haus ist total abhörsicher. Man kann sogar sein Mobil mitnehmen, ohne dass irgendwelche Signale nach draußen gelangen. Dein Chip sendet auch keine Signale, solange du hier drinnen bist.«

»Was machen wir mit ihr?«, wiederholt Sten.

Burman seufzt. »Es gibt wichtigere Personen. Narvens Netzwerk

muss so schnell wie möglich beseitigt werden. Da sind immer noch drei Leute übrig.«
Sten zuckt die Schultern. »Mård bezeichnet Holme als Hexe.«
»Womit er bestimmt recht hat. Sie ist sogar aus dem Hochsicherheitsgefängnis in Grövelsjö ausgebrochen und hat ihr Kind mitgenommen. Und jetzt hat sie die Wähler verhext. Aber wir können sie nur loswerden, wenn wir ein schwer bewaffnetes Team auf sie ansetzen, was wahnsinnig teuer ist. Das ist die Sache nicht wert.«
Sten klopft an die Fensterscheibe. »Wie dick ist die?«
»Sieben Zentimeter.«
Sten klopft ein bisschen stärker. »Gegen Hexen ist man machtlos, meinst du?«
»Früher hat man sie einfach verbrannt«, antwortet Burman, »aber heute wird's teuer. Vergessen wir Holme und konzentrieren uns lieber auf diejenigen, die wichtiger sind als sie.« Burman geht zu den Stühlen und hebt die Regenmäntel vom Boden auf. »In der Stadt hat eine neue Pizzeria aufgemacht. Das Personal besteht zur Hälfte aus Robotern, die extrem hübsch sind. Nach elf Uhr werden sie zutraulich, wenn man ihnen ein paar Drinks spendiert. Sobald man den Laden betritt, kriegt man gute Laune. Was hältst du von SICHER?«
»Wie meinst du das?«
»Na, anstelle von SAFE.«
»Ich weiß nicht«, sagt Sten nach einer Weile. »Auf Englisch klingt's irgendwie besser.«
»Ja, vielleicht.« Burman seufzt. »Vielleicht sollte man einen lateinischen Namen nehmen. Den kapiert dann keiner, hört sich aber gut an. Kerstin hat VIDI vorgeschlagen.«
»Hexe«, murmelt Sten und schreibt in den Staub: *Ich vergesse nichts.* Nach einer Weile wischt er die Buchstaben weg. »Capricciosa«, sagt er. »Und eine große Cola.«

Als sie in die Autos steigen, kommt ein Marder aus dem Bootshaus, doch sie sehen ihn nicht. Eine Stunde später verstärkt sich der Regen und nach Mitternacht werden die überfluteten Straßen im Nordwesten Dalarnas für den Verkehr gesperrt.

63

Elin hört das Signal, doch halb im Schlaf glaubt sie, der Ton käme von draußen. Dann setzt sie sich im Bett auf, tastet nach ihrem Mobil und meldet sich. Es ist die Königin.

»Bist du wach?«

»Noch nicht ganz. Wie spät ist es?«

»Ein Uhr.«

»Was ist los?«

»Der Vater von Maran hat gerade angerufen. Ein riesiger Flüchtlingsstrom kommt in Dolsjö an. Es hört gar nicht mehr auf.«

»Woher kommen sie?«

»Von der anderen Seite der Grenze. Dort ist ein großes Flüchtlingslager buchstäblich in den Fluss gespült worden. Da ihnen die Einheimischen nicht geholfen haben, kommen sie jetzt über die Berge, völlig durchnässt, durchgefroren und in Todesangst. Es sind mehrere Hundert. Ich will dorthin fahren.«

»Wohin?«

»Nach Dolsjö. Ich nehme einen Arzt, Vidar, den Anthropologen und noch ein paar andere mit. Wir fahren in einer halben Stunde. Ich habe zwei Autos.«

»Ich werde meinen Vater bitten, auf Hallgerd aufzupassen. In einer halben Stunde bin ich fertig.«

»Zieh dich warm genug an. Es stürmt kräftig und soll die ganze Nacht durchregnen. Der Brücke bei Idre traue ich nicht mehr, die ist früher schon mal weggerissen worden.«
Elin trinkt ihren Kaffee im Stehen vor dem Fenster. Nach einer Weile kommt Gunnar. Der Regen peitscht gegen die Scheiben, während Elin Wollsocken, Jeans und einen Wollpullover anzieht, Regenjacke und Stiefel hervorsucht und aus dem Haus geht.
Kurz darauf steigt sie ins Auto der Königin. Sie sitzen dicht gedrängt, während die Scheibenwischer kaum in der Lage sind, die Regenmengen zu bewältigen, die auf die Windschutzscheibe klatschen. Elin sitzt neben dem Arzt, der sich um sie gekümmert hat, als sie im Borderland in Ohnmacht gefallen war. Vidar befindet sich auf ihrer anderen Seite. Sie spürt die Wärme seiner Oberschenkel, und als sie vor Idre über die Brücke fahren, legt er eine Hand auf ihr Knie.

In Dolsjö sind alle Fenster hell erleuchtet. Auf der Hauptstraße steht das Wasser fünf Zentimeter hoch. Die Schule ist zum Aufnahmezentrum umgewandelt worden. In der Eingangshalle werden die letzten Wolldecken ausgeteilt. Ein Mann, der seine nassen Kleider ausgezogen hat, hüllt sich in einen Bettüberzug. Auf dem Fußboden liegen etwa zwanzig Matratzen nebeneinander. Eine Frau hilft einem zehnjährigen Jungen, der mit den Zähnen klappert, aus seinen durchnässten Kleidern. Der Anthropologe gibt ihm seine Mütze.
Marans Vater streicht sich das Wasser aus dem Gesicht und öffnet seine Regenjacke. »Wir haben keine Kleider mehr, die wir noch abgeben könnten. In Idre haben wir um mehr Decken, um Brot und Käse gebeten.« Er zeigt zum ersten Stock hinauf. »Wir haben Räume für Familien mit Kindern eingerichtet, ebenso für allein reisende Frauen, Männer und Kinder. Der Rettungsdienst und die

Polizei haben woanders alle Hände voll zu tun, aber schon bald soll eine Polizeipatrouille hierherkommen. Auch das Rote Kreuz und die Kirchen helfen uns. Was wir jetzt vor allem brauchen, sind Decken, Kleider, Matratzen, belegte Brote und hartgekochte Eier. Manche Kinder und älteren Menschen sind unterkühlt. Wir versuchen, ein paar Dolmetscher zu beschaffen, aber das ist nicht leicht. Die meisten Flüchtlinge waren erst seit kurzer Zeit in Norwegen und sind der Sprache noch nicht mächtig. Also müssen wir uns mit Händen und Füßen verständigen. Vor einer Weile sind sieben Kinder angekommen, die eine Ziege dabeihatten und sich partout nicht von ihr trennen wollten.« Er zeigt in Richtung Treppe. Darunter steht eine Ziege mit einer dünnen Schnur um den Hals. Daneben sitzt ein Mädchen. Ihre nassen blauschwarzen Haare hängen ihr bis über die Schultern. Sie schmiegt ihren Kopf an das magere Tier. Die Königin geht zu ihr, setzt sich auf den Boden und nimmt die Hand des Mädchens in ihre.

»Wie kann ich mich nützlich machen?«, fragt Elin.

»Du kannst Brote schmieren«, antwortet Marans Vater.

Elin geht zu einem Tisch, an dem zwei Frauen mit dem Rücken zu ihr stehen. Die eine schneidet einen Brotlaib in Scheiben, die von der anderen mit Margarine beschmiert werden.

Eine der Frauen dreht sich um. Es ist die Krähe, die Schulleiterin. »Hallo, Elin. Du kannst den Käse hobeln.« Sie zeigt auf eine Schulbank. Darauf liegen mehrere Käsestücke auf einem Handtuch.

Als Elin zum Käsehobel greift, hört sie hinter sich die Stimme von Marans Vater: »Das ist die reinste Goldgrube. Wir bauen hier ein paar Bretterbuden auf. Wenn sie ein bisschen zusammenrücken, bringen wir in einer Bude sechzig Schlafplätze unter. Was meinst du, was wir von denen für eine Tagesmiete kriegen?« Elin dreht den Kopf und sieht ihm in die Augen. Er nickt ihr lächelnd zu und geht mit dem Mobil in der Hand zur Eingangstür.

Kurz darauf steht Vidar hinter ihr. Er legt die Hände auf ihre Hüften und steht eine Weile so da, ohne ein Wort zu sagen. Als er von jemandem gerufen wird, geht er hinauf in den ersten Stock.

Allmählich setzt die Morgendämmerung ein, grau und kalt. Der Regen peitscht von der Seite gegen das Gebäude. Fast könnte man glauben, er fliege waagerecht durch die Luft. Ein Suchtrupp der Polizei hat in den Bergen, auf Höhe der Baumgrenze, zwei siebenjährige Kinder gerettet und weiter oben einen toten alten Mann ohne Schuhe gefunden.

Am Vormittag kehren Elin, der Anthropologe und die Königin nach Grövelsjö zurück. In Idre müssen sie eine Stunde warten, um über die Brücke fahren zu können.

»Guck dir um eins die Nachrichten an!«, ruft die Königin ins Auto hinein, ehe sie die Tür zuschlägt.

Elin bekommt Begleitschutz bis zur Haustür. Da Hallgerd noch im Kindergarten ist, stellt sich Elin erst mal unter die Dusche und hält ihr Gesicht lange unter die warmen Strahlen. Dann zieht sie eine bequeme Hose, warme Strümpfe und einen Pullover an, auf dem *CARRY ON* steht. Sie isst einen Teller Grütze, drei belegte Brote und trinkt eine Tasse Tee. Dann ist es ein Uhr.

Die Königin scheint direkt ins Fernsehstudio gefahren zu sein. Sie hat sich die Haare gekämmt und ein wenig geschminkt, trägt aber immer noch denselben Pullover wie zuvor.

Yasmin schaut direkt in die Kamera. »Ihre Majestät die Königin hat darum gebeten, eine Erklärung abzugeben.« Yasmin wendet sich an die Königin, die ein ernstes Gesicht macht und einen Moment innehält. Dann zupft sie etwas kaum Sichtbares von ihrem Pullover und hält es in die Kamera.

»Das hier ist das Haar einer Ziege, das an meinem Pullover hängen geblieben ist, als ich vor ein paar Stunden mit einem zwölfjährigen

Mädchen beisammensaß. Dieses Mädchen ist gemeinsam mit sechs Geschwistern und einer Ziege bei Sturm und strömendem Regen über die Berge gekommen. Ich werde dieses Ziegenhaar aufheben, damit es mich stets daran erinnert, dass es Menschen gibt, deren Lebensbedingungen ganz anders sind als meine. Ich selbst lebe im Überfluss.

Und nicht nur das. Wenn ich angesprochen werde, dann mit Formulierungen, als wäre ich keine normale Person, sondern ein höheres Wesen. Man nennt mich ›Hoheit‹ oder ›Majestät‹. Rückständige Menschen benutzen mich, um zu zeigen, dass manche Menschen von höherem Wert sind als andere. Aber ich will kein lebendes Beispiel dafür sein, dass alle Menschen gleich, manche jedoch ›gleicher‹ sind. Ich möchte ein Mensch unter Menschen sein und niemand, der in einer Rolle gefangen ist, die zu einer Zeit erfunden wurde, als man allen Ernstes daran glaubte, Gott habe nur einigen wenigen das Recht auf Freiheit und Unabhängigkeit verliehen, während die große Masse zu lebenslanger Sklavenarbeit und Unfreiheit verurteilt war.

Ich möchte ein ganz normales Mitglied der Gesellschaft sein, möchte dort meinen Platz und meinen eigenen Weg finden. Ich möchte eine Möglichkeit finden, mich nützlich zu machen. In meiner Rolle als Königin sind mir die Hände gebunden. Weder kann ich mich politisch engagieren noch als selbstständige Unternehmerin das voranbringen, was mir am Herzen liegt.

Darum habe ich mich entschieden, von meinem Amt als Königin von Schweden zurückzutreten. Was bedeutet, dass ich allen Rechten und Pflichten entsage, die dieses Amt mit sich bringt. Ab Morgen werde ich einen neuen Vornamen tragen und es in dieser Hinsicht einer Vorgängerin gleichtun, die zu ihrer Zeit ebenfalls freiwillig auf den Thron verzichtete. Ich werde den Namen Kristina tragen.« Die Königin macht eine Pause, ehe sie fortfährt.

»Eine gute Freundin von mir hat neulich gesagt, sie wolle sich lebendig fühlen. Das gilt auch für mich.« Der Blick der Königin flackert und die folgenden Worte kommen ihr erst nach und nach über die Lippen, als müsste sie diese aus der Tiefe ihres Herzens hervorholen: »Vor allem will ich mich lebendig fühlen.«

Dann verschwindet ihr Bild und kurz darauf erscheint die Königin auf der Bildwand in Elins Schlafzimmer.

»Und, wie hab ich mich geschlagen?«, fragt die Königin schwer atmend, während ihr Gesicht die halbe Bildwand ausfüllt.

»Gut«, antwortet Elin. »Du hast dich wirklich gut geschlagen.«

Die Königin beißt sich auf die Unterlippe und blinzelt in die Kamera ihres Mobils. »Meinst du, ich habe das Richtige getan?«

»Ob du das Richtige getan hast, kannst nur du selbst beurteilen. Viele werden dir ziemlich böse sein.«

»Aber wie ist deine Meinung?«

»Du hast deine Gedanken doch klar zum Ausdruck gebracht. Und ich finde, dass das richtig war.«

Der Blick der Königin flackert erneut. »Die BBC hat schon davon erfahren. Yasmin will noch ein Interview mit mir führen.« Sie blinzelt in die Kamera, als wolle sie irgendetwas besser erkennen. »Was hast du da an?«

»Einen alten Pullover, warum?«

»Steht da was drauf?«

»Ja.«

»Was?«

»Carry on.«

Die Königin nickt mehrmals. Dann beugt sie sich der Kamera entgegen. »Ich muss jetzt zu dem Gespräch mit Yasmin.«

»Natürlich«, sagt Elin. »Carry on!«

ENDE

MATS WAHL, 1945 geboren, zählt zu den großen skandinavischen Jugendbuchautoren. Er hat über 40 Bücher veröffentlicht, darunter Romane für Kinder und Jugendliche, Theaterstücke, Drehbücher für Fernsehfilme und TV-Serien und pädagogische Fachbücher. Für sein Werk erhielt er neben zahlreichen anderen Preisen auch den Deutschen Jugendliteraturpreis. Bei Hanser erschienen u.a. *Du musst die Wahrheit sagen* (2011), *Wie ein flammender Schrei* (2014) sowie die ersten drei Bände der *Sturmland*-Saga: *Sturmland – Die Reiter, Sturmland – Die Kämpferin* (2015) und *Sturmland – Die Gesetzgeber* (2016).

KNUT KRÜGER ist als freier Autor, Lektor und Übersetzer für englische und skandinavische Literatur tätig. Er war bereits mehrfach für den Deutschen Jugendliteraturpreis nominiert.

Die Originalausgabe erschien 2015 unter dem Titel *Blodregn: De Levande*
bei Natur & Kultur, Stockholm.

1 2 3 4 5 21 20 19 18 17

ISBN 978-3-446-25492-3

Umschlag: init | Kommunikationsdesign, Bad Oeynhausen
Piktogramme: Thinkstock, getty images
Satz im Verlag
Druck und Bindung: GGP Media GmbH, Pößneck
Printed in Germany

FSC
www.fsc.org
MIX
Papier aus verantwortungsvollen Quellen
FSC® C014496